LES ÉMOIS
D'UN MARCHAND DE CAFÉ

DU MÊME AUTEUR

L'ENFIROUAPÉ, roman, Montréal, Éditions La Presse, 1974. (Prix France-Québec 1975.)

LE MATOU, roman, Montréal, Éditions Québec/Amérique, 1981 ; Paris, Julliard, 1982. (Prix de la ville de Montréal 1982, Prix du livre d'été, Cannes, 1982.)

CYBÈLE, Montréal, Éditions Art Global, 1982 (tirage limité).

« Sueurs », dans Fuite et poursuite, nouvelle, en collaboration, Montréal, Éditions Quinze, 1982.

DU SOMMET D'UN ARBRE, récits, Montréal, Éditions Québec/Amérique, 1986.

L'AVENIR DU FRANÇAIS AU QUÉBEC, en collaboration, Montréal, Éditions Québec/Amérique, 1987.

PREMIER AMOUR, nouvelle, en collaboration, Montréal, Éditions Stanké, 1988.

JULIETTE POMERLEAU, roman, Montréal, Éditions Québec/Amérique, 1989 ; Paris, Éditions de Fallois, 1989. (Prix du Grand Public du Salon du livre de Montréal — La Presse 1989, Prix Jean-Giono 1990, Grand Prix littéraire des lectrices de Elle 1990.)

FINALEMENT !... LES ENFANTS, en collaboration avec Andrée Ruffo, Montréal, Éditions Art Global, 1991.

UNE HISTOIRE À FAIRE JAPPER, roman, Boucherville, Éditions Québec/Amérique Jeunesse, collection Bilbo n° 35, 1991.

ANTOINE ET ALFRED, roman, Boucherville, Éditions Québec/Amérique Jeunesse, collection Bilbo, n° 40, 1992.

LE PRIX, livret de l'opéra, Montréal, Productions Le Prix, 1993.

LE SECOND VIOLON, roman, Montréal, Éditions Québec/Amérique, 1996 ; Paris, Éditions de Fallois, 1996.

YVES BEAUCHEMIN

LES ÉMOIS
D'UN MARCHAND DE CAFÉ

roman

Éditions de Fallois

PARIS

ISBN 2-87706-352-6

1

Vers le milieu du printemps de 1995, Guillaume Tranchemontagne, un commerçant de cinquante-neuf ans qui s'était enrichi dans le café, décida un bon matin, tout en se rasant, de changer de conduite pour consacrer désormais sa vie à faire le bien. Il se retrouva bientôt dans une situation étrange.

L'affaire avait débuté d'une façon anodine. Depuis quelque temps, il se sentait mécontent de lui-même et de la vie en général, sans pouvoir mettre le doigt sur la cause de son insatisfaction. Pourtant, tout baignait dans l'huile chez Délicaf, la société de pause-café qu'il avait fondée trente ans plus tôt ; sa fille et ses deux garçons s'acquittaient bien de leurs fonctions, les clients ne se plaignaient pas trop, aucun chèque sans provision n'était apparu depuis trois semaines (chose rare) et l'exercice financier s'achevait avec un joli profit. Malgré tout, chaque jour il arrivait maussade et fatigué au bureau et restait de longs moments assis dans la cuisinette à boire café sur café pour essayer de se donner un peu d'entrain.

— Vous n'avez pas l'air dans votre assiette, patron, lui dit un matin François, le livreur, debout, tasse en main, devant la machine à espresso.

Guillaume Tranchemontagne fixa le front dégarni de son employé, tandis que la machine poussait un chuintement colérique, et ne répondit rien ; il n'aurait d'ailleurs su quoi dire.

— Papa, tu n'as pas très bonne mine depuis quelque temps, remarqua Antonin, son fils aîné, au cours de l'après-midi. Pourquoi n'irais-tu pas subir un petit examen à l'hôpital ? On peut faire marcher la baraque sans aucun problème.

7

— Qu'est-ce que tu vas chercher là ? répondit sèchement Tranchemontagne en agitant avec impatience sa main droite à laquelle brillait une grosse chevalière en or ornée de ses initiales. Je me sens en pleine forme. Évidemment, je n'ai plus vingt ans. Mais je connais bien des gens de mon âge qui m'envient, mon garçon.

Son corps massif et bien bâti, qui occupait largement l'embrasure de la porte, semblait habité, en effet, par une vigueur peu commune.

Guillaume Tranchemontagne avait un front haut et bombé, presque sans rides, dégarni en un rigoureux demi-cercle, des traits robustes et plutôt agréables, un nez droit taillé dru, des sourcils noirs en touffes, la peau du visage un peu flasque mais rose et saine. Sa démarche pesante et ses larges mains, dont souvent il ne semblait pas trop savoir que faire, auraient pu lui donner l'air pataud. Mais sa voix forte et grave, qui empruntait, quand il le fallait, la douceur la plus séductrice, et ses petits yeux bruns installés dans leur nid de chair grasse dénotaient l'intelligence et le calcul. Les yeux attiraient particulièrement l'attention. Le pétillement rusé et vaguement inquiet qui les animait jurait avec tout le reste et donnait l'impression qu'un lutin fantasque et quelque peu roublard s'était logé dans cette grande carcasse nourrie de rosbifs et de bons vins.

— Que veux-tu, Antonin, je suis fait pour durer, ajouta son père, moqueur. J'ai l'impression que je serai encore en train de diriger cette boîte à quatre-vingt-dix ans.

Cependant, lorsqu'une heure plus tard un représentant du torréfacteur Aroma s'étonna de la pâleur de son teint et lui demanda s'il avait maigri, l'homme d'affaires décida d'aller se reposer quelques jours à sa maison de campagne. Un peu de solitude et le grand air lui feraient du bien. Du reste, ses travaux de jardinage accusaient du retard.

Il alla trouver Marie-Louise, sa fille, qui travaillait à la comptabilité dans le bureau contigu au sien, et lui annonça sa décision.

— Je serai de retour lundi. J'avais un rendez-vous demain à la banque. Veux-tu le reporter ?

— Bien sûr, papa, répondit-elle avec un grand sourire en l'enveloppant d'un regard affectueux. Reste plus longtemps, si tu veux. Il n'y a rien qui presse. Tu as besoin de repos, je pense. Je te trouve les traits tirés.

Était-ce l'espèce de sollicitude maternelle qu'il lisait dans son regard ou la valse sirupeuse qui coulait de la radio ? Il ressentit comme un agacement, haussa les épaules et s'éloigna en grommelant :

— Allons, encore une qui me croit malade. Qu'est-ce que vous avez donc tous ?

Il se glissa dans la Mercedes toute neuve qui l'attendait devant le bureau dans un chatoiement de lueurs vertes et le cuir des sièges emplit ses narines d'un arôme profond, subtilement épicé, qui lui tira un léger sourire.

— Allons, ma belle bête, murmura-t-il amoureusement en tournant la clef d'allumage, emporte-moi loin d'ici, que je me nettoie la tête de toutes ces cochonneries.

Il se rendit à sa maison de l'avenue Ainslie à Outremont, fit rapidement ses bagages, passa à l'épicerie et fila bientôt sur l'autoroute des Cantons de l'Est en direction de Mansonville ; son chalet se trouvait à quelques kilomètres de la petite ville.

Quinze ans plus tôt, au moment de leur rupture, son ex-femme Josée y avait passé quelques mois en attendant le règlement de leur divorce. Grâce à leurs avocats, le combat avait été long, coûteux et féroce. Jamais il n'aurait cru pouvoir détester quelqu'un avec cette intensité. Il y avait eu des jours où la haine l'empêchait presque de manger. Le procès terminé, Josée avait sombré dans une longue dépression ; on avait dû l'hospitaliser. Le temps avait passé, endormant peu à peu les blessures, atténuant les cicatrices. Ses rapports avec Josée, d'abord pénibles et réduits au minimum, avaient fini par devenir corrects, sans qu'on puisse, bien sûr, parler de réconciliation. Ou alors il s'agissait de cette réconciliation glacée qui scelle la mort d'un amour. À présent, il pensait à elle presque sans amertume. Il remerciait le destin que cette histoire ne l'ait pas éloigné de ses enfants, dont, à vrai dire, il ne s'était jamais senti bien près. Chacun de son côté, les anciens époux avaient eu la sagesse, en effet, de les tenir loin de leur querelle.

Il avait eu envie un moment de vendre le chalet, qui ravivait trop de souvenirs, puis y avait renoncé devant les protestations d'Antonin et de Marie-Louise et s'était contenté de redécorer quelques pièces. Mais il n'y allait plus beaucoup, préférant les vacances à l'hôtel.

Ce soir-là, cependant, il avait hâte de s'y retrouver. Il avait l'impression qu'un bon ange l'attendait, que l'humeur curieusement maussade qui l'habitait depuis tant de jours finirait par se dissiper dans l'air pur et le silence.

Il atteignit le chemin du Cheval-qui-rue vers sept heures et arriva bientôt chez lui dans un état d'épuisement qu'il ne s'était jamais connu. Mais, comme à chaque fois, il eut un sourire de satisfaction à la vue de son chalet. C'était un grand édifice de bois à un étage, tout en pignons pointus, assis sur une butte au-dessus d'un large ruisseau et flanqué de deux énormes pins. La façade de cèdre verni, rosie par le soleil couchant, l'invitait à venir se reposer. Il entra, huma longuement les effluves du cèdre et s'assit sur le bras d'un fauteuil :

— Que c'est bon d'être ici, soupira-t-il avec délices. Je ne viens plus assez souvent.

Il glissa une portion de poulet à l'estragon dans le micro-ondes, prit une douche, avala quelques bouchées, puis se rendit à son lit d'un pas traînant. La pluie s'était mise à tomber et résonnait sur le toit de tôle avec un crépitement monotone et réconfortant, qui l'amena doucement au sommeil.

À son réveil, le lendemain matin, il se sentit mieux. Après une longue promenade dans sa propriété, il se lança dans le jardinage. C'est à ce moment qu'un banal incident fit, sans qu'il le sache, basculer sa vie.

Il poussait lentement une brouettée de fumier vers son jardin lorsqu'un inconnu apparut dans l'allée en agitant la main et s'approcha :

— Bonjour, monsieur. Est-ce que je peux vous demander un coup de main ?

L'homme était jeune, corpulent, avec des joues roses et imberbes, de grands yeux à longs cils, d'un bleu très doux, et une expression de candeur étonnée qui l'amusa.

— Qu'est-ce qui vous arrive, mon ami ?

— Mon auto vient de s'enliser dans une courbe ici, tout près. Avec cette pluie qui nous est tombée dessus hier, les routes se sont toutes défoncées. Si vous pouviez juste me pousser un peu, je pense que j'arriverais à me dégager. Ça m'éviterait d'appeler une dépanneuse.

Tranchemontagne accepta volontiers (ça tombait bien, il avait chaussé de longues bottes) et les deux hommes se dirigèrent vers la route en échangeant les habituelles remarques sur les dégâts printaniers des chemins non pavés et l'incurie des autorités municipales.

Cent mètres à leur gauche, une petite Honda Civic beige clignotait tristement dans un lit de boue. La pluie de la veille, combinée au passage des camions-remorques chargés de billots, avait transformé une série de nids-de-poule en une sorte de piège à chars d'assaut.

Le quinquagénaire grimaça et passa rapidement la main sur son ventre :

— J'ai l'impression qu'on va avoir du mal, mon ami.

— Vous croyez ? Je suis arrivé à un poil de me dégager tout à l'heure. Une bonne poussée, et je pense que ça va y être.

— Eh bien, allons-y, alors, soupira l'homme d'affaires.

Trois ans plus tôt, on l'avait opéré d'une petite hernie. Son chirurgien l'avait assuré qu'il pourrait s'adonner sans problème à des activités normales.

Il se pencha au-dessus de la roue arrière gauche du véhicule, la plus enlisée, tandis que le joufflu prenait place derrière le volant.

— Attendez que j'embraye, lança-t-il d'une voix pleine d'entrain, comme s'il s'agissait d'un jeu.

Un énorme giclement brunâtre s'éleva dans l'air et recouvrit Tranchemontagne des pieds à la tête. Il dut enlever ses lunettes. Le conducteur, tout à son affaire, ne s'apercevait de rien et, après une pause, appuya de nouveau sur l'accélérateur. Il répéta ainsi plusieurs fois sa manœuvre. L'homme d'affaires, à demi aveuglé, forçait, suait, crachait, et l'auto ne bougeait pas.

— Minute ! cria-t-il tout à coup, excédé. On n'arrive à rien. Je vais changer de côté.

Il s'arc-bouta à l'auto, attendit le coup d'accélérateur et déploya un suprême effort, bien décidé à ce que ce soit le dernier. Une brûlure foudroyante lui déchira le bas-ventre et il se retrouva assis dans la boue, le souffle coupé, enveloppé d'une myriade de points noirs qui dansaient avec frénésie.

— Ça va pas ? Ça va pas ? lui demanda une voix affolée, de plus en plus lointaine.

Il sentit qu'on le saisissait par les aisselles et qu'on le traînait quelque part ; la douleur l'attaqua de nouveau, encore plus sauvage. Il poussa un hurlement et sa tête frappa contre le sol. Pendant quelques instants, il respira par courtes saccades, fixant les nuages qui tournoyaient dans le ciel pâle. Le froid de la terre pénétrait son dos. Le visage du joufflu, les traits tordus par l'effroi, apparut tout à coup au-dessus de lui :

— Qu'est-ce qui vous arrive, monsieur ? Le cœur ?

Tranchemontagne secoua la tête :

— Non. Ma hernie. Elle vient de ressortir.

Sa vision se clarifiait peu à peu. Il attendit un moment, puis demanda à son compagnon de l'aider à se relever. Cela prit beaucoup de temps.

— Si j'avais su... si j'avais su, s'excusait l'autre sans arrêt.

— C'était à moi de savoir, haleta Tranchemontagne, agacé.

Le trajet entre la route et son chalet dura un quart d'heure. Il pensa ne jamais pouvoir monter les trois marches du perron. Son compagnon l'aida à se débarrasser de ses vêtements souillés. La chute ridicule de son pantalon sur ses chevilles les laissa tous deux insensibles. Ses jambes velues, dont un des mollets était marqué par une grande tache de vin, tremblaient. Quand il réussit à prendre enfin place dans un fauteuil du salon, le visage cramoisi, une protubérance inquiétante gonflait son slip trempé de sueur.

— Merci, merci... À présent, pouvez-vous m'apporter le téléphone ?

Il songea à demander l'aide d'un de ses enfants, puis se ravisa : ils avaient tous trop à faire. La douleur avait diminué et il aurait pu sans doute conduire, mais il craignait de se lancer seul dans un si long trajet.

— Je vais faire venir une ambulance... C'est la première fois de ma vie... Et vous, appelez une dépanneuse... Je crois que vous n'avez plus le choix...

L'inconnu continuait à tourner dans le salon et se confondait en excuses. Il lui apporta une serviette pour s'éponger le visage, puis un verre d'eau, s'offrit à préparer du café, à ouvrir une fenêtre, à caler un coussin dans son dos. Tranchemontagne aspirait ardemment à son départ. Heureusement, la dépanneuse arriva la première.

— Non, non, je n'ai plus besoin de vous, assura l'homme d'affaires d'un ton impérieux. Je suis tout à fait remis, vous pouvez partir l'âme en paix, je vous ai fait perdre assez de temps comme ça. Je vous demanderai tout simplement d'aller verrouiller mon auto et de ramener mon portable. C'est ça, merci, merci pour tout. Bonne chance !

L'homme sortit, puis entra de nouveau, une carte professionnelle entre le pouce et l'index :

— Voici ma carte, à tout hasard... Permettez-moi de vous appeler en fin d'après-midi pour prendre de vos nouvelles, sinon... sinon je n'arriverai pas à dormir ce soir... Bien sûr, tout le monde sait qu'on meurt rarement d'une hernie, mais n'importe, ce n'est pas tous les jours que... Ah ! quelle histoire ! Allez, bonne chance, prenez soin de vous.

La porte se referma, le silence se fit. Tranchemontagne écouta un moment le bruissement du vent dans les arbres. Il se sentait mieux, vraiment mieux. Peut-être aurait-il pu se rendre lui-même jusqu'à Montréal, après tout ?

— Et si ç'avait été mon cœur ? se demanda-t-il tout à coup. À mon âge, c'est chose fréquente... Eh bien ! j'aurais crevé dans la boue comme un rat d'égout.

Le salon aux murs de pin vernis devint glauque ; la cheminée ressemblait à une gueule béante prête à l'avaler pour le réduire en cendres. Il trouva que l'ambulance mettait du temps.

Elle arriva un quart d'heure plus tard. On le glissa sur la civière comme un bébé. Un ambulancier fit le tour du chalet pour vérifier s'il n'y avait pas de fenêtres ouvertes ou d'appareils allumés, coupa l'eau, activa le système d'alarme et verrouilla les portes :

— Voilà, on est prêts à partir, monsieur, dit-il en lui remettant les clefs avec un sourire paternel qui jurait dans son jeune visage.

Tranchemontagne dormit pendant presque tout le trajet. De temps à autre il se réveillait, l'esprit un peu confus, puis une secousse de colère le traversait :

— Imbécile ! marmonnait-il. Qu'est-ce que t'as pensé d'aller forcer comme un bœuf après ce maudit tacot ?

Un peu avant d'arriver à Montréal, il téléphona à Délicaf, puis tenta de joindre le chirurgien qui l'avait déjà opéré. Julien, tout énervé, l'attendait à l'urgence de l'hôpital Notre-Dame, où l'homme d'affaires avait demandé qu'on le transporte.

— Comment est-ce arrivé, papa ? lui demanda-t-il, penché au-dessus de la civière qui filait dans un corridor.

— J'ai voulu faire le bon samaritain, et regarde maintenant où j'en suis ! J'ai bien peur que ça soit pire que l'autre fois et que vous soyez obligés de vous passer de moi un bout de temps.

— Ne t'en fais pas, papa, ça va très bien comme ça, répondit l'autre étourdiment. Enfin, je veux dire... Il n'y a aucun problème à l'horizon pour l'instant, vois-tu, car Antonin et moi...

On venait d'arriver dans une grande salle encombrée de patients. L'ambulancier remit son rapport à une infirmière, transféra le patient d'une civière à l'autre et partit. Tranchemontagne fixait son fils avec tant de dureté que l'autre détourna le regard.

Il fouilla dans son portefeuille et lui tendit sa carte d'assurance-maladie :

— Occupe-toi de mon admission, veux-tu ?

Une heure venait de passer et personne ne s'était encore occupé de lui. Julien s'efforçait de faire la conversation, mais les éructations et les crachements d'un vieil homme couché près d'eux rendaient la chose difficile.

— Écoute, va donc à tes affaires, ordonna enfin Tranchemontagne. Tu perds ton temps ici et ce n'est pas une bonne place pour le perdre. Je n'ai pas vraiment besoin de toi. Je vous téléphonerai.

Julien venait à peine de partir qu'un interne s'approcha de l'homme d'affaires, lui posa distraitement quelques questions, l'ausculta, puis s'éloigna d'une démarche saccadée, balançant les bras comme à la parade, le visage rouge et fatigué, l'air vaguement mécontent. Quelques minutes plus tard, une infirmière roulait la civière jusqu'à une cabine de consultation.

— Ah ! docteur Belcourt ! s'écria Tranchemontagne en voyant apparaître un grand homme massif qu'on aurait pu prendre pour un manœuvre ou un déménageur déguisé en médecin, je suis content de vous voir !

L'autre fit un petit signe de tête, sourire en coin, jeta un coup d'œil dans un dossier, puis souleva la chemise d'hôpital de son patient et palpa son bas-ventre.

Tranchemontagne poussa un cri de douleur.

— Ouais... ce n'est pas très beau... Vous avez dû faire des folies. Comment vous sentez-vous ?

— Comme un vieux sac crevé.

— Je vois, je vois. Faut réparer ça.

— Quand allez-vous m'opérer ?

— J'ai peut-être une place demain. Que s'est-il passé ?

Tranchemontagne allait raconter son histoire lorsqu'un interne pénétra dans la cabine et fit signe au médecin, qui sortit aussitôt.

On ramena l'homme d'affaires dans la salle. Les élancements

de son bas-ventre lui tiraient des grimaces. Soudain, ils cessèrent et une grande fatigue se répandit en lui. Quand il se réveilla, il se trouvait sous une haute fenêtre ; la lumière du ciel, imperceptiblement ternie, indiquait la fin de l'après-midi ; un rideau l'empêchait de voir devant lui, mais en tournant légèrement la tête, il aperçut à sa droite un lit, occupé par un patient. Une sourde rumeur l'enveloppait, faite de va-et-vient, de cliquetis, de fragments de conversations, de cris, de rires et de gémissements. Des claquements de talons s'approchèrent et une infirmière surgit, une seringue à la main, et se pencha au-dessus de son voisin.

— Où est-ce que je suis ? demanda-t-il d'une voix étouffée.

— Aux urgences, monsieur, répondit l'infirmière sans se retourner.

— Est-ce que je vais y rester encore longtemps ?

— Je ne saurais vous dire. On attend sans doute qu'une chambre se libère.

Elle se redressa, lui fit un rapide sourire et s'éloigna à pas pressés.

Jetant un second coup d'œil, Tranchemontagne réalisa que son voisin était en fait une jeune femme. Elle s'était retournée vers lui et le fixait. Il s'efforça d'abord de ne pas la regarder, car sa vue le plongeait dans un malaise inexplicable, et choisit d'examiner plutôt l'extrémité d'une haute cheminée qu'on apercevait par la fenêtre. D'énormes nuages bleuâtres, aux circonvolutions compliquées, se déployaient avec une impassible lenteur au-dessus de la cheminée, qui en prenait un air d'accablante insignifiance.

Alors la jeune femme bougea dans son lit et lui demanda d'une voix doucement plaintive pourquoi il se trouvait à l'hôpital. Tout en lui répondant, il l'examina. Elle avait à peine trente ans ; son beau visage un peu amaigri, soigneusement maquillé (ce détail le frappa), laissait transparaître quelque chose de terrible et d'indéfinissable.

— Et vous, qu'est-ce qui vous amène ici ? se résolut-il enfin à demander, surmontant son appréhension.

Elle était atteinte d'une tumeur au cerveau, répondit-elle d'une voix égale ; tous les soins possibles lui avaient été prodigués, mais il ne lui restait que peu de temps à vivre. Elle s'inquiétait pour ses deux jeunes enfants, se demandant ce qu'il adviendrait d'eux après sa mort.

— C'est mon plus grand souci, poursuivit-elle d'une voix triste et résignée. J'ai un bon mari, heureusement. Mais comment fera-t-il tout seul, le pauvre ?

Tranchemontagne l'écoutait, silencieux, atterré, ne sachant que répondre. Comment consoler quelqu'un de sa mort prochaine ? En l'entretenant sur l'au-delà ? Le temps où il croyait au ciel était fini, hélas ! depuis belle lurette. Tout ce qui lui restait de ses années de juvénile ferveur, c'était une médaille de la Sainte Vierge que lui avait donnée sa mère le jour de sa première communion, et qu'il conservait dans un tiroir de sa commode avec de vieilles pièces de monnaie.

Il se mit à la questionner sur son passé. Elle s'anima un peu, sourit, parla du salon de coiffure qu'elle avait tenu huit ans, raconta ses amours, puis décrivit longuement ses deux petits garçons, consolée pendant quelques instants par ces souvenirs d'un bonheur enfui. Soudain, elle s'arrêta, épuisée.

Au milieu de la nuit, elle se réveilla en sursaut. Après avoir tâtonné un peu dans l'obscurité, elle poussa un cri de terreur : elle ne voyait plus.

— Mon Dieu ! balbutia-t-elle. Qu'est-ce qui se passe ? Aidez-moi !

Tranchemontagne, terrifié, appuya sur la sonnette. Une infirmière apparut, puis une deuxième ; elles appelèrent le médecin de garde. Il tenta sans succès de la calmer, lui expliquant que sa cécité était causée par la pression de la tumeur sur une partie du cerveau, que ce n'était sans doute que passager, que les médicaments allaient bientôt agir. On dut lui faire une injection.

L'homme d'affaires tremblait, recroquevillé dans son lit. On avait tiré un rideau pour le séparer de sa compagne. Il ne ferma plus l'œil de la nuit.

— *J'essaie* d'être raisonnable, murmurait la jeune femme à son mari accouru à son chevet. Mais c'est tellement difficile, tellement difficile, si tu savais...

Elle mourut au début de l'après-midi. Tranchemontagne observait l'évolution des nuages par la fenêtre, silencieux, l'œil hagard, avec un petit sourire effrayé sur les lèvres. On lui avait annoncé dans la matinée qu'une urgence avait obligé de reporter son opération au lendemain. Il sombra peu à peu dans une sorte de torpeur. Soudain, il eut un violent tressaillement. Sa civière filait dans un corridor, poussée par un Noir qui mâchait de la gomme en chantonnant. Tranchemontagne le fixait par en dessous, l'œil un peu révulsé. Vu sous cet angle, l'homme avait une allure imposante et hiératique, comme s'il tenait son destin entre ses mains. Soudain, un large sourire renversé s'étendit sur son visage :

— Allez, détendez-vous, monsieur, lança-t-il d'une voix onctueuse et guillerette, tout va bien aller, je vous transporte à votre chambre, vous serez plus tranquille...

Ses enfants vinrent le visiter dans la soirée. Assis dans son lit, il leur racontait fiévreusement son horrible nuit lorsqu'il tourna de l'œil et piqua du nez vers le plancher, rattrapé de justesse par Julien qui se trouvait en face de lui. Il fallut quelque temps pour le ranimer. Antonin, volontaire et rigoureux en tout, fit venir un médecin et exigea qu'on mette son père en observation. Marie-Louise l'approuvait de la tête en s'épongeant les yeux. Julien, affalé dans un fauteuil, avait l'air de prendre l'affaire avec une sorte de détachement amusé, mais sa mâchoire tremblait imperceptiblement, signe chez lui de désarroi.

Dans la journée qui suivit, Tranchemontagne resta perdu dans ses pensées ; on n'arrivait pas à lui tirer trois mots de suite. Averti par les enfants, Raoul Marleau, son vieil ami, propriétaire de trois dépanneurs * à Longueuil, se rendit un soir auprès de lui.

C'était un homme court et corpulent, aux gestes vifs, avec des cheveux gris en brosse, un menton carré et de larges oreilles poilues. Son visage affichait ordinairement une curieuse expression d'étonnement et de moquerie qui décontenançait tout d'abord ceux qui ne le connaissaient pas. Mais, à le fréquenter, on s'apercevait que ses manières un peu rudes et parfois bizarres cachaient un bon cœur et beaucoup de jugement. Il travaillait dur, exigeant de ses subordonnés qu'ils en fassent autant, et considérait avec suspicion un employé qui ne manifestait aucun signe de fatigue. Sa narine gauche était affligée d'une verrue qu'il refusait de faire enlever, car il avait lu quelque part que l'opération pouvait déclencher un cancer. Il collectionnait les cravates. Son entourage se gaussait de cette passion qui s'était emparée de

---

* Établissement où l'on vend des aliments et une gamme restreinte d'articles de consommation courante et dont les heures d'ouverture s'étendent au-delà de l'horaire habituel des autres magasins.

lui vingt ans plus tôt et qui lui avait coûté une petite fortune. Il en possédait plus de mille et l'achat de l'une d'elles, taillée dans une redingote ayant appartenu à Louis XVI, avait failli lui causer des embarras financiers.

Ce soir-là, voulant distraire son ami, il arborait sa dernière acquisition, une cravate de satin décorée d'ondoyantes et luxurieuses sirènes, achetée pour trois fois rien dans une friperie du boulevard Taschereau.

— Et alors ? comment la trouves-tu, Guillaume ? fit-il en lui mettant la cravate sous le nez. Est-ce que ces jolies bonnes femmes à écailles ne te réchauffent pas un peu le fond de l'âme ? Est-ce qu'elles ne te donnent pas envie de donner un petit coup de queue ?

Pour toute réponse, le malade lui adressa une moue dégoûtée.

— Bon, je vois que ça ne va pas. C'est d'ailleurs la raison pour laquelle tu te trouves ici. Je remballe mes folies. Que se passet-il ? Que t'est-il arrivé ? On m'a parlé d'une hernie, puis d'autre chose. Tu as subi un choc nerveux, c'est bien ça ?

Tranchemontagne, accablé, haussa les épaules. Alors Raoul Marleau, pour tenter de le dérider, décida de se charger luimême de la conversation et se mit à lui raconter sa journée, puis celle d'avant, et se lança enfin dans la description d'un incident survenu deux semaines plus tôt à l'un de ses dépanneurs, pour s'apercevoir bientôt qu'il aurait pu tout aussi bien parler à une mouche.

— Mais à quoi penses-tu donc, à la fin, Guillaume ? s'écriat-il, excédé par le mutisme de son ami. Depuis que je suis dans cette chambre, j'ai l'impression d'être une patère ou une poignée de tiroir.

L'homme d'affaires eut un sourire sibyllin, vaguement dédaigneux, et ouvrit enfin la bouche :

— Je pense à ma vie.

— Ah bon. C'est très bien, ça, on ne le fait jamais assez, mais enfin, il faut respecter certaines règles, non ? Il me semble que la politesse demanderait que... Enfin... Et comment la trouves-tu, ta vie ?

— Je ne sais pas... Je ne sais plus rien... D'avoir vu cette femme... et si douce, si gentille... Nous ne sommes rien, mon vieux, moins que rien, des miettes, des morceaux de chiffons emportés par le vent... Et aussi, ne l'oublions pas, des criminels... Oui ! des criminels ! tous tant que nous sommes ! Quelle farce ! quelle farce ! répéta-t-il avec un rire amer.

« Ma foi, il délire », pensa l'autre, ahuri.

Tranchemontagne se dressa alors dans son lit, l'œil dilaté et rempli d'une froide angoisse, comme pris brusquement d'un accès de fièvre :

— Écoute, Raoul, laisse-moi t'expliquer... J'ai à mon chalet une nappe de toile cirée à motif de fleurs... Un vrai fouillis de fleurs multicolores... Mais, justement, à cause de toutes ces fleurs, on ne peut jamais savoir si elle est propre ou sale... En fait, elle a toujours l'air propre et brille doucement comme un petit jardin qu'on aurait passé au vernis, c'est très plaisant pour les yeux. Mais quand on lui donne un coup de torchon, on ramasse parfois des tas de petites saloperies, des miettes de pain, de la confiture séchée, des gouttes de graisse figée, une épluchure, un fragment de viande...

Il garda le silence un moment devant son ami stupéfait, puis :

— Eh bien, depuis quelque temps, je trouve que je ressemble à cette nappe, vois-tu. Comme ça, à première vue, j'ai l'air d'un type bien, très bien même, homme d'affaires respectable, bon père, bon citoyen, etc., mais, dans le fond de moi-même, il y a plein de saloperies... un vrai dépotoir !

Raoul Marleau se racla la gorge à plusieurs reprises, se pinça fortement le bout du nez, puis, s'avançant d'un pas, posa la main sur l'épaule de son ami :

— As-tu parlé de ces choses à un médecin, Guillaume ?

— À un médecin ? Pourquoi un médecin ? Tu me crois fou, toi aussi ?

— Je crois, mon vieux, que tu traverses une mauvaise passe et que tu devrais en consulter un.

— Allons donc ! J'ai autant besoin de consultations que d'une jambe de bois. Est-ce qu'un médecin va pouvoir m'enlever toutes ces saloperies que j'ai en moi et qui m'empoisonnent ? Est-ce qu'il pourrait me donner un autre passé, réparer le mal que j'ai fait tout au long de ma vie ?

— Mais, mon pauvre ami, qu'est-ce que tu vas chercher là ? Qui n'a rien à se reprocher, dis-moi ? Les saints ne courent pas les rues, sinon on le saurait. Tu veux devenir un saint ? C'est bien, vraiment très bien, quoiqu'un peu surprenant, je dois te l'avouer. Mais garde ton calme, je t'en prie. Tu es en train de perdre la tête ! Cela va te faire commettre toutes sortes de sottises.

L'autre s'était recouché et secouait la tête d'un air dégoûté.

Inquiet, Marleau téléphona le lendemain au docteur Belcourt, mais ne réussit pas à le joindre. Alors, il appela Antonin chez Délicaf.

— Papa est fatigué depuis quelque temps, répondit l'autre froidement. Cette hernie plus l'histoire de cette pauvre femme n'ont rien arrangé, mais je suis sûr qu'un peu de repos le remettra d'aplomb. Nous nous occupons de lui. Ne vous faites pas de souci.

Les examens demandés par Antonin ne révélèrent aucun problème majeur chez son père.

— Je vous opère demain matin, lui annonça le docteur Belcourt en faisant irruption dans sa chambre vers la fin de la matinée. Vous pourrez sortir en fin de journée.

— En fin de journée ? s'étonna Tranchemontagne. Mais je ne pourrai pas mettre un pied devant l'autre !

Le médecin souleva ses lourdes épaules :

— Que voulez-vous ? Depuis trois ans, nos budgets ont subi tellement de coupes. C'est un miracle, croyez-moi, qu'on vous ait gardé si longtemps. Vous avez de la famille, non ? Ils veilleront sur vous.

Tranchemontagne allait s'assoupir lorsqu'il aperçut dans l'embrasure de la porte, immobile et tenant à la main une petite boîte blanche enrubannée, l'automobiliste embourbé qui l'avait, sans le vouloir, mis dans une si fâcheuse situation.

Le visiteur le regardait, sans dire un mot. Son visage poupin avait rosi sous l'effet de l'émotion et ses longs cils battaient à toute vitesse. Il était visiblement consterné par l'aspect du malade.

— Je... je suis venu pour m'excuser encore une fois, balbutia-t-il en s'avançant, et aussi... pour vous apporter ceci.

Il lui tendit la boîte.

— Vous excuser de quoi ? grogna l'homme d'affaires. C'est moi l'imbécile qui n'ai pas été fichu de me rappeler que ce vieux sac pouvait péter à tout moment...

Et il passa la main sur son ventre d'un air dégoûté.

— Et puis, j'ai bien le droit de rendre service à qui ça me plaît, continua-t-il sans paraître remarquer l'enchaînement un peu bizarre de ses idées. Quant aux conséquences, ça me regarde. Assoyez-vous, je vous prie. Et merci pour le cadeau. Ce n'était pas la peine, vraiment.

Il déposa la boîte près de lui et sembla l'oublier. L'homme, de plus en plus troublé et confus, tira vers lui une chaise de plastique aux pieds en métal, s'assit et posa les mains sur les genoux. Manifestement, il n'avait rien à dire et les efforts qu'il déployait pour trouver un sujet de conversation ne faisaient qu'accentuer son expression un peu niaise.

— Eh bien ! je suis content de vous voir, fit Tranchemontagne, apitoyé soudain par son malaise. Rappelez-moi votre nom.

— Je m'appelle Boris Béland.

— Et alors, que faites-vous dans la vie, monsieur Béland ?

— Je suis pâtissier chez Rolland à Longueuil. J'y travaille depuis sept mois. Je suis également plombier dans mes temps libres.

« Le genre de plombier, je suppose, pensa le malade, qui fait que les bains se vident sur les planchers. »

Mais l'homme avait trouvé son sujet et s'y lança comme dans une issue de secours. Il causait pâtisserie depuis plusieurs minutes lorsqu'il remarqua que l'œil de son interlocuteur avait pris un aspect légèrement vitreux et que sa tête dodelinait comme celle d'une personne en train de lutter contre le sommeil.

— Je vous fatigue ! s'écria-t-il en se levant d'un bond et la chaise alla frapper durement contre le mur. Permettez-moi de m'en aller, vous avez besoin de repos.

Il secoua la main du malade en lui prodiguant des vœux de prompt rétablissement, fit trois petits pas à reculons, pivota sur lui-même et buta contre une infirmière qui laissa échapper un cri de douleur.

— Pardon, pardon, excusez-moi, balbutia-t-il, cramoisi, et il disparut.

Peu après son départ, Tranchemontagne ouvrit la boîte enrubannée. Elle contenait des chocolats. Il en mangea deux. Après quelques minutes, un violent mal de tête s'empara de lui, accompagné de nausées. Vers deux heures, comme son état ne s'améliorait pas, un interne appelé auprès de lui parla de reporter l'opération pour le soumettre à de nouveaux examens.

— Ce sont ces maudits chocolats, ne cessait de murmurer le malade, on m'a empoisonné…

L'interne sourit :

— On ne voit ça que dans les romans, monsieur... Et encore, dans les mauvais...

Mais vers six heures, il était suffisamment rétabli pour qu'on abandonne l'idée de remettre l'intervention à plus tard.

★

À quatre heures, le lendemain après-midi, Marie-Louise rassemblait ses effets personnels et l'aidait à s'habiller. Elle le conduisit à Outremont, avenue Ainslie, dans l'imposante maison qu'il s'obstinait à habiter seul depuis son divorce, et lui prépara à souper, mais dut le quitter aussitôt pour aller chercher ses deux garçons à la garderie.

Le médecin l'avait astreint à une convalescence de dix jours en lui défendant tout effort physique. Il les passa assis devant la télévision ou à déambuler lentement de pièce en pièce en soupirant, l'esprit ailleurs, l'air grave, avec la conscience de traverser une étape cruciale de sa vie, mais sans pouvoir déterminer de quoi il s'agissait. Il dormait mal, se réveillant à tout moment, tourmenté par des rêves confus, aspirant à la prochaine journée, qu'il savait pourtant vide.

Son passé l'avait envahi. Il revivait toutes ces années qui avaient fait de lui ce qu'il était, homme d'affaires florissant, époux raté, père froid et réservé, entretenant avec ses enfants des relations d'abord fonctionnelles, généralement harmonieuses mais fades et médiocres, au fond. Toute sa vie s'expliquait par le besoin impitoyable de gagner de l'argent. Il avait floué ou écrasé des tas de gens autour de lui par amour de l'argent. Il avait laissé son mariage se dessécher, puis mourir, parce que l'argent requérait tout son temps et toute son énergie. Il n'avait pas vu ses enfants grandir parce que son travail l'éloignait trop souvent de la maison et le tenait absent même lorsqu'il se trouvait parmi eux. Mais voici que la vieillesse approchait, et il sentait en lui un vide, un vide épouvantable qui lui donnait le vertige.

Que faire ? Quel étrange bouleversement répandait ainsi le chaos dans son âme ? Était-ce le début de la fameuse andropause, à laquelle il croyait jusqu'ici avoir échappé ? Ou alors, comme pour tout homme approchant du terme de sa vie, le moment du bilan venait peut-être de s'imposer, les « grandes

22

questions », qu'il avait toujours fuies dans l'agitation du travail et du plaisir, se dressaient enfin devant lui, inéluctables, attendant une réponse.

Ce repos forcé était une calamité. Il se mit à téléphoner dix fois par jour au bureau pour s'informer de la marche des affaires, donner des ordres, émettre une opinion, jusqu'à ce que le ton de plus en plus agacé d'Antonin, de Marie-Louise et même de Julien, pourtant si naturellement affable, le pousse enfin au silence. Un matin, après avoir longuement observé les employés d'un horticulteur en train de nettoyer son jardin, il déboucha une bouteille de cognac et essaya de se soûler. Cela le plongea dans un abattement terrible dont il ne réussit à se tirer qu'en buvant café sur café, pour sombrer alors dans l'anxiété. Il se promenait lentement dans l'immense salon, traînant un peu la patte, s'appuyant de temps à autre sur un meuble en se demandant combien de journées semblables le sort allait lui infliger, lorsque soudain la voix douce et plaintive de la jeune mourante se mit à rouler dans sa tête : « *J'essaie* d'être raisonnable... mais c'est tellement difficile, si tu savais... »

Il la revoyait, la tête renversée sur l'oreiller, ses beaux yeux grands ouverts devenus inutiles, le visage glacé d'angoisse et, sous les mots simples et touchants qu'elle murmurait, il sentait une accusation secrète et terrible portée contre lui, qu'il n'arrivait pas à déchiffrer. Cette accusation ne venait pas d'elle-même, évidemment, mais d'ailleurs, d'une source obscure et indéfinie, et concernait toute sa vie, son être le plus intime. Après d'horribles souffrances, la jeune femme était partie avec dignité, ne laissant derrière elle que des bienfaits (du moins se l'imaginait-il ainsi). Tandis que lui, toujours vivant et ayant accompli presque le double de son parcours, que laisserait-il au moment de son départ ? De l'argent et le souvenir d'un homme qui aimait l'argent. Et pourtant, il avait travaillé dur, s'était montré généralement honnête (enfin, dans la mesure du possible) et s'était acquitté à peu près correctement de ses obligations de père et de citoyen. Malgré cela, un sentiment de désastre le remplissait. Un désastre sans cause, en quelque sorte, et donc irrémédiable.

Il s'arrêta et s'assit précautionneusement dans un fauteuil :

— Je deviens fou, ma foi, ou alors... je... je vis un problème... *philosophique*. Voilà ce qui se passe.

Il laissa retomber les mains sur ses genoux, en proie à un ébahissement rempli d'effroi.

— Mon Dieu ! balbutia-t-il. Que fait-on dans ces cas-là ?

Jamais il n'avait pensé qu'une pareille chose pouvait lui arriver.

De ses années de collège, il avait conservé quelques vagues notions de logique et d'épistémologie, mais surtout la conviction que les questions philosophiques étaient par essence insolubles et, par conséquent, sans intérêt.

Il alla dans le jardin donner des ordres aux ouvriers. L'année dernière, on avait planté un hortensia dans un coin trop retiré, où sa beauté se perdait. Il le fit déplacer, puis demanda qu'on aille chercher dix douzaines de géraniums et qu'on en fasse une plate-bande devant la terrasse. Les ouvriers s'activaient et lui jetaient de temps à autre des regards respectueux et intrigués. « Je dois avoir l'air étrange, pensa-t-il, mécontent. Je n'ai jamais su cacher mes émotions. »

Il s'approcha de la fontaine de pierre, installée à grands frais trois ans plus tôt ; les beaux jours approchant, elle s'était remise à projeter dans les airs ses gerbes bruissantes qui retombaient avec un joyeux clapotis cristallin. Un homme âgé, qui semblait le contremaître, apparut au fond du jardin. Il le héla. Ce dernier s'approcha à grands pas.

— Vous avez oublié de nettoyer le bassin, lui fit-il remarquer d'un ton dur.

L'autre prit un air confus et se tapa sur une cuisse :

— C'est bien vrai ! Où est-ce qu'on avait la tête ?

— Faites-le tout de suite, voulez-vous ? dit-il en s'éloignant.

Il rentra dans la maison, un peu rasséréné et fit réchauffer un bol de potage pour son dîner.

Et tout à coup, il se rappela avoir lu dans le journal quelques jours auparavant le compte rendu d'une réception qu'on avait organisée dans une maison de retraite de Montréal en l'honneur des quatre-vingt-dix ans d'un de ses anciens professeurs de philosophie, le père Ferlatte. Un ancien camarade de collège lui avait appris un jour que ce dernier avait quitté l'état ecclésiastique au milieu des années soixante-dix et avait enseigné à l'Université Laval. À la retraite depuis longtemps, Jean-Paul Ferlatte n'avait pas cessé pour autant toute activité, publiant quelques essais qui lui avaient valu des commentaires élogieux. Sur la photo qui accompagnait l'article, il avait l'œil pétillant et paraissait encore alerte.

Guillaume Tranchemontagne gardait un bon souvenir de lui. À l'époque, il jouissait d'un immense prestige au collège. C'était un esprit brillant et un peu froid mais tolérant, doué d'un humour parfois caustique, aimant la discussion, capable d'écouter les autres, amateur de paradoxes et curieux de tout ; cela le différenciait de la plupart des autres professeurs du collège, plutôt encroûtés, qui le tenaient à distance, par méfiance ou par jalousie. Guillaume se revit en classe, après un cours, en train de faire devant lui une longue et sans doute futile démonstration, tandis que l'autre le fixait d'un regard attentif et amical avec cette moue ironique qui lui mettait la bouche un peu de travers.

— Et si j'allais le voir ? se dit-il tout à coup. Peut-être pourrait-il m'expliquer ce qui m'arrive ? Il a passé sa vie à analyser des problèmes. À son âge, il doit avoir une grande expérience...

Il téléphona au journal et, après avoir un peu insisté, obtint le nom et l'adresse de la maison de retraite. Quelques minutes plus tard, il avait son ancien professeur au bout du fil.

— Mais je me souviens parfaitement de toi ! s'écria Jean-Paul Ferlatte d'une voix éraillée. Tu me remettais d'assez bonnes dissertations, à l'époque, mais je me rappelle aussi que tu t'emportais parfois dans les discussions. As-tu réussi à maîtriser ton caractère ?

— Pas tellement, je l'avoue, répondit l'ancien élève en riant.

Et, sans autre préambule, il lui demanda une rencontre. Après une seconde d'hésitation, le vieil homme lui proposa le lendemain à dix heures. Tranchemontagne le remercia, émit quelques banalités, puis raccrocha, rempli d'un pénible sentiment de ridicule.

— Dans quoi me suis-je embarqué ? Il va me trouver bizarre. Après toutes ces années, aller le rencontrer pour discuter de... je n'en ai pas la moindre idée ! Tout ça est très embêtant... Si jamais on apprenait... Ah ! et puis, au diable ! Je n'aurai qu'à lui dire tout ce qui me passe par la tête. Après tout, il faut bien qu'au moins une personne sur cette terre apprenne que... que ma vie est un gâchis, voilà... et que je ne sais pas du tout où je m'en vais ni pourquoi j'en suis là. Que le diable emporte le reste !

*

Cette nuit-là, il dormit mieux et se réveilla plus tard que de coutume, avec le sentiment d'avoir crevé une sorte d'abcès. Il terminait son déjeuner lorsque le téléphone sonna. C'était Marie-Louise, comme d'habitude. Chaque matin, à la même heure, elle s'informait ponctuellement de son état de santé avec cette gentillesse un peu forcée de bénévole d'hôpital qui lui donnait l'impression d'être un vieillard ou un malade sans espoir de guérison. Il n'avait pas encore osé lui dire que sa sollicitude de grosse fille bourrée de bonnes intentions lui pesait parfois ; plus subtile, elle l'aurait sans doute senti.

— Ce matin, je sors, lui annonça-t-il avec bravade. Non, non, je vais conduire l'auto moi-même... Un de mes anciens professeurs au collège. Eh oui. Voilà des années que je me proposais de le revoir. Non, pas de taxi, je veux conduire. J'ai besoin de bouger.

Il s'habilla avec précaution (enfiler sa chemise et son pantalon demandait une certaine adresse), monta dans son auto et se retrouva bientôt sur l'avenue du Parc, filant vers le nord de Montréal. Jean-Paul Ferlatte habitait boulevard Gouin.

Après tous ces jours de solitude, l'animation de la ville lui fit du bien. À dix heures moins dix, il s'arrêtait devant un immeuble d'habitation de brique beige à plusieurs étages. Sans qu'il sache pourquoi, il lui déplut que son ancien professeur demeure dans un édifice aussi impersonnel et banal. Assis dans son auto, il observa un moment un petit garçon ventripotent accroupi sur le trottoir et qui essayait de forcer un chiot à manger un vieux morceau de viande racorni (à moins qu'il ne se fût agi d'excréments). Le chien gémissait, se tortillait, essayait de se libérer. Guillaume Tranchemontagne, indigné tout à coup, baissa sa vitre :

— Dis donc, mon gros, t'aimerais ça, toi, manger cette cochonnerie ?

L'enfant releva la tête avec un sourire idiot et s'éloigna, emportant son chien sous le bras.

Tranchemontagne pénétra dans l'immeuble, prit l'ascenseur et monta au quatorzième étage. Le corridor, plutôt étroit et sombre, sentait la poussière, le pain grillé et le café refroidi. « Café bon marché », remarqua l'homme d'affaires. Deux longues rangées de portes beiges se faisaient face, identiques et symétriquement disposées, certaines agrémentées d'un heurtoir, d'un petit paillasson ou d'un pot de fleurs séchées ; cela respirait l'entassement, la dignité mal sauvegardée et les fins de vie solitaires. Il franchit une trentaine de mètres, s'arrêta, frappa.

— Entrez ! lança une voix forte mais très éraillée.

Assis au milieu d'un studio devant un bassin d'eau savonneuse, un frêle vieillard était en train de se laver les pieds. Il tourna la tête :

— Ah ! bonjour, c'est toi. Je ne t'attendais pas si tôt.

Tranchemontagne restait sur le seuil, interdit :

— Désolé de vous déranger. Je... Est-ce que nous n'avions pas pris rendez-vous à dix heures ?

— C'est vrai. Entre, entre, assieds-toi, fit l'autre en continuant de se laver. J'en ai pour une minute.

Deux grandes fenêtres dispensaient une lumière vive et ondoyante, qui agrandissait la pièce. Tranchemontagne prit place sur un canapé et contempla son ancien professeur, essayant de cacher sa consternation. La photo du journal datait d'au moins vingt ans. Après toutes ces années, il s'était préparé à le retrouver considérablement vieilli, mais ce qu'il voyait dépassait ses prévisions les plus pessimistes. On aurait dit que son corps avait séjourné pendant plusieurs mois dans un séchoir ; les membres, décharnés, d'une minceur effrayante, semblaient avoir la fragilité de la paille. La peau était jaunie, ratatinée, s'était segmentée en milliers de plis et de rides. Les épaules s'étaient affaissées, le dos s'était courbé, la gorge exhibait avec impudeur ses tendons saillants entre lesquels s'agitait une pomme d'Adam grotesque. Le visage, lui, malgré un nez osseux devenu protubérant, demeurait reconnaissable, mais ses joues pendantes et flétries et ses lèvres amincies et tombantes, prolongées en deux plis profonds jusqu'au menton, semblaient exprimer la déception permanente d'être devenu une caricature de lui-même.

Le vieil homme saisit une serviette posée devant lui sur un pouf et se mit tranquillement à s'essuyer les pieds en posant de temps à autre sur Tranchemontagne ses petits yeux noirs et clignotants, perdus dans des entrelacs de rides.

— Je suis content de te revoir. Tu as été un de mes bons élèves. Et alors, qu'es-tu devenu ? Oh ! attends, ça me revient : quelqu'un m'a dit l'autre fois que tu t'étais lancé dans le commerce du café ?

— C'est ça.

— Les affaires vont bien ?

— Très bien.

— Tu es donc riche ?

— Si on veut.

— Tu es riche ou… simplement à l'aise ?

L'homme d'affaires eut une légère hésitation :

— On peut dire que je suis riche, en effet.

— Eh bien ! félicitations ! Le succès de mes anciens élèves me fait toujours plaisir. J'ai parfois la faiblesse de croire que j'y ai peut-être été pour quelque chose. Dure vanité, évidemment. La vanité, comme tu le sais, constitue le fondement même de notre âme. Tu es donc un spécialiste du café, tiens tiens. Eh bien, spécialiste, quelle est la structure moléculaire de la caféine ?

Tranchemontagne se mit à rire, soudain tout réconforté :

— $C_8 H_{10} O_2 N_4$.

— Bravo ! La plupart des vendeurs ne savent pas ce qu'ils vendent. Tu fais exception.

— Je vois que vous n'avez pas perdu votre vivacité.

— C'est tout ce qui me reste, répondit l'autre en enfilant une chaussette.

— Et que vous continuez de vous intéresser à tout.

Le visage de Ferlatte s'assombrit :

— Non, c'est terminé. J'ai cessé de lire depuis plusieurs années. Il n'y a pas un seul livre dans cet appartement. Je les ai tous donnés.

Tranchemontagne le fixait, étonné. Le vieil homme se troubla légèrement :

— J'essaye désormais, vois-tu, de penser par moi-même. J'ai fini par comprendre que les pensées des autres, ingérées en trop grandes quantités, paralysent notre esprit et nous transforment en perroquets savants. Mais je me raconte peut-être des histoires pour excuser ma paresse.

— Et alors, que faites-vous de votre temps ? Vous écrivez, bien sûr.

L'autre secoua la tête :

— Non, je n'écris plus. Je n'aurais d'ailleurs peut-être jamais dû écrire. Bien rares sont ceux qui ont des choses neuves à dire. De toute façon, cela ne m'intéresse plus beaucoup. J'ai trouvé mieux à faire. Je m'occupe de moi-même. Je dorlote mon vieux corps, je m'accorde de petites douceurs, j'aide le temps à passer.

Une sourde inquiétude envahit Tranchemontagne :

— Est-ce que vous ne seriez pas devenu... euh... comment dire ? un peu désabusé ?

— Pas du tout, répondit l'autre avec un soupçon d'agacement qu'il tenta de dissimuler derrière un sourire qui découvrit des dents espacées et jaunies. Je n'ai fait que tirer tranquillement mes conclusions. Que veux-tu ? Je suis arrivé à l'âge des conclusions. Et alors, quel bon vent t'amène ? Tu n'es sûrement pas venu me trouver pour voir combien j'avais vieilli et si, par hasard, j'étais devenu sénile ? Comment vas-tu ? Parle-moi de toi.

Guillaume Tranchemontagne regrettait sa visite. Cet homme ne pouvait pas l'aider. Il ne pouvait sans doute plus aider personne. L'intérêt qu'il feignait pour lui n'était que politesse ou vieille habitude. Un mouvement de désespoir s'empara de lui. À qui pourrait-il donc se confier ? Qui pourrait lui expliquer ce qui se passait dans son âme ? Il promena son regard dans la pièce, grande, propre, banalement meublée. Malgré le ruissellement du soleil, elle distillait une profonde tristesse.

Le vieux professeur s'était levé et debout devant lui, le dos courbé, avait posé sa main décharnée sur son bras :

— Que veux-tu ? demanda-t-il d'une voix douce et amicale. N'aie pas peur de me parler. Si tu as pris la peine de me déranger, aussi bien aller jusqu'au bout, non ? Tu n'es pas le premier à venir frapper à ma porte. Je ne sais pas ce que je vous ai tous fait, mais pas un mois ne passe sans que... Allons, je t'écoute.

— Je... je ne sais que vous dire. Ou plutôt... c'est que... voilà longtemps que j'avais envie de vous voir... et je suis vraiment ravi que...

L'autre était allé se rasseoir sur sa chaise et s'occupait à mettre ses chaussures en le fixant avec le sourire ironique qui lui mettait la bouche de travers. En revoyant ce célèbre sourire (il en était même résulté à l'époque une caricature dans le journal étudiant), Guillaume Tranchemontagne ressentit une joie incommensurable, comme si on venait de lui annoncer que tout n'était pas perdu, qu'une sortie de secours existait quelque part.

— Mon cher Guillaume, quel âge as-tu ?

— Cinquante-neuf ans.

— Excuse mon franc parler – c'est un travers qui s'est aggravé avec le temps – mais tu as l'air malheureux comme un champ de pierres. As-tu des ennuis de santé ?

29

— Euh... je me porte assez bien, à part cette... mais c'est réglé, coupa-t-il en agitant la main (sa chevalière étincela) pour indiquer qu'il ne voulait pas que la conversation prenne ce chemin.

— Eh bien, parfait. C'est l'essentiel. Tu es marié, je suppose ?

— Marié, père de trois enfants et divorcé depuis quinze ans.

— Divorcé. Bon. C'est devenu un malheur bien commun. Personne n'en meurt. Tu t'entends bien avec tes enfants ?

— Ils travaillent avec moi.

— Merveilleux. Que demander de plus ? Écoute, je ne sais comment tu vois la vie, mais, quant à moi, le bonheur se résume à la santé, à un peu d'aisance et à quelques petites bricoles pour nous occuper l'esprit et nous empêcher de commettre des sottises.

Il appuya ses bras de chaque côté de la chaise et, se levant avec effort :

— Viens, je vais te montrer ma collection. Depuis que je m'y adonne, plus rien d'autre ne compte pour moi.

Il lui mit la main sur l'épaule et l'emmena à petits pas traînants vers une pièce qui s'ouvrait à gauche du canapé.

Elle contenait pour tout ameublement une table, deux chaises et une série de classeurs vert olive. Il ouvrit le tiroir de l'un d'eux :

— Ma collection de cartes professionnelles, annonça-t-il fièrement. J'en possède plus de quatre-vingt mille ! Je l'ai commencée il y a quinze ans.

Tranchemontagne le regardait, interloqué.

— Je vois que tu considères cela, toi aussi, comme une idiotie, reprit l'autre avec un sourire sarcastique. Évidemment, ça ne présente pas l'intérêt des collections de peintures de Paul Desmarais ou de Jean Chrétien. Je n'ai pas les moyens de ces messieurs. Mais il n'en reste pas moins que ma collection reflète, à sa façon, l'incroyable richesse de la vie. Pour qui a des yeux et un peu de culture, elle possède une valeur sociologique et historique incontestable.

Il ajusta ses lunettes sur son nez et se mit à promener ses doigts dans les rangées de cartes serrées dans de longs tiroirs d'où surgissait ici et là la tête d'un intercalaire :

— Voici, par exemple, la carte professionnelle du célèbre journaliste Olivar Asselin, au temps où il travaillait comme courtier en immeubles à Montréal. Une rareté, mon cher ! Et puis, plus près de nous, la carte – unilingue anglaise, évidemment – de l'activiste Howard Galganov, qu'une de mes connaissances a trouvée tout à fait par hasard l'an passé sur le comptoir d'un armurier. Et voici, dans la section des restaurants, une jolie carte en couleurs d'un établissement qui porte le nom délicieux de *Persil Fou*, dont on m'a vanté l'agréable cuisine, et voici celle d'un autre restaurant, l'insurpassable Piémontais.

Il l'entretint ainsi durant plus d'un quart d'heure, ouvrant et fermant les tiroirs, exhibant une carte après l'autre, les étalant sur la table, expliquant dans le détail la complexité des problèmes de classification et de datation, l'œil brillant, les pommettes écarlates, emporté par sa démonstration et ne s'apercevant pas que, depuis un moment, Guillaume Tranchemontagne lorgnait discrètement la porte.

— Très intéressant, très intéressant, répétait l'ancien élève avec un petit sourire gêné. Vous devez consacrer beaucoup de temps à cette collection.

L'autre se mit à rire :

— J'y mets *tout* ce qui me reste de temps. Mais je vois que je t'ennuie avec mes niaiseries. Passons à côté, veux-tu ? Est-ce que je peux t'offrir quelque chose à boire ? Je n'oserais pas te servir de café, par contre j'ai une bonne petite bouteille de Corbières 89 qui dort depuis trois ans dans l'ombre de mon placard. Elle ne doit pas être mauvaise.

— Je... c'est très gentil, mais malheureusement, j'ai un rendez-vous avec...

— Allons, allons, pas de faux-fuyant, je ne te crois pas... Tu n'es quand même pas venu me voir pour mesurer la longueur de mon nez. Tu as quelque chose d'important à me dire ou à me demander, non ? Hé hé ! on ne la fait pas à un vieil éducateur... Et puis, je te connais tout de même un peu... Je me rappelle nos longues discussions après les cours. Quelle passion tu avais alors ! En as-tu conservé un peu ? Je te revois, tout rouge, l'œil écarquillé, agitant les mains, tellement sûr d'avoir raison... Tu n'as sûrement pas beaucoup changé, malgré tes cinquante-neuf ans. Gageons que c'est le philosophe que tu es venu trouver. C'est toujours lui qu'on vient voir. Eh bien ! mon cher Guillaume, le philosophe a fermé boutique depuis longtemps ! Mais pour son ancien élève, qu'il n'a pas vu depuis une éternité, il est prêt à la rouvrir quelques minutes. Attention, cependant : la marchandise risque d'être poussiéreuse !

Ils retournèrent au salon et, d'une démarche qu'il aurait voulu guillerette mais qui ne faisait qu'accentuer cruellement sa raideur fossilisée, le vieux professeur disparut dans une cuisinette, en revint avec deux verres et un tire-bouchon, puis passa dans sa chambre à coucher et en rapporta la fameuse bouteille de vin, qu'il tendit à son hôte :

— Débouche-la, veux-tu ? Tu as meilleur bras que moi.

Tranchemontagne remplit les verres. Dans un geste simultané, ils humèrent le vin et prirent une gorgée, puis échangèrent un sourire.

— Pas mal, pas mal, murmura Ferlatte en claquant la langue. Il a de l'ampleur, avec de jolies notes de pruneau.

Il appuya ses coudes sur ses genoux et enveloppa son ancien élève d'un regard affectueux et un peu las :

— Allons, qu'est-ce qui se passe ?

Guillaume Tranchemontagne sentit la rougeur lui monter au visage, comme cela lui arrivait autrefois lorsqu'il dévoilait ses petites turpitudes d'adolescent au confessionnal.

— À vrai dire, je ne pense pas que vous puissiez m'aider, bafouilla-t-il comme dans une mise en garde. Personne ne peut m'aider... sauf peut-être moi-même... si j'en trouve le moyen.

L'autre continuait de le fixer, silencieux.

— Je... je file un mauvais coton, avoua enfin l'homme d'affaires. Comme tout un chacun, je suppose, je m'interroge depuis quelque temps sur... sur ma vie, voilà. J'ai le sentiment de l'avoir complètement gâchée. Je... je me pose de nouveau les questions que je me posais lorsque j'avais quinze ans et que j'avais complètement mises de côté. La vie a-t-elle un sens ? Où est-ce que je m'en vais ? Où allons-nous tous ? Alors, vous comprenez, tout cela est très désagréable. Je ne me sens pas préparé à ce... genre d'affaires, voilà. Je dors mal, j'ai perdu l'appétit et le goût du travail, un rien me fait sursauter, je voudrais parfois... ne jamais avoir existé ! C'est ridicule, n'est-ce pas, et inquiétant, à vrai dire. Peut-être est-ce l'effet du... du retour d'âge ? Je ne savais trop à qui en parler et... je me suis dit que vous, qui avez tant vécu et réfléchi, qui connaissez tant de choses, vous étiez peut-être arrivé à une autre... étape de votre vie... qui vous permettait de me répondre... enfin... en partie, du moins.

32

Ferlatte avait toujours son fin sourire en diagonale. Il prit une gorgée de vin et la fit rouler dans sa bouche, le regard impassible :

— Hum... un bon petit goût de cerise noire...

Alors Guillaume Tranchemontagne lui raconta son hospitalisation et l'histoire tragique de la jeune cancéreuse. Le vieil homme cligna des yeux à plusieurs reprises. Il but encore un peu de vin et changea de position dans son fauteuil, mais continua de garder le silence.

— Moi à qui ce n'était pas arrivé depuis des dizaines d'années, poursuivit Tranchemontagne, je me suis remis, chose étrange, à penser à Dieu. Car, vous le savez mieux que moi, on ne peut pas se questionner sur le sens de sa vie sans tôt ou tard se questionner sur Dieu lui-même. Je sais qu'il s'agit d'une question extrêmement banale, mais pour moi, depuis quelque temps, elle est redevenue comme toute neuve et ne cesse de me faire souffrir.

Il se pencha en avant, le front tout en sueur :

— D'après vous, monsieur Ferlatte, est-ce que Dieu existe ?

Le vieux professeur continuait de cligner des yeux et avait l'air mal à l'aise. Il tendit le bras vers la bouteille :

— Redonne-moi un peu de ce vin, veux-tu ? Et sers-toi, sers-toi, je t'en prie. Il faut finir ce Corbières, autrement il va se gâter.

Il prit une longue gorgée et sembla chercher ses mots, comme s'il craignait de blesser son interlocuteur.

— Dieu est une idée usée, mon cher Guillaume, dit-il enfin. Un truc que l'homme a trouvé pour tenter de se consoler de sa mort. Mais la mort, je crois, porte en elle-même sa propre consolation. Au risque de te décevoir, voilà le fond de ma pensée. Cela dit, la vérité se trouve peut-être dans le contraire de ce que je viens de t'affirmer. Comme on n'en sait rien, tout cela est, au fond, très ennuyeux. Je ne m'y intéresse plus depuis longtemps. Crois-moi, il faut fuir autant que possible ces grands sujets vides et offrir à nos pauvres esprits limités des occupations plus à leur mesure. Comme de goûter un bon vin, par exemple... Pourquoi ne te lancerais-tu pas dans une collection de cartes professionnelles, ou quelque chose du même genre ? Je t'assure, c'est très hygiénique et très amusant.

Guillaume Tranchemontagne retrouva pour quelques instants son âme d'adolescent. Il s'emporta un peu, fit des objections, tenta de pousser plus avant la discussion. Mais bientôt il s'arrêta : l'âge ou la lassitude semblait avoir éteint son interlocuteur, autrefois si friand des joutes de l'esprit. Alourdi sans doute par le vin, il dodelinait de la tête avec un vague sourire et allait s'endormir.

Alors Tranchemontagne se leva, affreusement déçu, et, d'un ton un peu sec, prit congé. L'autre ne sembla pas remarquer sa froideur et le raccompagna lentement jusqu'à la porte.

Soudain, il s'arrêta, mit la main sur son épaule et, tout intimidé, dressa en l'air trois doigts osseux :

— Est-ce que je pourrais te demander une petite faveur ? Tu as sûrement sur toi des cartes professionnelles. Pourrais-tu m'en donner trois ?

Tranchemontagne éclata d'un rire un peu moqueur :

— Bien sûr, bien sûr ! Dix, si vous voulez.

— Trois me suffiront, merci. Merci beaucoup. Et n'oublie pas, ajouta-t-il avant de refermer la porte, n'oublie pas mes suggestions. Collectionner des choses simples, ou quelque autre occupation de ce genre, voilà le meilleur remède aux maux de l'âme. Il ne sert à rien, crois-moi, de charger son esprit de sujets démesurés. Ils ont été faits pour d'autres êtres que nous, qui n'existent sans doute pas encore. Tu vas peut-être me trouver cruel, mais j'en suis venu à la conclusion que l'homme a été conçu pour vivre dans une certaine médiocrité.

— Qui sait ? Vous avez peut-être raison, répondit l'homme d'affaires en lui tournant le dos.

Il s'éloigna dans le corridor à grandes enjambées, un peu étourdi par le vin et impatient de fuir cette odeur de renfermé et de vieux café qui ne lui parlait que de ratatinement et de naufrages solitaires.

— Vieux parapluie troué, grommela-t-il en appelant l'ascenseur. Je ne pensais pas qu'un esprit si brillant pouvait se ratatiner à ce point. Si près de la mort, il ne doit pas avoir le courage de la regarder.

Il poussa un soupir :

— Je ferai sans doute comme lui...

Pour la première fois, la vieillesse lui paraissait une chose hideuse, l'ignoble et féroce déconstruction des acquis de toute une vie. Il remonta dans son auto et se dirigea vers Outremont, plus angoissé que jamais.

★

Il réalisait qu'il était malheureux depuis très longtemps. Non pas d'un malheur profond et insupportable, mais d'un doux malheur ordinaire, qui l'empoisonnait lentement et finirait sans doute par le faire mourir. Et il apercevait clairement la cause de ce malheur, comme on aperçoit un arbre solitaire au milieu d'un champ. Il avait perdu le contrôle de sa vie. Au lieu de faire les actes qui l'auraient rendu heureux, il ne cessait de faire les autres. Il tempêtait après tout le monde, travaillait trop, mangeait et buvait trop, il manquait d'amour et en donnait bien peu – sa vie affective ressemblait à un nid abandonné –, il ne se montrait enjoué et agréable qu'avec les clients ; quand d'aventure cela lui arrivait avec les employés ou ses enfants, on le regardait, étonné. Il avait pris la mauvaise habitude de se montrer intraitable avec la vie, d'exiger d'elle la perfection. Pourtant, il savait bien que cette pauvre vie pouvait lui offrir bien des choses, mais surtout pas cela. Alors comment atteindre à un certain bonheur ? Voilà où résidait le problème. Il n'en avait pas la moindre idée. C'était comme si on lui avait demandé de faire parler un cheval.

Il filait dans la rue De Lorimier et s'aperçut tout à coup que sa réflexion l'avait égaré, l'amenant beaucoup trop au nord. Voulant faire demi-tour, il tourna dans la rue Sherbrooke vers l'ouest. Son trajet le ferait passer devant l'hôpital Notre-Dame. Il venait d'y faire installer à la cafétéria une machine à espresso haut de gamme qui lui avait coûté une petite fortune. Malgré sa convalescence, il eut envie d'aller jeter un coup d'œil sur les lieux afin de vérifier si le technicien avait travaillé selon les règles de l'art. L'hôpital apparut bientôt à sa gauche. Il ralentit et cherchait un stationnement lorsqu'une jeune femme, avec un bébé dans ses bras et un gros sac accroché dans le creux du coude, s'avança sur le bord du trottoir, agitant son pouce.

Il sentit en lui une obscure poussée intérieure, freina et, se penchant de côté (un trait de feu dans le bas-ventre bloqua son mouvement), lui fit signe de monter.

Elle ouvrit prestement la porte, se glissa dans l'auto, le bébé pressé contre son épaule, et lui jeta un regard perçant.

— Merci, fit-elle en inclinant la tête.

Il remit l'auto en marche :

— Où allez-vous ?

Elle garda le silence quelques secondes, puis, avec un étrange sourire, le regard droit devant elle :

— Je... À vrai dire, je ne sais pas.

— Vous ne savez pas ? s'étonna-t-il.

Il ralentit de nouveau, puis rangea l'auto le long du trottoir, éteignit le moteur et l'examina. Elle était mince et plutôt jolie, elle avait dans les vingt ans, avec un teint brun, marqué ici et là de légères éruptions, des traits fins, des cheveux bruns nattés, un long nez retroussé, des yeux noirs à cils bruns, un peu enfoncés sous l'arcade, des jambes menues, bien galbées et un air vif et décidé.

— Non, je ne sais pas. Mes parents m'ont mise à la porte, j'ai perdu mon emploi et je n'ai pas encore eu le temps de me trouver un appartement. Je viens d'accoucher, ajouta-t-elle en donnant un coup de menton vers l'enfant qui, les yeux plissés, dormait contre elle avec un air de profonde détermination.

— Et alors, que comptez-vous faire ?

Elle eut comme un petit rire étouffé, pressa sa joue contre le bébé et haussa légèrement les épaules.

Il serrait et relâchait ses mains sur le volant, désemparé, mais une pointe de bonne humeur venait de s'allumer en lui qui le confirmait obscurément dans la pertinence de sa décision d'avoir fait monter dans son auto ce drôle de brin de femme.

— Où demeurent vos parents ? lui demanda-t-il, ne trouvant rien autre à dire.

— À Louiseville. J'ai travaillé là-bas jusqu'en décembre dernier comme serveuse, mais avec cette grossesse, vous comprenez, il valait mieux que je parte, les gens auraient trop jasé. D'ailleurs, ça tombait bien, la ville m'assommait depuis longtemps.

— Et... le père ? fit-il en désignant le bébé.

— Le père ? Un casse-pieds de première classe. Il fait partie de l'Église universelle des apôtres de la scientologie. C'est un miracle que j'aie pu l'endurer trois mois. Il voulait me convertir à tout prix. À sa cinquième tentative, je lui ai montré la porte.

— Bon, fit-il avec entrain, comme si on venait de lui annoncer une bonne nouvelle, ce sont des choses qui arrivent. Et, dites-moi, où allez-vous coucher ce soir ?

— Où je pourrai, répondit-elle avec le même étrange sourire en contemplant la rue.

Elle ne demandait rien ; elle attendait tout simplement qu'il se décide, si la chose le tentait, à lui offrir son aide. Dans le cas contraire, on sentait qu'elle aurait quitté l'auto de fort bonne grâce.

— Voilà une histoire... euh... bien extraordinaire, observa-t-il pour se donner le temps de prendre une décision. Mais la vie est ainsi faite... Un jour, on est ici, en train de s'occuper de telle et telle chose, et puis, toc ! le lendemain on est là-bas, à mille kilomètres, les mains complètement vides.

— Eh oui, répondit-elle sans qu'on puisse deviner par son ton si les propos de son compagnon l'intéressaient ou l'ennuyaient.

— Eh bien ! si... si je vous hébergeais pour la nuit ? Cela vous donnerait un peu de temps pour chercher un logement, non ? J'ai une très grande maison à Outremont, que j'habite seul depuis des années. Enfin, pas tout à fait seul, à vrai dire. J'ai une gouvernante qui s'occupe de mon intérieur... Je suis divorcé, crut-il bon d'ajouter, et mes enfants sont mariés... enfin, deux d'entre eux.

Il eut un sourire embarrassé :

— J'espère que vous ne vous imaginez pas que je suis en train... euh... de vous draguer, comme on dit ?

— Je n'y ai pas pensé une seconde, monsieur, répondit-elle avec un plissement d'œil presque impertinent.

Il arriva chez lui dans un état d'exaltation qu'il n'avait pas connu depuis des années, étonné d'ailleurs par sa réaction, car le bon sens lui disait que l'arrivée de cette jeune femme et de son bébé ne pouvait lui apporter que des complications.

Elle sortit de l'auto et contempla, interdite, l'immense maison de deux étages au revêtement de bardeaux de cèdre grisâtres, puis les arbres centenaires, la pelouse grasse et sombre et, au-dessus du toit, les têtes majestueuses d'autres arbres qui indiquaient que la propriété se continuait derrière.

— Vous êtes riche, vous !

— Un peu, répondit-il avec un petit rire satisfait. Mais j'ai dû travailler dur, vous savez. Et je continue.

— Qu'est-ce que vous faites ?

— Je suis dans le café.

Elle se mit à rire :

— Eh bien ! moi, j'en servais. J'ai oublié de me présenter, ajouta-t-elle en tendant la main. Caroline Duparquet.

L'homme d'affaires inclina légèrement la tête et se présenta à son tour. Le bébé commença à s'agiter en poussant de petits cris.

Elle posa ses lèvres sur son crâne duveteux :

— Patience, mon poupou, on arrive. C'est l'heure de son biberon.

— Allons, venez, je vais vous montrer votre chambre.

La maison comptait quatorze pièces. Les chambres à coucher occupaient une partie du premier et tout le deuxième étage. Sa propre chambre se trouvant au premier, Guillaume Tranchemontagne, pensant à ses aises, avait décidé de loger la visiteuse à l'étage supérieur de façon à ne pas être incommodé par les vagissements du nouveau-né.

Ils traversèrent un hall spacieux et gravirent un escalier à la lourde rampe de chêne ouvragée.

— Ça ne vous fatiguera pas trop de monter deux étages ? s'inquiéta-t-il tout à coup.

— Pas du tout. J'ai du souffle. Et, déjà, je ne me ressens pratiquement plus de mon accouchement. C'est beau, ici ! s'écriat-elle naïvement tout en tapotant le dos du bébé qui s'assoupissait peu à peu. Vous êtes vraiment riche, vous...

Il fronça les sourcils, agacé :

— Oh ! pas tant que ça, tout de même. Et puis, impossible de s'enrichir sans rester économe, ajouta-t-il dans une sorte de mise en garde. On me l'a enseigné de bonne heure : mon père était ferblantier et ne gagnait pas grand-chose. C'est de lui que j'ai appris à faire des journées de seize heures.

Il remarqua avec dépit que le récit mille fois raconté de ses débuts héroïques ne lui donnait plus aucun plaisir.

Ils arrivaient au deuxième. Il s'arrêta un moment, un peu essoufflé, le bas-ventre en feu.

— Vous ne vous sentez pas bien ? lui demanda-t-elle en enfonçant la pointe de son soulier dans l'épaisse moquette.

— Moi aussi, je sors de l'hôpital, figurez-vous.

Il allongea la main et caressa l'enfant :

— Mais pour une raison beaucoup moins intéressante que la vôtre.

Elle n'osa le questionner. En voyant la chambre, peinte en lilas, qui donnait sur le jardin et possédait sa propre salle de bains, elle poussa des cris d'émerveillement.

— Fantastique ! fantastique ! on se croirait dans un Club Med !

Elle s'assit sur le bord du lit, dégrafa tranquillement son corsage et, sans plus de façon, libéra un de ses seins et le tendit à l'enfant.

— Vous êtes très gentil, vous savez, fit-elle en relevant la tête, un grand sourire aux lèvres.

Il quitta la chambre, un peu troublé, et téléphona à Augustine Dubuc, sa gouvernante, en visite chez sa vieille mère, lui demandant de venir installer sa jeune invitée et de la pourvoir de tout ce qui lui serait nécessaire. Pas une seconde il ne pensa aux ragots que la brave quinquagénaire risquait de colporter, car la secrète jubilation qui l'habitait depuis une heure continuait d'enjoliver délicieusement la réalité.

Il eut soudain envie d'apprendre la nouvelle de sa bonne action à Marie-Louise et saisit de nouveau le téléphone. La conversation porta d'abord sur le compte en souffrance d'un restaurateur chinois qui, après une faillite, avait ouvert un nouvel établissement sous le nom de sa nièce. Devait-on envoyer Antonin, l'aîné (plus énergique), ou Julien le cadet (plus enjôleur) pour réclamer le paiement ? Marie-Louise optait pour Antonin. Alors, tout de go, sur un ton de joyeuse bravade, il annonça à sa fille qu'il venait de se trouver une femme de compagnie.

— Une quoi ?

— Je viens de recueillir chez moi une jeune femme avec son nouveau-né. Elle faisait du pouce devant l'hôpital Notre-Dame et n'avait nulle part où aller.

Marie-Louise s'esclaffa, croyant à une blague. Il insista, donna des détails.

— Papa, il existe des maisons d'hébergement pour ce genre de personnes.

— Eh bien, je viens d'en ouvrir une.

Et il éclata de rire.

Marie-Louise, la mine défaite, se leva de son bureau et alla se planter devant la fenêtre ; dans la cour, un camion du torréfacteur Aroma s'était stationné à la porte de l'entrepôt et deux employés déchargeaient des boîtes de café préemballé en chantant à tue-tête.

— Que lui arrive-t-il ? murmura-t-elle en portant la main à sa gorge humide et palpitante. Veux-tu bien me dire ce qui lui arrive ?

Elle alla trouver Antonin à son bureau et eut avec lui une

longue conversation. Puis, sur le conseil de ce dernier, elle se rendit après le travail chez son père pour se rendre compte *de visu* de la situation. Elle le trouva en train de souper avec Caroline Duparquet. Très à l'aise et tout guilleret, il lui présenta la jeune femme, qui parut un peu intimidée, vanta la générosité de son bienfaiteur et déclara que, dès le lendemain, elle avait l'intention de se mettre à la recherche d'un emploi et d'un appartement.

— Je te sers un apéro, Marie-Lou ? offrit Tranchemontagne en lui pinçant l'avant-bras, qu'elle avait fort potelé.

— Non merci, papa, je n'ai pas le temps, répondit-elle sèchement.

Et elle partit, sans s'être donné la peine d'aller s'extasier rituellement devant le bébé.

Vers le milieu de la soirée, elle téléphona à Antonin et lui raconta sa visite. C'était un homme taciturne ; il émit peu de commentaires.

— Je vais réfléchir à tout cela, se contenta-t-il de conclure.

Julien, quand il apprit la nouvelle, trouva l'affaire très drôle et lança quelques plaisanteries salées sur « la seconde jeunesse du bonhomme » en espérant que « la patate ne lui saute pas au milieu du lit ». Il manifesta également un vif désir de rencontrer la jolie serveuse de Louiseville.

Guillaume Tranchemontagne avait deviné le mécontentement de sa fille et savait que celle-ci se chargerait, avec beaucoup de zèle, de le transmettre à ses deux garçons.

Mais cela n'affecta pas le moins du monde sa bonne humeur. Une divine insouciance l'habitait. Il venait, sans le vouloir, de trouver un remède à son mal de vivre. De quel remède s'agissait-il au juste ? Il ne le savait pas encore très clairement, et cela n'était pas sans l'intriguer. Mais le sentiment d'avancer à présent sur la bonne voie, même en ignorant où celle-ci le mènerait, lui procurait un extraordinaire réconfort.

★

Chose rarissime, il dormit d'une seule traite et se réveilla le lendemain matin frais comme un jeune homme. Assis dans son lit, il tendit l'oreille, mais le silence régnait dans toute la maison. Alors il se leva, se rendit à la salle de bains et commença à se raser. C'est alors que *cela* se produisit et que la transformation qui s'était effectuée si douloureusement en lui durant les dernières semaines atteignit son point de mûrissement. Il venait de se raser les joues et s'apprêtait à attaquer la gorge, où certains poils blancs, fins et folâtres, demandaient une attention minutieuse, lorsqu'une idée s'imposa à son esprit avec une force et une simplicité souveraines. « Désormais, décida-t-il dans un transport de joie, je vais me consacrer à faire le bien autour de moi. Il n'y a que cela qui me rende heureux. »

Il descendit à la salle à manger. Son café l'attendait, accompagné d'un bol de céréales et d'un demi-pamplemousse. Il mangea avec appétit, prêtant l'oreille aux bruits de la maison. Sa protégée se préparait peut-être à le rejoindre.

— Madame Dubuc ? lança-t-il d'une voix pleine d'entrain. Pouvez-vous m'apporter des rôties avec de la confiture ? Je mangerais un bœuf, ce matin.

La gouvernante déposait les rôties devant lui lorsque Caroline Duparquet apparut dans l'embrasure, son bébé assoupi dans les bras, et adressa un timide sourire à l'homme d'affaires.

— Allez, venez vous asseoir. Vous avez bien dormi ? Parfait. Que prenez-vous pour déjeuner ?

— Oh ! seulement un café. Noir. Je n'ai jamais faim le matin.

Madame Dubuc se tourna vers elle ; ses sourcils arrondis exprimaient un étonnement scandalisé :

— Je vous avais préparé du gruau à la crème, avec beaucoup de raisins secs. C'est presque cuit. J'avais cru que... dans votre état, c'est ce qu'il fallait.

La joue pressée contre le bébé et lui caressant le dos, Caroline Duparquet sourit à la gouvernante :

— Vous êtes gentille. Apportez-le-moi, dans ce cas. J'essaierai d'en prendre un peu.

Les coudes sur la table, sa tasse à la main, Tranchemontagne l'observait en train de manger consciencieusement, l'enfant pressé contre sa poitrine. Une sorte de calme fierté émanait de la jeune femme. Ses cheveux soigneusement coiffés, sa mise simple mais impeccable, le ton à la fois spontané et légèrement désinvolte qu'elle mettait à lui raconter ses premières semaines à Montréal et les désagréments de la fin de sa grossesse, tout cela lui faisait une très bonne impression. Il n'avait pas devant lui une épave, une cervelle brûlée ou une de ces canailles qui prennent

41

plaisir à semer le malheur et le désordre mais, au contraire, quelqu'un de respectable et d'original, au caractère affirmé. Difficile à vivre, peut-être, mais fiable.

Une impulsion le saisit et il s'y abandonna avec une sorte d'ivresse :

— Écoutez, Caroline – si vous permettez que je vous appelle par votre prénom... merci –, je pensais à votre histoire tout à l'heure en déjeunant... et je me disais que, dans votre situation, trouver un logement, dénicher un emploi... enfin... ce sont des choses qui ne se font pas toujours en criant lapin ! Alors, si ça vous arrange, vous pouvez rester chez moi, disons... le temps qu'il vous faudra pour vous tirer d'affaire, et moi... eh bien, moi... j'essaierai de vous aider... dans la mesure du possible, bien sûr.

C'est alors que l'enfant, jusque-là immobile, bougea faiblement les jambes et poussa un long soupir d'aise. Tranchemontagne sourit, tout ragaillardi, comme si Dieu sait qui – ou le Diable ! – venait de lui donner une petite tape amicale sur l'épaule.

2

Guillaume Tranchemontagne avait un peu exagéré la modestie de ses origines. Il était né à Verdun, le deuxième d'une famille de six enfants, et ses parents, bien que peu instruits, avaient un certain goût pour les raffinements de la vie et beaucoup d'estime pour le savoir. Après sa dernière grossesse, Graziella Tranchemontagne avait repris son emploi de caissière dans une épicerie tandis que sa mère gardait les jeunes enfants. Son mari tenait une boutique de ferblantier à deux pas et venait chaque après-midi s'acheter un Coke, en profitant pour échanger quelques mots avec sa femme quand elle n'était pas occupée par des clients. Les deux époux s'aimaient profondément, mais travaillaient dur et avaient peu de loisirs. Chez les gens de leur milieu, cela passait pour être normal. Pratiquant des prix planchers, Hector Tranchemontagne devait accumuler les heures et, malgré tous ses efforts, n'apportait pas beaucoup d'argent à la maison. Cependant, il avait décidé d'envoyer ses deux garçons « aux grandes études » – et peut-être aussi ses filles, s'il lui restait assez de sous, afin de leur épargner plus tard « sa vie de misère ». À l'époque, il n'y avait que les gens à l'aise qui soient capables de payer à leurs enfants le prestigieux « cours classique », dispensé par le clergé et pouvant seul mener à un état vraiment honorable.

Graziella Tranchemontagne avait eu l'idée un jour, pour augmenter leurs revenus, de se lancer dans la fabrication domestique des tartes et tourtières. Elle en fournissait l'épicerie qui l'employait. Ses dons de pâtissière la firent bientôt connaître dans le quartier, puis dans une bonne partie de la ville. Elle consacrait ses soirées, une partie de ses nuits et la plupart de ses jours de congé à cuisiner. Guillaume se souvenait de son enfance et de sa jeunesse comme d'un temps passé parmi les tartes et les pâtés. Il y en avait partout dans la cuisine, et parfois dans les autres pièces de la maison, en train de refroidir sur des étagères grillagées fabriquées par son père. L'odeur des fruits cuisant dans le sucre, du bœuf poêlé et des oignons frits était l'odeur même de ses jeunes années. Encore aujourd'hui, la vue d'une tarte faisait naître en lui un obscur sentiment de tendresse et de compassion, comme si sa mère venait d'apparaître devant lui, penchée au-dessus du four surchauffé ou roulant la pâte sur une large planche de pin blond, les bras enfarinés, l'air un peu las, mais en train de chantonner.

Un soir, après son bain (il devait avoir quatre ans), il s'était mis à courir tout nu dans la maison, poursuivi par son frère, et était tombé assis dans une tarte aux framboises posée par mégarde sur le plancher. Il se souvenait encore avec beaucoup d'acuité de la fessée cuisante que lui avait infligée sa mère, le jus des framboises accentuant de façon dramatique la rougeur de son derrière.

Imitant sa femme, Hector Tranchemontagne utilisait ses moments libres à réparer des bicyclettes ; c'était un homme ingénieux, ordonné, méthodique, infatigable. Il avait bientôt ajouté à cette occupation un peu de mécanique automobile.

Guillaume ne se rappelait pas avoir vu ses parents dormir le jour et n'avait jamais assisté à leur lever ni à leur coucher. De sorte que, pendant longtemps, il avait cru que le sommeil était une occupation – ou plutôt une corvée – réservée aux seuls enfants, dont l'âge adulte finirait par le délivrer.

À force de travail acharné, les Tranchemontagne avaient accédé à une modeste aisance. Leurs enfants portaient des vêtements propres, fréquentaient parfois des camps de vacances, voyaient le médecin dès qu'ils étaient malades et obtenaient de bons résultats scolaires.

Guillaume se souvenait de sa mère comme d'une femme surmenée mais joyeuse et généralement douce. Son père avait un caractère beaucoup plus vif et pouvait piquer des colères terribles, mais il n'avait jamais battu ses enfants et leur manifestait à l'occasion de surprenantes marques de tendresse.

À l'âge de douze ans, il avait suivi son frère Édouard au collège

Sainte-Marie à Montréal, où il s'était montré assez médiocre élève, à la grande déception de ses parents. C'est là qu'à l'âge de dix-neuf ans il avait eu comme professeur le père Ferlatte, qui avait exercé sur lui une si forte influence.

À la sortie du collège, il avait voulu s'inscrire à la Faculté d'art dentaire, mais avait essuyé un refus. Alors, sans grande conviction, il avait posé sa candidature à l'École normale, où on l'avait accepté. Mais au bout de quelques mois, dégoûté par la perspective de passer sa vie dans l'enseignement, il avait abandonné ses cours et s'était retrouvé représentant chez le torréfacteur Touvent, dont les affaires allaient bientôt connaître une grande expansion.

Tranchemontagne prit goût peu à peu à son nouveau métier, même si au début son travail était plutôt mal payé. Il apprit à cajoler les clients en leur apportant des petits cadeaux, du matériel publicitaire, à se plier à leurs caprices, à se montrer invariablement de bonne humeur avec eux, qu'ils le fussent eux-mêmes ou pas, à détecter les mauvais payeurs, à prévoir les départs à la cloche de bois, à défendre avec conviction les hausses de prix du café, à vanter avec éloquence les nouveautés. Il apprit aussi qu'à long terme, seul un produit de qualité permettait des opérations profitables. Il avait beaucoup d'entregent, de l'énergie à revendre, il comprenait vite et développa une véritable passion pour le café. Il s'était équipé de plusieurs cafetières pour comparer les procédés et apportait chaque jour quelques échantillons de café chez lui. Les fins d'après-midi se passaient parfois dans l'entrepôt de Touvent en séances de dégustation qui alimentaient de fiévreux débats.

Jusque-là, Touvent ne fournissait que les épiceries, les restaurants et les organismes publics. En 1963, la société décida de créer un service de pause-café afin de pénétrer le marché des bureaux et des manufactures à Montréal. Ce service consistait à fournir gratuitement au client une machine à café automatique et à en assurer l'entretien contre l'engagement dudit client de s'approvisionner exclusivement auprès de la société. Les profits de la vente du café par tasse restaient au client, le distributeur trouvant son bénéfice dans la vente du café en sac. Tranchemontagne concentra bientôt son travail dans ce réseau, qui incorpora peu à peu des restaurants, et constata que ce commerce était très lucratif.

Deux ans plus tard, à l'insu de son employeur, il se portait acquéreur avec un dénommé Réal Auger, qui lui servait aussi de prête-nom, d'un circuit de distribution appartenant à un concurrent mal en point. On appelait ainsi une liste de clients établis dans un territoire donné, en l'occurrence l'ouest du centre-ville. Au bout de quelques mois, il acheta un deuxième circuit sur la Rive-Sud. Il s'était ainsi placé dans un conflit d'intérêts permanent et préféra quitter Touvent de lui-même avant que la chose ne s'ébruite et qu'on ne le mette à la porte. C'est ainsi que fut fondé Délicaf, qui s'établit rue Marie-Anne près de Papineau. Les débuts de la société furent modestes : elle comptait deux représentants (lui-même et Auger), un livreur, un technicien et une téléphoniste qui jouait aussi le rôle de préposée aux commandes. Tranchemontagne et son associé, en plus de leur travail, devaient s'occuper des achats, de la comptabilité et de l'administration générale. Leurs journées n'avaient pas de fin. Mais ils débordaient de l'énergie et de l'entrain de la jeunesse et ne songeaient qu'à augmenter leur clientèle, tâche ardue s'il en fut.

Le monde du café se caractérisait, en effet, par une concurrence féroce et une propension aux coups de Jarnac. Trois grands distributeurs-torréfacteurs se partageaient le marché montréalais, mais une foule de petits entrepreneurs travaillant à coûts réduits dans des installations de fortune réussissaient à écouler un produit médiocre, mais bon marché, qui plaisait à plusieurs et rendait la guerre des prix permanente.

C'est en 1965, l'année de la fondation de Délicaf, que Tranchemontagne épousa Josée Vincelette, une comptable qu'il avait connue chez Touvent. Elle quitta bientôt son employeur pour se joindre à la nouvelle société, tomba enceinte et accoucha d'un garçon ; cela combla d'aise son mari qui songeait déjà à la relève.

Ce bonheur s'accompagna d'un autre. Peu avant la naissance de son fils, Tranchemontagne eut vent d'une hausse importante du prix du café dans les semaines à venir. Lui d'ordinaire si prudent et parfois même un peu tatillon, sans en parler à personne, prit alors une décision audacieuse. Il fit un emprunt à la banque et acheta un important stock de café. En l'espace de deux mois, trois hausses successives se produisirent, chacune augmentant ses profits, ce qui lui permit de consolider les assises

46

financières de sa société, d'acheter un autre petit concurrent en difficulté et de porter le nombre de ses clients à plus de cinq cents ; du coup, cela le plaçait parmi les sociétés de pause-café d'une certaine importance dans la région de Montréal. On engagea un autre livreur ; les locaux de la rue Marie-Anne devinrent exigus et l'idée d'un déménagement se mit à germer dans les esprits.

Réal Auger, vexé de n'avoir pas été mis au courant de la manœuvre de son associé, ne cessait de maugréer, jaloux de son succès, le traitant de casse-cou, prédisant la ruine de leur entreprise et le menaçant alors des pires représailles. En fait, ses relations avec Tranchemontagne se détérioraient peu à peu depuis un an, et pour diverses raisons. Tranchemontagne, plus énergique, plus futé, mais aussi plus cassant et très dominateur, se comportait souvent comme s'il avait été le seul propriétaire de Délicaf. Auger, homme expérimenté mais un peu pâte molle, dont les coups de collier ne faisaient pas oublier une propension grandissante à mener joyeuse vie, n'acceptait pas d'être relégué à un second rôle ; dans les mois qui suivirent, Tranchemontagne remarqua que son penchant pour l'alcool s'accentuait. Finalement, Josée Vincelette découvrit un jour d'importantes irrégularités dans certains de ses comptes de dépenses. Tranchemontagne comprit que la chance lui souriait de nouveau. Il convoqua son associé sous un faux prétexte, le fit boire tant qu'il put, puis, étalant tout à coup devant lui les preuves de sa filouterie, menaça de le poursuivre en justice, car son manège, dit-il, remontait sans doute à très loin et on ne manquerait sûrement pas de découvrir d'autres magouilles gratinées. « Il faut se quitter, mon vieux, déclara-t-il enfin. J'accepte de fermer les yeux sur tes saloperies, mais tu devras me vendre ta part. » L'autre, à demi ivre, terrifié, la cravate de travers, accepta, au terme d'une discussion féroce, de la céder pour une bouchée de pain. On signa un papier sur-le-champ et Tranchemontagne vit tout à coup s'ouvrir devant lui le chemin doré qui mène à la richesse.

Délicaf occupa bientôt des locaux plus spacieux, toujours dans la rue Marie-Anne. Dans les mois qui suivirent, on dut engager deux représentants et un second technicien pour l'installation et l'entretien des machines à café. Le nombre des clients dépassait maintenant les huit cents. Tranchemontagne consacrait désormais une bonne partie de son temps à l'administration. Il s'était lié avec un gérant de banque qui se tenait à l'affût pour lui signaler des compétiteurs en difficulté.

Il s'enrichissait, prenait du poids, s'était mis à fumer, passait le plus clair de son temps au bureau, se désintéressant peu à peu de sa famille. Sa femme accoucha d'une fille. Il en ressentit une certaine joie, l'esprit ailleurs. Les années passaient ; il eut une liaison avec une de ses jeunes employées, téléphoniste ; quelque temps plus tard, elle tombait enceinte. Il offrit de payer son avortement, mais elle refusa, outrée, quitta son emploi et il n'en entendit plus jamais parler.

Délicaf comptait à présent plus de mille clients. Beaucoup de travail, un peu de chance, quelques bons coups à la Bourse et le goût qui s'était répandu à partir des années 80 du café à l'européenne avaient fait de lui un millionnaire. Dans la décennie suivante, la mode américaine du café aromatisé, fait à partir de grains de qualité inférieure et donc très bon marché, avait arrondi un peu plus son magot. Il ne comptait pas encore parmi les plus grands, mais les plus grands commençaient à l'observer d'un œil attentif.

Son mariage s'était éteint dans l'indifférence et l'amertume, mais, consolation imprévue pour un homme qui avait pris si peu d'intérêt à la vie familiale, ses trois enfants, l'un après l'autre, étaient venus le rejoindre chez Délicaf, comme s'ils avaient cherché inconsciemment à compenser les effets de son absence durant leur jeunesse en partageant avec lui leur vie adulte. Ses relations avec eux, sans être très chaleureuses, étaient correctes et souvent cordiales. Il estimait beaucoup le sérieux d'Antonin, la persévérance et l'ardeur au travail de Marie-Louise ; de Julien, le cadet, il adorait le caractère enjoué et charmeur, qui faisait des merveilles auprès des clients (et surtout des clientes), mais il se méfiait quelque peu de son comportement parfois imprévisible et fantasque. « Il ne dirigera jamais ma société », avait décidé un jour Tranchemontagne, non sans ressentir une certaine déception, car s'il avait un favori, c'était celui-là.

★

Et, à présent, assis en face de Caroline Duparquet dans la salle à manger de sa maison d'Outremont, il essayait, mine de rien, de racheter sa vie, dont le succès factice s'était tout à coup effondré devant ses yeux, révélant un épouvantable échec ; Antonin, sous prétexte de discuter d'une question de marketing, lui avait annoncé sa visite pour neuf heures trente et essayerait de le ramener dans ses vieilles ornières, mais il ne plierait pas.

La jeune femme, apparemment très à l'aise, mangeait d'un bon appétit des rôties tartinées de fromage que madame Dubuc venait de lui servir avec du café ; son bébé dormait dans un lit-cage que la gouvernante avait découvert au grenier et installé dans un petit boudoir à côté ; il avait servi à Marie-Louise et peut-être aussi à Julien ; un second lit-cage, de provenance inconnue, celui-là, et oublié comme l'autre au grenier, se trouvait dans la chambre de la jeune femme, mais elle préférait pour l'instant faire dormir l'enfant dans son propre lit.

— Duparquet, remarqua Tranchemontagne en déposant sa tasse de café, c'est le nom, je crois, d'une localité en Abitibi, où je n'ai d'ailleurs jamais mis les pieds. Comme nom de famille, c'est peu commun. En fait, c'est la première fois que je l'entends.

La jeune femme se mit à rire :

— Pas surprenant, je me le suis fabriqué. Mon vrai nom est Bennett. J'étais fatiguée d'entendre *beignet*, *benêt*. Avec Duparquet, j'ai la paix.

— Vous avez changé de nom ! s'étonna-t-il.

— J'ai fait quelques petites choses dans ma vie qui vous surprendraient. Mais si je parle trop, vous ne voudrez peut-être plus me garder...

Elle le fixait d'un œil tranquille et narquois et il sentit augmenter son estime pour cette femme qui semblait se ficher de tout.

— Est-ce que je peux vous demander, poursuivit-elle après avoir terminé sa rôtie, pourquoi vous m'hébergez ? Parce que vous me trouvez l'air gentille ?

Dans sa bouche, le mot *gentille* sonnait comme *facile*.

Il rougit légèrement :

— Je vous répète que je vous ai fait mon offre en tout bien tout honneur. Soyez sans crainte. Je n'ai pas l'habitude d'acheter les faveurs des femmes et quand je leur fais la cour, c'est toujours clair.

Elle rit de nouveau en secouant la tête et ses nattes brunes volèrent en l'air avec de jolis reflets et retombèrent sur ses épaules. Elle était vraiment très attirante.

— Je n'ai pas bien saisi hier, reprit-elle, redevenue sérieuse, quel métier au juste vous exercez. Vous vendez du café ?

— Je suis distributeur. Je fournis des restaurants, des bureaux, des manufactures. Ma société compte une dizaine d'employés. Nous avons beaucoup de clients.

Elle hochait la tête, tout en semblant réfléchir :

— Vous n'auriez pas un emploi à m'offrir ? demanda-t-elle doucement. Je pourrais libérer la place et me louer un appartement.

— Humm... oui, bien sûr... il faudrait que j'y pense... Vous n'avez aucune formation en secrétariat, n'est-ce pas ? Je vois, je vois... Il faut vraiment que j'y pense... Écoutez, cela dit, je ne voudrais surtout pas que vous vous sentiez pressée de partir, tout de même. Ma maison est grande... et... et votre présence ne m'est pas désagréable.

À son expression, il comprit que ses mots étaient peut-être allés trop loin et se vit lui-même par les yeux de sa compagne : un homme vieilli, légèrement bedonnant, qui avait eu l'idée d'héberger une jeune femme et son bébé afin de la draguer à son aise.

— Bon, bon, vous allez encore vous faire des idées, se hâta-t-il d'ajouter tandis que ses joues redevenaient brûlantes. Je vous répète...

Il se leva, sans trop savoir pourquoi :

— Excusez-moi, je dois aller téléphoner dans mon bureau...

Elle l'observait, silencieuse, avec un grand sourire.

Coup sur coup, le bébé se mit à gémir dans l'autre pièce et la sonnette retentit. Guillaume Tranchemontagne se retourna et aperçut, debout sur le seuil de la cuisine, dans l'ampleur sévère et monumentale de sa corpulence, Augustine Dubuc qui les enveloppait d'un regard désapprobateur.

— Est-ce que je vais ouvrir ? demanda-t-elle sur un ton de reproche à son patron, comme si le fait qu'un visiteur sonne ce matin-là à la porte constituait une sorte de délit dont il s'était rendu coupable.

— Laissez, laissez, j'y vais moi-même, c'est Antonin. Je vais le recevoir dans mon bureau.

Mais on entendit aussitôt un léger claquement, suivi d'un bruit de pas, et Antonin apparut dans la salle à manger, une mallette à la main, son œil perçant posé sur Caroline Duparquet qui se dirigeait vers le boudoir. Elle s'arrêta, lui fit un léger signe de tête et quitta la pièce.

— Et alors, papa, ça va ? lança-t-il d'un ton faussement léger.

— Pas si mal, grogna l'autre. Passons à côté, veux-tu ?

Ils sortirent de la salle à manger, traversèrent le salon et enfilèrent un petit corridor où, cinquante ans plus tôt, donnaient trois petites chambres qui logeaient des serviteurs. Faisant abattre des cloisons, Tranchemontagne en avait réuni deux pour y installer son bureau. C'était une grande pièce à moquette bleu foncé, meublée dans le goût victorien, qui s'ouvrait sur le jardin ; Tranchemontagne y mettait rarement les pieds, la réservant, comme il disait, « aux moments spéciaux », c'est-à-dire à la signature de gros contrats ou à la réception de visiteurs qu'il désirait impressionner. Un imposant bureau d'acajou, trois fauteuils, un canapé, une armoire contenant un bar, tous de teinte sombre, donnaient à la pièce un caractère solennel et un peu triste. Une somptueuse cafetière russe en argent niellé du XVIIIe siècle trônait sur un guéridon entre deux trophées Mercure pour l'entreprise de l'année (1986, 1994).

— Qui est cette jeune femme, papa ? demanda Antonin en s'asseyant dans un fauteuil.

— Allons, ne fais pas l'hypocrite, tu le sais aussi bien que moi, Marie-Louise t'a tout raconté. Est-ce que je dois recommencer mon histoire ?

Antonin grimaça, ouvrit sa mallette et en sortit une série de maquettes sur carton.

— Elle ne m'a pas dit grand-chose, en fait. Mais si tu préfères ne pas en parler, libre à toi. Après tout, ça ne me regarde pas.

Son front déjà dégarni le vieillissait ; il avait un regard froid, un peu fixe, une bouche trop grande, gardait toujours les lèvres serrées et donnait constamment l'impression d'être au bord de la migraine. C'était un homme consciencieux, travailleur, plutôt solitaire et très méticuleux : il pouvait manger un muffin sans laisser tomber une seule miette ! De temps à autre, il éclatait d'un rire bruyant, presque brutal, comme pour se libérer du trop-plein d'une tension permanente.

— C'est vrai que ça ne te regarde pas, mais pour te faire plaisir, je veux bien te raconter à toi aussi ce qui s'est passé, d'autant plus que je n'ai rien à cacher à personne, quoi que certains puissent penser.

Il lui résuma sa rencontre de la veille, rapporta brièvement ce qu'il savait du passé de Caroline Duparquet et termina en déclarant que cette dernière lui paraissait honnête et intelligente et qu'avec un peu d'aide elle finirait par se tirer de la situation difficile où l'avaient mise sa légèreté et son manque d'expérience.

— J'ai voulu aider une jeune mère dans le besoin. Est-ce qu'on peut me le reprocher ? Elle ne restera ici que quelques jours, tout au plus une semaine.

— Mais tu as bien fait, tu as très bien fait, murmurait Antonin avec une expression chagrine qui contredisait ses paroles. De toute façon, j'étais venu te voir pour autre chose.

Il déposa deux maquettes sur le bureau.

L'été approchant, la consommation de café allait encore diminuer de dix à quinze pour cent ; les grandes chaleurs ne valaient rien pour le commerce des boissons chaudes ; aussi cherchait-on depuis plusieurs années, avec un succès mitigé, à compenser cette baisse en faisant une grande promotion pour le café glacé. De concert avec le torréfacteur Aroma, Délicaf avait commandé deux séries d'affiches pour tenter de populariser cette boisson qui avait du mal à s'imposer. Les maquettes proposées plaisaient à Antonin. Mais l'expérience lui avait montré que, dans ce genre de question, sans l'aval de son père, on risquait d'avoir à tout recommencer à zéro.

— Pas mal, celle-ci, observa Guillaume Tranchemontagne. Mais l'autre est un peu sombre, ne trouves-tu pas ? Ça fait cafardeux. Demande-leur de changer le fond.

Antonin hochait la tête, satisfait. Ils discutèrent de quelques problèmes courants. Un des livreurs s'était blessé au dos en soulevant une caisse et le médecin lui avait prescrit deux jours de congé ; leur torréfacteur se faisait tirer l'oreille pour reprendre un arrivage de Java Domaine éventé ; pour la troisième fois, un restaurateur du Vieux-Montréal exigeait le changement de son percolateur, le disant défectueux ; on le soupçonnait en outre de s'approvisionner secrètement chez un concurrent, car ses achats restaient au plus bas depuis des mois.

— Allez reprendre la machine et larguez-le, ordonna Tranchemontagne. Il nous fait perdre de l'argent.

La conversation continua ainsi un moment. Soudain Antonin se troubla, rougit et se mit à tapoter nerveusement les appuis-bras de son fauteuil ; manifestement, il préparait son intervention depuis un moment :

— Papa, pourquoi ne prendrais-tu pas quelques mois de vacances pour te requinquer ? Je pourrais te remplacer au bureau sans trop de problèmes, non ? Je t'en prie, laisse-moi finir. Quelqu'un pourrait me remplacer moi aussi. Tu connais Rémi Beausoleil, le représentant de Cafextra ? Il veut quitter son emploi. C'est quelqu'un de très bien, tu sais. Je suis sûr que si…

— Et à mon retour, qu'est-ce qu'on ferait de lui ? grommela Tranchemontagne.

— Papa, tu sais bien que, depuis un an, Julien et moi, on suffit à peine à la tâche. Rémi continuerait, bien sûr. Ce qui nous permettrait d'aller chercher d'autres clients. À présent, c'est à peine possible.

L'homme d'affaires, assis derrière son bureau, fixa son fils un moment, saisit une feuille de papier vierge, la plia soigneusement en deux et, sur un ton de rage contenue :

— Vous êtes fatigués de moi, hein ? Vous me trouvez trop vieux. Vous voulez mener les affaires à votre guise.

— Mais non, mais non ! se défendit l'autre, de plus en plus troublé. Écoute, tu es dans le métier depuis plus de trente ans. Ne mériterais-tu pas une pause ? Je sais, je sais, tu vas me répondre que tu prends des vacances de temps à autre. Mais ce n'est pas suffisant ; je t'assure, papa, que nous sommes un peu inquiets à ton sujet depuis quelque temps. Tu as changé. D'ailleurs, tu le dis toi-même ! Parfois, je te jure, on ne te reconnaît plus. Tiens, cette idée de recueillir une jeune femme avec son bébé, c'est absolument invraisemblable, ça ne te ressemble pas du tout, ça. Qu'est-ce qui se passe ? Tu devrais voir un médecin. Peut-être souffres-tu d'épuisement professionnel ? Personne n'est à l'abri de ce genre de choses.

Guillaume Tranchemontagne l'écoutait, pétrifié. Jamais, à sa souvenance, son fils ne s'était exprimé ainsi devant lui. Sa main gauche saisit alors la feuille de papier soigneusement pliée et en fit lentement une petite boule :

— Écoute-moi bien, mon garçon, murmura-t-il d'une voix étouffée. Jusqu'ici, c'est *moi* le seul actionnaire de Délicaf et c'est *moi* qui décide de ma carrière – comme des vôtres, si je peux me permettre d'ajouter cette précision. Je sais que tu prends très à cœur les intérêts de la société et je l'apprécie beaucoup ; un jour tu recevras la récompense de tes efforts. Mais, à moins que je ne me trompe fort, ce jour n'est pas encore arrivé et je te conseille, en attendant, de faire preuve d'un peu de patience. La patience finit toujours par rapporter.

Antonin se leva, ouvrit sa mallette et y rangea les deux maquettes d'affiches :

— Papa, tu m'as compris tout de travers et, en plus, on ne peut pas parler avec toi ce matin. Arrange-toi avec tes problèmes, je ne m'en mêlerai plus.

Et, les lèvres pincées dans une contraction de dépit qui lui plissait tout le visage, il quitta silencieusement le bureau.

3

Le lendemain matin, Guillaume Tranchemontagne se rendit chez Délicaf pour s'excuser auprès de son fils ; ce geste inusité acheva de convaincre ce dernier que son père traversait une phase bizarre. Puis il s'enferma dans son bureau, donnant ordre à la téléphoniste de bloquer tous les appels, sortit un calepin de sa poche et se mit à rédiger une liste. « Avant de se mettre à faire le bien autour de soi, se dit-il, le bon sens demande d'essayer d'abord de réparer tout le mal qu'on a déjà commis. »

Sa liste terminée, il retourna voir Antonin. Celui-ci parlait au téléphone ; affalé devant lui dans un fauteuil, Julien feuilletait une revue en bâillant avant d'aller rencontrer des clients. À l'arrivée de son père, il se leva et lui tendit la main avec un sourire malicieux et bon enfant :

— Salut, p'pa. Paraît que tu viens de ramasser une beauté dans la rue ? Est-ce que je peux aller l'admirer ?

— Viens quand tu veux, répondit l'autre avec un haussement d'épaules.

Il était difficile de se fâcher contre ce diable de court-la-fête qui tournait tout à la blague.

— Où est-elle en ce moment ?

— À la maison. Où veux-tu qu'elle soit ?

— Une inconnue toute seule à la maison ? Je ne t'ai jamais vu si confiant ! Tu n'as pas peur de te faire voler ?

Tranchemontagne détourna le regard, embarrassé :

— Elle m'a l'air d'une bonne fille. Madame Dubuc lui tient compagnie.

Antonin avait raccroché et contemplait son père avec un air de profonde commisération. Tranchemontagne en fut piqué et fut tout près de quitter la pièce, mais, faisant un effort sur lui-même, il lui annonça qu'il avait réfléchi à leur discussion de la veille et que, tout bien pesé, quelques semaines de vacances lui seraient sans doute profitables.

— Voilà une bonne décision, papa, répondit l'autre avec un sourire triomphant. Tu vas nous revenir pétant de santé. Avec ta permission je vais téléphoner tout de suite à Rémi Beausoleil.

Tranchemontagne fit un vague geste de la main.

— Tu vas rajeunir de dix ans, papa, appuya Julien. Amènes-tu ta beauté avec toi ?

Et il éclata de rire. Guillaume Tranchemontagne darda sur lui un œil glacial :

— Pour faire de l'esprit, mon garçon, il faut en avoir.

Et il quitta la pièce tandis qu'Antonin lançait un regard courroucé à son frère.

★

Guillaume Tranchemontagne passa dans le bureau de Marie-Louise, régla avec elle quelques affaires courantes, puis se rendit à l'entrepôt ; le manutentionnaire, un gros garçon d'ordinaire figé dans un flegme hébété, lui fit un grand salut ; un des techniciens, en train de nettoyer une machine à café, arrêta son travail et s'informa avec une sollicitude un peu pesante de l'état de santé de son patron. Tranchemontagne aimait les égards, même quand ils manquaient de sincérité, et retrouva sa bonne humeur.

Sur le chemin du retour, il s'avisa que Julien avait raison : cette confiance béate envers une pure inconnue ressemblait fort à de la crédulité ; il fallait un correctif.

— Faire le bien est une chose, dit-il à voix haute. Faire le niaiseux en est une autre. Si elle reste quelque temps chez moi, je dois me renseigner à son sujet. C'est d'une prudence élémentaire.

Il se rappela tout à coup qu'un de ses anciens employés, parti depuis trois ans, tenait un restaurant à Louiseville et se fournissait toujours chez Délicaf (il est vrai qu'on lui faisait des conditions spéciales). Peut-être connaissait-il cette Caroline Bennett ou Duparquet – ou, au moins, quelqu'un de sa famille ?

Il lui téléphona en arrivant à la maison, disant qu'il songeait à engager la jeune femme et qu'il voulait des références. L'autre répondit que la famille Bennett – des gens modestes – avait bonne réputation dans la place, mais qu'il ne pouvait en dire plus.

— Le chef de police vient manger presque chaque midi chez moi. Je vais lui en glisser un mot. Il sait tout.

Guillaume Tranchemontagne raccrocha, satisfait. Il venait enfin, dans cette histoire, de faire un geste sensé. Cela le rassurait sur son jugement et le bien-fondé de la nouvelle orientation qu'il entendait donner à sa vie.

Renversé dans son fauteuil à bascule, il contemplait avec un plaisir un peu émoussé la cafetière russe en argent niellé qui, dix ans plus tôt, lui avait coûté une somme rondelette, lorsqu'il réalisa qu'il n'avait pas vu sa protégée depuis la veille. Au petit matin, les faibles cris du bébé l'avaient tiré un moment du sommeil, puis l'enfant s'était calmé. Il avait déjeuné seul, puis s'était promené dix minutes dans le jardin (le médecin lui recommandait des exercices modérés), jetant de temps à autre un coup d'œil à la fenêtre de la chambre de la jeune femme, dont les rideaux restaient tirés. Qui sait ? Elle avait peut-être pris la poudre d'escampette en emportant avec elle toute l'argenterie ? Julien se bidonnerait pendant au moins six mois.

Il quitta le bureau et se dirigea vers la cuisine. On entendait un bruit de malaxeur. Quand il entra dans la pièce, Augustine Dubuc versait une épaisse pâte blanche dans un grand plat en pyrex. Elle se retourna :

— Il était temps que je fasse à manger, lança-t-elle, moqueuse, elle dévore tout.

— Ah bon. Ça doit être normal. Il paraît qu'après un accouchement...

La grosse femme lui jeta un regard narquois qui semblait dire : « Qu'est-ce qu'un homme peut bien connaître à ces choses ? »

— Vous l'avez vue ? reprit Tranchemontagne.

— Elle vient de partir avec son bébé. Chez le pédiatre, il me semble. Un pâté au saumon, demain soir, ça vous irait ? Bien. Je veux prendre un peu d'avance, car ma belle-sœur vient de tomber malade et il se peut que je sois obligée de passer toute la journée chez elle.

Il se prépara un espresso, s'attabla devant un bottin téléphonique, les sourcils légèrement froncés, comme s'il accomplissait un grave devoir, et transcrivit des adresses dans un calepin. Puis il téléphona à un libraire, lui demanda de lui suggérer des livres pour la jeunesse et passa une imposante commande. Augustine Dubuc étendait à la spatule un glaçage au chocolat sur un gâteau tout en se demandant à qui pouvaient bien être destinés tous ces livres. Des cadeaux ? On était pourtant bien loin de Noël.

Il raccrocha en sifflotant. C'était la première fois en dix ans que la gouvernante l'entendait siffloter. Que se passait-il donc chez cet homme, bon Dieu ? Peut-être était-il en train de devenir tout doucement fou ? Comment annoncerait-elle cela à monsieur Antonin ? Le mieux était peut-être d'en parler à Marie-Louise, beaucoup plus avenante. Mais de quelle manière ?

Comme il lui arrivait parfois après un café bien tassé, une sorte de torpeur saisit Tranchemontagne. Il alla s'étendre au salon et s'endormit. C'est madame Dubuc qui, après l'avoir contemplé un moment d'un air radouci, le réveilla pour le dîner. Il mangea rapidement et s'apprêtait à sortir lorsque le téléphone sonna. Normand Barbotte, le restaurateur de Louiseville, voulait lui parler.

— Je viens de faire ma petite enquête, annonça-t-il joyeusement. Vous pouvez dormir sur vos deux oreilles. Le chef de police connaît très bien son père, c'est un des meilleurs menuisiers de la place ; il a travaillé quelquefois pour lui. Un homme très porté sur les principes, paraît-il, et qui prend tout au sérieux. On n'a jamais rien eu à reprocher à sa fille. Elle a l'esprit un peu drôlement tourné – et la tête aussi dure que le roc de Gibraltar. Au mois d'août dernier, elle s'est fait faire un enfant par une sorte de *preacher* de l'Ontario qui lui avait promis le septième ciel et les quatorze jouissances, je ne sais plus, mais elle l'a planté là au bout de trois mois. Quant à monsieur Bennett, il n'appréciait pas tellement de se retrouver avec un petit bâtard dans la famille et n'arrêtait pas de tempêter. Alors, un soir, elle l'a planté là lui aussi, et bonjour la visite ! Je déménage à Montréal pour me reposer les oreilles ! De toute façon, elle était devenue un peu trop grande pour rester à la maison avec papa-maman. Voilà son histoire. Elle est travailleuse, fiable, débrouillarde, mais n'aime pas se faire marcher sur le gros orteil. Je la comprends.

Tranchemontagne le remercia et raccrocha, un peu étourdi par le flot de paroles, mais satisfait d'avoir réglé au moins un point : il ne logeait pas une truande.

Il se rendit à la librairie Champigny, rue Saint-Denis pour y chercher ses livres ; on les avait rangés dans une grosse boîte ; comme tout effort lui était interdit, le gérant la transporta jusqu'à son auto et le quitta avec mille courbettes. Il avait l'intention d'envoyer ces livres à ses neveux et nièces (sans oublier son filleul et ses deux petits-fils), avec un mot pour chacun. La raison ? Aucune. Un caprice de bonté. *Le plaisir gratuit d'être généreux.* Le premier pas dans une voie qu'il avait toujours ignorée et que bien peu empruntaient, à vrai dire. Comprenne qui pourra. On rirait sans doute de lui en disant qu'il voulait jouer au saint, qu'il essayait d'effacer de secrètes ignominies ? Après avoir ri, peut-être certains finiraient-ils par être touchés. Du reste, il s'en fichait. La richesse l'avait habitué à la solitude. Si la bonté produisait le même effet, au moins rendait-elle l'âme légère.

En entrant à la maison, il entendit les gazouillements du petit Fabien. Il sourit et se dirigea doucement vers le salon. Assise sur un canapé, son chemisier déboutonné, Caroline Duparquet allaitait encore une fois son enfant. L'usage voulait que la vue d'une jeune femme en train d'allaiter soit aussi banale et insignifiante que celle d'un timbre-poste. Mais il avait du mal à s'y faire et dut se forcer pour ne pas détourner le regard. Son malaise lui donna un sentiment de ridicule. Caroline Duparquet leva soudain la tête :

— Ah ! bonjour. Je ne vous avais pas entendu. Mais je vous dérange peut-être ? Je vais remonter à ma chambre.

— Non, restez, je vous prie. Vous êtes ici chez vous.

Elle eut un curieux sourire, mais ne répondit rien et se replongea dans la contemplation de son enfant.

Il restait debout dans l'embrasure, se dandinant d'une jambe sur l'autre, cherchant un moyen de poursuivre la conversation.

— Vous êtes sortie, ce matin ? dit-il enfin.

— Oui, je suis allée chez une amie.

Puis elle ajouta, très calmement :

— Je lui ai demandé de m'héberger.

Il secoua lourdement les épaules, puis, avec un sourire peiné :

— Ah bon.

— Pour être franche, poursuivit-elle, malgré toute votre gentillesse, je ne me sens pas très à l'aise ici. J'ai l'impression d'être – sans vouloir vous offenser – ...une femme entretenue.

Bien sûr, vous n'y êtes pour rien, se hâta-t-elle d'ajouter. C'est une idée, comme ça, qui s'est plantée bêtement dans ma tête.

— Oui, je vois... Il est vrai que certaines personnes... Mais je vous assure encore une fois que je n'ai jamais eu l'intention de... Enfin, que voulez-vous ? C'est comme ça. Et qu'a répondu votre amie ?

— Elle hésite. À cause du bébé, vous comprenez ? Un bébé prend toute la place. Surtout dans un petit appartement.

— Bien sûr. En somme, vous trouvez mon aide un peu encombrante ?

Elle posa doucement l'enfant sur ses genoux et reboutonna son corsage, puis, le regardant droit dans les yeux :

— Pourquoi faites-vous cela ? Je ne suis rien pour vous. Je ne comprends pas.

Il sourit, s'avança dans la pièce en plissant nerveusement les lèvres et prit place dans un fauteuil. Caroline Duparquet considérait avec étonnement son visage soudain pâli et comme creusé par l'émotion.

— À vrai dire, ce serait un peu compliqué à vous expliquer. Moi-même, je ne comprends pas tout à fait ce qui se passe en moi. Rassurez-vous, je vous prie, s'interrompit-il en levant la main, je ne suis pas en train de perdre la boule. Mais depuis quelque temps, je suis habité par un sentiment... Voyez-vous, toute ma vie, j'ai travaillé très dur, le succès a répondu la plupart du temps à mes efforts même si la partie se montrait souvent féroce, je me suis marié, j'ai eu des enfants, je me suis acquitté envers eux, je crois, de toutes mes obligations... ils travaillent d'ailleurs maintenant tous les trois avec moi, ce dont je suis très fier... Enfin, tout ce que j'ai souhaité, la vie me l'a donné, et encore plus... Et pourtant... Je ne sais comment vous dire... j'ai maintenant l'impression de n'avoir rien fait... ou d'avoir tout gâché, si vous voulez... Je ressens comme une espèce... euh... de puanteur de l'âme, en quelque sorte – excusez l'expression, elle m'est venue comme ça. C'est peut-être l'âge, ou Dieu sait quoi...

— Il s'agit peut-être d'une crise mystique, dit-elle doucement, l'air pince-sans-rire. Il faut se méfier. Ça met l'esprit sens dessus dessous. J'ai eu un ami qui en a fait une. Et alors...

Elle leva des yeux consternés au plafond.

Il eut un rire forcé et se dressa lentement :

— Allons, je vois que, vous aussi, vous me prenez pour...

— Je ne vous prends pour rien du tout, monsieur Tranche-montagne, je ne vous connais pas. Oubliez ce que je viens de dire. Il m'arrive souvent de débiter des sottises.

— Votre amie... elle doit vous donner une réponse bientôt ?

— Demain. Ah ! si seulement j'avais du travail, tout serait tellement plus simple.

Et, l'air un peu embarrassé, elle se mit à tapoter le dos du bébé pour qu'il fasse son rot ; il dormait profondément, les paupières agitées de temps à autre par d'imperceptibles frémissements. Soudain, elle prit la main de l'homme d'affaires, la relâchant aussitôt :

— Merci encore une fois. Au lieu de faire des manières, je devrais vous remercier dix fois par jour. Je me comporte comme la dernière des mal élevées. Vous êtes si gentil avec moi... Au fond, c'est ce qui m'embête... J'ai beau me creuser la tête, je ne connais personne qui aurait agi comme vous... C'est vrai : personne !

— Allons, je ne fais que vous donner un coup de main, comme ça, en passant, répondit-il avec un sourire satisfait. Pour moi, c'est facile. Pour d'autres, ça le serait peut-être moins. Je n'ai pas grand mérite.

Il s'arrêta, gêné d'avoir dit autant de fadaises, des fadaises, du reste, auxquelles il ne croyait pas le moins du monde. S'il avait hébergé cette femme, *c'est parce qu'il en avait besoin*, un besoin obscur, qui faisait naître en lui une certaine appréhension.

Le téléphone sonna. Il saisit le combiné.

— Salut, p'pa, lança gaiement Julien au bout du fil. Je suis tout près de chez toi. Je peux aller te voir ? J'ai un dépliant à te montrer.

Deux minutes plus tard, il pénétrait dans la pièce. À son expression, Guillaume Tranchemontagne comprit aussitôt que sa visite n'était qu'un prétexte pour rencontrer la jeune femme et, au sourire qu'il adressa à cette dernière, il vit aussitôt qu'elle lui plaisait. Il fit les présentations et admira encore une fois la facilité avec laquelle son fils établissait des rapports avec les gens, particulièrement avec les femmes, dont la seule présence semblait le mettre en joie, même lorsqu'il ne ressentait à leur égard aucune attirance particulière. Caroline Duparquet s'était levée, prête à quitter la pièce pour laisser les deux hommes parler seul à seul, mais il constata qu'elle prolongeait avec plaisir la conversation. Finalement, elle s'excusa et partit.

Julien tendit un dépliant à son père :

— *Vend King* vient de sortir un nouveau modèle de machine à café. Avec une garantie de cinq ans sur les pièces essentielles. J'ai pensé que ça pouvait t'intéresser.

— Bien des choses m'intéressent, murmura Tranchemontagne, mi-figue mi-raisin. Pas toi ?

L'autre saisit aussitôt l'allusion et se mit à rire, très à son aise :

— C'est vrai qu'elle est pas mal. T'as du goût, p'pa. Antonin a raison de s'inquiéter.

— S'inquiéter de quoi ? Mon Dieu, qu'est-ce que vous avez donc tous dans la tête ? Comme si à mon âge je pouvais penser à...

— Il y a bien des gens de ton âge qui ne se gênent pourtant pas... Et ils ont raison !

Il rit de nouveau.

— Allons, fiche-moi la paix, veux-tu ? Tu m'énerves, à la fin.

D'un geste sec, il lui remit le dépliant et quitta la pièce avec le désagréable sentiment que l'arrivée de Caroline Duparquet mettait en péril tous ses projets. Il en souhaitait presque son départ.

4

Cet envoi de livres à ses neveux et nièces prit plus de temps que prévu. Quelques adresses lui manquaient ; il dut faire des appels téléphoniques. Il était le deuxième de six enfants ; ses trois frères et ses deux sœurs avaient eu seize rejetons, la plupart terminant leur adolescence.

Pendant que le manutentionnaire venait lui porter des enveloppes matelassées, il commença à rédiger les mots qui accompagneraient chacun des cadeaux – et ce fut le plus long. Il s'aperçut qu'il ne savait à peu près rien de chacun des destinataires et qu'il n'avait donc rien de particulier à leur dire. Il se grattait le front et soupirait, cherchant la phrase à la fois drôle et gentille, et se résigna enfin à des formules toutes faites. « Ce n'est que le début d'une nouvelle relation, se consola-t-il. J'aurai plus de choses à leur dire la prochaine fois. »

Caroline Duparquet ne s'était pas montrée depuis sa rencontre avec Julien. Son absence intriguait Tranchemontagne. Il monta à sa chambre pour prêter l'oreille à ce qui se passait à l'étage au-dessus. Un profond silence régnait. Elle devait dormir avec son petit.

Il était près de six heures lorsqu'il revint du bureau de poste, satisfait de son beau geste, inquiet de l'accueil qu'on lui réserverait. « Comment connaître leurs goûts ? Pour ce que j'en sais, la plupart ne lisent peut-être pas. Quand ils vont apprendre que chacun a reçu son livre, les langues vont aller bon train ; on va croire que je suis atteint du syndrome du père Noël ! Oh là là ! Les appétits vont se creuser ! Il risque d'y avoir une queue devant ma maison ! » Mais un sentiment de paisible satisfaction l'emportait sur tout.

Augustine Dubuc venait de partir. Sur la table de la cuisine, Caroline Duparquet avait laissé un mot, assez gentiment tourné, où elle lui annonçait qu'elle était sortie pour la soirée. Il en fut piqué. Cherchait-elle à l'éviter ?

Un bœuf aux petits oignons mijotait au four et deux tartes aux pommes refroidissaient sur le comptoir. Il arpenta la cuisine un moment, puis eut envie de casser la croûte avec son ami Raoul Marleau et tenta de le joindre à l'un de ses Provisoir* ; il venait de rentrer chez lui. « Je ne l'enlèverai pas à sa famille », soupira Guillaume Tranchemontagne.

La soirée qui l'attendait lui apparut comme un trou sans fond. Il voulut manger ; les bouchées ne passaient pas. Alors il se dirigea vers sa machine à café, qui luisait sur le comptoir comme un morceau de marbre noir orné de laiton, se prépara un double espresso avec de l'arabica Tanzanie Peaberry, y ajouta un morceau de sucre et le dégusta à petites gorgées, son calepin ouvert devant lui. Puis, rassemblant tout son courage, il prit le téléphone et composa un numéro.

— Réal Auger, s'il vous plaît... Euh... est-ce que je parle au Réal Auger qui a autrefois travaillé dans le café ? Ah oui ? Réal, c'est Guillaume... Oui, Guillaume Tranchemontagne... Comment vas-tu ? Ah bon.

Il écouta un moment, se mordillant les lèvres, puis :

— J'en suis désolé. Oui, vraiment, je t'assure.

La porte du micro-ondes lui renvoya le reflet de son visage rouge et crispé ; déjà fouetté par le café, son cœur lui battait sourdement dans les oreilles.

— Écoute, Réal, bredouilla-t-il, c'est justement du passé que je désirais te parler. Est-ce qu'on peut se voir ? Oui, ce soir, si tu veux. J'ai des choses importantes à te dire. Plus importantes que tu ne crois... Bien sûr. Je t'attends au bout du fil.

Il profita de la pause pour attraper une serviette et essuyer le combiné luisant de sueur, puis s'épongea les mains.

— Ça va ? Parfait. Au troisième étage ? Deuxième porte à droite ? Bien. J'arrive tout de suite.

Il monta dans son auto et fila vers le sud-ouest en direction de Verdun, habité par un sentiment d'euphorie qui rosissait l'image

---

* Chaîne de magasins ouverts jour et nuit.

qu'il avait de lui-même et engourdissait un peu son appréhension d'avoir à rencontrer un homme à qui il avait causé des torts aussi considérables.

Verdun fait partie de ces villes satellites que les années ont agglomérées peu à peu à Montréal. Le distributeur de café connaissait mal l'endroit, n'y ayant aucun client. Ses rares séjours lui avaient toujours donné le bizarre sentiment de se trouver simultanément en province et dans la métropole, à la fois loin et près du cœur fébrile de Montréal, dont les pulsions nerveuses, quoique affaiblies et intermittentes, empêchaient la modeste ville ouvrière de succomber tout à fait à la torpeur des coins perdus, la pénétrant de ce frémissement mystérieux qui anime les grandes cités, où l'on sent que tout peut arriver et que rien d'important ne peut se passer ailleurs.

L'autoroute Ville-Marie l'amena à destination en moins de dix minutes. L'appréhension l'emportait à présent sur l'euphorie. À sa profonde stupéfaction, il avait envie de pleurer. Un point de douleur venait de se réveiller sous son aisselle droite ; il n'apparaissait que dans les moments d'extrême tension. « Mais qu'est-ce qui te prend, niaiseux ? Tu ne t'en vas pas engueuler ou punir quelqu'un, mais faire un heureux ! Les remords, hein ? Tu viens de réveiller tes remords ? »

Il filait sur l'avenue de l'Église, celle-là même où habitait Auger. Il se rendit jusqu'à la rue Wellington, stationna son auto devant un dépanneur, inspecta l'intérieur de la Mercedes à la recherche d'objets de valeur susceptibles d'attiser les convoitises et décida de marcher quelques minutes pour se calmer – et faire un peu de prospection. C'était un vendredi soir, il était près de huit heures, les magasins fourmillaient de clients.

Principale artère commerciale de la ville, la rue Wellington témoignait de la modestie de revenus de la majorité de ses habitants et des périodes difficiles qu'ils avaient dû traverser : friperies, brocanteurs, magasins d'escompte et de liquidation alternaient avec prêteurs sur gages, casse-croûte, librairies et magasins de disques d'occasion. « Nous payons les taxes », annonçaient quelques vitrines. « Festival du hot dog ! » clamait une affiche. « Beau, long, pas cher ! » Parmi tous ces commerces qui se débattaient pour survivre tranchait ici et là la froide opulence d'une banque. Et malgré tout, malgré le tapage, ses façades un peu défraîchies et ses enseignes parfois criardes, la rue était propre et bien tenue, agrémentée de place en place par de jolis bancs métalliques ; elle semblait mener une lutte digne et courageuse contre l'appauvrissement et cette lutte se poursuivait aussi dans les rues transversales, avec leurs édifices à logements construits au début du siècle, qui semblaient encore en bon état. Tranchemontagne repéra deux cafés italiens, nota leur nom et leur adresse dans un calepin, puis, rebroussant chemin, revint à grands pas vers la rue de l'Église. Il se sentait un peu plus calme, prêt à essayer de réparer de vieux torts.

À sa gauche apparut bientôt l'église de Notre-Dame-des-Sept-Douleurs, colossale nef de pierre grise dont les splendeurs pseudo-romanes un peu surannées rappelaient le redoutable pouvoir qu'avait autrefois exercé la soutane au Québec. Auger habitait à deux pas, au numéro 154, près de la rue Wellington. L'immeuble de brique blanche aux immenses fenêtres rectangulaires, d'apparence plutôt commune, abritait à son rez-de-chaussée une clinique médicale et dentaire. À en juger par son état général, la carrière d'Auger semblait connaître certaines difficultés. Tranchemontagne poussa une porte vitrée. L'odeur douceâtre et un peu écœurante des cabinets de dentiste emplit ses narines. Des circulaires défraîchies traînaient sur le plancher. Il n'y avait pas d'ascenseur. Il se rendit au bout d'un corridor et s'engagea dans un étroit escalier, encombré lui aussi de circulaires. « Mon Dieu, mon Dieu, soupira-t-il intérieurement, dans quelle histoire me suis-je embarqué ? » Sa démarche lui apparut tout à coup insensée et même dangereuse, mais, le rendez-vous pris, il devait se présenter.

Il montait lentement, car le souffle lui manquait. À présent, une forte odeur de colle et de peinture flottait dans l'air. Il se retrouva devant une porte au vernis craquelé ; une étiquette y avait déjà été collée ; on l'avait arrachée sans prendre la peine de gratter l'adhésif. Il frappa deux fois.

— Entrez ! lança une voix d'homme gutturale.

Tranchemontagne ouvrit et s'avança dans un corridor mal éclairé, recouvert d'un tapis de jute grossier. Quelqu'un avait fait cuire de la saucisse.

— Par ici, à droite ! lança la voix d'homme.

Il se retrouva dans une grande cuisine. Un quinquagénaire en camisole fumait, assis derrière une table encombrée de vaisselle sale. À sa droite, sur un comptoir, un casque sèche-cheveux, à demi démonté, reposait près d'un amoncellement d'outils.

— Eh ben, c'est toi, se contenta de dire Réal Auger, sans prendre la peine de se lever ou de lui tendre la main.

— Oui, c'est moi, répondit Tranchemontagne, essayant de cacher sa consternation.

L'âge ou la maladie avait ravagé son ancien associé. Hâve, ridé, comme séché sous l'effet d'une sorte de combustion interne, il le fixait sans un sourire, la cigarette aux lèvres. Son nez rouge et boursouflé, aux narines poilues, dénotait la domination toujours présente de l'alcool.

— Prends une chaise, lança-t-il. Tiens, celle-là. Jette les magazines à terre, sont plus bons.

Presque aussitôt, une grosse femme à cheveux roux frisés, en robe de chambre et pantoufles, apparut dans l'embrasure d'une porte et lui lança un regard indéfinissable.

— Ma femme Adeline, fit Auger. Monsieur Tranchemontagne, ajouta-t-il avec une onction ironique.

La femme inclina la tête sans un mot, prit place sur une chaise près de la porte et posa les mains sur ses cuisses. Auger se tourna vers elle :

— Apporte-moi une bière, veux-tu ? T'en prends-tu une, Guillaume ?

— Non, merci.

La femme se leva en soupirant, alla au réfrigérateur, revint avec une bouteille, l'approcha d'un décapsuleur fixé au bord du comptoir, puis la tendit à son mari. Auger écrasa son mégot dans un cendrier débordant, prit une longue gorgée à même la bouteille et, posant un regard inamical sur son ancien associé :

— Alors, qu'est-ce que tu me veux, Guillaume ? Je suis surpris de ta visite. Tu m'as pas gâté jusqu'ici.

— Non, c'est vrai, convint Tranchemontagne avec un sourire embarrassé.

— Ça doit bien faire vingt-cinq ans qu'on s'est pas vus. T'es devenu riche, paraît-il ?

— Mes affaires ne vont pas mal.

— Je pourrais pas en dire autant des miennes, ricana l'ivrogne.

— Qu'est-ce que tu as fait, durant toutes ces années ? risqua l'homme d'affaires.

— Ce que j'ai fait ?

Il reporta son regard sur sa femme, qui était allée se rasseoir ; elle pencha la tête, accablée.

— J'ai tiré le diable par la queue ! Voilà ce que j'ai fait.

Tranchemontagne comprit alors que son interlocuteur était soûl ; sa visite risquait de prendre une tournure imprévue.

— Mais encore ? insista-t-il.

— Après qu'on s'est laissés, j'ai travaillé encore un peu dans le café, mais pour un petit distributeur de merde qui me payait mal. Alors, j'ai perdu le goût du métier et je suis parti pour la Côte-Nord. Je me suis retrouvé comptable à Sept-Îles, mais, au bout de deux ans, mon employeur a fait faillite. Finalement, je suis revenu à Montréal. Gardien de nuit, chauffeur de taxi, vendeur de dictionnaires, agent d'assurances, courtier en immeubles, j'ai tout fait et je me suis écœuré de tout. Il y a trois ans, quelqu'un m'a poussé dans un escalier et j'ai passé trois mois à l'hôpital. Je t'épargne les détails. Depuis ce temps, je vis de l'aide sociale. Vas-tu pleurer, Guillaume ? lança-t-il d'un air provocateur.

— Je n'ai pas envie de rire, en tout cas, répondit l'autre.

— C'est déjà au moins ça de gagné.

Et il prit une longue goulée de bière.

— Tu m'as tué, Guillaume, tu m'as complètement tué, déclara-t-il, hors d'haleine, en déposant avec fracas la bouteille sur la table.

Son œil torve braqué sur lui, la grosse femme faisait de grands hochements de tête approbateurs.

— Disons plutôt que tu m'as démoli, se ravisa-t-il, conciliant. C'est guère mieux.

Tranchemontagne bougea un peu sur sa chaise, porta la main à sa gorge, puis, après s'être éclairci la voix :

— Écoute, Réal, je suis prêt à admettre que je ne me suis pas très bien comporté à ton endroit quand j'ai racheté ta part, mais...

— Tu m'as volé ! coupa l'autre.

Il se dressa debout, tout de guingois, mais dut aussitôt se rasseoir.

— Oui, volé ! appuya la femme d'une voix de basse, et elle fit signe à son conjoint de lui lancer le paquet de cigarettes.

— N'exagérons pas, tout de même, se défendit l'homme d'affaires. Je suis tout à fait d'accord pour reconnaître que j'ai... que j'ai manqué... de... de correction, voilà... Il faut dire cependant, si tu te rappelles bien, Réal, que j'avais certaines raisons de... mais oublions ça : l'eau du ruisseau ne coule qu'une fois.

— Oui, c'est bien mieux pour toi qu'on oublie, grommela Auger, menaçant. Des accusations sans fondements, tout ça. Du salissage.

Tranchemontagne s'avança un peu sur sa chaise ; l'énervement le gagnait :

— Écoute, mon ami, bégaya-t-il. Si je suis venu te trouver, ce soir, c'est pour essayer de réparer les torts que j'ai pu te causer et non m'engueuler avec toi. Si tu tiens à tout prix à une engueulade, tu vas devoir la faire tout seul, car moi, je me lève et je prends la porte. On aura beau s'égosiller à l'appeler, le passé ne reviendra jamais. Il n'y a que le présent qui compte. C'est avec lui qu'on doit travailler. Non ?

Une cigarette glissée entre deux doigts, la main figée en l'air à quelques centimètres de sa bouche, son compagnon le fixait avec une intensité maniaque. Il poussa une sorte de grognement approbateur.

— Je suis prêt à t'offrir un dédommagement, poursuivit l'homme d'affaires, ou, pour être plus clair, à te verser, ce soir même, la différence entre ce que je t'ai payé pour ta part et... ce que j'aurais dû, en toute justice, te donner.

Le silence tomba dans la pièce. À l'étage au-dessus, on entendit un jappement aigu, puis un bruit de verre cassé.

— Combien ? demanda enfin l'autre d'une voix altérée.

— Il faut tenir compte, bien sûr, de ce que notre société valait au moment de la transaction. Depuis le temps, elle a évidemment beaucoup grossi.

— Combien ? répéta l'autre.

— Vingt mille dollars, prononça lentement Tranchemontagne avec un accent de triomphe.

Auger le fixa un moment, ahuri, puis tourna un regard incrédule vers sa femme, qui les fixait tous deux, la bouche béante, le paquet de cigarettes entrouvert sur ses genoux.

— Tu veux rire, murmura-t-il enfin.

— Pas du tout. Je suis prêt à te signer un chèque ici même ce soir.

L'autre souriait, l'air absent, avec de petits hochements de tête sceptiques, perdu dans de profondes réflexions. Il prit deux ou trois gorgées de bière, puis :

— Y a une attrape, marmonna-t-il, mais j'arrive pas à la trouver.

— Il n'y a pas d'attrape ! s'impatienta Tranchemontagne. Je suis venu réparer une injustice, c'est tout ! J'ai... j'ai décidé de changer de vie, en somme, ajouta-t-il en rougissant. Qui s'en plaindrait ? Alors ? Qu'est-ce que je fais ? Tu acceptes ou pas ?

— J'ai trouvé ! éclata l'autre avec une satisfaction malicieuse. T'as peur que je te poursuive !

— Tu te trompes, mon ami. Notre transaction était parfaitement légale et je ne t'ai jamais forcé la main. Mais, corrigea-t-il aussitôt en voyant l'expression indignée de son interlocuteur, j'ai profité de la situation et, à présent, je le regrette.

Auger continuait de le fixer avec une curiosité fouineuse et méchante :

— Aurais-tu attrapé un cancer ? murmura-t-il enfin dans un ricanement. Tu veux te mettre en règle avec le bon Dieu ?

— Je suis en parfaite santé. Bien des hommes de mon âge m'envieraient.

Son compagnon allait lancer une autre méchanceté, mais il se ravisa, et Tranchemontagne lut clairement dans son regard : « Ma foi, il est devenu fou. Autant en profiter. »

— Signe le chèque, laissa-t-il tomber avec dédain et, d'un geste nonchalant, il ordonna à sa femme de lui apporter une autre bière.

L'homme d'affaires s'approcha de la table, repoussa une assiette sale et s'exécuta, fort déçu de la réaction de son ancien associé. Puis il se leva, lui tendit le chèque, que l'autre saisit en marmonnant un vague remerciement, et se dirigea vers la porte, impatient de quitter les lieux. Alors, à sa grande surprise, la grosse femme se précipita vers lui et le serra fougueusement dans ses bras, puis, se reculant d'un pas, la tête rejetée en arrière dans une pose théâtrale, les larmes aux yeux :

— Du monde comme vous, monsieur, y en a pas beaucoup, ça, je peux vous le dire, y en a moins que pas beaucoup ! Dieu vous le rendra !

Et sa robe de chambre entrouverte laissait voir un jupon douteux sous lequel palpitait un gros ventre mou.

5

Tranchemontagne avait tiré son chèque sur le compte de sa société. Le lendemain matin, il alla informer Marie-Louise de son acte de générosité. Auger, lui expliqua-t-il, avait aidé considérablement aux débuts de Délicaf ; son travail avait été mal récompensé ; il méritait depuis longtemps cette gratification, d'autant plus que le malheureux se trouvait à présent dans le besoin. Marie-Louise conviendrait facilement que son père venait de corriger là une vieille injustice. Du reste, son geste coûtait moins cher qu'il n'y paraissait. Ce chèque de vingt mille dollars serait comptabilisé comme dépense et déduit des revenus annuels nets, qui s'élèveraient sans doute cette année aux alentours de cinq cent mille dollars.

Marie-Louise l'écouta sans mot dire, griffonna quelques notes, puis, levant la tête, soupira : « Comme tu veux, papa », et se replongea dans son travail.

Il la quitta avec un curieux sentiment de malaise, comme si on l'avait traité en enfant. Cette histoire ne tournait pas comme il le voulait. À l'ingratitude grossière de son ancien associé venait s'ajouter l'incompréhension de sa fille. Elle monterait ses deux frères contre lui. Il entendait déjà leurs critiques, leurs sous-entendus, leurs soupirs, il voyait leurs haussements d'épaules et leurs regards en coin.

Il arriva chez lui dans un état de tristesse accablante et alla s'affaler dans son bureau. Il sentait fléchir son ardeur généreuse pour le bien ; dans quelques jours ou quelques semaines, il n'en resterait plus rien et il aurait de nouveau rejoint la commune médiocrité. Il avait cru que lutter contre sa mocheté intérieure et essayer de dompter un peu la férocité des choses allaient lui procurer de la joie. Il avait du mal à respirer. Peut-être fallait-il laisser la vie suivre son cours ? Tenter de la changer dérangeait trop de monde. Peut-être le mal était-il aussi nécessaire que le bien ? Quelle question épouvantable ! Où se trouvait la réponse ?

Soudain, il aperçut par la fenêtre Caroline Duparquet en train de se promener dans le jardin, son nourrisson dans les bras ; de temps à autre, elle penchait la tête vers lui et semblait lui parler. Sa sveltesse, la légèreté un peu désinvolte de sa démarche lui donnaient une grâce piquante qu'il ne lui avait pas encore remarquée. Elle disparut. Il entendit bientôt un léger claquement de porte et des pas dans le corridor ; elle venait de rentrer.

Il se leva et alla à la salle à manger se verser un verre de porto. Elle l'y rejoignit au moment où la machine à espresso poussait son chuintement.

— Bonjour, fit-il en se retournant. Je vous en prépare un ?

— Oh ! non merci, répondit-elle en riant. La caféine va passer dans mon lait et mon petit Fabien ne dormira pas de la nuit. Je viens de le coucher dans la pièce d'à côté. J'espère qu'il va dormir au moins une heure. Il a été agité ce matin.

Elle s'attabla en face de lui et le regarda siroter son porto avec un sourire amical et détendu.

— Et alors, votre amie, demanda-t-il, traversé par un curieux frémissement, est-ce qu'elle a pris une décision ?

Le sourire disparut :

— Ça ne marche pas. Elle craint trop pour son sommeil. Les gens ont tellement peur de manquer de sommeil, c'est comme s'il n'y avait que ça d'important au monde.

Et alors, plutôt que d'essayer aimablement de trouver une solution à son problème, Tranchemontagne se mit, sans raison aucune, à lui parler de son histoire avec Auger, du dédommagement qu'il lui avait offert, de sa réaction grossière et de celle, plus troublante encore, de sa propre fille.

— J'essaie d'agir correctement avec les gens, comprenez-vous ? Si j'avais continué à me comporter comme à peu près tout le monde, personne n'aurait trouvé à redire. C'est incompréhensible.

Il se vidait le cœur avec l'abandon d'un collégien en train de se confier à sa petite amie. Elle l'écoutait, silencieuse, attentive, les yeux remplis d'une expression de compassion et d'étonnement admiratif. C'est alors que *cela* se produisit, mais d'une façon d'abord confuse, presque à son insu : il souhaita être aimé d'elle. Un sourd malaise, curieux mélange de souffrance et de joie, s'empara de lui.

Elle allongea la main sur la table et, l'espace d'une seconde, il crut qu'elle voulait le toucher :

— Je ne pensais pas qu'un homme... euh... de votre âge et de votre condition – cela dit sans vous blesser – ...pouvait agir ainsi.

— Moi non plus, répondit-il avec un sourire amer, ne trouvant pas sa remarque particulièrement habile.

— Ne le regrettez surtout pas. Ce que vous avez fait est très beau. Presque personne n'en serait capable. Vous êtes quelqu'un de très bien, vous savez.

— Oui, oui, dans le genre vieille bottine fraîchement cirée.

Elle se mit à rire :

— Quelle comparaison ! Vous ne vous aimez pas beaucoup, je crois !

Le bébé se mit à geindre dans son lit ; elle alla le trouver et il décida de terminer son porto seul au salon en réfléchissant à ce qu'il allait faire. Son accablement avait disparu. Quelqu'un semblait le comprendre et l'approuver. Voilà qui changeait tout.

Le téléphone sonna.

— Est-ce que je te dérange, papa ? demanda Antonin de sa voix légèrement gutturale.

« Il rapplique déjà ? grogna intérieurement Tranchemontagne Elle a été vite en besogne ! »

— Pas vraiment. Qu'est-ce que tu me veux ?

— Je... je peux rappeler plus tard, si tu préfères, fit l'autre, décontenancé.

— Non, vas-y. Je dois sortir bientôt.

— Aroma refuse de reprendre le Java Domaine éventé. Il prétend que la faute est à nous, que notre gestion des stocks est déficiente. J'ai fait vérifier les codes des boîtes : il s'agit pourtant d'un envoi récent. Par contre, s'il faut se les mettre à dos pour vingt-deux boîtes...

— Pas question de garder ce café, coupa l'homme d'affaires.

Et il lui rappela encore une fois le vigoureux adage de son ancien patron, le vieux Touvent : « Mauvais café, mauvais clients ! »

— Nous nous sommes toujours fait un point d'honneur, mon

garçon, de fournir à nos clients du café frais. C'est du café frais qu'ils boiront. Laisse-moi m'occuper de cette affaire.

— Comme tu veux, fit l'autre, soulagé.

L'instant d'après, Tranchemontagne avait le patron d'Aroma au bout du fil et lui annonçait qu'un de ses employés, atteint d'un excès de zèle, causait des maux de tête chez Délicaf pour un simple retour de marchandise avariée. Puis il lui fit suavement remarquer que l'échéance de leur contrat d'approvisionnement était encore lointaine, mais que chaque minute la rapprochait. À ces mots, l'autre se piqua, le ton monta, on se lança des chiffres et puis, brusquement, les deux hommes se radoucirent et l'affaire fut réglée en un tournemain ; et même, ce fut comme s'il n'y avait jamais eu d'affaire.

Mis de bonne humeur par cette petite victoire, qui s'ajoutait aux bienfaits de sa conversation avec Caroline Duparquet, Guillaume Tranchemontagne sortit son calepin et parcourut la liste qu'il y avait inscrite la veille.

Et, tout le reste de la matinée, il se livra à une recherche intensive dans son bureau, multipliant les appels téléphoniques et retournant même chez Délicaf pour consulter les archives.

6

Deux jours après avoir posté ses cadeaux, Tranchemontagne reçut la visite de ses petits-fils, Germain et Charles-Élie, venus le remercier en compagnie de leur mère. C'était un samedi matin ensoleillé, une brise aimable et capricieuse folâtrait autour de la maison et soulevait gaiement les feuilles des arbres ; l'homme d'affaires avait passé une excellente nuit et, pour la première fois depuis son opération, ne sentait plus aucune douleur à l'abdomen. Il fit passer tout le monde au salon.

— Comment allez-vous, les garçons ? demanda-t-il avec bienveillance en prenant place dans un fauteuil.

— Bien, grand-papa, répondirent à l'unisson les deux frères.

— On est venus te remercier pour tes cadeaux et puis après, on s'en va faire des courses, annonça Germain qui, à six ans, laissait déjà voir un caractère énergique et des façons expéditives.

— Les avez-vous aimés ?

Germain, peu porté sur la lecture, hocha la tête sans conviction.

— Grand-papa, fit Charles-Élie, j'ai soif. As-tu du jus de pomme ?

— Bien sûr.

Marie-Louise se leva :

— Reste assis, papa, je vais aller en chercher. Tu en veux toi aussi, Germain ?

— Et toi, fit le grand-père en se tournant vers le cadet, as-tu aimé ton livre ? Qu'est-ce que je t'avais envoyé, donc ?

— Un Astérix.

Il hésita une seconde, puis :

— Je l'avais déjà, mais maman a dit que c'était mieux de pas le dire. Moi, je suis pas d'accord, parce qu'autrement tu le saurais pas.

— Tout à fait juste, mon vieux. Apporte-le-moi, je te l'échangerai.

— Est-ce que je peux te faire une suggestion, grand-papa ?

— Toutes les suggestions que tu veux.

— Alors achète-moi un livre sur les fennecs.

— Qu'est-ce que c'est que ça ?

— Tu ne connais pas les fennecs, grand-papa ? Vraiment ? À ton âge ?

Germain, qui n'avait qu'une vague idée de l'animal, porta la main devant sa bouche et se mit à rire.

— Eh oui. Même à mon âge, il y a encore bien des choses que j'ignore.

Alors Charles-Élie, montant sur ses genoux, lui expliqua gravement que le fennec était un petit renard d'Afrique avec d'immenses oreilles pointues, extrêmement intelligent mais si sensible au bruit qu'on pouvait parfois le faire mourir de saisissement en poussant un seul cri.

Germain objecta qu'il fallait sûrement plusieurs cris et peut-être même des coups de canon. Tranchemontagne, posant des questions et dirigeant de son mieux la discussion, essayait d'éclaircir l'affaire. Il leva soudain la tête et rencontra le regard de sa fille, debout dans l'embrasure. Elle le contemplait avec l'air de dire : « Comme tu as l'air de les aimer ! Voilà peut-être le remède qu'il te faudrait... »

*

Dans les jours qui suivirent, il reçut des lettres de remerciement de certains neveux et nièces. Elles se résumaient la plupart du temps à quelques mots polis, mais une ou deux d'entre elles laissaient transparaître de la surprise. Des appels téléphoniques avaient dû s'échanger dans la famille. Qu'arrivait-il à ce bon Guillaume ? Comment expliquer son intérêt subit pour des gens qu'il voyait si peu ? Mijotait-il quelque chose ? Ou, alors, peut-être souffrait-il d'une grave maladie et ses cadeaux étaient-ils pour lui une façon de faire gentiment ses adieux ? Mieux aurait valu une petite clause testamentaire, il va sans dire.

Ces questions et remarques ne manquèrent pas d'aboutir aux oreilles des enfants Tranchemontagne. Ils essayèrent de cacher leur étonnement devant ce geste imprévu de leur père, rassurèrent tout le monde sur son état de santé et déclarèrent qu'il ne fallait voir dans cet envoi que le désir de se montrer agréable.

Vers le milieu de la semaine, ils se réunirent quelques instants dans le bureau de Marie-Louise et convinrent que leur père traversait une crise sérieuse et qu'il fallait agir. Mais que faire ?

— Pourquoi ne pas en parler à maman ? proposa Marie-Louise. Elle le connaît mieux que nous tous.

— Tu n'y penses pas ! s'esclaffa Julien. Quand on prononce son nom devant elle, ses dents grincent. Elle va tout de suite nous conseiller d'aller voir un avocat et on va se retrouver dans une mer de procédures. Laisse-la en dehors de cette histoire, je t'en prie.

Marie-Louise suggéra alors de téléphoner à Raoul Marleau, le grand ami de son père. Lui seul pouvait obtenir ses confidences et apprendre ainsi les mobiles de l'étrange conduite de leur père.

— Bonne idée, approuva Antonin.

Quelques moments plus tard, il avait le dynamique propriétaire de dépanneurs au bout du fil et lui décrivait les curieux élans de générosité de son paternel.

— Je m'occupe de lui, promit Marleau. Cette histoire ne tient pas debout. Je me demande bien ce qui lui chicote le caillou. Si on le laisse aller, trou de lunette ! il va manger le travail de toute une vie.

Des trois, Julien était celui qui prenait les choses le moins au tragique, trouvant même à cette histoire des côtés plutôt amusants. Il était, comme cela arrive souvent, l'opposé presque parfait de son frère aîné. Homme fidèle et constant, perfectionniste et pointilleux, Antonin menait une vie réglée comme celle d'un banquier suisse, essayant avec une belle opiniâtreté depuis cinq ans de faire un enfant à son épouse institutrice. Beau garçon et beau parleur, Julien, lui, se satisfaisait de peu, se réjouissait de tout, considérait la vie comme une occupation somme toute plaisante, trouvait le genre humain, dans son ensemble, plutôt sympathique et accumulait les aventures galantes avec nonchalance, fuyant comme la peste les obligations à long terme. Son travail en pâtissait parfois, ce qui lui valait des ronchonnements, mais il continuait d'aller son train en souriant, imperméable aux critiques, réparant prestement les pots cassés grâce à son entregent, à sa débrouillardise, au charme de son physique avantageux et de ses yeux vifs et ardents.

Quelques heures après la réunion où on avait parlé de son père, il téléphona à ce dernier pour lui annoncer qu'il désirait le voir dans la soirée.

— Impossible, répondit Guillaume Tranchemontagne, je dîne avec Raoul Marleau et je ne serai sûrement pas de retour avant dix heures. De quoi s'agit-il ?

— Oh ! d'une idée qui m'est venue comme ça, mais je préférerais t'en parler face à face. Demain matin, alors ?

— Comme tu veux. Trois visites en quatre jours ! Ton affection est vraiment débordante depuis quelque temps... Que se passe-t-il, mon garçon ?

— Je dois faire une montée d'amour filial, répondit l'autre avec un rire embarrassé. Salut, p'pa.

— Amour filial, amour filial, grommela l'homme d'affaires en raccrochant. M'est avis que dans « filial », il y a le mot « fille ».

Assis à son bureau, il joignit les bras derrière la tête et se mit à contempler par la fenêtre les jets de la fontaine dans le jardin. On s'agitait beaucoup dans son entourage depuis une semaine. Il avait tout de suite compris que cette invitation à souper de Raoul Marleau faisait partie d'une stratégie. Ses enfants l'avaient-ils envoyé en émissaire ? Et maintenant, ces visites à répétition du cadet. Sans compter tout le reste, qu'il ignorait, mais dont il sentait le frémissement autour de lui. Il se pencha de nouveau au-dessus d'une carte géographique étalée sur son bureau et continua de l'étudier.

Durant le dîner, il avait annoncé à Caroline Duparquet – sous le couvert du secret – sa décision de profiter des vacances qu'il venait de s'allouer pour faire un voyage de quelques jours dans le Grand Nord du Québec, une région où il n'avait jamais mis les pieds.

— Ah bon, s'était-elle étonnée. Et où au juste ?

— À Fermont.

Elle l'avait fixé un moment de son regard perçant et désinvolte, presque effronté, et un sourire malicieux était apparu sur ses lèvres :

— Je suis sûre que vous allez y rencontrer quelqu'un.

— Oui, avait-il avoué, mais je ne veux pas en parler maintenant.

— Je suis sûre également, avait-elle repris, que vous faites bien d'y aller, et elle avait posé la main sur son bras avec un glissement qu'on aurait pu prendre pour une caresse.

Il replia la carte en soupirant, consulta sa montre et monta dans sa chambre pour changer de costume. Raoul Marleau l'attendrait à six heures au bar du Ritz-Carlton, d'où ils se rendraient ensuite au Piémontais. Les deux hommes partageaient le même culte pour la ponctualité, mais en cas de manquement, Marleau gueulait beaucoup plus fort, car il aimait faire du théâtre.

Tranchemontagne arriva au bar à six heures moins dix. Son ami s'y trouvait déjà, attablé devant un whisky. Il portait une cravate à énormes pois blancs sur fond vert, mais en prenant place devant lui, l'homme d'affaires constata que les pois étaient en réalité des balles de golf reproduites avec un art si minutieux qu'elles semblaient tridimensionnelles. Marleau sourit devant l'étonnement de son compagnon :

— Pas mal, hein ? Même les mouches s'y trompent. C'est mon ami Fortin qui me l'a envoyée de Fort Lauderdale. Il a dû la payer au moins cent dollars. Un jour, on retrouvera cette cravate dans un musée.

Son visage se rembrunit brusquement :

— Mon cher Guillaume, commença-t-il après que son ami eut commandé un whisky également, je n'irai pas par quatre chemins, car tu sais comme je déteste tourner autour du pot : ce sont tes enfants qui m'ont demandé de te rencontrer, car ils prétendent que tu files un mauvais coton. Est-ce que c'est vrai ?

— Si tu as pris la peine de m'inviter, répondit l'homme d'affaires, narquois, c'est qu'ils t'ont convaincu.

— Hum... voilà une façon comme une autre de ne pas répondre... et de me laisser entendre que je me mêle de ce qui ne me regarde pas.

— Les amis font souvent cela.

— Mais enfin, Guillaume, qu'est-ce que c'est que cette histoire de gratification à un ancien associé qui te volait comme s'il avait eu dix mains et qui avait disparu du décor depuis une éternité ?

Dans l'atmosphère de respectabilité spongieuse et britannique du bar, sa voix rauque et fulminante avait quelque chose d'indécent. Un serveur tourna la tête vers eux et souleva légèrement un coin de sa lèvre supérieure en signe de désapprobation.

— Écoute, Raoul, je t'aime bien, mais je ne passerai sûrement pas la soirée à justifier mes décisions. Je suis comme toi, un grand garçon qui prétend savoir ce qu'il doit faire. Alors fiche-moi la paix, veux-tu, et prenons tranquillement un verre en parlant d'autre chose. Est-ce qu'il y a longtemps que tu as mangé au Piémontais ?

— Deux ou trois mois, grogna l'autre.

Il vida son verre, leva la main et fit signe qu'on lui apporte une autre consommation.

Tranchemontagne n'avait pas menti quand il avait parlé de son attachement pour Marleau. Il avait rencontré ce dernier une quinzaine d'années plus tôt lors d'un tournoi de golf, un sport qui passionnait encore son ami mais que lui-même ne pratiquait plus que d'une façon sporadique. La simplicité de l'homme, sa bonne humeur bourrue, son bon sens colossal lui avaient plu tout de suite et leur amitié s'était lentement cimentée le long des parcours gazonnés et devant les verres de bière au gingembre qu'ils consommaient à pleins pichets. Marleau possédait trois dépanneurs florissants à Longueuil, mais sa fortune restait modeste en comparaison de celle de son ami ; la chose l'indifférait totalement et jamais il n'y faisait allusion. C'était un bon père et un bon époux, en apparence autoritaire mais, au fond, facile à vivre. Tranchemontagne ne lui connaissait que deux défauts : une certaine impétuosité de langage, qui, à la longue, pouvait devenir lassante, et une fâcheuse tendance à se croire détenteur de la sagesse absolue.

— Et alors ? reprit Tranchemontagne, soucieux de faire redémarrer la conversation, comment vont les affaires ? As-tu réglé tes problèmes avec ce fameux Rivard ?

— Ouais, si on veut...

Un certain Nicolas Rivard, propriétaire d'un hebdo fort lu à Longueuil, l'avait adopté comme tête de Turc depuis un mois à la suite de la démolition illégale d'une maison ancienne que Marleau avait ordonnée pour agrandir le stationnement de son Provisoir de la rue Saint-Laurent. *L'Étoile du Sud* s'était gaussée de l'amende ridicule imposée en pareil cas et accusait la ville et l'homme d'affaires d'être de connivence. Les attaques se faisant de plus en plus précises, l'histoire prenait une ampleur inquiétante tandis que le sommeil de Marleau suivait un processus inverse.

— Je lui ai téléphoné hier pour lui annoncer que son langage de merde ne m'amusait plus et que j'en avais fait part à certains de mes amis de la Chambre de commerce de la Rive Sud. Ses revenus publicitaires risquaient de s'en ressentir. Il est bien resté quinze secondes au bout du fil à faire des petits bruits étranges. J'ai l'impression que mon coup a porté et qu'il va aller croisader ailleurs.

Malgré cette bonne nouvelle, Marleau se mit à contempler d'un air lugubre le verre qu'on venait de déposer devant lui ; il prit enfin une longue gorgée. Manifestement, le refus de Tranchemontagne de parler de ses affaires lui avait excité les nerfs. La soirée risquait de devenir pénible.

— Et les employés ? poursuivit Tranchemontagne. Pas trop d'emmerdements ? Qu'est devenue cette pauvre caissière avec son syndrome de La Tourette qui lui fait pousser à tout moment des « va chier » ?

— Elle travaille toujours chez moi. On s'habitue, tu sais. C'est une bonne petite femme, vaillante et débrouillarde. Mais veux-tu bien me dire, éclata-t-il de nouveau, incapable de se contenir, quelle idée t'a pris de ramasser cette amazone avec son bébé dans la rue, puis de l'amener chez toi ? Réalises-tu la réputation que tu es en train de te faire ? Vraiment, mon vieux, il y en a qui vont bientôt penser que tu commences à t'émietter de la boule.

Tranchemontagne, voyant que la seule façon d'éviter la discussion était de se lever et de s'en aller, poussa un profond soupir et fit signe à son tour au serveur de venir renouveler sa consommation.

— Raoul, je t'en avais dit deux mots à l'hôpital et je me vois obligé de te le répéter : j'ai décidé de changer de vie. N'arrondis pas les yeux comme ça, tu ressembles à une de ces faces de totem qui donnent l'impression de vouloir nous égorger. Ces derniers temps, j'ai beaucoup réfléchi. Eh oui ! comme toi, je suis arrivé à l'âge des bilans. Tu feras le tien quand tu voudras, moi, j'ai commencé le mien. Et sais-tu à quelle conclusion j'en suis venu ? Qu'à part le fait d'avoir gagné beaucoup de fric, je n'ai pas foutu grand-chose de bon dans la vie. Alors, il était temps que je commence. J'ai commencé. Cette jeune femme était dans le pétrin, désemparée, sans un sou, sans endroit où aller. Je lui ai donné un coup de main, c'est tout.

81

L'autre eut un toussotement ironique.

— Non, mon vieux ! se défendit l'homme d'affaires, indigné. Aucune histoire de fesses là-dedans. Et si tu ne me crois pas, que le Diable te transforme en poubelle ! Tu diras à mes enfants que je possède toute ma raison, que je suis libre de mes faits et gestes et que leurs chialeries, rouspétages et tentatives de crocs-en-jambe ne me font ni chaud ni froid. J'ai même l'intention de continuer, car jamais je ne me suis senti si bien.

— Continuer ?

— Oui, mon vieux.

— Est-ce qu'on peut connaître ta prochaine bonne action ?

Tranchemontagne hésita une seconde, puis :

— Dans quelques jours, je m'en vais à Fermont.

— Fermont ? C'est dans le Nord, ça ? Et qu'est-ce que tu veux aller faire là-bas ?

— Ça me regarde... Oh, et puis aussi bien te dévider toute mon histoire, puisque j'ai commencé...

Il prit une gorgée de whisky, s'étouffa et fut quelques moments sans pouvoir parler, le visage écarlate, les yeux larmoyants. Marleau l'observait, l'œil mi-clos, un léger sourire aux lèvres, comme s'il savourait le malaise de son ami.

— Il y a dix-sept ans, reprit enfin Tranchemontagne d'une voix rauque, j'ai eu une liaison avec une jeune femme qui travaillait chez moi comme téléphoniste. Elle est tombée enceinte. Je lui ai offert de... payer son avortement. Elle m'a envoyé promener, puis a fichu le camp, sans jamais plus me donner de ses nouvelles. La semaine passée, je me suis mis à sa recherche. J'ai finalement réussi à dénicher une de ses vieilles tantes à Lachine qui m'a appris qu'elle vivait à Fermont depuis dix ans avec sa fille, acoquinée avec un bon à rien ; elle travaille pour une société minière et ne voit presque personne.

— Et tu veux aller la trouver ?

— Oui.

— Pour lui dire quoi ?

— Je n'en ai pas la moindre idée.

— Tu vas lui offrir de l'argent ?

— Pourquoi pas ?

— Oui... après tout, pourquoi pas ? Les gens adorent ça...

— Qu'entends-tu par là, Raoul ?

— Rien, absolument rien. Je constate que les gens adorent

l'argent, voilà tout. Car l'argent règle tous les problèmes, c'est bien connu. Tu l'as sûrement vérifié toi-même, non ?

Tranchemontagne haussa les épaules en poussant un soupir résigné. Les lois de l'amitié l'obligeaient, ce soir-là, à supporter jusqu'au bout les sarcasmes de son compagnon.

— Et cette fille, poursuivit ce dernier, tu es absolument certain d'être son père ?

— Autant qu'on peut l'être. En tout cas, c'est la première question que je vais poser à sa mère, tu t'imagines. Elle doit avoir seize ans, quelque chose comme ça...

— Et si on te confirme que tu es bien le père de cette enfant, que vas-tu faire ?

— Dis donc, Raoul, si on changeait de sujet ? Je ne vois vraiment pas l'utilité de...

— Un mot, juste un mot, je t'en prie. Ensuite, je te fiche la paix. C'est pour ton bien, mon vieux, uniquement pour ton bien. N'as-tu jamais pensé que si ta... téléphoniste ne t'a jamais donné signe de vie, c'était peut-être parce qu'elle avait décidé de se débrouiller toute seule ?

— C'est ce que j'aimerais lui entendre dire.

— As-tu pensé qu'il se pourrait fort bien que tu ne sois *pas* le père de cette enfant et que ta bonne femme pourrait profiter de l'occasion pour te vider le portefeuille ?

— Je ne porte plus de culottes courtes, mon cher. Je demanderais des preuves. Me prends-tu pour un cave ?

— N'as-tu jamais pensé, poursuivit l'autre avec une ténacité cruelle et souriante, que si tu arrivais chez elle comme un ours au milieu d'un pique-nique, tu risquais de l'embêter, peut-être même de la perturber ou, en d'autres mots, de lui faire plus de mal que de bien ?

— Dans ce cas, pour reprendre ta flatteuse comparaison, j'essayerai de ne pas arriver chez elle comme un ours au milieu d'un pique-nique.

L'obstination de Tranchemontagne fit craquer quelque chose à l'intérieur de Marleau et c'est alors qu'il piqua une de ses fameuses colères, qui s'exprimaient généralement par des discours-fleuves qu'on avait avantage à ne pas interrompre. Son nez se fronça, ses narines s'allongèrent et son visage tanné de vieux golfeur sembla foncer encore et tourner en terre cuite.

— Mais qu'est-ce que c'est que cette folie qui s'est emparée de toi tout à coup ? fit-il en levant les bras sous les regards inquiets du barman et des quelques clients de la place. Tu vas y perdre ta santé, ton argent, tes amis et le peu de paix qu'on réussit à se gagner de peine et de misère en vieillissant. Tout le monde voudrait faire le bien autour de soi, il n'y a rien de plus agréable, je t'assure. Mais il faut gagner sa croûte, mon vieux, et se défendre, se défendre continuellement et puis frayer son chemin dans la vie, et pour cela, *il faut suivre les règles du jeu !* Ce n'est pas nous qui les avons établies, tu le sais autant que moi. Je ne sais pas qui, au fait, mais elles sont là, dures, impitoyables. Si tu ne les suis pas, alors laisse tout tomber et va-t'en plutôt habiter une cabane dans la forêt ou soigner les lépreux en Afrique. C'est ce que font les saints.

Tranchemontagne eut un sourire persifleur :

— Alors, selon toi, pour être normal, il faut se montrer dégueulasse avec tout le monde ?

— Est-ce que j'ai dit ça ? Est-ce que j'ai vraiment dit ça ? Je ne l'ai jamais dit, voilà la vérité. Il faut *au contraire* se montrer gentil avec son prochain – c'est une question de savoir-vivre, en quelque sorte, et même de civisme, si on veut. Mais, trou de lunette ! n'exagérons pas, tout de même ! Restons dans les limites du bon sens ! Qu'est-ce que la société attend de toi ? Que tu t'occupes correctement de ta femme et de tes enfants, que tu payes tes taxes et tes impôts, que tu n'agresses pas ton voisin, que tu ne sois à la charge de personne. Et ça s'arrête là, mon cher Samaritain, tout le monde le sait, personne ne s'y trompe. Pour le reste...

L'œil mi-fermé, il laissa flotter sa main devant lui :

— Si tu es le seul à refuser d'arrondir parfois les angles, à ne pas fermer l'œil sur certaines choses et à l'ouvrir bien grand sur certaines autres, tu es fini, mon vieux, complètement fini. Cours te pendre ! De toute façon, tôt ou tard, on va te mettre la corde au cou. Mais tu savais tout ça, Guillaume. Comment as-tu pu l'oublier ? Un coup sur la tête ?

— Je veux réparer mes erreurs. Certains s'accommodent des leurs, d'autres les oublient. Moi, elles me lèvent le cœur.

— Réparer tes erreurs ? Oui, c'est très bien, dans la mesure du possible, évidemment, mais chambarder toute ta vie pour corriger ton passé ? Mon pauvre ami, trois vies ne suffiraient pas à réparer les gaffes d'une seule. Enlève-toi cette idée de la tête.

Folie que tout ça, mon cher Guillaume, pure folie. Tiens, l'année dernière, j'avais congédié une caissière à mon Provisoir de la rue Saint-Laurent, car j'étais persuadé qu'elle me volait des tablettes de chocolat durant la nuit. Eh bien ! je me suis aperçu deux mois plus tard que c'est un livreur qui me trichait sur les quantités. Est-ce que je l'ai réembauchée ? Jamais en cent ans ! Il aurait fallu que je congédie celle qui la remplaçait ! Est-ce que je suis allé m'excuser auprès d'elle ? Un fou l'aurait fait, pas moi. Qui sait ? Elle en aurait peut-être profité pour me réclamer de l'argent, me causer des embarras, je ne sais pas, moi. Non. Je n'ai rien fait. Elle n'a rien su. Et tout est bien comme ça. Je ne me considère pas comme une crapule pour autant.

— Moi, je serais au moins allé m'excuser, murmura Tranche-montagne, la mine sombre. Après tout, tu avais porté atteinte à sa réputation.

— Quelle idée tu as là ! De quoi aurais-je eu l'air ? Elle m'aurait seulement détesté un peu plus... et se serait imaginé peut-être (comment savoir ce que les gens ont parfois dans la tête ?) que je lui faisais des avances, ou quelque chose comme ça.

— Je t'écoute, Raoul, et vraiment, sans vouloir t'offenser, j'ai l'impression d'entendre un pauvre type. D'ailleurs, je ne te crois pas. Tu es bien meilleur que tu ne dis.

— Non. Je *suis* comme je dis ! Que le plafond me tombe sur la tête si j'ai menti !

— Ne te sens-tu pas un peu moche ?

— Bien sûr que je me sens moche, pauvre naïf ! N'as-tu pas compris à ton âge que, pour se tirer d'affaire dans la vie, il faut l'être un peu ? Tout le monde l'est !

— Alors, mène tes affaires comme tu veux, je mènerai les miennes à ma façon.

Voyant l'échec de ses efforts, Raoul Marleau changea alors de tactique. Il plongea vaillamment dans la vie même de Tranche-montagne et, cherchant à lui démontrer leur caractère inéluctable, lui rappela certaines de ses turpitudes. Et, entre autres, les pots-de-vin que ce dernier avait versés bien des années auparavant à un conseiller municipal pour obtenir un changement de zonage afin d'agrandir les locaux de Délicaf, rue Marie-Anne, en occupant l'immeuble d'habitation voisin, qu'il venait d'acheter. Le changement obtenu, l'homme d'affaires, par différentes tactiques, avait fait vider l'immeuble de ses locataires pour y installer ses bureaux et un entrepôt ; puis il avait ordonné la démolition de deux remises afin d'aménager une cour pour la livraison de la marchandise. Pendant des années, le va-et-vient des camions, du petit matin à la fin du jour, avait empoisonné la vie du voisinage. Ce tapage avait sûrement été à l'origine de querelles conjugales, peut-être même de violence, de séparations et de divorces, pourquoi pas ? Des enfants avaient peut-être été maltraités, leur développement affecté. Comment le savoir ? Allait-il verser un dédommagement à tout ce beau monde ? Aux voisins actuels comme à ceux que le bruit avait fini par chasser ? Allait-il graisser la patte d'un autre conseiller municipal pour qu'on rétablisse l'ancien zonage ? Allait-il quitter les lieux et tenter de faire revenir les anciens locataires ? Comment réparer tout ce mal ? Ne voyait-il pas que, dans les circonstances, il avait défendu au mieux ses intérêts en observant les pratiques courantes et qu'essayer de reconstruire le passé était une entreprise aussi folle qu'impossible ?

— Si on allait au Piémontais ? répondit Tranchemontagne en se levant, le regard farouche. J'ai faim.

Ils se rendirent au restaurant et, malgré l'accueil affable du patron, le bon vin, les ris de veau exquis et le service empressé, ils y passèrent une soirée lugubre. Voyant qu'il avait appliqué un tel poids sur la poutre qu'elle risquait de se rompre, Marleau évita de poursuivre leur discussion et s'efforça de se montrer agréable et enjoué. Mais à neuf heures, Tranchemontagne, chiffonnant sa serviette, la jeta sur la table :

— Excuse ma sale gueule. J'ai mal à la tête. Je m'en vais me coucher. Merci pour la bouffe.

Et, avant que son compagnon ait eu le temps d'ouvrir la bouche, il était parti.

7

En se mettant au volant de sa Mercedes, stationnée à deux pas, il eut l'impression de pénétrer dans un cercueil. Que faire en attendant le sommeil ? Il eut soudain envie d'acheter un roman policier pour se remplir la tête de péripéties et empêcher les progrès du doute, qu'il sentait grouiller en lui depuis le sermon de Marleau.

À cette heure, presque toutes les librairies étaient fermées. Il songea soudain à cette librairie d'occasion établie au coin de la rue Berri et du boulevard de Maisonneuve, dans le Palais du Commerce. Quelques minutes plus tard, il pénétrait dans l'immense local violemment éclairé où flottait une odeur indéfinissable, qui parlait de vies modestes, de passions silencieuses et d'efforts studieux. Il n'était pas entré dans cette librairie depuis bien des années et se mit à parcourir les allées à pas lents, curieusement remué, comme s'il venait tout à coup de reculer dans le temps et se retrouvait de nouveau étudiant sans le sou, le ventre affamé, chassant les aubaines. Une jeune femme gracile au joli visage de renard lui indiqua avec un sourire un peu las la section des romans policiers ; il dénicha bientôt un Chandler et deux San Antonio, défraîchis mais encore solides. Il venait d'attaquer un San Antonio, l'œil déjà pétillant de plaisir, lorsqu'un toussotement lui fit lever la tête.

Boris Béland, pâtissier et plombier de son état, se tenait devant lui, une pile de livres dans les bras et l'air extatique :

— Bonsoir, monsieur Tranchemontagne ! Comme vous avez bonne mine !

87

Il s'avança et, dans le geste qu'il fit pour libérer une de ses mains, six livres dégringolèrent sur le plancher.

— Laissez, laissez, ça n'a aucune importance. Je les ramasserai tout à l'heure. Je suis vraiment ravi de vous rencontrer. Comment allez-vous ?

— Bien.

— Je vois que vous êtes tout à fait remis. Vous ne pouvez pas savoir comme ça me fait plaisir ! Vraiment, le plus grand des plaisirs, je vous assure ! Je m'étais tellement inquiété à votre sujet.

Et il se mit à le contempler avec un air de contentement extrême. Tranchemontagne détourna le regard, saisi par un étrange malaise.

— Vous êtes amateur de lecture ? demanda-t-il enfin, cherchant une phrase pour écourter l'entretien.

— Moi, non. Enfin, oui, mais c'est tout récent. J'ai décidé de me mettre à la lecture parce que je souffre d'insomnie depuis un mois. Souffrez-vous d'insomnie ?

— Non.

— C'est très désagréable. Il faut meubler les heures, voyez-vous.

Sa voix s'était affaissée, son regard avait terni, ses joues rebondies avaient l'air flasques, à présent.

— C'est que j'ai perdu mon emploi à la pâtisserie Rolland, poursuivit-il sur le ton de la confidence. Mon sommeil s'en est trouvé gâté. C'est une triste histoire. J'ai voulu rendre service à mon patron. Je n'aurais pas dû. Un tuyau fuyait dans la cuisine principale. J'ai offert de le réparer moi-même pour lui faire épargner de l'argent, voyez-vous. La malchance m'attendait. Il a fallu louer des pompes pour évacuer l'eau. Un problème de valve. La pâtisserie a dû fermer deux jours. Alors, vous vous imaginez qu'après une pareille affaire...

— Oui, je vois, je vois. Eh bien, il faut que je file, on m'attend. Non, non, ne me serrez pas la main, je vous en prie. Bon, ça y est !

Cinq autres livres étaient tombés sur le plancher et l'un d'eux en perdit sa couverture.

— Ce n'est rien, ce n'est rien, fit le pâtissier en s'accroupissant, j'adore les livres abîmés.

Tranchemontagne le salua et s'éloigna en toute hâte avec l'impression que, s'il était resté une minute de plus, le plafond lui serait tombé sur la tête ou que son veston aurait pris feu. Il passa à la caisse, mais, au lieu de quitter les lieux, emprunta une étroite allée qui menait à un corridor bordé de boutiques, puis à un vaste hall sur lequel donnaient également d'autres vitrines.

Au centre, on avait disposé des tables et des chaises de résine blanche, destinées aux clients d'un petit casse-croûte installé à gauche, dont un employé frottait le comptoir, se préparant à fermer. L'endroit, avec son plancher de linoléum vieillot mais astiqué comme dans un couvent, était désert ; une impression d'usure, de paix et de douce fatigue s'en dégageait, que l'on retrouve parfois dans ces établissements démodés qui se survivent et vivotent avec une calme résignation.

Tranchemontagne se sentit tout à coup une lourdeur dans les jambes et eut envie de s'asseoir un moment. Il se rendit au casse-croûte, puis s'attabla devant un café. Le verre en plastique répandait une odeur à la fois âcre et fade, mais elle se mariait tellement bien au décor qu'on n'aurait pas pu en imaginer une autre. Il prit une gorgée et attaqua son Chandler.

Soudain, venant du métro, apparut un clochard avec un sac en plastique dans chaque main. L'individu, d'environ quarante ans, examina attentivement le hall, puis vint s'asseoir non loin de l'homme d'affaires. Il était grand, maigre, ses cheveux bruns lissés en toque, avec un long nez fluet et une expression pensive et austère, curieusement aristocratique. À part une déchirure au coude gauche de son veston, ses vêtements étaient propres et plutôt convenables. Il sortit trois bananes d'un sac, les disposa soigneusement devant lui et glissa le sac dans sa poche. Après avoir contemplé les bananes un moment, il sortit un autre sac, puis, avec un grand air de dignité, enleva son soulier gauche et une chaussette au talon troué apparut. Il replia minutieusement le sac et l'introduisit à l'intérieur du soulier, dont la semelle révélait elle aussi un trou, puis se rechaussa. Se calant alors dans sa chaise, il sembla réfléchir, les bras croisés derrière la tête. Tranchemontagne, saisi d'un étrange malaise, avait envie de lui offrir une aumône, mais la gêne le retenait. Il buvait son café à petites gorgées, essayant de détourner le regard de son compagnon. Ce dernier, comme s'il avait deviné ses pensées et voulait lui éviter un effort pénible, se leva tout à coup, prit ses bananes et ses sacs et alla s'asseoir quelques tables plus loin, vivante image de la fierté dans la déchéance et la folie.

— Tu viens de manquer une sacrée bonne occasion de faire le bien, mon vieux, se gourmanda l'homme d'affaires en revenant chez lui. Voilà quelqu'un qui méritait ton aide, bien plus que cette éponge d'Auger. Ce devait être auparavant une personne très convenable. Quel malheur lui est tombé dessus pour qu'il en soit réduit à cet état ?

En arrivant devant sa maison, il vit une auto s'éloigner rapidement et crut reconnaître celle de Julien.

— Que venait-il faire ici, lui ? grommela Tranchemontagne avec une hargne qui l'étonna lui-même. N'avions-nous pas convenu de nous voir demain matin à neuf heures ?

Il stationna devant le garage et pénétra dans la cuisine. Il traversait la pièce lorsque le téléphone sonna.

— Allô, lança-t-il d'un ton peu engageant.

— Guillaume ? fit une voix épaisse et molle. C'est Réal. Réal Auger. Ça va ?

L'homme parlait avec difficulté, comme si sa langue congestionnée avait peine à se mouvoir dans sa bouche.

— Ça va, soupira l'autre, devinant que son interlocuteur avait bu et qu'il allait lui casser les pieds. Qu'est-ce que je peux faire pour toi ?

Il entendit Auger prendre une grande inspiration :

— Guillaume...

Le silence se fit.

— Oui. Que me veux-tu ? répéta Tranchemontagne avec impatience.

— Guillaume, ce soir, je pensais à ta visite de l'autre jour... et je trouvais ça très bien. Très bien, Guillaume, vraiment très bien. Y en a pas beaucoup qui ont du cœur comme toi, ça, je peux te le dire et ma femme peut te le répéter...

— Merci. De quoi s'agit-il, Réal ? Fais vite, je suis fatigué, j'allais me coucher.

— Eh bien, justement, moi aussi, figure-toi. Mais avant d'y aller, il fallait que je te dise quelque chose, Guillaume, sinon, ça m'aurait tourné dans la tête toute la nuit et je n'aurais pas fermé l'œil : vingt mille dollars, c'est bien, très bien même, mais c'est pas assez, comprends-tu ?

— Ah bon !

— Non, c'est pas assez, parce que ça ne tient pas compte du manque à gagner, vois-tu, et... du stress... et puis... euh... des intérêts composés... et d'un tas d'autres choses. Que veux-tu, mon vieux, moi, je n'ai pas les moyens de me passer d'argent. Alors je me suis dit tout à l'heure que je n'irais pas me coucher sans expliquer tout ça à mon bon ami Guillaume et qu'il comprendrait tout de suite...

— Combien veux-tu ? fit Tranchemontagne en mettant machinalement la main à sa poche pour constater, à sa grande surprise, que son portefeuille ne s'y trouvait plus.

— Cinquante mille. Au bas mot, mon vrai dédommagement vaut cinquante mille, Guillaume, et je reste *très modéré* en te demandant si peu, car si je me mettais à calculer toutes les...

— Écoute, Réal, coupa l'autre, va te coucher, t'as trop bu, le bon sens te reviendra demain matin.

— Comment ? éclata l'autre, indigné. Je ne me laisserai pas dire...

— Je n'étais pas obligé de t'offrir un sou, car personne, rappelle-toi bien, ne t'a forcé à vendre ta part. Tu as agi...

— Je ne me laisserai pas...

— Tu as agi librement et en toute connaissance de cause. Si je t'ai offert un dédommagement, c'est par pure générosité, comprends-tu, et à titre... euh... moral, en quelque sorte. Cependant...

— Je ne me laisserai...

— ...cependant, si tu crois avoir été lésé d'une façon ou d'une autre, adresse-toi aux tribunaux et on verra ce qu'on verra. Mais d'ici ce temps-là...

— Je ne me...

— ...fiche-moi la paix et bonne nuit !

Il raccrocha et se mit à fouiller les poches de son pantalon, puis celles de son veston, toujours à la recherche de son portefeuille.

— Allons, gronda-t-il, décidément, c'est la soirée des emmerdements. D'abord, une engueulade, puis cette espèce d'abruti, et maintenant mon portefeuille... Veux-tu bien me dire où j'ai pu...

Il retourna à son auto et poursuivit ses recherches, plié en deux, tout en sueur, le souffle coupé, glissant ses mains sous les sièges, gagné par une nervosité grandissante :

— Non ! non ! ça se peut pas ! se lamenta-t-il tout à coup. Huit cents dollars et toutes mes cartes... Mais qu'est-ce qui se passe, bon sang de bon Dieu !

Il resta quelques instants assis derrière le volant, puis démarra et se dirigea aussi rapidement qu'il le put vers le Palais du Commerce, où il se rappelait avoir sorti son portefeuille pour la dernière fois. Vingt minutes plus tard, il se butait contre une porte verrouillée.

Il revint chez lui, fouilla de nouveau l'auto, puis ses vêtements, sans succès, fit quelques appels pour déclarer la perte de ses cartes et se coucha, exaspéré. Il essaya de repasser dans sa tête tous les gestes qu'il avait pu faire depuis le moment où il avait posé sur le comptoir du casse-croûte son portefeuille rebondi pour en tirer un billet de cinq dollars sous le regard subitement fixe de l'employé. Mais tout se brouillait dans sa tête, sa soirée se transformait en un ballet dément qui l'étourdissait ; une douleur se mit à lui serrer le front. Il écarta largement les jambes et prit de grandes inspirations, appelant ce bienheureux sommeil qui allait effacer pour quelques heures tous ses chagrins. L'assoupissement allait enfin le gagner lorsqu'un cri résonna à l'étage supérieur. Il était si faible et misérable qu'on avait peine à imaginer que l'être fragile qui le poussait allait devenir un jour un homme capable de soulever de lourds colis, de porter des jugements cinglants sur les autres et de conduire une automobile à toute vitesse. Et pourtant, ce cri exprimait sans doute ce qu'il y avait en lui de plus profond.

Il philosopha ainsi quelques minutes, un peu rasséréné, puis s'endormit tout à coup. Un tintement de vaisselle le réveilla en sursaut le lendemain matin vers six heures. Le souvenir de son portefeuille perdu lui tira aussitôt une grimace. Sa décision était prise : Marleau avait raison, il se ridiculisait avec ses manies de saint apôtre ; sa charité ne lui valait que des embêtements et dérangeait tout le monde. Dieu merci, le bon sens lui revenait, il annulerait son voyage à Fermont et redeviendrait enfin lui-même, chacun pour soi et que le voisin se débrouille comme il peut, la vie est ainsi faite.

Il s'habilla et se dirigea vers la cuisine.

— Quel fou j'aurais été d'aller là-bas, murmura-t-il en descendant l'escalier.

Il poussa un soupir de soulagement. Mais il s'y mêlait une secrète déception.

Caroline Duparquet rangeait de la vaisselle.

— Déjà debout ? s'étonna-t-elle en le voyant. Madame Dubuc

est tellement débordée, répondit-elle à son coup d'œil interrogatif, que j'ai pensé lui donner un coup de main. Je vous sers un café ? Elle m'a justement montré hier comment fonctionne la machine à espresso. C'est très facile.

— Merci, oui, je veux bien.

Il s'attabla, continuant de l'observer pendant qu'elle s'affairait devant l'appareil. Sa volubilité l'intriguait, comme si elle cachait un malaise. Il admira le dessin magnifique de ses cuisses et de ses fesses, souligné par un jean moulant.

— Julien est venu à la maison hier soir ? demanda-t-il, mine de rien.

— Il voulait vous voir, répondit-elle, penchée au-dessus de la tasse qui se remplissait. Vous avez là un bien gentil garçon. Comme il sait parler aux gens ! Il a même offert d'aller à la pharmacie chercher de l'onguent de zinc pour soulager les pauvres petites fesses de mon Fabien.

— Ah bon ! Sa visite m'étonne, je lui avais dit que je serais absent : nous avions pris rendez-vous pour ce matin à neuf heures. Mais c'est un garçon qui a des centres d'intérêt tellement variés, ajouta-t-il avec un sourire narquois.

— Voilà, fit-elle en déposant la tasse devant lui. J'espère que vous l'aimerez.

Elle s'assit en face de lui, posa les coudes sur la table et, le visage dans les mains :

— Dites-moi, vous qui vendez du café depuis tant d'années... Pourquoi les gens boivent-ils du café ? Après tout, ça n'a pas particulièrement bon goût, non ?

« Hé hé ! elle cherche à changer de sujet... Mes doutes sont confirmés. »

Il laissa tomber un filet de crème dans sa tasse, puis :

— Disons d'abord qu'il y a café et café. Il y a des cafés sublimes, qui se dégustent comme des grands vins, et puis il y a la petite bibine à l'américaine, qui fouette les nerfs mais vous arrache la gorge, celle que vous avez sans doute servie pendant longtemps. Il faut savoir choisir... et accepter de payer ! Mais, cela dit, vous avez raison, les gens ne boivent pas du café d'abord pour son goût. À mon avis, c'est pour chasser l'ennui.

— Chasser l'ennui ?

— Oui, vraiment, c'est pour cela, je crois. J'ai lu un peu sur le sujet, métier oblige, vous comprenez. On sait que le café a plusieurs effets sur nous : il accélère le pouls, augmente la pression sanguine, stimule le système nerveux, accroît l'attention et la vivacité. En fait, il produit les mêmes effets sur notre organisme qu'un événement extraordinaire, un accident, par exemple, ou un coup de chance – ou ce que les gens appellent l'aventure. Comme la vie ne nous en apporte guère, le café nous donne un peu l'illusion d'en vivre.

Il s'arrêta, un peu embarrassé, conscient tout à coup qu'il cherchait à l'impressionner.

— Je ne savais pas que le café pouvait faire tout cela, remarqua-t-elle, une lueur narquoise dans les yeux. Il est vrai que je ne suis pas très instruite.

— Vous vous moquez de moi. Je parle trop.

— Mais non ! je m'amuse à vous taquiner, répondit-elle en riant.

Elle allongea la main et, pour la deuxième fois, la posa sur son bras avec ce glissement qu'on aurait pu prendre pour une caresse.

Il se leva, troublé et agacé, et se rendit au réfrigérateur. La disparition de son portefeuille lui envoya soudain un pincement au cœur. Il souhaita tout à coup être seul pour manger ses rôties et lire les journaux en paix. Comme si elle avait deviné ses pensées, Caroline Duparquet se leva à son tour :

— Je vais aller jeter un coup d'œil sur mon bébé d'amour. Les coliques lui ont fait passer une mauvaise nuit, le pauvre.

Il glissa deux tranches dans le grille-pain, alla chercher ses journaux et se plongea dans la lecture. Une demi-heure passa. Il bâilla, s'étira longuement et décida de vérifier un rapport comptable dans son bureau. Mais lorsqu'il entra dans la pièce, la vue du canapé le remplit d'une langueur invincible. Il s'allongea dessus et s'endormit. Soudain, la voix de Julien résonna dans le corridor.

Tranchemontagne bondit sur ses pieds, se racla la gorge et alla s'asseoir derrière son bureau en se massant les joues.

— Entre, lança-t-il.

Son fils apparut, souriant, l'œil vif, débordant d'énergie et rempli de cette fébrilité qui, en général, n'augurait rien de bon. Un souvenir surgit du fond de la mémoire de Guillaume Tranchemontagne. Il était debout dans la porte du grand salon et contemplait leur magnifique tapis d'Aubusson que son cadet de cinq ans avait orné d'un immense X orange tracé au crayon-feutre. Julien se tenait silencieux dans un coin, recroquevillé sur lui-même, attendant la fessée, mais ses paupières à demi baissées n'arrivaient pas à masquer son regard pétillant de satisfaction, le regard de celui qui a réussi un coup fumant à la suite d'une gageure. Le nettoyeur appelé sur les lieux avait assuré qu'il pouvait réparer le gâchis, mais, avait-il ajouté après avoir examiné, mine de rien, le salon cossu, la note risquait d'être élevée. Ses prévisions s'étaient révélées justes.

— Je vois que, pour une fois, tu es à l'heure, constata le père avec un sourire quelque peu moqueur. Assieds-toi, je t'en prie. Comment vas-tu ?

— Très bien, merci. Mais toi, tu as l'air un peu fatigué, papa.

— Au contraire, je pète le feu, répondit l'autre sèchement. Même si, hier soir, j'ai perdu mon portefeuille, hé oui ! mon portefeuille qui contenait huit cent cinquante dollars et toutes mes cartes. À moins qu'on ne me l'ait volé...

Julien arrondit les yeux et poussa un long sifflement tandis que son père lui racontait son malheur, décrivant par le menu les efforts infructueux qu'il avait déployés pour retrouver son bien.

— Alors, mon garçon, tu m'excuseras de ne pas t'accorder beaucoup de temps, car j'ai hâte de retourner au Palais du Commerce pour voir si, par hasard, il ne s'y trouverait pas. De quoi veux-tu me parler ?

Julien eut un grand sourire :

— De Caroline Duparquet, papa.

— De Caroline Duparquet... Ah bon ! Dis donc, tu es venu la voir hier soir ?

— En fait, je voulais te rencontrer, fit l'autre avec un léger embarras. J'avais oublié que tu étais sorti.

Tranchemontagne eut un toussotement sceptique :

— Ta mémoire commence déjà à flancher, Julien ? Qu'est-ce que ce sera à mon âge ? Je t'avais pourtant bien dit hier que je sortais avec Marleau.

— Écoute, papa, répondit l'autre sans relever la remarque, je la connais à peine, mais j'ai tout de suite senti que cette fille a beaucoup de possibilités. N'est-ce pas ton avis ? Antonin m'a appris hier que Rémi Beausoleil avait décidé, en fin de compte, de rester chez Cafextra. Je suis sûr qu'après un bon entraînement elle pourrait faire une représentante formidable. Il ne faut jamais oublier que, dans certaines circonstances, être une femme, c'est un atout.

— Ça, mon garçon, répondit Tranchemontagne pince-sans-rire, je n'ai aucune difficulté à le croire.

Une légère rougeur se répandit dans le visage de Julien :

— Ce n'est pas ce que tu penses, papa. Je te parle métier, ce matin, pas d'autre chose.

— C'est hier soir que tu lui as annoncé qu'elle t'intéressait ?

— Je m'en suis bien gardé. Tu es la première personne à qui j'en parle.

« Menteur, répondit intérieurement l'homme d'affaires. Ton offre d'emploi fait partie de ton plan de séduction. »

Il laissa flotter son regard dans le jardin tout en tambourinant sur le bureau. À bien y penser, son fils avait raison. La femme était jolie et semblait dégourdie ; elle apprendrait rapidement ; il y avait de bonnes chances qu'elle fasse de l'excellent boulot chez Délicaf. Mais le passé l'avait rendu méfiant. Son fils avait des coups de flair merveilleux, mais pouvait aussi, le temps de se frotter l'œil, faire surgir des embêtements comme des chapelets de saucisses.

Il se leva :

— Écoute, donne-moi quelques jours pour y penser. Je n'aime pas me précipiter dans ce genre d'affaires.

— Oui, bien sûr, tu as raison, répondit l'autre avec un sourire mielleux. Prends tout ton temps, papa.

Tranchemontagne reconduisit son fils à la porte et se dirigeait vers le garage lorsque la sonnette retentit.

— Allons, grommela-t-il en revenant sur ses pas, est-ce que je vais arriver à partir un jour ?

Tout se fit très vite. Le clochard du Palais du Commerce se tenait devant lui avec son veston déchiré et ses souliers agonisants et lui tendit son portefeuille avec un curieux sourire tordu :

— Il était tombé sous votre chaise, monsieur. Vous êtes chanceux que je l'aie aperçu.

Tranchemontagne s'en empara, l'entrouvrit : la liasse de billets de banque semblait intacte, ses cartes de crédit se trouvaient à leur place.

L'inconnu eut une moue offensée :

— Je n'ai rien pris, monsieur. Vérifiez tant que vous voulez.

— Non, non, ce n'est pas du tout ce que je pensais... Je

96

voulais tout simplement... Merci du fond du cœur, mon vieux... Vous êtes vraiment très chic... Est-ce que vous me feriez le plaisir de... Attendez ! ne partez pas ! Vous méritez une récompense, bon sang ! Attendez, que je vous dis !

Le clochard s'arrêta au milieu des marches :

— Je n'ai besoin de rien, monsieur, répondit-il avec hauteur.

— Mais on a tous besoin d'argent, allons donc ! Tenez, laissez-moi vous offrir cent dollars... Oui, prenez, prenez, ça me fait plaisir !

L'autre secouait la tête avec un air buté. Tranchemontagne insistait, de plus en plus pressant, de plus en plus énervé, le regard suppliant, la voix tremblante.

Brusquement, l'homme lui reprit son portefeuille et en retira une pièce de deux dollars :

— Ça me suffira amplement, murmura-t-il d'un ton bizarrement suave.

Et il s'éloigna à grands pas.

— Mais ce n'est pas assez ! se désola Tranchemontagne en descendant le perron.

L'inconnu accélérait sa marche, sans tourner la tête. Il disparut bientôt au coin d'une rue. L'homme d'affaires restait pétrifié au milieu du trottoir, les bras ballants. Finalement, il rentra chez lui, incapable de répondre aux questions de Caroline Duparquet, descendue avec son bébé voir ce qui se passait, et s'enferma dans la salle de bains. Assis sur le bord de la baignoire, il essayait de comprendre ce qui venait de lui arriver. Car l'incident possédait un sens. Quelqu'un venait de lui faire signe.

— Mais qui, bon sang ? murmurait-il, ahuri.

Il se fit couler un bain et se glissa dans l'eau. Une sorte d'hébétude le gagna peu à peu. Le regard embué, il fixait sans le voir le carrelage des murs, la mâchoire pendante, tout amolli, dans un état d'abandon qui l'avait vidé de lui-même, comme s'il se dissolvait doucement dans l'eau chaude, retournant à son état originel. Et soudain, une idée surgit dans sa tête, impérieuse, irrésistible. Il devait aller à Fermont.

8

En homme méthodique, Guillaume Tranchemontagne se rendit d'abord à la librairie des Publications du Québec au Complexe Desjardins pour se documenter sur l'endroit afin de ne pas arriver là-bas comme une girafe au milieu d'une tempête de neige. C'était son premier voyage dans le Nord.

Un homme d'une trentaine d'années à la taille athlétique, les cheveux lissés en arrière, le front dégarni, les joues marquées de deux plis profonds qui le vieillissaient, lui remit quelques brochures, une carte et un guide touristique de la Côte-Nord.

— Vous allez à Fermont pour affaires ? demanda-t-il aimablement lorsque Tranchemontagne lui eut appris sa destination.

Ce dernier fit un vague signe de tête.

— Bonne chance avec les mouches noires, répondit l'autre avec un sourire compatissant.

Mais quelque chose dans son regard et sa voix laissait voir qu'il mourait d'envie d'abandonner son comptoir et ses rayonnages pour se rendre là-bas lui aussi.

Tranchemontagne quitta la librairie et alla s'attabler à l'un des nombreux restaurants express groupés autour d'une grande place intérieure au sous-sol de l'immeuble. Il feuilleta le guide, déploya la carte. Fermont se trouvait à 1 237 kilomètres au nord de Montréal, en pleine taïga. On pouvait s'y rendre par voie terrestre, mais l'asphalte se terminait au barrage Manic 5, laissant au voyageur plusieurs centaines de kilomètres à franchir sur une route plutôt hasardeuse dans une région déserte. Il était plus simple d'y aller par avion. Fermont avait été bâtie de toutes pièces au début des années 70 par la société minière Québec-Cartier, qui exploitait un important gisement de fer au mont Wright. Une photo aérienne montrait la petite ville de 3 500 habitants et son fameux mur-écran dont les deux bras largement écartés tentaient de la protéger des terribles vents nordiques. Une route reliait la localité à Wabush et à Labrador City, des localités de la province de Terre-Neuve situées à une trentaine de kilomètres.

— Ouais... trois trous perdus reliés par une route, ça ne fait qu'un trou un peu plus grand, grommela-t-il. Quelle idée l'a prise d'aller se nicher là-bas ? Enfin... chacun agit comme il l'entend...

Il rangea la carte et les brochures dans sa serviette, rempli tout à coup d'un profond sentiment de satisfaction. Il comptait rester sur place deux ou trois jours, ce qui lui paraissait largement suffisant pour accomplir sa « bonne action ». L'expérience lui avait montré qu'en général les gens ne lambinent guère pour accepter un don en argent.

Retournant à l'aire de restauration, il se commanda un espresso et un croissant aux amandes. Les lèvres allongées, la mine critique, il goûta prudemment au café. Trop âcre. Manque de corps. Par contre, le croissant se laissait fort bien manger.

Vingt minutes plus tard, il était de retour chez lui. Les choses se firent très vite. Il téléphona à son agence de voyages, réserva un billet pour le lendemain, puis annonça son départ à Augustine Dubuc et lui demanda si elle pouvait rester à la maison durant son absence ; après quelques ronchonnements, elle accepta. Il monta alors à la chambre de Caroline et, debout sur le seuil de la porte, lui offrit tout de go de l'engager comme représentante. Elle le fixa un moment, étonnée, puis, avec un air de fierté circonspecte qui ne fut pas sans l'agacer un peu :

— Vous n'êtes pas en train de me faire la charité, tout de même ?

— Pas du tout. Je pense qu'après un bon entraînement vous pourriez nous être fort utile. C'est aussi l'avis de mon garçon Julien.

Il regretta aussitôt de l'avoir nommé.

— Hum... vous êtes gentil, vous, j'ai bien envie d'accepter. Mais il faudra d'abord que je sèvre mon bébé et que je lui trouve une gardienne.

— Pourquoi ne le placeriez-vous pas en garderie ? J'en parlerai à madame Dubuc. De toute façon, vous aurez tout le temps de vous organiser. Le travail ne manque pas chez nous, mais je suppose que, pour une ou deux semaines, mes garçons peuvent suffire à la tâche.

Soudain, elle lui prit la main et le remercia avec effusion, emportée par une émotion qu'il ne lui avait encore jamais vue. Mais elle s'arrêta aussitôt, comme honteuse de tant d'abandon, et recula d'un pas, indiquant que leur entretien était terminé.

— Minute, fit-il en riant. Nous n'avons pas encore parlé de salaire.

Elle haussa les épaules :

— Vous me donnerez ce que vous voulez. Je débute.

Un frétillement se répandit en lui. Il vit soudain l'occasion de joindre une bonne affaire à une bonne action.

— Non non. Il faut régler cette question tout de suite. Réfléchissons un peu... Que diriez-vous...

Elle sentit alors l'inconvenance qu'il y avait à le laisser debout sur le seuil, le pria d'entrer, le fit asseoir près d'une table devant la fenêtre et prit place de l'autre côté, les mains jointes, son sourire en coin revenu. Il aperçut alors, à demi caché par une grosse commode à tiroirs bombés, un moïse recouvert d'un voile bleu pâle d'où lui parvint un soupir étouffé. Une odeur douceâtre de lait suri atteignit ses narines. Il se rappela soudain les semaines pénibles qui avaient suivi la naissance d'Antonin ; il s'était senti si incommensurablement dépassé par les exigences de la paternité que la seule vue du bébé lui donnait des crampes d'estomac et qu'il passait ses nuits à rêver d'avalanches de couches puantes qu'une force maléfique lui faisait tomber dessus pour l'étouffer.

Il secoua la tête et se tourna vers la jeune femme :

— Que diriez-vous, pour les six premiers mois, d'un salaire de base de dix-sept mille dollars avec une commission de un pour cent sur les ventes ? On vous verserait également une prime pour chaque nouveau client.

— Ça me va, ça me va, répondit-elle avec insouciance et elle bougea vivement les jambes sous la table, comme si elle avait hâte que leur conversation prenne fin.

Il se leva, lui serra la main :

— Bon. Alors, affaire conclue. On discutera les choses plus en détail à mon retour. Je pars demain pour trois jours. Je vais avertir Antonin que vous êtes engagée. Dès que vous serez libre, lui ou Julien pourra commencer votre apprentissage. Vous verrez, ce n'est pas sorcier. Il suffit d'avoir de l'entregent et l'œil à tout.

Il se dirigea vers la porte, puis s'arrêta :

— Mais j'y pense… Vous souhaiteriez peut-être une avance ?

— Je vous avoue que ça m'arrangerait.

Il glissa la main dans la poche intérieure de son veston et sortit un chéquier :

— Sept cents dollars, ça vous va ? murmura-t-il en faisant courir sa plume.

— Tout à fait, répondit Caroline Duparquet en esquissant comme malgré elle une révérence. Merci. Merci beaucoup. Vous êtes bon pour moi. Vous êtes un homme bon, j'en suis sûre, à présent…

Il eut une moue désabusée :

— Bah ! ça dépend des jours… On fait ce qu'on peut…

Elle plia le chèque et le fit disparaître dans la poche de son jean. Une joie rayonnante embellissait son visage, lui donnant un air enfantin.

— Je vais commencer dès aujourd'hui à me chercher un appartement.

Il eut un sursaut et, l'espace d'une seconde, son regard prit une fixité douloureuse :

— Ah oui ? Ne vous pressez pas, je vous en prie. Vous êtes ici chez vous. J'habite une maison dix fois trop grande pour mes besoins. En l'occupant, vous la rendez un peu plus utile. Enfin, c'est comme vous voulez…

Il passa le seuil et se retourna pour ajouter autre chose, mais se ravisa. L'avant-bras dressé, appuyé au chambranle, elle s'apprêtait à refermer la porte et le regardait, peinée de le voir tout à coup si vieux et si malheureux. Des images se mirent à tourner dans sa tête. Elle épousait ce millionnaire amoureux d'elle et passait le reste de sa vie dans l'opulence et l'ennui.

— Je craindrais, monsieur Tranchemontagne, d'abuser de votre hospitalité, répondit-elle doucement. Mais vous savez à présent que je vous serai toujours reconnaissante.

Il sourit, inclina la tête et s'éloigna dans le corridor, à la fois satisfait et dépité, essayant de dissimuler le boitillement de sa jambe gauche, dont le tendon d'Achille l'élançait depuis son lever.

9

L'avion à hélices comptait quarante places. Ses moteurs poussés à fond, il filait lourdement sur la piste comme un gros insecte incapable de se libérer de son propre poids. Tranchemontagne pencha la tête vers le hublot et se mit à fixer un des pneus du train d'atterrissage qui vibrait dans un halo grisâtre avec un roulement sourd et menaçant. Soudain, la roue quitta le sol, tournant dans le vide éperdument, disparut dans sa niche et, la seconde d'après, les choses de la terre étaient devenues minuscules et dérisoires.

L'homme d'affaires se cala dans son siège et ferma les yeux avec un soupir de soulagement. Malgré l'habitude, rien n'y faisait : décollages et atterrissages lui remplissaient toujours la tête d'images sinistres. Son angoisse, à peine calmée, fut aussitôt réveillée par une autre cause. Dans un éclair, son voyage venait de lui apparaître pour ce qu'il était : une entreprise inutile et hasardeuse, sinon une folie. De quel droit se permettait-il de secouer ainsi la vie des autres comme un vieux chiffon ? Pour une fois, l'argent, un don d'argent fait à distance, aurait convenu. Au lieu de cela, il se précipitait à travers le continent pour aller trouver quelqu'un qui l'avait fui et dont le silence obstiné, tout au long de ces années, montrait avec éloquence l'aversion qu'il lui inspirait.

Un agent de bord circulait dans l'allée, offrant des boissons ; il se fit servir un café, le sachant d'avance imbuvable. Mais il avait besoin d'un coup de fouet. Ses pensées prirent subitement un autre cours. Il revoyait Caroline Duparquet debout devant lui, l'avant-bras appuyé contre la porte. Elle lui annonçait son intention de partir de chez lui, mais son regard humide et caressant, la courbe de sa taille, la position de ses cuisses pressées l'une contre l'autre semblaient dire tout autre chose. Ce départ, qui exprimait un goût d'indépendance, ne visait-il pas tout d'abord à gagner son estime ? Et ce besoin d'estime ne visait-il pas une relation durable ? Des images tendres et sensuelles affluaient à son esprit ; il essayait de les repousser, en proie à un trouble délicieux.

Il remarqua tout à coup à sa gauche une grande vieille femme sèche en train de lire *Le Devoir* d'un air extrêmement attentif, tournant et retournant les pages toutes les dix secondes, inlassablement, dans un grand bruit de papier froissé, comme si chaque article, aussitôt entamé, lui portait sur les nerfs. Soudain, elle leva la tête et l'enveloppa d'un regard furibond. Il détourna les yeux, fouilla dans le filet devant lui et se plongea dans un magazine. Un profond dépit l'habitait à présent, fanant et réduisant en poudre les douces images de tout à l'heure. Il venait de se rappeler la visite nocturne de Julien chez lui. « Allons donc, se dit-il, espèce de con... À ton âge, si elle te fait de l'œil, ce n'est que pour ton argent. Laisse-la donc aux hommes plus jeunes. » La décision de Caroline Duparquet de prendre un appartement tenait du simple bon sens. Avec son caractère vif et dégourdi, elle ferait une bonne représentante et lui rapporterait beaucoup d'argent ; il ne devait pas lui demander autre chose.

Il roula quelque temps ces pensées dans sa tête, promenant distraitement son regard sur un article racontant la carrière d'un couturier torontois qui avait fondé sa société dans un vieux garage prêté par son père et vivait à présent dans la soie, le velours et les flots de champagne, entouré des plus belles femmes du monde. Le récit se transforma peu à peu en une pâte gluante et sucrée qui se mit à lui barbouiller les yeux ; il pencha peu à peu la tête, laissa tomber le magazine et s'endormit.

Quand il se réveilla, le hublot était devenu un cercle sombre et l'avion avait amorcé sa descente. Il pressa son visage contre la vitre et aperçut, loin en bas, des autos filant dans la nuit, leurs phares éclairant la route avec une fugacité pathétique.

En posant le pied sur la piste de l'aéroport de Wabush, il fut frappé par l'immensité du ciel ; les nuages gris et bleu foncé, comme posés sur l'horizon plat, semblaient vouloir écraser la terre. Il avançait lentement, le bras étiré par sa lourde valise, lorsque la femme au journal le dépassa d'un pas vif, le heurtant à la jambe avec sa mallette, et s'éloigna sans même tourner la tête.

Il grommela quelques mots entre ses dents et poursuivit sa marche dans l'air frais et sec, presque piquant, vers la minuscule aérogare, dont les fenêtres, vivement illuminées, créaient comme un étang jaunâtre au loin sur l'asphalte. Sans trop savoir pourquoi, il se sentait dans un pays rude et hostile, qui lui ferait chèrement payer le moindre faux pas.

Il pénétra dans l'aérogare somnolent, où flottait un léger relent de pétrole brûlé et de détersif parfumé au citron. Les quelques passagers avaient pour la plupart déjà quitté les lieux ; un grand homme maigre en brodequins plaisantait dans un coin avec une préposée à la cafétéria ; un employé d'Avis, poupin, d'une quarantaine d'années, l'air bon garçon, les cheveux savamment plaqués avec de la brillantine, la cravate desserrée, bâillait en fixant son comptoir comme s'il luttait contre l'envie de s'étendre dessus pour dormir. Tranchemontagne alla le trouver, loua une auto pour trois jours et sortit.

Il cherchait à repérer le véhicule dans le stationnement lorsqu'un léger bourdonnement se mit à faire des spirales autour de sa tête et il sentit une piqûre simultanément à son front, dans son cou et à sa cheville.

— Ah ! marmonna-t-il en se donnant des claques, les fameuses mouches...

Il aperçut enfin la Plymouth rouge vin, se précipita dedans et déboucha bientôt sur la route. Fermont se trouvait à vingt-cinq kilomètres. Au-delà du pinceau lumineux de ses phares, Tranchemontagne devinait confusément une sombre masse d'arbres à la crête dentelée, coupée à tous moments de petites clairières où se dressaient quelques maigres épinettes ; de temps à autre surgissait à ses côtés la tache grisâtre d'un gros rocher. Il avait sommeil, il avait faim, il regrettait d'être venu et savait pourtant que, malgré tout, il irait jusqu'au bout de sa mission. Des lumières apparurent tout à coup au loin. C'était Labrador City. Au premier coup d'œil, sous le ciel chargé de nuages en fuite, la ville endormie lui parut fruste et plutôt laide. Il se mit à grimper une pente abrupte, aperçut en contrebas à sa gauche un immense centre commercial flanqué de son stationnement illuminé et désert, puis la forêt reprit. Quelques minutes plus tard, il franchissait la frontière Terre-Neuve-Québec, puis, après une dizaine de kilomètres, s'engageait dans une route secondaire qui dévalait une côte et aboutissait à une sorte de petite plaine. C'est là qu'on avait bâti Fermont au bord d'un lac. Une immense construction de quatre étages, brun foncé et d'aspect industriel, s'allongeait démesurément devant lui ; c'était le fameux *mur-écran*, véritable ville en conserve plantée au milieu de la taïga, et qui contenait cinq cents chambres et logements, un centre commercial, un hôpital, deux écoles, un bar, une brasserie, des restaurants, une piscine, un gymnase et des locaux communautaires ; de ses bras largement écartés, le mur-écran était censé protéger le reste de la ville du terrible nordet qui, durant hiver, abaissait la température jusqu'à soixante degrés au-dessous de zéro. Devant ce mur, construit en appendice, se dressait un gros cube blanc, de même hauteur, bordé par un stationnement. Tranchemontagne se dirigea droit dessus, ayant deviné qu'il s'agissait de l'hôtel.

Pendant le temps qu'il mit à sortir sa valise du coffre à bagages et à pénétrer dans l'édifice, les mouches le piquèrent trois fois au visage et au cou. Deux hommes assis près de l'entrée, une cigarette aux lèvres, le suivirent d'un regard attentif. Un vaste passage bordé de boutiques s'allongeait devant lui, menant à une petite place intérieure. À droite, on apercevait le hall de l'hôtel à travers un panneau vitré. Il poussa la porte. Derrière le comptoir, une jeune femme grassouillette au visage agréable causait en riant avec une employée. En apercevant l'homme d'affaires, elle s'interrompit aussitôt :

— Monsieur Tranchemontagne ? Justement, je vous attendais. Vous avez fait un bon voyage ? Je vous ai choisi une chambre au cinquième étage, où vous allez être parfaitement tranquille. De toute façon, nos chambres sont insonorisées. Vous n'avez sans doute pas encore soupé ? La salle à manger est ici, en face, mais si vous préférez une cuisine plus simple, il y a le restaurant juste derrière moi, l'entrée est à gauche ; on y mange très bien également. Je vous souhaite un bon séjour à Fermont, monsieur. Si jamais vous avez besoin de quelque chose, n'hésitez pas à vous adresser à moi.

Ébahi par tant de cordialité, il se dirigea vers l'ascenseur ; une impression étrange, presque désagréable l'envahissait. Un pareil accueil était sans doute la marque des petites villes, où l'arrivée d'un voyageur constitue un événement. Pourtant, la dimension même de l'établissement indiquait une affluence régulière et sans doute parfois considérable. « Bah ! se dit-il enfin, ça doit être une bavarde. Elle exprime sa joie de vivre en babillant. »

Sa chambre était spacieuse et meublée avec goût ; une large fenêtre donnait sur le stationnement, au-delà duquel commençait la taïga. Il n'ouvrit même pas sa valise et descendit à la salle à manger, qu'il trouva déserte ; il y soupa sans se presser, servi par une femme en jupe longue qui marmonnait de courtes phrases d'une voix éteinte et semblait incapable de supporter son regard.

Vers la fin du repas, une lourde torpeur le saisit ; il laissa là son dessert et monta se coucher. Par une curieuse association d'idées, la vue de sa valise, massive et sombre, posée sur son lit, lui rappela la mission qu'il s'était donnée de rencontrer cette Jacynthe Bilodeau qu'il avait stupidement engrossée et laissée non moins stupidement partir, seule et désemparée. Il avait hâte et peur de la revoir. Et, pour la première fois, il pensa avec précision, stupéfait de ce bizarre oubli, à la fille qu'il lui avait faite, à cette fille totalement inconnue mais tout autant son enfant que les trois autres. Il l'imaginait debout au milieu de la chambre, le visage fermé, hostile, les lèvres figées dans une moue sarcastique.

Se laissant tomber dans un fauteuil, il resta un long moment, les jambes allongées, à fixer le mur devant lui, le souffle coupé.

10

Le départ de Guillaume Tranchemontagne pour Fermont avait créé un choc dans sa famille. Par prudence, peur du jugement des autres ou simple goût de sa liberté, l'homme d'affaires avait évité d'en informer ses enfants. Il avait même caché le motif de son voyage à Caroline Duparquet à cause du début de liaison qu'il soupçonnait entre celle-ci et Julien (ce dernier aurait pu faire parler une roche). De sorte qu'il n'y avait que Raoul Marleau qui était au courant de son projet.

Le soir même de son envolée pour le Grand Nord, Antonin voulut parler à son père pour discuter avec lui du congédiement de leur nouveau livreur ; pour la troisième fois en cinq mois, ce dernier ne s'était pas présenté à son travail à cause d'un mal de dos ; François, qui avait dû mettre encore les bouchées doubles, était revenu fourbu de sa tournée, sans avoir vu tous ses clients ; trois d'entre eux avaient téléphoné pour se plaindre. Devait-on remplacer le nouveau venu ? Trouver un bon livreur n'était pas chose facile. Le métier demandait de l'endurance, du doigté, une bonne mémoire et du jugement. Or le bonhomme, quand il travaillait, faisait de la bonne besogne.

Antonin adorait l'exercice du pouvoir, mais en même temps manquait de confiance en lui-même. Cela convenait à son père, qui pouvait se décharger sur lui de bien des responsabilités tout en conservant le contrôle de ses affaires.

Augustine Dubuc répondit à l'aîné des Tranchemontagne que son père venait de partir en vacances pour deux ou trois jours.

— Où ? répondit l'autre, étonné.

— Ah ça, il ne me l'a pas dit. Je l'ai entendu appeler une

agence de voyages, mais je n'ai pas prêté attention. Vous savez que je suis une tombe. On me paie aussi pour ça.

— Des vacances de deux jours, grommela Antonin en raccrochant, ça ne tient pas debout. Elle sait quelque chose, mais ne veut pas se mouiller. Qu'est-ce qu'il est encore en train de mijoter, celui-là ?

Il téléphona à Julien, puis à Marie-Louise ; ils ignoraient tout. Alors il pensa à Raoul Marleau. Mais questionner l'ami de son père comportait trop de risques. L'agence de voyages, alors ? Depuis plusieurs années, toute la famille s'adressait à Tourbec, où une certaine Doris s'occupait de leurs affaires. Des liens de familiarité avaient fini par s'établir. Par bonheur, c'était un jeudi et les bureaux étaient ouverts.

— Doris, est-ce que par hasard mon père vous aurait téléphoné hier pour une réservation ? La semaine passée, il m'a annoncé qu'il faisait un court voyage quelque part, mais – c'est bête – je ne me rappelle plus où et je dois absolument lui parler.

La préposée se mit à rire. C'étaient bien là des oublis de riches. Cela ne serait jamais arrivé au commun des mortels, pour qui la moindre excursion constituait un événement !

— Il est parti ce soir pour Fermont, monsieur Tranchemontagne, et revient dimanche. Ça vous arrive souvent, comme ça, de ne pas savoir où il se trouve ?

— Fermont, oui, c'est ça, répondit Antonin, stupéfait, je vous remercie infiniment. Bonne soirée.

Antonin se promenait dans le salon, les mains derrière le dos et le visage tellement crispé que son nez semblait avoir allongé d'un ou deux centimètres.

— Pour l'amour du Ciel, qu'est-ce que tu as ? s'exclama sa femme Andrée en pénétrant dans la pièce, un tricot à la main.

— Papa est en train de devenir fou, marmonna l'autre dans un filet de voix. Le voilà qui s'en va maintenant dans le Grand Nord fricoter Dieu sait quoi. Chose certaine, ce n'est pas un voyage de plaisir : il reste là-bas à peine trois jours. D'ailleurs, quel plaisir pourrait-on trouver dans ce désert ? Je mettrais ma main au feu qu'il est allé rencontrer quelqu'un. Qui ? Je ne sais pas. Pourquoi ? Facile à deviner : il s'agit d'une autre de ses bonnes actions. Avant trois mois, tu verras, il ne nous restera même plus une chaise pour nous asseoir.

Dans les moments critiques, Andrée devenait sèche et froide ;

108

ses pensées prenaient la précision et la dureté d'une règle d'acier. Elle convainquit son mari de convoquer immédiatement Julien et Marie-Louise pour discuter de l'affaire et parer à toute éventualité.

Julien était absent de chez lui ; Antonin laissa un message à son répondeur. Marie-Louise surveillait les devoirs de Germain tout en causant au téléphone avec sa mère, qui achevait son long séjour annuel à Fort Lauderdale.

— Est-ce que je peux te mettre en attente une seconde, maman ? Antonin vient de m'appeler pour une affaire qui m'a l'air urgente... Maman, je dois te laisser, fit-elle en revenant au bout de deux minutes. Papa a encore fait des siennes et je dois aller rejoindre Antonin chez lui.

Et, sous le coup de l'émotion, enfreignant la consigne qu'elle s'était pourtant donnée de parler le moins possible de Guillaume Tranchemontagne à son ex-épouse, elle lui résuma la croisade de bienfaisance dans laquelle s'était lancé l'homme d'affaires.

Josée Vincelette l'écouta sans dire un mot ; elle n'avait jamais pardonné à Tranchemontagne le divorce qu'il lui avait imposé et ne ratait jamais une occasion de le persifler, ses enfants cherchant au contraire, par toutes sortes de moyens, à éviter ces moments pénibles.

— Eh bien ! je ne l'aurais jamais cru capable d'agir ainsi, se contenta-t-elle de faire remarquer à sa fille stupéfaite quand cette dernière eut terminé. Quelle drôle d'histoire ! L'âge serait-il en train de l'améliorer ? Écoute, Marie-Louise, tu me connais, je n'ai jamais aimé les complots. Plutôt que de bavasser dans son dos, vous devriez plutôt avoir une bonne explication avec lui. C'est la seule façon de régler un problème. Autrement, on ne fait que patauger.

Et elle se rendit à sa partie de bridge, étrangement remuée, étonnée elle-même de sa réaction. Le temps émoussait tout, même les haines les plus profondes. Cela l'inquiéta ; il ne fallait plus penser à cette affaire ; ses enfants sauraient bien se débrouiller seuls.

*

Une demi-heure plus tard, Marie-Louise arrivait chez son frère ; Julien l'avait précédée de quelques minutes. Andrée avait senti l'importance de l'événement ; les choses allaient peut-être prendre une tournure décisive. Aussi, luttant contre sa pingrerie naturelle, préparait-elle du café, tandis que deux douzaines de biscuits à la farine d'avoine décongelaient au micro-ondes ; elle avait même décidé de sortir vers la fin de la soirée une bouteille de fine champagne.

— Fermont ? s'étonna Julien. Il est allé à Fermont ? Où est-ce que c'est au juste ?

Antonin déplia une carte géographique sur la table de la cuisine :

— Dans le Nord du Québec, à plusieurs centaines de kilomètres au-delà de Chibougamau, tiens, ici, regarde, près de la frontière du Labrador.

— Mon Dieu ! que c'est loin ! s'exclama Marie-Louise. Encore un peu, et on serait au pôle Nord.

La gravité de la situation lui en parut augmentée.

— Et qui donc notre vénéré père est-il allé trouver ? demanda Julien.

— Voilà le problème, répondit Antonin. On n'en sait rien.

— Mais il faut tout de même arriver à connaître le nom de cet individu, intervint Andrée en déposant des tasses sur la table, et l'avertir de ne pas abuser de la situation ; cette personne se trouve devant un irresponsable, ou tout comme.

Le mot « irresponsable » fit légèrement grimacer Julien, mais il garda le silence, se contentant de siffloter en agitant une cuiller dans son café. Il n'avait jamais aimé sa belle-sœur, la trouvant froide, dominatrice et maniérée, mais les rapports quotidiens qu'il entretenait avec son frère l'obligeaient à garder secrète son antipathie.

— Sait-on où il loge ? demanda-t-il enfin.

Marie-Louise allongea le bras pour prendre un biscuit, puis changea d'idée ; une crampe venait de la saisir à l'estomac :

— À l'hôtel, bien sûr. Il ne doit pas y en avoir cinquante dans un endroit pareil.

Andrée s'éclipsa silencieusement de la pièce. Antonin glissa sa chaise de côté pour se rapprocher de son frère, lui mit la main sur l'épaule et, d'une voix frémissante, affaiblie par l'anxiété :

— Écoute, Julien, de nous trois, c'est toi qui es le plus habile dans ce genre d'affaires. Avec ton bagout, tu convaincrais un mort de prendre une assurance-vie. Il faut que tu téléphones à Fermont pour te renseigner sur papa et ses projets.

— Téléphoner, téléphoner, mais à qui ? Il y a un quart d'heure, c'est à peine si je savais que Fermont existait !

— Aux hôtels, d'abord, pour t'assurer qu'il se trouve bien là-bas. Et puis ensuite, tu pourras voir si...

— Je viens de parler au service de renseignements télé-phoniques, annonça Andrée en pénétrant dans la cuisine. Il n'y a qu'un hôtel à Fermont, qui s'appelle justement l'hôtel de Fermont. Il ne peut donc être ailleurs. Voici le numéro.

Et elle tendit un bout de papier à Julien.

Tous les regards s'étaient portés sur lui. Il se sentait à la fois ennuyé, intimidé et flatté. Ce n'était pas la première fois qu'il se trouvait ainsi dans le rôle du manipulateur et de l'espion ; il en avait toujours tiré beaucoup de plaisir (car il y excellait), mais aussi un certain mépris de lui-même. La plupart du temps, il s'agissait plus ou moins d'un jeu ; mais, ce soir-là, la gravité des circonstances lui donnait le trac.

— Dites donc, me prenez-vous pour un magicien ? balbutia-t-il. Je ne connais personne là-bas, je vous le répète. Pour danser, il faut un plancher !

Marie-Louise hochait la tête avec compassion, partageant son angoisse.

— Qu'est-ce que papa va penser de moi, poursuivit-il, si jamais il apprend que j'ai appelé ?

— On est tous les trois dans le même bain, répondit sèche-ment Antonin.

— Tous les *quatre*, corrigea sa femme avec un claquement de langue.

— Allons, Julien, insista son frère, prends le téléphone et va aux nouvelles. Tu as déjà fait des choses bien plus difficiles que ça !

— Bon... puisque vous m'y forcez, répondit l'autre en se levant. Mais je veux être seul.

Andrée lui saisit la main :

— Viens dans le bureau, tu y seras plus à l'aise.

Il la suivit, puis se retourna brusquement :

— Je vous préviens : que personne ne me fasse de reproche si je manque mon coup.

Andrée lui tapota l'épaule avec un petit sourire d'encourage-ment, lui montra l'appareil et quitta la pièce en refermant la porte derrière elle.

111

Julien prit place dans le fauteuil à bascule. Des frissons parcouraient ses bras et descendaient le long de son corps jusqu'à ses cuisses. C'était nouveau et très désagréable. Il avait envie à la fois de rire et de pleurer. Trahir son père – car c'était bien de cela qu'il s'agissait – soulevait en lui une grande excitation et un profond dégoût. Si sa manœuvre réussissait, il en tirerait sans doute plus tard de grands avantages matériels. Si elle échouait, son père le chasserait et adieu l'héritage ! Dans les deux cas, il perdrait à tout jamais sa propre estime. Mais que faire d'autre, bon sang ? Le vieux n'avait manifestement plus toute sa raison. Quelque chose bouillonnait en lui, qui l'aveuglait complètement. Il fallait l'arrêter avant qu'il ne se retrouve en chemise dans la rue. De toute façon, s'il restait les bras croisés, refusant de collaborer, Antonin – et sa femme – lui rendraient la vie invivable. Quant à Marie-Louise, il l'avait bien senti, elle ne voyait pas les choses du même œil que lui. Contrecarrer les projets de son père, le priver même du pouvoir d'agir, c'était rendre service à un malade. Elle non plus ne lui pardonnerait pas son inaction.

Soudain, la solution apparut dans son esprit, toute simple : il fallait trouver un compromis. La plupart des problèmes se réglaient par des compromis. Il agirait, oui, bien sûr, mais s'arrêterait à mi-chemin, en faisant juste assez pour satisfaire Antonin et Marie-Louise, au moins pour un temps (après, on verrait), mais pas suffisamment pour vraiment s'aliéner son père. Et les choses finiraient peut-être par s'arranger d'elles-mêmes, comme elles le font souvent.

Cette idée lui redonna tous ses moyens. Il s'étira avec volupté en prenant une longue inspiration, saisit le récepteur et composa le numéro de l'hôtel. Une voix de jeune femme lui répondit.

— Mademoiselle, fit-il en donnant à sa voix ces inflexions graves qui exercent souvent sur les femmes un effet puissant au téléphone, auriez-vous l'obligeance de me dire si monsieur Guillaume Tranchemontagne a réservé une chambre chez vous pour ce soir ?

— Oui, monsieur.

— Bien, bien, je vous remercie. Serait-il là ?

— Non, il n'est pas encore arrivé. C'est un monsieur de Montréal, non ? Normalement, l'avion ne se pose à Wabush que dans une heure. Le temps d'arriver jusqu'ici… je ne l'attends pas avant dix heures. Il y a un message ?

— Non, merci, je rappellerai. Mais j'aurais peut-être un petit service à vous demander, mademoiselle... C'est quelque chose d'un peu... inusité, j'en conviens... Il faudrait d'abord que je vous explique... Mais je vous prends votre temps, excusez-moi, vous avez sûrement mieux à faire que de répondre aux questions d'un inconnu qui...

— Non, ça va, monsieur, la soirée s'annonce plutôt calme.

— Ah oui ? répondit-il avec un rire aimable. Dommage que je ne puisse la passer avec vous. Vous me semblez une jeune femme tout à fait charmante.

Un rire un peu guttural lui répondit, qui exprimait le plaisir et la surprise. Manifestement, la jeune réceptionniste s'ennuyait ferme ce soir-là. Cette conversation sans risques avec un homme à la belle voix grave et au langage soigné qui s'amusait à lui faire la cour, comme ça, pour le simple plaisir de la chose, dissipait d'un coup la torpeur maussade qui s'était emparée d'elle après un souper trop lourd et une consommation effrénée de cigarettes.

— Laissez-moi d'abord me présenter, poursuivit-il, tout émoustillé par son succès (la solution du compromis commençait à s'effilocher dans son esprit). Je m'appelle Julien. Je suis le fils de monsieur Tranchemontagne, enfin, un de ses fils, le cadet, pour être exact.

Changeant brusquement de cap, il se mit à questionner son interlocutrice. Non, elle n'était pas née à Fermont, mais y demeurait depuis vingt ans et adorait l'endroit. Il n'y était jamais venu ? C'était bien dommage. Tous les voyageurs qui passaient par là en repartaient, disait-on, avec des souvenirs inoubliables. Elle se mit à lui parler du fameux mur-écran – où elle se trouvait présentement –, de la taïga, qui les coupait du monde mais leur offrait, par contre, une liberté dont les gens du Sud n'avaient pas idée, des nuages de mouches qui harcelaient les habitants dès les premières chaleurs, mais aussi des merveilleux hivers, avec leurs journées courtes mais incroyablement lumineuses et leur ciel sans nuages où se déployaient la nuit de gigantesques aurores boréales ; c'était alors le temps des longues excursions de motoneiges où on avait parfois l'impression de flotter dans l'espace.

Il la laissait filer, ravi, sachant la partie gagnée et s'apprêtant à goûter aux fruits acides et succulents de la perfidie.

— Mais vous alliez me poser une question, se rappela soudain la réceptionniste en s'arrêtant.

— Oui, c'est vrai, mais, à y repenser, je crois que je n'en ferai rien, car j'ai peur de vous importuner. Après tout, vous ne me connaissez pas. De quel droit irais-je vous ennuyer avec mes petits problèmes ?

Elle eut un gloussement de plaisir :

— Allez-y toujours. Si vous m'ennuyez, je vous le ferai savoir. Je suis une fille plutôt directe, vous savez.

— Ce sont les plus agréables. Avec elles, on ne marche jamais dans la brume, tout est toujours clair. J'adore ça. Mais je suis là à vous causer, sans même connaître votre nom. Comment vous appelez-vous ?

— Solange.

— Eh bien, à vrai dire, Solange – si je puis me permettre de vous appeler ainsi –, quand je vous parlais de problèmes, il ne s'agissait pas des miens.

— Mais de ceux de votre père.

— Vous avez tout deviné.

— Et vous êtes inquiet de le savoir ici.

— Ma foi ! on dirait que vous faites partie de la famille !

— Dans mon métier, on a l'habitude des gens, répondit-elle, flattée. On apprend à deviner bien des choses. C'est parfois utile. Et qu'est-ce qu'il a, votre père ? Oh ! excusez-moi. Un appel. Je vous reprends à l'instant.

Julien se pencha dans le fauteuil à bascule, puis, tournant un peu le regard, vit que la porte était entrebâillée. Les têtes de Marie-Louise et d'Andrée apparurent. Il posa la main sur le récepteur et fit signe à cette dernière d'approcher :

— Apporte-moi un cognac, veux-tu ? Ça va bien.

— Ça va bien, répéta Andrée à voix basse dans le corridor.

Antonin apparut à son tour dans l'entrebâillement, la peau jaunâtre, les traits tirés, et lui grimaça un sourire maladif. Sa vue lui fut désagréable. D'un geste impatient de la main, Julien lui fit signe de déguerpir.

— Me revoici, fit joyeusement la téléphoniste. Et alors, votre père, qu'est-ce qu'il a ?

— Il ne va pas très bien.

— Une dépression ?

— Décidément, on n'a pas besoin de vous expliquer, s'exclama

Julien avec un étonnement factice, vous saisissez tout à demi-mot, c'est merveilleux. Oui, il fait une dépression. Au début, rien ne paraissait. Mais depuis quelque temps, nous sommes inquiets...

Il prit des mains d'Andrée le ballon de cognac, la remercia d'un signe de tête et la regarda sortir.

— ...car il n'est plus tout à fait lui-même. Oh ! n'allez surtout pas croire qu'il est fou ! Mais de drôles de machins lui trottent dans la tête – difficile de savoir quoi. Son jugement n'est plus aussi sûr, il devient bizarre. Que voulez-vous ? Trente années de travail, ça use son homme. Il a fait des gaffes. Nous craignons qu'il n'en fasse d'autres.

— Et pourquoi est-il venu à Fermont ?

— Sans doute pour rencontrer quelqu'un. Nous ne savons pas qui.

— Et vous aimeriez que je m'en informe.

— Je n'osais pas vous le demander.

— Humm... voilà une chose bien délicate...

— Alors oubliez ce que je vous ai dit. Je tâcherai de m'arranger autrement. Et j'aurai eu le plaisir d'avoir causé avec vous. Car vous êtes vraiment charmante. Dommage que Fermont soit au bout du monde !

— Laissez-moi y penser, dit-elle après un moment. Je verrai ce que je peux faire. Je suis très liante, comme vous avez pu le constater, et les gens, je ne sais trop pourquoi, se confient beaucoup à moi.

— C'est peut-être que vous savez les écouter.

— Que voulez-vous ? J'aime les gens, lança-t-elle dans un élan d'exaltation qui le fit sourire. Ils m'intéressent. Je n'ai aucun mérite : on m'a faite comme ça.

— C'est une grande qualité, répondit-il avec componction, et très rare. Quand voulez-vous que je vous rappelle ?

— Demain après-midi ? Entre-temps, j'aurai rencontré votre père et je saurai si ça accroche entre nous deux. Encore une fois, je ne vous promets rien.

— Si jamais vous nous apprenez quelque chose, ne serait-ce qu'un détail, je saurai bien vous exprimer ma reconnaissance.

— Oh ! je ne veux rien du tout, s'écria-t-elle, scandalisée, je le refuserais !

« C'est vraiment la chose qui m'inquiète le moins au monde », lui répondit-il mentalement.

Il lui donna ses numéros de téléphone, lui fit encore quelques compliments, raccrocha et vida d'un trait son ballon de cognac.

Affalé dans le fauteuil, il pensait à la jeune femme avec un sourire amolli par l'alcool. Il l'imaginait grande (ce en quoi il se trompait) et bien en chair, avec un visage agréable aux traits accusés et vigoureux, un regard décidé, mais profond et chaleureux, une bouche large et bien ourlée ; il vit soudain sa poitrine monter et descendre sous le tissu de sa blouse et ses cuisses glisser doucement l'une contre l'autre dans la pénombre de sa jupe. « Jériboire ! se dit-il, amusé, je la désire sans même l'avoir vue ! Voilà bien la première fois qu'une pareille chose m'arrive ! »

— Mission accomplie ! lança-t-il soudain à tue-tête en pivotant vers la porte.

Le corridor se remplit d'un bruit de pas précipités. Antonin, Marie-Louise et Andrée envahirent le bureau en se bousculant.

— Et alors ? qu'est-ce que tu as appris ? demanda Antonin, la tête penchée, sa froideur habituelle fondue dans une attitude anxieuse et un peu servile.

Julien le regarda en silence, savourant son triomphe, car ces moments se produisaient rarement.

— Pour l'instant, rien du tout, répondit-il enfin. Il n'est même pas encore arrivé à Fermont. Mais, croyez-moi, je lui ai préparé une fameuse espionne !

Il résuma à grands traits leur conversation, puis demanda encore du cognac. Ils retournèrent à la cuisine. Andrée voltigeait autour de lui, souriante, empressée, toute en petits rires complaisants ; son mari fronça les sourcils et lui fit discrètement signe de se calmer.

Julien se versa à boire et devint bientôt un peu ivre. Il voulut s'en aller ; la présence de sa belle-sœur l'oppressait et allait bientôt le mettre de mauvaise humeur ; il risquait de commettre une sottise. Marie-Louise, effrayée de le voir partir dans cet état, finit par le convaincre de prendre un taxi. Mais, au lieu de se faire conduire chez lui, il ordonna au chauffeur de le mener avenue Ainslie à Outremont. Il avait vraiment besoin d'oublier cette soirée.

11

Guillaume Tranchemontagne se réveilla aux premières lueurs de l'aube ; il bâilla un moment dans son lit, puis se rendit à la fenêtre. À ses pieds, cinq étages plus bas, s'étendait le parking, aux trois quarts rempli ; un ouvrier le traversait à pas lents et fatigués, cigarette à la main ; à droite, le mur-écran allongeait interminablement ses sections de tôle brun foncé, toutes en décrochements, percées de larges fenêtres rectangulaires. À gauche et en face de lui, l'immense taïga s'arrêtait au bord d'une rue en diagonale. C'était une forêt clairsemée d'épinettes rachitiques et souffreteuses, dépassant rarement six mètres, entrecoupée de rochers et de troncs gris et pourrissants. Une couche blanchâtre recouvrait le sol, que l'homme d'affaires, étonné, prit d'abord pour de la neige, mais qu'un examen plus attentif lui fit reconnaître pour de la mousse de caribou.

La taïga étendait à l'infini sa misère atavique et solitaire, encerclant la petite ville en attendant calmement de reprendre sa place ; la vue de ces épinettes maladives, torturées par le vent et le froid, avant-garde de milliards d'autres, lui fit penser à cette multitude de sans-culottes en haillons qui s'étaient arrêtés un matin devant Versailles pour contempler le château en ricanant avant de le prendre d'assaut et de le saccager. L'existence de Fermont en prenait l'allure d'une fragile rémission, d'un pari intenable.

Un frisson secoua ses épaules ; il aurait souhaité pour une mission aussi délicate un décor plus chaleureux. Il prit sa douche, s'habilla et descendit au restaurant. Malgré l'heure matinale, Le Duo bourdonnait de conversations, car, la mine du mont Wright fonctionnant jour et nuit, on venait y manger à toute heure.

Il s'arrêta sur le seuil de la porte, frappé par une pensée subite. Et si Jacynthe Bilodeau s'y trouvait ? Que ferait-elle en l'apercevant ?

Une serveuse s'approcha et lui indiqua une place au centre. Il commençait à peine à parcourir le menu lorsqu'une autre serveuse se pencha au-dessus de lui et remplit sa tasse de café. Il commanda un jus d'orange et des œufs brouillés, puis promena discrètement son regard dans la place. Aucune femme ne lui rappelait son ex-téléphoniste.

Une voix de femme un peu éraillée s'éleva dans son dos :

— Moi, mon ex, il a toujours tout donné à ma fille. Quand elle veut avoir de quoi, elle l'a.

Un gros homme près de lui fumait avec énergie tout en parlant très fort et en faisant tourner machinalement du bout de l'index sa tasse de café vide sur la table. Son compagnon, qui venait d'attaquer un œuf au bacon, fumait lui aussi, sa cigarette allant et venant entre ses lèvres et le cendrier. Chose étrange, presque tous les autres clients les imitaient, poussant d'épaisses bouffées pendant qu'ils mangeaient et causaient avec animation. L'air avait pris une subtile teinte gris argent, comme sous l'effet des volutes d'encens qui s'élèvent en larges et onctueuses spirales au cours d'une grand-messe solennelle. Et les serveuses, en effet, qui circulaient dans les allées, chargées d'assiettes et de tasses, ressemblaient vaguement, avec leur jupe noire et leur chemisier blanc, à des enfants de chœur affairés et soucieux, débordés par leurs responsabilités liturgiques.

Une blondine à visage maigre, plutôt attrayante, déposa ses œufs brouillés devant lui. Avant même qu'il eût eu le temps de réfléchir, sa question lui était sortie de la bouche :

— Mademoiselle, connaîtriez-vous par hasard une Jacynthe Bilodeau ?

La jeune femme, qui s'éloignait déjà, s'arrêta brusquement et tourna la tête :

— Jacynthe Bilodeau ? Bien sûr. Elle travaille au laboratoire de la mine. Elle était ici il y a quinze minutes.

Il se mit à tripatouiller lentement les œufs du bout de sa fourchette, son appétit envolé. À mesure que son projet se matérialisait, il perdait le goût de le mener à terme.

Il paya et sortit. En traversant le hall de l'hôtel, il remarqua qu'une grande femme au visage fané avait remplacé la réceptionniste si avenante de la veille. Il sortit et se retrouva dans le passage aux boutiques, toutes fermées à cette heure. Le silence de l'endroit, presque désert, tranchait avec l'animation du restaurant. Se dirigeant vers une petite place intérieure, l'homme d'affaires se mit à l'arpenter et réalisa qu'il se trouvait dans un centre commercial à deux niveaux qui comptait des dizaines d'autres boutiques, un grand magasin, une quincaillerie, une épicerie, un bar, une brasserie et un casse-croûte, tout cela en pleine taïga ! Par sa banalité, l'endroit s'apparentait à des milliers d'autres centres, disséminés à travers l'Amérique, et pourtant la tranquille audace qui avait présidé à sa construction dans un milieu aussi hostile et lointain lui conférait une sorte de beauté pathétique. Tranchemontagne, tout fier soudain de faire partie lui aussi de la race des commerçants, promenait un regard satisfait sur les vitrines, sur le plancher reluisant, sur les plafonds illuminés au néon et les bancs qu'on avait installés pour les flâneurs et les clients fatigués par le magasinage, et il se disait que l'homme est un animal étonnant, à qui bien peu de choses semblent impossibles, pour le meilleur ou pour le pire.

Le centre commercial communiquait directement avec le mur-écran. L'homme d'affaires s'engagea dans l'interminable corridor du rez-de-chaussée. Une paix matinale, à peine troublée par un claquement de porte lointain ou un éclat de voix assourdi, flottait partout et donnait envie de s'installer à l'écart pour faire un petit somme. Au bout d'une longue marche, il s'arrêta devant l'entrée d'une école secondaire, reprit sa promenade en sens inverse, traversa une section baptisée « résidence des professeurs », puis arriva finalement à l'extrémité opposée du mur devant une porte vitrée qui donnait sur l'extérieur. On apercevait quelques maisons et, un peu au-delà, la taïga, impassible et omniprésente.

Il sortit et voulut retourner à l'hôtel en longeant le mur. Mais les nuées de mouches noires qui se jetèrent sur lui l'obligèrent bientôt à rentrer. Il reprit le corridor, en pestant et se grattant. Un de ses poignets se mit à saigner. Alors, il pensa de nouveau à Jacynthe Bilodeau. Peut-être se trouvait-elle à la maison, ayant effectué un quart de nuit ? Il décida de l'appeler tout de suite pour se débarrasser d'une corvée qui lui pesait de plus en plus.

Il retourna à l'hôtel, monta à sa chambre et consulta l'annuaire téléphonique. Elle habitait rue de l'Aurore. Il chercha un plan de la ville dans les brochures touristiques déposées sur la commode, mais n'en trouva pas. « Allons, cesse d'hésiter comme un poltron, grommela-t-il, et lance-toi à l'eau : tu es venu pour ça ! »

Il composa le numéro et attendit, légèrement haletant, les mains brûlantes et moites. La sonnerie résonnait au bout du fil, impersonnelle et ennuyée. Le papier peint en face de lui semblait avoir foncé, prenant une teinte grise vaguement sinistre ; il paraissait à présent couvert d'imperceptibles boursouflures, comme si de petits insectes venimeux allaient en surgir. « Mais qu'est-ce que tu as à t'énerver ainsi ? se tança-t-il de nouveau. Tu n'es pas venu quêter des faveurs mais en distribuer, bâton rouge ! Bon. Ça ne répond pas. Elle travaille. Son quart a dû commencer à six heures, elle sera de retour au milieu de l'après-midi. Il n'y a plus qu'à l'attendre. »

Il regarda un moment la télévision, puis se recoucha et dormit environ une heure. De petits coups à la porte le réveillèrent ; c'était la femme de chambre. Elle s'excusa, offrit de revenir plus tard.

— Non non ! insista-t-il, restez, j'allais partir. Je ne vais quand même pas passer la journée au lit !

« Comme elle a l'air fatiguée, se dit-il en s'éloignant dans le corridor. Elle est peut-être malade et doit continuer à gagner sa vie. Quelle planète ! Je devrais peut-être lui laisser tout de suite un pourboire. »

Il se remit à arpenter le centre commercial ; la plupart des boutiques étaient maintenant ouvertes. Les passants lui jetaient des regards à la dérobée, lui adressant parfois de timides sourires. Sa présence faisait peut-être jaser les gens. Il entra dans le grand magasin et s'acheta un flacon de liquide chasse-moustiques afin de pouvoir se promener dans la ville sans être trop incommodé.

Une odeur de pain grillé et de beurre fondu frappa tout à coup ses narines ; il essayait d'en connaître la provenance lorsqu'un homme assis sur un banc l'interpella :

— Vous cherchez quelque chose ? Est-ce que je peux vous aider ?

Il se retourna ; un quadragénaire poivre et sel, au front largement dégarni, le regardait avec un sourire avenant. Ses cheveux étaient ramenés en arrière en une longue queue de cheval retenue par un élastique, dernier effort pathétique pour afficher quelques vestiges d'une jeunesse dissidente.

— Oh ! répondit Tranchemontagne, je me demandais tout simplement... il doit y avoir un restaurant dans le coin... ça sent les bonnes rôties...

— Ça vient de La Fringale. Vous voyez là-bas, à gauche ? Non ? Venez, je vais vous montrer.

L'individu avait manifestement besoin de parler à quelqu'un. Il fit quelques pas avec Tranchemontagne et lui montra le casse-croûte.

— Est-ce que je peux vous offrir un café ? proposa ce dernier, par politesse.

— Tiens ! ça serait pas de refus, j'allais en prendre un pour me remettre d'aplomb. J'ai mal dormi la nuit passée.

Son visage tendu, sa cordialité un peu fébrile intriguaient Tranchemontagne. Ils s'attablèrent et l'homme, avec une simplicité étonnante, se mit à lui raconter sa vie. Il s'appelait Conrad Cloutier, venait d'avoir quarante-six ans, était marié, père de deux jeunes garçons, et partageait sa vie depuis sept ans entre Baie-Comeau et Fermont, où il travaillait à la mine de mai à octobre comme mécanicien. Sa femme, qui résidait toute l'année à Baie-Comeau, venait, trois jours plus tôt, de lui demander le divorce. Elle comptait quitter le domicile conjugal une semaine plus tard, prenant le cadet avec elle ; il devait s'occuper de trouver quelqu'un qui vivrait avec son autre fils dans la maison familiale. Depuis le moment où il avait appris la nouvelle, il n'avait pas dormi cinq heures.

— Eh ! diable ! ça secoue un bonhomme, ça ! compatit Tranchemontagne. Vous ne vous y attendiez pas ?

— Pas du tout. Les femmes sont parfois comme ça, vous savez. Elles mijotent leur affaire dans un coin sans rien vous dire et, un beau jour, pouf ! ça t'éclate en pleine face !

— Bah ! ne vous en faites pas trop : on finit toujours par s'en remettre ; moi-même, je suis divorcé. Depuis quinze ans. Et je ne m'en porte pas plus mal.

— Oui, mais sur le coup, ça te démolit un système nerveux en jériboire ! Voilà deux nuits que j'arpente ma chambre en essayant d'écouter la radio, mais je pense qu'à ça. Faut croire que j'étais pas assez souvent à la maison. Elle en a marre. Est-ce que ç'aurait été mieux si j'avais toujours été pendu à son bras sans un sou en poche ?

— Vous habitez une chambre ? demanda Tranchemontagne pour tenter de faire bifurquer la conversation, car la détresse de son interlocuteur lui causait un pénible sentiment d'impuissance.

— Ouais... une des cent cinquante-huit chambres du mur. Voulez-vous la voir ? C'est tout près d'ici.

Ne trouvant aucun prétexte pour s'esquiver, et mû par la pitié, il le suivit. Ils gravirent un escalier et se retrouvèrent au premier étage dans un petit vestibule où donnaient six portes.

— Mes voisins, expliqua l'homme avec un geste large, sourire en coin.

Il déverrouilla l'une d'elles et ils pénétrèrent dans une pièce d'environ trois mètres sur quatre, éclairée par une grande fenêtre. Un lit escamotable, encore rabattu, occupait presque toute la largeur de la chambre.

— Je m'attendais pas à recevoir de visite, s'excusa Cloutier en le relevant promptement contre le mur.

L'ameublement comptait une table, sur laquelle reposait un petit poêle électrique, un minuscule frigo, une étagère, deux chaises, une patère et une télé. Par la porte entrouverte d'un placard, Tranchemontagne aperçut un micro-ondes posé sur le plancher. Une légère odeur de friture, de linge sale et de lotion après-rasage flottait dans l'air. L'endroit était assez propre mais plutôt en désordre.

— La toilette et la douche sont communes, fit Cloutier en tendant le bras vers le vestibule.

— Diable ! s'exclama le visiteur, ça me rappelle le collège.

— Les journées de congé sont longues dans un pareil gourbi, soupira l'autre. On arrive à s'en tirer avec la télé. C'est encore mieux si on a un passe-temps. Il y a toutes sortes d'organismes de loisirs, ici, et un centre récréatif. Moi, pour me distraire, je bricole un peu le métal. Mais il y en a plusieurs qui préfèrent le bar ou la brasserie.

Il lui tendit la main :

— Merci pour le café. Vous allez m'excuser, il faut que je me change. Je dois aller aider un de mes amis à réparer son tout-terrain.

Son visage épuisé et hagard apitoyait Tranchemontagne ; on aurait dit un vieux cheval à demi assommé par un coup de madrier. Il aurait voulu lui apporter un peu de réconfort, mais lui-même en avait tant besoin ! Il ne sentait que leur commune misère ; elle l'étouffait.

— Ne prenez pas cette histoire trop à cœur, dit-il enfin. Tout finit par s'arranger.

L'autre sourit en haussant les épaules et commença à déboutonner sa chemise.

★

Encore tout interloqué de sa rencontre, Tranchemontagne traversait le centre commercial, cherchant une sortie pour aller faire une promenade dans la ville lorsqu'il arriva face à face avec la réceptionniste de l'hôtel qui sortait de l'épicerie chargée d'un sac de provisions.

— Ah ! bonjour ! lui lança-t-elle comme à un vieil ami. Je suis contente de vous rencontrer ! Tiendriez-vous ce sac une seconde pendant que je rattache mon lacet ?

Elle s'accroupit devant lui. Il remarqua que la boucle de son lacet n'était nullement défaite.

Elle se releva, lui sourit de toutes ses dents.

— Allez-vous loin ? crut-il bon de demander.

— Non, tout près d'ici. Mon ami et moi, nous habitons depuis six mois un appartement dans le mur-écran. J'adore ça. Nous l'avons gagné de haute lutte, croyez-moi. Tenez, ajouta-t-elle, je vous fais une proposition : portez mon sac jusque chez moi et, en échange, je vous offre un carré au chocolat tout juste sorti du four. Vous vous en lécherez les babines. C'est honnête, ça ?

Tranchemontagne ne trouva pas le moyen de refuser. Du reste, il avait du temps à tuer. Cette occupation en valait bien une autre.

Ils longèrent le corridor quelques minutes et prirent un ascenseur qui les déposa au troisième étage. Un curieux sentiment l'habitait. Il avait l'impression que Fermont tout entier s'agglutinait à lui ; encore un peu de temps, et il ne pourrait plus s'en arracher.

Ils entrèrent dans un salon spacieux, meublé d'un canapé et de fauteuils en cuir noir, qui avaient dû coûter une petite fortune, et passèrent directement à la cuisine, rutilante et dernier cri. Solange Marcoux – c'était son nom – avait profité du trajet pour

123

se présenter : elle habitait Fermont depuis quinze ans, y avait occupé plusieurs emplois et tout l'argent du monde n'aurait pu l'inciter à vivre ailleurs. On l'avait engagée comme réceptionniste à l'hôtel six mois plus tôt, un poste qui lui convenait tout à fait, car « elle était née pour le public ».

— Mon ami travaille à la mine comme soudeur, dit-elle en déposant devant l'homme d'affaires un énorme morceau de carré au chocolat encore tiède. Vous n'êtes pas allergique aux noix, j'espère ? J'en mets beaucoup. Moi, je vais attendre le café, il coule déjà. Oui, presque tout le monde ici travaille pour la mine. Si vous voulez, je peux vous arranger une visite. C'est très impressionnant, vous savez.

— Merci, je ne pense pas avoir le temps. Je repars après-demain.

— Dommage. Vous êtes venu pour affaires ?

— Euh... non. Pour rencontrer quelqu'un. Une ancienne amie, précisa-t-il en réponse à son regard insistant.

— Une *ancienne* amie... Est-ce que cela signifie que vous n'êtes plus en bons termes ?

— Je ne sais pas. Voilà bien longtemps que je ne l'ai pas vue.

— Comme c'est intéressant ! Je la connais peut-être.

— Sans doute.

Il plongea sa cuiller dans le carré au chocolat et la porta à sa bouche, bien décidé à ne pas en dire plus.

— Mais de quoi je me mêle ? reprit la jeune femme avec un rire nerveux. Excusez-moi. Je suis la pire fouineuse que la terre ait jamais portée ! C'est de vivre ici qui m'a rendue comme ça. Que voulez-vous qu'on fasse dans cette ville ? Moi, je me distrais en m'intéressant aux autres. Mais qu'est-ce que je dis là ? Même petite fille, j'étais ainsi. J'aurais pu passer des heures à écouter les autres me raconter leurs histoires et à les questionner. Ça me passionnait ! Jusqu'aux grands qui venaient me faire leurs confidences ! À force d'en entendre, puis d'y réfléchir, je crois que je suis devenue d'assez bon conseil, vous savez. Ne mangez pas trop vite, monsieur Tranchemontagne, j'apporte le café.

Elle se leva, revint avec la cafetière fumante.

Il leva la main, les doigts écartés :

— Pas trop, pas trop, j'en ai beaucoup bu ce matin.

— Allez, allez, ça éclaircit les idées. Mais vous ne parlez pas beaucoup de vous-même, je suis trop bavarde. Que faites-vous dans la vie ?

Elle souriait constamment, posant sur lui ce regard appuyé mais chaleureux qui l'embarrassait et le réconfortait à la fois. Il eut une moue malicieuse et plissa légèrement les yeux :

— Eh bien, justement, je suis... dans le café !

Et il se mit à parler à son tour, gagné par une sorte d'ivresse. Il trouva tout à coup sa méfiance ridicule et mesquine et lui dévoila le nom de son ancienne téléphoniste.

— Jacynthe Bilodeau ? s'écria-t-elle avec un accent de triomphe. Mais je la connais très bien. Il n'y a personne au monde de plus gentil !

12

Quand il fut parti, Solange Marcoux desservit la table, enleva les miettes avec un chiffon humide, puis, toute pensive, alla s'asseoir au salon et s'alluma une cigarette. Un problème difficile se posait à elle, un problème comme elle n'en avait jamais eu à résoudre : deux inconnus, le père et le fils, étaient en conflit. Le sort l'avait placée entre eux, capable d'aider l'un et de trahir l'autre. Sur qui devait se porter son choix ?

La veille, tout semblait clair. Un homme jeune à la voix agréable l'avait gentiment entretenue, lui décrivant avec beaucoup de clarté une affaire toute simple : son vieux père, à demi déboussolé par le surmenage, était en route pour Fermont et risquait d'y commettre une gaffe ; il fallait l'en empêcher ; il fallait l'empêcher, notamment, de rencontrer une certaine personne ou, du moins, mettre celle-ci en contact avec le fils pour qu'il lui suggère la conduite à adopter. Il avait même offert de récompenser généreusement sa collaboration.

La perspective d'une récompense ne jouait aucunement dans sa décision, car elle entendait bien la refuser. Si elle s'intéressait à l'affaire, c'était par jeu ou plutôt à cause du sentiment d'importance qu'elle en retirait. Mais surtout, c'était par besoin de rêver, d'échapper à ce quelque chose d'étouffant et de destructeur qui s'était attaqué à elle depuis un certain temps et lui donnait l'impression de se dessécher et de se fissurer intérieurement de toutes parts ; la présence de son ami, gentil, mais lointain et renfermé et si terriblement accommodé à la morne vie qu'ils menaient dans ce coin perdu, n'arrivait pas à dissiper son mal. Et puis le jeune homme avait une voix tellement agréable et s'exprimait avec une éloquence si chaleureuse et spontanée qu'on ne pouvait s'empêcher de lui vouloir du bien. Elle lui en voulait beaucoup, et à tel point qu'elle n'avait pas parlé à son ami de ce curieux appel téléphonique, craignant d'exciter sa jalousie (oui, malgré la distance, malgré le fait qu'elle n'avait même pas vu le bout du nez du bonhomme !).

Mais voilà qu'elle venait de faire la connaissance du père et que tout se compliquait. Il avait l'air soucieux et inquiet, mais pas du tout déboussolé. Elle était persuadée que son désir de rencontrer Jacynthe Bilodeau ne pouvait venir que d'une bonne intention. À force de subtiles questions, elle avait fini par apprendre qu'il l'avait eue toute jeune comme employée. Tiens, tiens... l'avait-il séduite ? En tout cas, s'il avait pris la peine de franchir une pareille distance pour la revoir, ce n'était sûrement pas dans le but de lui nuire. Ils avaient ensuite longuement causé de choses et d'autres, son invité avait fini par se détendre et se livrer un peu et elle avait senti la bonté de cet homme nerveux et vieillissant, une bonté étrangement naïve et pleine d'inexpérience, qui cherchait en tâtonnant à s'exprimer du mieux qu'elle le pouvait, et qui était bien plus touchante que la bonté habile et sûre d'elle-même des gens qui font métier d'aider les autres.

Mon Dieu ! que faire ? Son visiteur pouvait être mû par les meilleures intentions du monde et commettre pourtant une gaffe irréparable. Vers la fin de leur rencontre, utilisant toutes sortes de biais, elle avait cherché à connaître ses desseins précis, mais avait dû y renoncer, car, à chacune de ses questions, il se fermait un peu plus et soudain, posant sur elle un regard méfiant, il avait murmuré avec un sourire moqueur :

— Ma foi ! travaillez-vous pour un journal à potins ?

Elle écrasa son mégot dans un cendrier, s'alluma une autre cigarette et continua de réfléchir tout en balançant doucement une de ses jambes croisée sur l'autre.

Puis elle se leva, se rendit dans la chambre à coucher et fit ce qu'elle aurait dû faire dès le début.

Elle gardait depuis quelques années dans le fond de sa garde-robe le couvercle d'une grande boîte de carton rectangulaire qui avait contenu autrefois un chandail ; ce couvercle était orné d'une reproduction de peinture couvrant toute sa surface. On y avait représenté une scène d'hiver d'autrefois. Un petit garçon et une petite fille se tenaient pressés l'un contre l'autre sur une balançoire dans un parc au-dessus d'une étendue de neige irisée. Le petit garçon, en casquette et manteau vert foncé, son bras gauche replié entourant une des cordes, sa main tenant une pomme, enserrait de l'autre bras la petite fille par les épaules et se préparait à l'embrasser. Les mains glissées dans un manchon de fourrure blanche, celle-ci portait un manteau rouge et une toque de fourrure également blanche ; une rose ornait ses cheveux blonds qui s'épandaient joliment sur ses épaules. Ses lèvres rouges, son visage rose et joufflu et ses grands yeux bleus appelaient les baisers ; mais elle semblait hésiter à les recevoir ; avec un sourire pensif, à peine esquissé, elle laissait flotter son regard rêveur au-devant d'elle tandis que son compagnon la fixait avidement.

La peinture, mièvre et sucrée à souhait, montrait plus de maladresse que de talent et jamais Solange Marcoux n'aurait songé à l'encadrer pour l'accrocher au mur. Mais elle s'y était attachée et un jour, son attachement avait encore augmenté pour une raison fort étrange.

Trois ans plus tôt, un après-midi d'hiver, une terrible dispute avait éclaté entre elle et son ami ; ils en étaient venus à deux doigts de s'empoigner. Finalement, il avait quitté l'appartement sur un claquement de porte et elle s'était précipitée vers la chambre à coucher, tremblante de fureur et le visage en larmes, pour faire ses bagages et quitter Fermont à tout jamais. Elle tirait une valise de la garde-robe lorsque son regard était tombé sur la scène des deux enfants. Sous l'effet d'une obscure impulsion, elle avait pris le couvercle de carton entre ses mains, était allée s'asseoir sur le lit et, d'une voix saccadée, sans timbre, devenue un souffle misérable, elle avait demandé à la petite fille :

— Est-ce qu'il m'aime encore ?

Et la petite fille avait posé son regard sur elle et lui avait souri !

Solange Marcoux savait bien que ce sourire et ce regard n'existaient que dans sa tête, mais elle avait décidé de faire comme s'ils possédaient une réalité indépendante. Elle le savait, oui, et pourtant...

Elle avait rangé la valise dans la garde-robe, attendu le retour de son ami, puis fait les premiers pas. Ils s'étaient réconciliés, avaient rapidement réglé le conflit qui les opposait et, depuis ce temps, malgré quelques heurts inévitables, leur vie s'écoulait plutôt harmonieusement.

Par la suite, à plusieurs occasions, elle avait de nouveau pris conseil de la petite fille, orientant sa conduite selon que cette dernière lui souriait ou pas. Dans chaque cas, la décision prise s'était révélée la bonne.

Jamais elle n'avait parlé à quiconque, pas même à son ami, de sa bizarre habitude. Elle en avait même un peu honte et essayait de se persuader qu'il s'agissait d'une amusette. Mais, dans le fond de son cœur, elle n'en croyait rien.

Solange Marcoux alla donc chercher le couvercle de carton. Assise sur son lit, elle fixa les deux enfants sur la balançoire :

— Bonjour, mes trésors, comment allez-vous ? Dites-moi : est-ce que je dois, oui ou non, téléphoner à Montréal ?

13

Guillaume Tranchemontagne se promenait dans Fermont. Les effluves du Muskol tenaient en respect les nuées de mouches noires qui bourdonnaient autour de lui, mais ce bourdonnement le maintenait dans un état de crispation inquiète des plus désagréables.

La ville lui plaisait. La plus grande partie de Fermont s'étendait derrière les bras du mur-écran. Les maisons au revêtement de cèdre avaient toutes un étage ; elles étaient parfois jumelées ou alors s'allongeaient en séries de six ou huit unités qu'on appelait des venelles. Pendant des années, le cèdre était resté à l'état brut, prenant une teinte gris-brun qui faisait un « joli effet western », comme lui avait dit Solange Marcoux. Mais, par temps sombre et pluvieux, cette teinte devenait indiciblement cafardeuse et on s'était mis peu à peu à teindre les maisons de couleurs chaudes et profondes, vert émeraude, bleu roi, orange rosé, pêche, tabac ; elles remplissaient maintenant l'air d'une sorte de scintillement qui crânait joyeusement dans l'austère mélancolie de la taïga. Tous ces gens qui avaient pris la peine d'habiller si gaiement leur foyer témoignaient d'une émouvante volonté de bonheur, qui était celle de l'humanité depuis son apparition sur terre.

Le soleil brillait avec force dans le ciel pur et clair et avivait le vert des pelouses bien entretenues, ornées d'arbustes et de fleurs ; de jeunes enfants couraient et gambadaient dans les parcs en poussant des cris, nullement incommodés, semblait-il, par les mouches. La taïga soufflait une brise tiède, toute chargée de subtils effluves qui donnaient envie de se remplir les poumons. Tranchemontagne aurait dû se sentir léger, rajeuni, optimiste ; il se sentait au contraire vide, ridicule et inutile comme un vieux sac que le vent ferait rouler ici et là sur le bord de la route.

Les informations que Solange Marcoux lui avait données sur Jacynthe Bilodeau l'avaient déprimé ; elle avait vécu longtemps seule à Fermont avec sa fille, d'abord concierge dans le mur-écran, puis serveuse à la brasserie, suivant des cours du soir et habitant une roulotte délabrée avec un Anglais qui, un jour, l'avait plantée là pour disparaître on ne sait où. Peu de temps après, elle avait réussi à se faire engager au laboratoire de la mine. C'est là que, trois ou quatre ans plus tard, elle s'était éprise d'un technicien, nouvellement arrivé dans la place et un peu plus jeune qu'elle ; c'était un homme énergique et travailleur, toujours en plaisanteries, qui lui avait aussitôt fait un garçon et l'avait épousée vers la fin de sa grossesse. Elle l'aimait profondément. Mais, trois ans plus tôt, durant une nuit d'hiver, il s'était noyé avec son fils durant une excursion de motoneige sur le lac Carheil.

« Il lui reste donc sa fille, avait poursuivi la jeune femme, une belle grande fille de dix-huit ans qui travaille comme caissière chez Ferplus. Et depuis environ six mois, elle s'est remise avec un homme, Marcel Brisson ou Biron, je ne sais plus, un drôle de pistolet, toujours en congé de maladie, amateur de coke, paraît-il, et qui aime la bagarre. Enfin, il est peut-être moins pire qu'on le dit... Les méchantes langues en rajoutent toujours... »

Tranchemontagne se rendit jusqu'à une route qui s'allongeait devant un mont surmonté d'une grande croix métallique. Des jappements retentissaient au loin. Ils semblaient provenir d'une meute. Intrigué, il se dirigea vers eux et, après une longue marche, arriva en vue d'un chenil. Une clameur assourdissante l'accueillit. Les samoyèdes, surexcités, tiraient sur leur chaîne ou bondissaient contre le grillage en posant sur lui leurs yeux bleus remplis d'une ardente supplication. La puanteur de la crotte se mêlait à l'âcre odeur de la pâtée. Il glissa les doigts à travers les mailles pour caresser une bête. Trois d'entre elles se précipitèrent vers lui et léchèrent frénétiquement sa main.

Un homme voûté, à la peau jaunâtre, sortit d'une cabane et s'approcha avec un grand sourire. Tranchemontagne se mit à bavarder avec lui. Il dressait les chiens pour les courses de traîneaux. C'était un passe-temps fort prisé à Fermont l'hiver. Mais il fallait des sous pour s'y adonner.

— Un chien de tête peut valoir jusqu'à cinq mille piastres, vous savez, déclara l'homme avec une componction pleine de fierté, un chien de tire jusqu'à mille. Il en faut au moins six pour faire un attelage. L'idéal, c'est neuf.

Les bêtes continuaient de japper, inlassablement, demandant qu'on les remette en liberté pour qu'elles puissent vivre leur vie de chien.

Tranchemontagne les considéra un moment, les narines pincées, l'oreille bourdonnante. Et soudain, l'endroit lui devint insupportable. Il salua le dresseur et reprit la route. Deux piqûres dans le cou l'avertirent que les bienfaits du Muskol tiraient à leur fin. Il fouilla dans ses poches, ne trouva pas le flacon et se hâta vers l'hôtel.

À son arrivée, il avait la nuque et les poignets en sang et une furieuse envie d'enlever chemise et pantalon pour promener férocement ses ongles sur son corps. Onze heures approchaient. Il prit une douche, dîna, puis téléphona de nouveau chez Jacynthe Bilodeau. Encore une fois, personne ne répondit. Il en fut content, car sa longue promenade l'avait fatigué, ses idées s'embrouillaient. Il décida de faire une sieste.

À son réveil, la lumière du jour commençait à se ternir.

— J'ai dormi tout l'après-midi ! s'étonna-t-il en consultant sa montre.

Il se leva d'un bond, chancela, étourdi, et dut s'asseoir sur le bord de son lit.

— Allons, murmura-t-il en se passant la main sur le front pour tenter de chasser un vague mal de tête, le moment est venu, mon vieux, elle est sûrement à la maison, à présent.

Le pas traînant, il se rendit à la salle de bains, s'aspergea le visage d'eau glacée, se massa longuement le crâne, prit de longues inspirations, puis s'approcha du téléphone, l'air résolu, et composa de nouveau le numéro.

Une voix de femme lui répondit, un peu terne et fatiguée. Il demanda à parler à Jacynthe Bilodeau.

— C'est moi, répondit la voix avec une légère intonation de surprise. Qui parle ?

Il se présenta, prononça quelques banalités, puis voulut expliquer le but de son appel, mais se mit aussitôt à bafouiller, car brusquement il venait de se rendre compte que c'était une chose impossible à faire au téléphone.

— Excusez-moi, je dois vous paraître bizarre... mais croyez bien que... en fait, c'est que l'affaire dont je veux vous parler demande... comment dire ? une discussion, oui, une discussion en face à face, en quelque sorte... non pas que... enfin... Est-ce qu'on pourrait se rencontrer ?

— Où ? demanda la femme qui jusque-là avait gardé le silence.

— Mais... je ne sais pas, moi... n'importe où... à l'endroit que vous voulez... Est-ce qu'on pourrait se tutoyer, Jacynthe ? Je comprends qu'après toutes ces années... mais vraiment, ce *vous*... c'est comme si j'avais un glaçon dans la gorge.

Un long silence suivit.

— Si tu veux.

— Est-ce que... je pourrais me rendre chez toi ? Non ?

— Dans combien de temps ? fit-elle d'une voix totalement inexpressive.

— Mais tout de suite, si tu veux. Es-tu loin de l'hôtel ?

— Rien n'est loin ici. Je t'attends.

Et elle raccrocha.

Il alla se regarder dans la glace, trouva son pantalon fripé et changea de vêtement. Il se peigna, se gargarisa avec un rince-bouche et descendit dans le hall de l'hôtel. Solange Marcoux lui fit signe derrière le comptoir de la réception ; elle avait l'air bouleversée.

— Vous l'avez vue ? demanda-t-elle à voix basse.

Il essaya de cacher son agacement :

— J'y vais. Pourriez-vous m'indiquer où se trouve la rue de l'Aurore ?

— C'est juste en face. Prenez la sortie près de la Banque Nationale, vous verrez, c'est une porte bleue. J'ai à vous parler, ajouta-t-elle précipitamment. On peut se voir dans la soirée ? Je finis de travailler à onze heures.

— Bien. Je viendrai vous retrouver ici, fit-il en s'éloignant.

Un mauvais pressentiment le pinça au cœur ; il avait une sensation d'engluement qui lui alourdissait bras et jambes comme dans ces rêves où on marche sans pouvoir avancer.

« J'aurais dû me fermer le clapet, se dit-il en quittant l'édifice. Je gage qu'elle lui a téléphoné, la petite gueuse. »

Il arriva devant un duplex teint d'un vert pomme qui s'écaillait par endroits ; Jacynthe Bilodeau demeurait dans le logement de gauche. Des plaques grises et galeuses affligeaient le gazon qui avait recommencé courageusement à pousser. Il enjamba prestement les trois marches du perron et sonna. La porte s'ouvrit aussitôt et une femme aux cheveux teints d'un blond trop clair le dévisagea un moment avec un étrange sourire.

— Bonjour, dit-elle enfin, et elle lui tourna le dos.

Ils traversèrent un petit hall où donnaient trois portes et un escalier qui menait à l'étage supérieur et pénétrèrent dans un salon modestement meublé ; un vélo d'exercice occupait le centre de la pièce, le guidon orienté vers un gros appareil de télévision. La femme s'en empara, le poussa dans un coin, indiqua un fauteuil à Tranchemontagne et prit place devant lui sur un canapé. Son visage n'exprimait pas beaucoup de bienveillance.

— Tu es ici depuis longtemps ? demanda-t-elle d'une voix légèrement voilée.

— Je suis arrivé hier soir par avion.

— Pour affaires, je suppose ?

Il secoua la tête :

— Non... en fait, je suis venu pour... te rencontrer.

Elle eut un léger sursaut et tourna les yeux vers la fenêtre. La jeune fille gracieuse et naïve qui l'avait charmé dix-neuf ans plus tôt était devenue une femme au corps épaissi, au visage fatigué, avec un regard à la fois dur et distrait, une personne assez quelconque, en fait. Et il comprit aussitôt, après l'avoir observée un moment, que sa visite l'importunait au plus haut degré.

— Je ne te dérangerai pas longtemps, commença-t-il après un soupir. Si cela peut te rassurer, je ne suis pas venu te demander quoi que ce soit, mais, au contraire, t'offrir quelque chose. En fait, le seul but de mon voyage ici, c'est de t'offrir ce quelque chose. Tu ne me crois pas ? Laisse-moi t'expliquer.

— Il faudra faire vite, l'interrompit-elle en consultant sa montre. Marcel revient dans une demi-heure et je ne tiens pas à ce que... Allons, que me veux-tu ?

— Je comprends que tu ne sois pas très enchantée de me revoir, répondit-il, piqué par sa brusquerie, mais il faudrait tout de même prendre en considération le fait que... Bah ! laissons tomber, et allons droit au but.

La tête penchée, il se frotta machinalement les genoux avec la paume de ses mains, cherchant ses mots, puis :

— L'homme que tu as connu autrefois a bien changé. Je

regrette d'avoir agi comme je l'ai fait avec toi. Tu étais à peine sortie de l'adolescence et j'en ai profité pour me comporter à ton égard comme... un misérable séducteur, voilà. Ne souris pas. Le mot n'est pas trop fort. C'est exactement ce que j'étais. Je t'ai tourné la tête avec mes belles paroles et mon argent, mais, malgré tout ce que je disais, je n'avais nullement l'intention de quitter ma femme et mes enfants pour aller vivre avec toi. De toute façon, notre différence d'âge aurait rendu la chose ridicule. Mais tu m'obsédais. Je te voulais à tout prix et j'ai froidement pris les moyens pour t'avoir. Cela se fait tous les jours, évidemment, comme tu sais. Mais la chose n'en demeure pas moins dégoûtante. Et alors, tu es tombée enceinte et je t'ai abandonnée dans la pire détresse. Oh ! bien sûr, je pourrais me défendre en disant que c'est toi, à l'époque, qui avais refusé mon aide. Mais j'aurais dû tenir compte de ton inexpérience et de ta naïveté et ne pas t'abandonner ainsi, oui, insister, insister pour te sortir du pétrin où je t'avais mise. Je ne l'ai pas fait.

— Ça n'aurait rien donné.

— Ç'aurait changé ta vie, crois-moi. D'ailleurs, avoue-le, dans le fond de toi-même, c'est un reproche que tu me fais, j'en suis sûr.

— Je ne voulais plus te voir. Je ne pouvais plus supporter ta vue, tout simplement. Je te détestais.

Il sourit :

— Et, bien sûr, tu me détestes toujours ? Excuse-moi, ma question est ridicule, évidemment.

Elle haussa les épaules, se leva et revint avec un paquet de cigarettes. Elle en alluma une et souffla la fumée devant elle.

— Qu'est-ce que tu es venu m'offrir ? fit-elle brusquement en posant sur lui un regard terne et froid, plein de lassitude. Fais vite. Je ne veux pas que Marcel te voie. Ma vie est déjà assez compliquée comme ça.

— Je veux d'abord connaître ma fille. Car c'est une fille, n'est-ce pas ? Comment s'appelle-t-elle ?

— Noémie.

— C'est un nom un peu curieux, mais ça va, c'est un joli nom quand même. Je voudrais la rencontrer.

Elle leva les yeux au plafond et sourit faiblement :

— Tu ne peux plus rien pour moi. Tu n'as jamais rien pu, d'ailleurs. Tout ça est loin, très loin, c'est une époque complète-

135

ment terminée. Quand je t'ai ouvert la porte, j'ai eu du mal à te reconnaître – et ç'a dû être la même chose pour toi. Tu es presque un vieil homme, à présent. Occupe-toi de ta famille. Moi, il y a longtemps que j'ai appris à me débrouiller toute seule – ou presque.

— Je suis devenu riche, tu sais.

— Ça ne me surprend pas.

— Je peux t'aider. Il n'y a rien de plus facile pour moi que de t'aider.

— Je n'ai pas besoin d'argent. L'argent, tu dois bien le savoir, n'arrange pas grand-chose. Les gens par ici en gagnent des tas. La plupart du temps, ça ne fait que compliquer leur vie. Ils en perdent le jugement, ils commettent des bêtises.

Elle eut une légère hésitation, puis :

— Je ne veux pas de ton argent. Je n'en ai jamais voulu, du reste.

— Allons, qu'est-ce que c'est que ce discours, dis-moi ? Des vieilles histoires de curés. Ils n'en croyaient d'ailleurs eux-mêmes pas un mot. Et, en nous les racontant, ils nous siphonnaient tout l'argent qu'ils pouvaient. Allons, à part la vie elle-même, il n'y a rien de plus extraordinaire que l'argent. C'est un levier qui permet de soulever des poids énormes, que nos pauvres petits bras ne pourraient même pas faire bouger. J'adore l'argent. Et je t'en offre, pour réparer un peu le mal que je t'ai fait. C'est tout ce que je peux t'offrir. Bon, bon. Je n'insiste pas. Mais prends la peine d'y penser. Quant à ma fille, c'est différent. J'ai le droit de l'aider. Je veux l'aider. Et d'abord, je te répète que je veux la voir. Est-ce qu'elle est ici ?

— Tu la verras une autre fois. Marcel s'en vient.

Il se leva, croisa les bras :

— Je me fous de ton Marcel. Je ne partirai pas d'ici sans l'avoir vue.

Elle porta la main à sa bouche, posant sur lui un regard angoissé, consulta de nouveau sa montre, puis se leva, passa dans le petit hall et, s'avançant au pied de l'escalier :

— Noémie, peux-tu venir ici une minute ?

— Qu'est-ce qu'il y a ? répondit une voix un peu traînante.

— Viens, que je te dis. J'ai quelqu'un à te présenter.

Jacynthe Bilodeau retourna à son canapé ; un bruit de pas se fit bientôt entendre dans l'escalier et une grande fille en jean, aux longs cheveux châtains tombant sur les épaules, s'avança dans la pièce, puis s'arrêta, fixant tour à tour sa mère et Guillaume Tranchemontagne ; ce dernier l'observait, étonné de ne ressentir aucune émotion ; son visage allongé, ni beau ni laid, à l'expression un peu endormie, lui rappelait celui d'une aide-comptable qu'il avait dû congédier deux ans plus tôt pour incompétence.

— Noémie, reprit Jacynthe Bilodeau d'une voix légèrement étranglée, j'ai une surprise à te faire, la plus grande surprise de toute ta vie.

Elle rougit, joignit les mains sur les genoux, puis :

— Noémie, je te présente ton père, Guillaume Tranchemontagne. Il est venu pour te voir.

La jeune fille s'était retournée vers lui et le regardait d'un air totalement inexpressif. Debout devant son fauteuil, l'homme d'affaires souriait faiblement, les bras ballants, désemparé. Il savait qu'il aurait été convenable de la prendre dans ses bras pour l'embrasser ou au moins lui caresser la tête ou l'épaule, mais il n'en fit rien, craignant qu'elle ne le repousse ou ne se mette à rire de lui.

— Allons, embrassez-vous, Dieu du ciel ! lança Jacynthe Bilodeau avec un rire forcé. Qu'est-ce que c'est que ces manières ? On dirait que l'un a peur que l'autre le mange !

Tranchemontagne s'avança ; Noémie lui tendit la main, il la garda dans la sienne un moment, très embarrassé, puis, se décidant tout à coup, serra la jeune fille dans ses bras avec de grands gestes maladroits.

— Je suis content de te voir, Noémie, dit-il en se reculant.

Elle ne répondit rien et alla s'appuyer au mur, les deux mains derrière le dos, continuant de fixer son père avec un sourire de somnambule.

— Depuis le temps que tu me questionnais sur lui, poursuivit sa mère d'un ton criard et désagréable, eh bien, le voici, ton père, tu l'as sous les yeux, il a pris la peine de quitter ses affaires à Montréal pour venir voir de quoi tu avais l'air. N'est-ce pas qu'elle est belle, ma grande fille ?

Tranchemontagne s'était tourné vers elle, stupéfait par son changement d'attitude. Allait-elle piquer une crise de nerfs ?

— Maman, protesta faiblement Noémie, morte de confusion, je t'en prie.

— Oui, elle est très belle. Je suis sûr que...

137

— Eh bien, maintenant que tu l'as vue, coupa la femme en s'approchant de son ancien amant, il faut que je te mette à la porte. Marcel arrive d'une minute à l'autre. Il n'est pas question qu'il... Nous trouverons bien le moyen de nous revoir tous les trois d'ici ton départ. Serrez-vous la main. C'est ça. Et puis, tiens, embrassez-vous, pendant que vous y êtes. Non ? Bon. Comme tu veux, ma fille. Ce sera pour une autre fois. Il faut l'excuser, poursuivit-elle à voix basse en reconduisant l'homme d'affaires à la porte, elle vient de subir un choc. J'aurais dû la préparer, mais tu m'en as empêchée, que veux-tu ? Ah ! et puis, est-ce que cela aurait changé quelque chose ?

Sa volubilité fiévreuse troublait Tranchemontagne ; il avait l'impression qu'elle venait de la peur. La peur de qui ? De ce fameux Marcel ? Avec quel moineau vivait-elle donc ?

Jacynthe Bilodeau s'avança sur le perron, chassant les mouches qui bourdonnaient autour d'elle :

— Je te téléphonerai demain à l'hôtel pour voir si...

Elle n'acheva pas sa phrase et disparut dans la maison. Il s'éloigna à grandes enjambées, impatient de se retrouver à la brasserie devant un verre de bière afin de réfléchir à ce qui venait de lui arriver. Le sentiment du devoir accompli n'arrivait pas à neutraliser en lui un sourd mécontentement. Il avait une impression de gâchis, d'inextricables complications. Et pourtant, n'avait-il pas agi selon les principes les plus louables ?

14

L'éclairage tamisé de la vaste brasserie lui plut ; une serveuse disposait avec une application d'écolière des napperons de papier et des couverts sur les tables, car l'heure du souper approchait ; affalés au milieu de la place, jambes allongées, bock à la main, des travailleurs étaient plongés dans une discussion animée ; de grands éclats de rire fusaient à tous moments ; l'endroit en prenait des allures de salle de récréation. Tranchemontagne sourit, respira profondément, ses épaules se relâchèrent. Une mezzanine s'élevait à droite de l'entrée ; elle était déserte ; il y monta, s'installa à une table, but deux bières coup sur coup et se mit à considérer son après-midi d'un œil plus favorable. Le brusque changement d'attitude de Jacynthe Bilodeau à partir du moment où elle lui avait présenté sa fille annonçait une sorte de réconciliation ; elle finirait par accepter son argent ; il trouverait une façon commode et pas trop contraignante de s'occuper de cette Noémie qui ne lui avait pas fait une grande impression et le but de son voyage à Fermont serait atteint.

Tout ragaillardi, il avala avec appétit un pâté chinois, mais refusa dessert et café et se dirigea vers l'hôtel, se préparant avec une certaine appréhension à passer devant Solange Marcoux. À son grand soulagement, elle s'était absentée, sans doute pour souper. Il tourna un peu dans le hall, cherchant un moyen de tuer le temps jusqu'à son rendez-vous de dix heures avec la réceptionniste. Son regard tomba alors sur une table chargée de journaux et de magazines ; il saisit machinalement un numéro du journal *Les Affaires* et prit place dans un fauteuil.

Le prix du café a dépassé les 2$ US la livre la semaine dernière sur le New York's Coffee, Sugar & Cocoa Exchange, annonçait le journal dans une rubrique, *un seuil inégalé depuis octobre 1994 et on s'attend dans les jours qui viennent à de nouvelles hausses. La possibilité d'une grève dans les deux plus importants ports du Brésil et le faible niveau des stocks aux États-Unis font monter la crainte d'une pénurie de café.*

« Demain matin, se promit-il, je téléphone à Antonin pour qu'il nous commande tout de suite deux cent cinquante sacs. Nous pourrons ainsi profiter des hausses du prix de détail. »

Puis une évidence s'imposa tout à coup à son esprit : après la rencontre de sa fille demain et une deuxième conversation avec Jacynthe Bilodeau, plus rien ne le retiendrait à Fermont. Pourquoi ne pas devancer son départ ? Il avait une envie soudaine de se replonger dans le travail. Délicaf avait un pressant besoin de lui. Montréal l'appelait. Et aussi sa maison, où vivait avec son bébé une jeune femme bizarre et attirante.

Il monta à sa chambre et téléphona à la société aérienne. Il ne restait aucune place sur les vols du lendemain, lui répondit un employé, et les annulations étaient rares.

Ce contretemps l'irrita. Une veine s'était mise à battre sur sa tempe gauche. Il prit une longue douche, se rhabilla, essaya de se plonger dans la lecture de son Chandler, mais se lassa aussitôt ; il pensa alors à téléphoner à son fils Antonin, mais y renonça : il n'avait pas envie d'expliquer son séjour à Fermont, encore moins de mentir. Une sensation d'étouffement l'envahit. Il porta la main à son cœur :

— Vas-tu claquer, vieille patate ? Ne me lâche pas ici, salope.

Il alla ouvrir la fenêtre. La nuit venait de tomber. Les hauts lampadaires s'étaient remis à veiller, courbant vers les autos leur tête résignée, enveloppée d'un nuage de mouches. L'air frais, chargé d'une odeur de champignon, lui fit du bien.

Il alluma le téléviseur, s'affala dans un fauteuil et se mit à jouer avec la télécommande ; on s'agitait beaucoup sur cette planète. Mais elle continuait de rouler, imperturbable, dans l'espace intersidéral, l'humanité n'étant, à sa surface bleuâtre, qu'une invisible moisissure.

Il pencha lentement la tête et s'endormit. Un petit coup à la porte le réveilla.

L'expression de Solange Marcoux, immobile dans l'embrasure et donnant l'impression d'avoir bu, lui révéla aussitôt qu'un mauvais moment l'attendait.

— Je me suis libérée un peu plus tôt que prévu, expliqua-t-elle avec un sourire embarrassé. Alors j'ai pensé venir vous trouver tout de suite, car... Mais vous dormiez, je crois. Excusez-moi. Je peux revenir... demain matin, par exemple.

— Non, non. Je piquais du nez devant la télé. Entrez, asseyez-vous. Tenez, prenez ce fauteuil.

Il éteignit la télé et se dirigea vers le canapé, essayant de montrer un visage avenant et détendu :

— Et alors ? Qu'est-ce que je peux faire pour vous, ma petite mademoiselle ?

— En fait, c'est plutôt moi qui... Comment je pourrais dire ? Allons, je n'y arriverai pas, ça me bloque dans la gorge. Excusez mon effronterie, mais... n'auriez-vous pas quelque chose à boire ? Ce que j'ai à vous annoncer est si difficile que, vraiment, j'ai besoin d'un remontant.

— J'ai toujours dans mes bagages un flacon de cognac, répondit-il, de plus en plus alarmé. Aimez-vous le cognac ? Nous pouvons aussi aller au bar.

— Non, non, le cognac me va tout à fait. Ne croyez surtout pas que c'est chez moi une habitude, poursuivit-elle pendant que, penché au-dessus de sa valise, il cherchait le flacon parmi ses vêtements. Au contraire, je n'aime pas, en général, les boissons fortes, sauf peut-être la tequila, mais ce soir, vraiment, mes nerfs vont péter... Jamais je ne me suis sentie dans un état pareil.

Il revint avec deux verres, dont un rempli presque au tiers :

— Tenez, goûtez-moi ça... C'est du Rémy Martin XO Spécial... Un velours... Mais, pour l'amour de Dieu, que se passe-t-il ? Vous m'inquiétez.

Elle lui adressa un sourire navré et plongea ses lèvres dans le liquide.

— Ouf ! ça fait du bien, soupira-t-elle au bout de quelques gorgées. Si vous saviez la journée que j'ai passée ! Cette histoire ne me sortait pas de la tête...

— Quelle histoire ? Allez ! Mais allez, je vous en prie, cessez de me faire languir.

Les yeux de la jeune fille se remplirent de larmes et sa bouche trembla ; la tête penchée, elle respirait par saccades.

— Monsieur Tranchemontagne, murmura-t-elle enfin d'une voix brisée, j'ai mal agi envers vous aujourd'hui. Mais ce n'est pas de ma faute. On m'a trompée.

Et elle éclata en sanglots. Il la considéra un moment, étonné, se leva pour lui tapoter le dos, puis alla chercher une boîte de mouchoirs de papier.

— Monsieur Tranchemontagne, reprit-elle, c'est épouvantable, un de vos garçons m'a demandé de vous espionner.

Et tout en s'épongeant les yeux et se mouchant avec force, elle lui raconta l'appel de Julien la veille.

— Au début, poursuivit-elle, j'ai accepté, comme ça, je ne sais pas pourquoi, peut-être pour m'amuser... Mais après notre rencontre d'hier, j'ai commencé à avoir des doutes... Je ne savais plus qui avait raison...

— Qui avait raison sur quoi ? demanda-t-il d'un ton coupant.

— Sur... sur... je ne sais plus trop... On m'avait dit que vous étiez très fatigué... que vous n'étiez plus en état de prendre certaines décisions... Mon Dieu ! tout s'embrouille dans ma tête, excusez-moi, je ne sais plus si...

— Continuez, je vous prie, l'interrompit Tranchemontagne.

— Alors – vous allez me prendre pour une folle, je sais, mais jusqu'ici, je vous le jure, ç'avait toujours marché, les décisions que je prenais étaient toujours les meilleures – et puis, ce n'est pas pire que l'astrologie ou les feuilles de thé, vous comprenez, ou toutes ces choses du même genre auxquelles tant de gens croient dur comme fer...

Et elle essaya de lui parler du sourire de la petite fille à la balançoire et des conseils muets mais toujours judicieux que l'enfant lui avait donnés – et quand ce n'était pas elle, alors c'était le petit garçon avec ses clins d'œil... Bien sûr, tout cela se passait dans sa tête, elle en était bien consciente, il ne fallait pas la prendre pour une idiote, tout de même, mais n'empêche qu'il y avait un mystère là-dedans, car, depuis trois ans, jamais elle ne s'était trompée en les écoutant. « Est-ce que je dois rappeler Julien Tranchemontagne pour lui dire qui son père est venu rencontrer à Fermont ? » lui avait-elle demandé. Et la petite fille avait eu un franc sourire, aussi clair et franc que le vrai sourire d'une vraie personne, on ne pouvait s'y méprendre. Mais, quand même, la chose lui répugnait, car Guillaume Tranchemontagne lui avait fait une excellente impression. Elle ne croyait pas vrai-

142

ment à cette histoire de dépression nerveuse qu'on lui avait racontée. Elle avait longuement hésité, mais, finalement, avait fini par appeler Julien pour lui apprendre tout ce qu'elle savait. Malheur ! aussitôt son appel terminé, une angoisse horrible l'avait saisie, le sentiment d'avoir commis une gaffe épouvantable. Elle était retournée consulter la petite fille ; mais, cette fois, l'autre s'était contentée de la regarder durement, les lèvres serrées. Toute cette affaire n'était peut-être que de la bouillie pour les chats, une façon qu'elle avait trouvée pour ne pas avoir à prendre de décisions par elle-même, elle ne savait plus, la tête lui tournait. Et malgré sa honte, malgré la peur des conséquences, elle avait choisi de tout lui avouer afin de limiter au moins les dégâts, s'il en était encore temps.

Ahuri, Guillaume Tranchemontagne essayait de débrouiller ce galimatias débité à toute vitesse parmi les sanglots et les reniflements. Une seule chose lui apparaissait clairement : son fils Julien avait appris, Dieu sait comment, qu'il se rendait à Fermont et, de connivence sans doute avec Antonin et Marie-Louise, avait essayé de fricoter dans son dos par l'entremise de cette pauvre fille qui était en train de se soûler devant lui. Le coup était si imprévu et audacieux qu'il en avait l'esprit figé.

Mais bientôt une froide fureur se mit à monter en lui, accompagnée par le sentiment insupportable qu'on essayait de le déposséder de son autorité et de sa liberté d'action, comme s'il était devenu irresponsable. Il avait hâte de se retrouver seul pour faire un appel à Montréal.

Solange Marcoux, sans doute soulagée par ses aveux, se calmait peu à peu. Elle allait s'endormir devant lui. Il la rassura, la consola, lui répétant à plusieurs reprises qu'il comprenait son impair, qu'il ne lui en voulait aucunement, puisqu'elle n'avait pas agi par méchanceté, qu'au contraire il appréciait au plus haut point sa franchise et son courage et qu'il saurait bien un jour trouver un moyen pour l'en remercier.

— Il faut aller dormir, maintenant, fit-il en l'amenant vers la porte. Demain, vous verrez les choses tout autrement.

— C'est vrai ? c'est vrai ? vous ne m'en voulez pas ? murmurait-elle d'une voix épaissie, la tête ballottante, le regard vague. Cela me soulage tellement ! Mais qu'allez-vous faire, à présent ? s'interrompit-elle, reprise tout à coup par ses angoisses. Votre fils a dû sûrement...

— Ne vous inquiétez pas, je m'occupe de tout, articula-t-il avec un sourire féroce.

Et il la poussa doucement dans le corridor.

— À nous deux maintenant, mon garçon, murmura-t-il, les dents serrées, en se dirigeant vers le téléphone.

Julien ne se trouvait pas chez lui. Courailleur comme il était, cela n'avait rien de surprenant. L'idée lui vint alors de téléphoner à sa propre maison, mais une sorte de pudeur hargneuse le retint, et la peur d'une humiliation.

— Antonin, alors, décida-t-il.

La sonnerie retentit trois ou quatre fois, puis, avec un plaisir mêlé de rage, il entendit la voix légèrement contrariée de son fils, qu'il réveillait sans doute par cet appel nocturne :

— Allô ? Qui parle ?

— Bonsoir, Antonin. C'est moi. J'espère que je ne te tire pas du lit ?

Le silence régna un moment au bout du fil, puis :

— Non, pas du tout. J'étais en train de ranger de la paperasse.

— Ça va bien ?

— Oui, papa. Et toi ?

La voix trahissait un indicible malaise.

— Très bien, merci. Sais-tu pourquoi je t'appelle ? demanda Tranchemontagne avec une perfide amabilité.

Le silence plana de nouveau.

— Non, papa, balbutia finalement Antonin, je n'en ai pas la moindre idée.

— As-tu lu le dernier numéro des *Affaires* ?

— Non.

— Je viens tout juste de le parcourir. On y annonce une nouvelle augmentation du prix du café.

— On en parle depuis quelque temps.

— Alors, il faut passer une commande dès demain matin et acheter nos stocks pour l'été et l'automne. Commande-moi cinq – ou plutôt six – conteneurs.

Antonin, qui se détendait peu à peu, fit remarquer à son père qu'il s'agissait là de plus de deux cent mille livres de café ; la discussion s'engagea. Tranchemontagne était d'avis que les prix allaient connaître une telle flambée qu'il valait la peine d'immobiliser un peu de capital pour en profiter :

— On achète au plus bas, on revend au plus haut. C'est ainsi que se font les affaires, mon garçon.

— Oui, bien sûr. Je vais m'en occuper.

C'est alors qu'au lieu de terminer là leur conversation, Antonin eut la malheureuse idée de vouloir jouer à l'ignorant pour parfaire son image d'innocence aux yeux de son père. Guillaume Tranchemontagne attendait ce moment avec impatience.

— Dis donc, papa, j'ai essayé de te joindre hier à la maison et madame Dubuc m'a annoncé que tu étais parti en voyage pour quelques jours. Où es-tu ?

— Drôle de question.

— Quoi ?

— J'ai dit : drôle de question.

— Je ne comprends pas.

— Mais oui, tu comprends, mon vieux. Et pour au moins deux raisons. D'abord ton afficheur * – car je me souviens que tu en possèdes un – vient de t'indiquer la provenance de mon appel. Mais tu n'en avais pas besoin pour la connaître : vous avez, Dieu sait comment, réussi à apprendre où je me trouvais, ce qui a permis à Julien de téléphoner à mon hôtel pour tenter de se dénicher une espionne. Mais l'espionne vient de craquer, mon pauvre ami ! Elle m'a tout raconté. Et ainsi, vous essayez de me faire passer pour un vieux fou ? On reparlera de tout ça à mon retour à Montréal. Bonne nuit, Antonin. Mes amitiés à ta femme. Et n'oublie surtout pas : deux cent cinquante sacs.

---

* Petit écran sur un téléphone indiquant la provenance des appels.

15

À son réveil, le lendemain matin, une mystérieuse pénombre régnait dans sa chambre. Il se leva, alla à la fenêtre. Une brume épaisse comme du gruau enveloppait la ville ; les têtes des lampadaires du stationnement ressemblaient à de grosses pêches phosphorescentes. Fermont donnait l'impression d'être un immense navire qui avançait doucement dans l'inconnu ; Tranchemontagne eut le sentiment que quelque chose d'inusité se préparait. Son instinct ne le trompait pas. Cette journée allait se dresser à tout jamais dans sa mémoire comme un grand arbre mort, sec et sinistre.

Il déjeuna avec appétit, promenant un regard débonnaire dans le restaurant ; les serveuses lui paraissaient toutes jolies, les clients avaient des bouilles franches et sympathiques qui exprimaient la bonhomie et l'intelligence.

Sa conversation avec Antonin l'avait mis de bonne humeur. Comme la foudre qui tombe sur un rocher, il venait de faire voler en éclats les machinations de ses fils (Marie-Louise se contentant de suivre). Il les imaginait, le visage pâle et défait, en train de discuter à voix basse derrière une porte fermée, sirotant leur café avec des lèvres pincées, tremblant à l'idée de son retour. Tremblements justifiés ! Il n'avait pas encore pris de décision à leur sujet, tout pouvait arriver.

Cette journée commençait avec des airs de vacances. La rencontre qu'il se proposait d'avoir avec sa fille et son ancienne maîtresse serait nettement plus aisée que celle de la veille, à moins, bien sûr, que ses garçons aient tout compliqué. Elle aurait lieu sans doute à l'hôtel et ne prendrait qu'un moment. Il aurait tout son temps pour lire, visiter la ville, jaser avec les gens et – qui sait ? – trouver une occasion d'affaires lucratives.

Il alla se promener dans le centre commercial, causa un moment avec deux adolescents qui se rendaient à l'école, parcourut les journaux de la veille dans le hall de l'hôtel (Solange Marcoux ne travaillait pas ce matin, sans doute occupée à soigner sa gueule de bois).

Vers dix heures, la brume leva, pompée par le soleil ; en quelques minutes, elle avait disparu et l'air prit tout à coup une merveilleuse transparence, qui rendit le bleu du ciel presque brutal.

Tranchemontagne s'enduisit les mains, le cou et le visage de liquide anti-moustiques et partit se promener ; Jacynthe Bilodeau ne l'appellerait sûrement pas avant la fin de l'après-midi. Il décida de faire le tour du mur-écran, dont les proportions l'étonnaient toujours ; cela représentait une marche d'au moins deux kilomètres. Le bâtiment était massif et sans grâce, d'une austérité fonctionnelle d'entrepôt ou d'usine, mais quelque chose d'héroïque dans sa conception le sauvait de la laideur totale. Il se dressait comme un éperon contre les fureurs de l'hiver nordique, un éperon habité, autonome comme une navette spatiale. Par certaines fenêtres du rez-de-chaussée, on apercevait l'intérieur des appartements, déserts pour la plupart à cette heure, les enfants se trouvant à l'école et leurs parents au travail. L'une des fenêtres donnait sur une chambre à coucher où l'on voyait un grand lit en désordre ; d'un œil amusé, légèrement égrillard, il se mit à examiner les couvertures à demi arrachées, auxquelles se mêlaient une robe de nuit et les pièces d'un pyjama qui semblaient avoir été enlevées dans la plus grande précipitation. Que tendresse et passion puissent s'exprimer avec une pareille insouciance dans un endroit si désolé tenait d'une sorte de miracle et témoignait, à sa modeste façon, de la victoire éclatante que l'humanité avait fini par remporter sur les misères de la vie primitive. Il s'attardait devant la fenêtre, étrangement remué, envahi par une langueur nostalgique dans laquelle sa bonne humeur matinale était en train de se dissoudre. « Il est temps que je me trouve une femme, soupira-t-il en jetant un coup d'œil autour de lui pour voir si on l'observait. Voilà presque un an que j'ai rompu avec Amélia. »

Un grand homme à larges épaules et moustache noire se diri-

147

geait vers lui. Un sourire avenant adoucit tout à coup ses traits lourds et grossièrement dessinés ; il fit un salut de la tête :

— En train de visiter notre petite ville ? fit-il en s'arrêtant devant lui. Impressionnant, le mur, hein ?

— Très.

— Le nombre de mouches aussi.

— Ah ! ça !

— Je vous ai aperçu ce matin au restaurant. Il y a longtemps que vous êtes à Fermont ?

Tranchemontagne répondit qu'il était arrivé deux jours plus tôt pour visiter la place sur les conseils d'un ami et qu'il repartait le lendemain.

— Vous permettez que je vous accompagne un bout de chemin ? demanda l'homme. Je n'ai rien à faire aujourd'hui, c'est ma journée de congé.

Il avait une bonne grosse voix sonore et joyeuse qui réjouissait le cœur. Les deux hommes se mirent à longer le mur en bavardant. L'inconnu se présenta : il se nommait Robert Plessis et travaillait à Fermont depuis quinze ans comme camionneur à la mine. Il était marié et avait deux fils qui étudiaient au cégep * de Sept-Îles. L'un d'eux lui avait donné beaucoup de fil à retordre l'année d'avant (une histoire de drogue), mais semblait s'être assagi depuis six mois. Sa femme, qu'il avait connue ici, travaillait également à la mine, comme presque tout le monde, d'ailleurs.

— Et que fait-elle ? demanda l'homme d'affaires avec un intérêt poli.

— Elle travaille au concasseur, répondit l'autre après une seconde d'hésitation. Vous êtes déjà allé à la mine ?

— Non, pas encore

— Si vous voulez, je vous y emmène. Je peux facilement vous obtenir un laissez-passer. C'est à quinze minutes d'ici.

N'ayant rien de mieux à faire, Tranchemontagne accepta, proposant à Plessis d'utiliser la Plymouth qu'il avait louée à son arrivée à Fermont et qui n'avait guère servi jusque-là.

— Vous êtes sûr que ça ne vous dérange pas ? demanda-t-il à son compagnon tandis qu'ils se dirigeaient vers le stationnement de l'hôtel.

_____

* Acronyme de « collège d'enseignement général et professionnel ».

— J'ai tout mon temps, je vous assure. Je n'aurais pas su quoi faire de mes dix doigts.

Ils filaient sur la route rectiligne et déserte. Au sortir de la ville, l'homme d'affaires aperçut quelques chalets à sa droite, construits en contrebas, face au lac Daviault, mais bientôt tout signe d'une présence humaine disparut et la taïga étendit de nouveau sa solitude sereine et impassible.

— Il y a des gens qui trouvent le pays triste, dit Plessis. Ceux-là, pour la plupart, ne restent pas longtemps à Fermont et s'en retournent dans le Sud. Moi, je ne pourrais pas vivre ailleurs qu'ici. Le Nord, je l'ai dans la peau. D'abord, j'y gagne bien ma vie. Mais y a plus que ça. Ici, mon cher monsieur, on est libre comme personne ne peut s'en faire une idée. Une fois son travail terminé, un gars est son seul maître. Tu veux partir à la pêche un bon matin ? Pas d'autorisation à demander, pas de permis à payer, tu prends ta canne à pêche, ton lunch et ta boussole et salut, la compagnie. Tu trouves un lac à ton goût et tu veux t'y bâtir un petit chalet ? Tu le bâtis, c'est tout, personne pour t'empêcher, t'es chez toi partout. Y a plus de lacs ici que de parcomètres à Montréal ! Chacun a toute la place qu'il lui faut, personne ne nuit à son voisin, tout le monde se respecte. L'hiver, c'est encore mieux. Les mouches sont gelées, tu sautes dans ta motoneige et c'est l'aventure, mon bon monsieur ! On part des fois en expédition pour trois jours, parfois davantage, y a rien pour nous arrêter, on n'a jamais de problèmes, y a toujours un relais quelque part pour aller se réchauffer, casser la croûte et dormir.

Ils arrivèrent à une barrière. Un gardien sortit la tête de sa guérite, salua Plessis et ils poursuivirent leur chemin jusqu'à une énorme construction au revêtement orange ; un grondement sourd faisait légèrement trembler le sol.

— Attendez-moi ici, fit Plessis en quittant l'auto pour pénétrer dans le bâtiment, j'en ai pour une seconde.

Il réapparut avec deux casques de sécurité et fit signe à Tranchemontagne de le rejoindre :

— On va prendre un camion, les chemins sont trop durs pour ton auto, dit-il en le tutoyant tout à coup.

Quelques minutes plus tard, ils arrivaient au site du mont Wright. C'était une zone grisâtre et désertique, d'une tristesse lunaire, balayée par le vent. Presque toute trace de végétation avait été éradiquée. Avec les années, l'exploitation du gisement, qui se faisait à ciel ouvert, avait complètement inversé les proportions naturelles des choses : la montagne aux entrailles de fer, grugées jour et nuit par des pelles mécaniques géantes, était devenue un gouffre immense dont les flancs vaguement luisants, taillés en escalier, tombaient par pans énormes sous les charges de dynamite pour se retrouver dans des camions hauts comme des maisons de deux étages qui transportaient le minerai aux concasseurs. Après avoir été broyé et lavé, ce dernier était ensuite acheminé par train et par bateau aux quatre coins de la planète. Tout ici paraissait démesuré. L'homme, dépassé par son entreprise, avait l'air d'une victime autant que la nature.

Plessis avait arrêté son véhicule au bord du gouffre ; Tranchemontagne, la tête hors de la fenêtre, contemplait en silence une pelle mécanique, tout au fond, qui venait de déposer sa charge dans un camion près d'une mare d'eau rouillée ; un autre camion gravissait lentement le chemin en épingle qui le ramenait à la surface ; l'éloignement leur donnait des allures d'insectes.

— Et alors ? Ça t'en bouche un coin ?

L'homme d'affaires secoua lentement la tête, hypnotisé par cet abîme aux allures de cataclysme. Depuis un moment, son compagnon, comme frappé d'une idée subite, ne cessait de consulter sa montre et de se trémousser sur son siège. Le véhicule se remit en marche, cahotant et bringuebalant sur le chemin grossièrement tracé.

— C'est dommage que je puisse pas te faire faire une plus longue visite, dit Plessis en donnant un coup de volant pour éviter une roche, ils ont besoin du camion. Faut s'en retourner.

— Est-ce qu'on peut visiter les installations de traitement du minerai ?

L'autre ferma à demi les yeux, évitant de regarder son compagnon :

— Difficile, répondit-il enfin. Il aurait fallu demander une passe hier. Mais, si tu veux, reprit-il tout à coup avec un grand sourire, on pourrait aller faire une petite excursion dans la nature. C'est encore plus impressionnant, tu verras !

Tranchemontagne eut une grimace :

— Rien qu'à penser aux mouches...

— Bah ! un peu de Muskol, et elles se tiendront loin. Et puis, je te passerai des élastiques. Tu t'en mettras aux poignets et aux

chevilles, ça les empêchera d'entrer sous ton linge. Elles te déran-
geront pas plus que si tu te promenais dans la rue Sainte-Catherine.

Ils revinrent à Fermont. Plessis descendit devant l'hôtel,
demandant à son compagnon de l'y attendre, car il avait
quelques petites affaires à régler chez lui, mais serait de retour
dans un quart d'heure. Tranchemontagne s'étonna un peu que
son compagnon ne lui ait pas demandé de le conduire directement à son domicile, mais supposa qu'une affaire personnelle
l'appelait et que la présence d'un étranger l'aurait gêné.

Plessis fut bientôt de retour, un petit havresac accroché au dos
et une paire de bottines à la main :

— J'ai apporté ma boussole et un peu de provisions, expliqua-
t-il. Essaie ces bottines. Je pense bien qu'elles vont t'aller.

— Mais c'est une expédition ! s'exclama l'homme d'affaires,
un peu effrayé. Écoute, j'ai un rendez-vous cet après-midi ; je ne
peux pas m'absenter plus qu'une heure ou deux.

— Une heure ou deux, c'est parfait. Il ne m'en faut pas plus.

Ils reprirent la route, cette fois-ci en direction de Labrador
City, et roulèrent pendant quelques kilomètres.

— Arrêtons-nous ici, proposa tout à coup le camionneur.
C'est un très beau coin où se promener. À trois quarts d'heure
de marche, à peu près, il y a un pic d'où on peut voir une dizaine
de lacs. C'est tout un spectacle !

Tranchemontagne arrêta l'auto sur l'accotement, descendit,
enfila ses élastiques et chaussa les bottines. Sans trop savoir pourquoi, il ressentait une vague appréhension. Son compagnon avait
enjambé le fossé et allait et venait parmi les buissons en sifflotant. Il le rejoignit bientôt :

— T'es habitué à circuler dans la taïga ?

— Habitué ou non, ça n'a pas d'importance : j'ai mon GPS.

Et il lui montra un petit appareil rectangulaire à écran, de
la grosseur d'une télécommande, accroché à son cou par un
cordon. C'était une boussole électronique, expliqua-t-il, reliée à
un satellite. À l'aide d'une carte, vous lui fixiez un objectif précis
– proche ou éloigné, ça n'avait aucune importance – et elle vous
y amenait avec la sûreté d'un chien de chasse.

— Même la plus cruche des cruches peut pas se perdre avec
un GPS. Mais moi, en plus, je connais le tabac. Voilà quinze ans
que je circule dans la région.

Il contourna un bouquet d'épinettes tordues et rabougries et se mit à monter une butte. Les pieds s'enfonçaient dans la mousse de caribou humide et spongieuse qui imprimait à la démarche un imperceptible balancement. Arrivé au sommet, Tranchemontagne s'arrêta et promena son regard autour de lui. La terre déployait à perte de vue ses lentes ondulations d'un blanc verdâtre, piquées d'arbres rachitiques et de rochers et parcourues par un vent léger gonflé de sucs étranges. Une paix mélancolique et résignée émanait de ce paysage érodé qui inspirait un sentiment de vide et d'inachèvement, comme si le monde, après ces millions d'années, n'en était encore qu'à ses débuts. Mais lorsque, quittant ces mornes étendues, l'œil s'abaissait vers la terre, tout devenait joyeux, délicat et multicolore. Des baies sauvages, des champignons, des arbustes florissants se disputaient la chaleur et le soleil dans un chatoiement de teintes délicates qui faisait plaisir à voir. La vie nichait à ras de sol, puissante, inépuisable.

Tranchemontagne s'accroupit et saisit entre ses doigts une grappe de bleuets, minuscules et d'un blanc verdâtre. Puis il se hâta de rejoindre son compagnon qui, sans se retourner, avait poursuivi sa marche. Ils parcoururent ainsi deux ou trois kilomètres. De temps à autre, Plessis s'arrêtait et attirait l'attention de l'homme d'affaires sur le scintillement lointain d'un lac, sur la lèpre noirâtre d'un rocher, sur les profondeurs sournoises d'un marécage au-dessus duquel ondulaient des nuages de maringouins. Tranchemontagne hochait la tête, étonné, admiratif, un peu inquiet, de plus en plus pénétré par la beauté subtile et austère de la taïga, s'y sentant de plus en plus fragile et petit. L'acharnement des mouches commençait à le lasser. L'action du Muskol l'avait plus ou moins prémuni jusqu'ici de leurs piqûres, mais depuis un moment, elles commençaient à s'enhardir, essayant de pénétrer dans ses oreilles, ses narines et sa bouche, brouillant sa vue, l'étourdissant de leurs feintes et de leur bourdonnement ; une de ses paupières avait commencé à enfler. Il se mit à penser au retour, se vit dans sa chambre d'hôtel, en train de prendre une douche, la peau nettoyée de ce liquide malodorant, et sa maison d'Outremont lui apparut, calme et attirante.

Il rejoignit Plessis pour lui demander s'ils approchaient du but lorsque ce dernier s'arrêta tout à coup, penché au-dessus de sa boussole :

— Ouais... mes batteries faiblissent... J'aurais dû en apporter des neuves...

— Il faut s'en retourner ? demanda l'homme d'affaires, cachant avec peine son soulagement.

— Ça serait trop bête... On est presque rendus.

Il réfléchit un moment, se mordillant les lèvres, dépité.

— Écoute... j'ai une proposition à te faire : tu vas m'attendre ici, près de ce rocher, à ta gauche, et je vais aller chercher des batteries neuves. J'en ai tout au plus pour une demi-heure.

Tranchemontagne sentit comme un coup dans le creux du ventre.

— Non, répondit-il fermement. Je retourne avec toi. Les mouches vont me manger tout cru.

L'autre porta la main à sa poche et lui tendit un flacon :

— Passe-t'en un bon coup, elles vont arrêter de t'importuner.

L'homme d'affaires secoua la tête :

— Je reviens avec toi.

Un sourire railleur apparut lentement sur les lèvres de Plessis :

— Dis donc... aurais-tu peur ?

Tranchemontagne, piqué, pinça les lèvres :

— Peur ? Peur de quoi ? Qu'est-ce que tu vas chercher là ?

Et, du coup, son calme revint.

— Écoute, reprit le camionneur avec la vivacité de celui qui sent ses arguments sur le point de l'emporter, si tu m'accompagnes, comme t'as moins l'habitude de la marche que moi, tu vas me ralentir et on va perdre du temps. Attends-moi ici, comme je te le demande, et dans une demi-heure au plus tard, je reviens. Vois-tu l'espèce de gros pic, là-bas ? Vingt minutes, et on y est. Tu ne le regretteras pas, je te dis. Oh ! j'oubliais : les clefs de ton auto.

Tranchemontagne soupira, fouilla dans sa poche et les lui tendit :

— Si j'avais su, j'aurais apporté de la lecture...

Plessis éclata de rire et s'éloigna aussitôt. Un moment plus tard, il avait disparu. L'homme d'affaires se dirigea vers le rocher que lui avait indiqué son compagnon. Haut de deux mètres, sa forme arrondie rappelait vaguement une carapace de tortue. Il en fit lentement le tour, examinant ses striures remplies de lichens, puis faillit se tordre une cheville dans une anfractuosité du sol.

— Qu'est-ce que je fous ici ? murmura-t-il, accablé, en débouchant le flacon de Muskol.

Il s'enduisit le visage et le cou, rajusta ses élastiques, puis grimpa péniblement jusqu'au sommet du rocher, où il espérait échapper un peu aux mouches. Le soleil avait tiédi la pierre. Il s'étendit dessus, ferma les yeux, commença à s'assoupir, mais l'inconfort de sa position lui donna bientôt une crampe dans le dos et il s'assit, les coudes sur les genoux, sa main fouettant l'air de temps à autre pour chasser une mouche noire.

À sa gauche, deux épinettes décharnées se penchaient au-dessus de lui dans un angle inquiétant, comme si, à demi déracinées par le vent, elles avaient déjà entamé leur chute. De l'endroit où il se trouvait, le regard portait loin, se perdant dans une maigre forêt brunâtre qui fonçait dans la distance. Pivotant sur lui-même, Tranchemontagne se mit à observer le pic dont lui avait parlé Plessis. Deux ou trois kilomètres l'en séparaient. La masse rocheuse dominait solitairement les environs, comme étrangère à ceux-ci, dernier vestige d'un monde disparu. Il la contempla un moment, puis détourna les yeux, saisi d'un vague malaise. Se recouchant sur le côté cette fois, il essaya de se reposer et sombra insensiblement dans le sommeil.

Quand il se réveilla, sa montre marquait treize heures. Son compagnon aurait dû être de retour depuis longtemps. Que s'était-il passé ?

Le paysage autour de lui sembla tout à coup s'aplatir et il eut une violente bouffée de chaleur. Le souffle lui manqua. Son dos se glaçait. Il se leva, tournant la tête de tous côtés avec des mouvements d'oiseau.

« Sa boussole a lâché, pensa-t-il. Il s'est perdu. Et moi... et moi, alors, qu'est-ce que je fais ? »

La peur le gagnait, comme un vent de folie surgi du fond de lui-même. Il savait que la dernière chose à faire en pareilles circonstances était de lui laisser prendre le dessus, mais la peur se fichait de toutes les consignes et continuait de croître, se nourrissant de lui-même.

— Bon. Bon, lança-t-il d'une voix tremblante. Calme-toi. S'il s'est perdu, il va finir par se retrouver... et il viendra te chercher. Il ne faut pas bouger d'ici. Il ne faut surtout pas bouger d'ici.

Des histoires sinistres affluèrent à son esprit. Celle de ce touriste de Saint-Michel-des-Saints qui s'était perdu un automne pendant une promenade en forêt et qu'on n'avait retrouvé qu'au printemps, recroquevillé sur une souche, les bras croisés sur les genoux, complètement desséché.

Il secoua la tête pour chasser cette image horrible, descendit lentement du rocher et s'avança dans la direction qu'avait empruntée le camionneur, prenant soin de ne pas perdre de vue son point de départ.

— Plessis ! cria-t-il de toutes ses forces. M'entends-tu ? Je suis ici !

Un pépiement d'oiseau lui répondit. Un pépiement tranquille et joyeux qui niait tout bonnement sa présence, comme s'il n'avait été que du vent.

Il revint au rocher, grimpa de nouveau au sommet et, l'œil rivé sur sa montre, continua d'appeler son compagnon toutes les trente secondes. Cette activité précise et réglée lui fit un peu de bien.

Une autre heure passa. Sa voix éraillée n'était plus qu'un filet. Il se tut tout à coup, car elle l'effrayait. Le soleil avait amorcé insensiblement sa descente. Il pensa avec angoisse à la nuit qui arrivait, au froid, aux bruits indéchiffrables qui s'approchent, puis s'éloignent, mais surtout à la solitude, une solitude qui s'était mise à le ronger et l'épuisait peu à peu. C'était elle et non la faim – il n'en ressentait aucune – qui l'aurait à la longue.

Il fouilla ses poches, cherchant en vain des allumettes, puis sortit de nouveau le Muskol et, d'une main tremblante, dévissa avec peine le bouchon et en étendit sur son visage. Mais le liquide, se mêlant à la sueur qui ruisselait sur son front, coula dans ses yeux et Tranchemontagne poussa un cri de douleur. Les paupières fermées, il posa précipitamment le contenant près de lui, tenta de s'éponger avec une manche et fit un faux geste. Le flacon glissa en bas du rocher.

La brûlure se calma peu à peu ; sa vision, d'abord floue et embuée, se rétablit lentement. Il descendit du rocher et chercha longuement le Muskol ; la terre semblait l'avoir avalé. Il regarda encore une fois sa montre.

— Presque trois heures, murmura-t-il, atterré. Il s'est peut-être blessé... ou même tué, est-ce que je sais, moi ? Jamais on ne me retrouvera. Je suis foutu...

Assis sur une pierre, il croisa les bras sur ses genoux relevés et y appuya la tête, puis se rappela tout à coup avec horreur que c'est dans cette position qu'on avait retrouvé le touriste de Saint-Michel-des-Saints.

Alors une sorte de tourbillon s'empara de son esprit. Il se dressa debout et s'éloigna à grands pas, ne sachant plus trop ce qu'il faisait.

— Plessis ! Plessis ! articula-t-il encore à quelques reprises.

Mais bientôt il se tut. Marcher. Il fallait marcher. Cela le mènerait nécessairement quelque part. Et, surtout, cela calmait un peu l'angoisse qui le dévorait. Il se sentait comme un naufragé agrippé à une épave, perdu dans l'océan, pris de vertige parmi les vagues mouvantes. Où qu'il posât les yeux, le paysage ondulait à perte de vue et cherchait à l'engloutir. Alors son corps se convulsa, estomac et boyaux se tordirent, la nausée amena dans sa bouche des flots de salive âcre. Il poussa un gémissement et se mit à courir, puis s'arrêta brusquement, hors d'haleine, promenant autour de lui un regard traqué.

— Non ! non ! il ne faut pas ! gémit-il soudain en se laissant choir sur un tronc d'épinette, gris et sec comme un vieil ossement, et il se mit à pleurer, le corps parcouru de secousses, les yeux hermétiquement clos.

Réfugié dans la noirceur de ses paupières, il espérait, quand il les rouvrirait, se retrouver par magie dans sa chambre d'hôtel.

Plusieurs minutes passèrent. Il employait toute son énergie à repousser la vague de panique qui cherchait de nouveau à l'emporter. Mais il savait que, tôt ou tard, elle finirait par le vaincre ; il ne faisait que gagner un peu de temps. L'issue se préparait, implacablement : il mourrait quelque part, dans une anfractuosité de rocher ou près d'un arbre, épuisé, à demi fou, criblé de piqûres sanglantes et boursouflées.

Quand il rouvrit les yeux, un loup se tenait à deux mètres devant lui, immobile et silencieux. Il le fixa un moment, l'esprit comme gelé, puis réalisa qu'il s'agissait plutôt d'un énorme chien policier au pelage fauve et très fourni, aux pattes massives, qui l'examinait, la gueule légèrement entrouverte. Allait-il bondir sur lui ? L'avait-on lancé à sa recherche ? D'où venait-il ?

Soudain, l'animal se mit à battre amicalement de la queue et fit quelques pas vers lui.

— Salut, mon beau chien-chien, murmura Tranchemontagne d'une voix brisée en se levant avec précaution. Es-tu venu me chercher ? Où est ton maître ?

Il tendit lentement la main vers la bête et se mit à lui gratter le cou en prononçant des mots affectueux. Rêvait-il ? Jamais la présence d'un animal ne lui avait donné autant de joie ; elle annonçait celle de l'homme, elle annonçait son retour à la vie, car il s'était déjà enfoncé dans les ombres de la mort. De nouveau, ses yeux se remplirent de larmes.

— Viens, mon beau chien, conduis-moi à ton maître. Ah ! si tu m'amènes à lui, je vais te régaler de filets mignons !

Le chien se promenait parmi les roches et les buissons en reniflant le sol, sans plus paraître tenir compte de sa présence. Tranchemontagne l'observait attentivement, se préparant à le suivre dès qu'il ferait mine de s'éloigner ; son regard se posa tout à coup sur une étendue dénudée, piquée çà et là de chicots, vestige sans doute d'un feu de forêt, et il aperçut au loin, dressée contre le ciel au sommet d'une longue ondulation, une cabane au toit vert et aux murs grisâtres, toute frêle et misérable. Il poussa un cri de joie.

— Ah ! je comprends, maintenant ! s'écria-t-il en se tournant vers le chien. Ton maître se trouve là-bas. Je...

Il s'arrêta et se mit à chercher autour de lui, décontenancé. L'animal avait disparu.

— Hé ! le chien ! où es-tu passé ?

Il l'appela plusieurs fois, sans résultat.

— Si au moins je savais son nom, marmonna-t-il. Bah ! il est sans doute retourné à la cabane. Je n'ai qu'à faire comme lui.

Il se mit en marche, mais la pensée que l'homme et sa bête pouvaient quitter l'endroit d'un moment à l'autre lui fit soudain pousser un gémissement de désespoir et il se lança dans une course en zigzag, contournant arbres et rochers ou sautant par-dessus, trébuchant, se lacérant le visage et les mains aux branches sèches.

— Hé ! attendez-moi ! lança-t-il d'une voix rauque, repris par son angoisse.

Il s'arrêta bientôt, hors d'haleine, et vit qu'il n'était rendu qu'à mi-chemin. Alors, malgré une insupportable douleur au côté gauche, il reprit sa course et franchit encore une centaine de mètres, mais son pied s'accrocha soudain dans une racine, ses jambes fléchirent et il s'écroula sur le sol, heurtant de la tête une grosse pierre. Sa bouche se tordit de douleur, mais aucun son n'en sortit. Il se tordit un moment dans la mousse, la vision obscurcie, ne sachant plus où il était, puis revint peu à peu à lui, se souleva sur les coudes, s'assit et toucha sa tempe ; une bosse déjà énorme s'y développait, mais elle ne saignait pas. Il se remit lentement sur pied, tout étourdi, l'estomac barbouillé, et reprit sa montée, pas à pas cette fois.

Dix minutes plus tard il arrivait à la cabane pour constater que personne ne s'y trouvait et que personne sans doute n'y était allé depuis des années. Deux de ses murs et une partie de la toiture s'étaient effondrés, probablement sous le poids de la neige. Il pénétra à l'intérieur, anéanti. Les débris d'une chaise gisaient sur le plancher. Une armoire de planches brutes, ses deux battants ouverts, montrait son intérieur vide. Quelqu'un avait enlevé le poêle, dont il ne restait que quelques traces de cendres sous un tuyau de tôle béant.

Il sortit et se remit à appeler le chien, mais s'arrêta bientôt. Son regard se porta sur la longue pente qu'il avait gravie, puis au loin sur les collines environnantes, les unes boisées, les autres presque chauves, qui se succédaient et s'entremêlaient à perte de vue, sans la moindre trace d'une présence humaine.

C'est alors qu'il entendit au loin une voix, venant, lui parut-il, de l'endroit où était apparu le chien.

— ...tagne ...montagne, lançait la voix, à moitié mangée par le vent et la distance.

— Ici ! hurla-t-il dans une sorte de délire. Ici ! je suis ici !

Sans trop savoir comment il avait fait, il se retrouva à cheval sur le pignon branlant de la cabane, agitant frénétiquement les bras.

La voix se rapprochait lentement ; il aperçut tout à coup entre deux arbres une tache rouge et reconnut la chemise de Plessis.

Il sauta sur le sol et se mit à pleurer, sans aucune retenue, espérant se contenir quand son compagnon arriverait auprès de lui. Quelques minutes plus tard, ce dernier surgissait en haut de la pente. Malgré la joie qui l'étouffait, Tranchemontagne ne fut pas sans remarquer quelque chose de bizarre dans son expression, sans pouvoir le définir.

— Eh ben ! s'écria Plessis en secouant ses bottes mouillées sur le perron, t'es chanceux en diable que je t'aie retrouvé, toi. Je t'avais dit de m'attendre près du rocher !

— C'est ce que j'ai fait, mon ami, pendant trois heures ! Bâton rouge ! veux-tu bien me dire ce qui t'est arrivé ?

— Les piles de ma boussole ont lâché et je me suis perdu.

— J'aurais dû te suivre, alors, au lieu d'attendre sur ma roche comme un imbécile.

— Non. T'aurais dû y rester. Tu m'as fait une belle peur, sais-tu ? Voilà une heure que je te cherche. Un peu plus et j'allais demander de l'aide.

— Et ton chien ?

— Quel chien ? J'ai pas de chien. Dis donc, tu t'es fait toute une prune sur la tempe, toi ?

— Je suis tombé, répondit sèchement l'homme d'affaires.

Assis sur le perron, il garda le silence un moment. Au soulagement immense qui l'avait envahi avait succédé un malaise, d'abord vague, puis de plus en plus pénible. Quelque chose ne marchait pas. Quelque chose sonnait faux dans l'attitude de son compagnon. Il paraissait jouer un rôle. Le regard fuyant, il semblait réprimer constamment un sourire. « Est-ce que je me suis rendu à ce point ridicule ? se demanda l'homme d'affaires avec une aigreur hargneuse. J'aurais bien voulu le voir à ma place, le fin finaud ! »

— Allons-nous-en d'ici, fit-il en se levant. La taïga, j'en ai plein le cul.

L'autre éclata de rire :

— Eh bien ! moi aussi, figure-toi !

Il sortit une carte de la poche de sa veste, la déplia, l'étendit sur le perron et se mit à l'étudier.

— Bon. Ça va, fit-il au bout d'un moment.

Ils se mirent à redescendre la longue pente couverte de mousse de caribou sous laquelle se cachaient traîtreusement des fragments de troncs pourris, des roches et des trous. Tranchemontagne avait mal partout ; sa tempe l'élançait cruellement, mais aussi ses chevilles et ses poignets ; une pointe de feu brûlait férocement entre ses omoplates et il pouvait à peine tourner la tête. Ses jambes flageolaient tellement qu'il se demanda si elles le porteraient jusqu'à l'auto.

Le bleu du ciel s'était mis à foncer. Dans une heure, tout au plus, la noirceur commencerait à descendre.

— Tu sais où tu t'en vas, au moins ? grogna-t-il à l'intention de Plessis.

Celui-ci rit de nouveau :

— Non. Mais mon GPS, oui.

Tranchemontagne n'aimait pas ce rire. Il était gonflé de méchanceté. De méchanceté ? À qui en voulait cet homme ? Sûrement pas à lui-même. Ils étaient l'un pour l'autre de purs inconnus réunis momentanément par une mésaventure. Le sort ne les remettrait sans doute jamais plus l'un en face de l'autre et Tranchemontagne ne le souhaitait d'ailleurs pas. Pourquoi éprouvait-il cette sourde antipathie à l'égard de l'homme, voire de la peur ?

Il avançait de plus en plus péniblement et se rappela tout à coup qu'il n'avait pas pris une bouchée depuis le matin. C'était sûrement la cause de son épuisement.

Il s'arrêta et s'appuya contre une épinette :

— Dis donc... t'aurais rien que je pourrais me mettre sous la dent ? Je suis en train de tomber de faiblesse, moi.

Plessis s'arrêta et le considéra froidement :

— Non. J'ai oublié les provisions dans l'auto.

Et il reprit sa marche. Tranchemontagne avait maintenant toutes les peines du monde à le suivre. Le camionneur finit par le distancer d'une bonne dizaine de mètres. L'homme d'affaires le perdait parfois de vue et, repris aussitôt par sa peur, se mettait à trottiner, hors d'haleine, insensible aux branches qui lui fouettaient parfois le visage :

— Mais attends-moi ! attends-moi donc ! Qu'est-ce qui lui prend, à cet imbécile ? lançait-il d'une voix éteinte. Ne voit-il pas que je suis à bout de forces ?

Quarante minutes plus tard, à un amoncellement de roches blanches qu'il avait remarqué quelques heures plus tôt en quittant la route, il constata que leur excursion touchait à sa fin.

Debout devant lui, les mains dans les poches, Plessis le fixait avec un sourire moqueur :

— Alors ? T'as aimé ta journée ?

Tranchemontagne fit encore quelques pas, puis s'arrêta et se mit à le fixer à son tour en silence. Les idées confuses qui s'agitaient dans sa tête au sujet de l'individu se clarifiaient rapidement.

— Qu'est-ce que c'est que cette histoire ? répondit-il enfin. Tu ne t'étais pas perdu, hein ? Ce n'était que de la frime. Qu'est-ce que tu me veux, toi, le farceur ?

Plessis bondit sur lui, le saisit par le col de sa chemise et les coutures firent entendre un craquement prolongé qui avait quelque chose de grotesque :

— Écoute bien ce que je vais te dire, mon ami, et garde ça dans un petit coin de ta tête : cet après-midi, je me suis juste un peu amusé avec toi pour te donner une leçon... Mais la prochaine fois, je pourrais me fâcher. Ne reviens plus jamais tourner autour de ma femme, OK ? Et plus un coup de téléphone... Compris ? Si jamais tu t'avises de recommencer, je vais aller te retrouver à Montréal, mon gros sac de tripes, et tu vas te faire secouer la carcasse tellement fort que les oreilles vont te tomber.

Le tenant toujours par le collet, il projeta le malheureux sur l'amoncellement de rocs où ce dernier s'écrasa avec un gémissement.

Le camionneur s'éloigna à grands pas, puis, se retournant :

— Va surtout pas te mêler de raconter notre petite histoire à la police, hein ? Tu t'en repentirais longtemps. Il n'y a pas que toi dans cette affaire. Est-ce qu'il faut que je te fasse un dessin ? Non ? Alors. La ville n'est qu'à trois kilomètres. Tu les marcheras en pensant à ce que je viens de te dire.

Il éclata de rire et disparut derrière un taillis. Un morceau de branche frôla son épaule et se perdit parmi les arbres sans qu'il daigne s'en apercevoir.

— Je... je t'écraserai, salaud ! hurla Tranchemontagne, étranglé de rage. Je connais des avocats ! Tu... tu vas me le payer !

Un grondement de moteur couvrit sa voix et l'auto partit en trombe dans un jaillissement de cailloux.

16

Quand Tranchemontagne arriva à Fermont, son auto l'attendait dans le stationnement, les clefs posées sur le siège. Des regards étonnés l'accueillirent dans le hall de l'hôtel. Il monta à sa chambre, prit une douche et se mit au lit. Mais son corps meurtri refusait le sommeil. Il se tournait et se retournait en soupirant, la tête remplie des images de sa mésaventure. Depuis le temps qu'il roulait sa bosse, il avait rencontré sa part de crapules et d'anormaux. Mais tant de patience et de minutie dans la haine le déconcertait. « C'est un fou ! un fou dangereux ! Il faut l'attacher et l'enfermer ! Et au plus vite ! Ce qu'il doit en faire baver à cette pauvre Jacynthe ! Et à sa fille... *ma* fille... Oui, c'est vrai... il s'agit aussi de *ma* fille... Comme c'est bizarre. »

Le sommeil finit par venir, mais un sommeil lourd, tourmenté, une nuit opaque traversée d'éclairs et de coups de vent, tantôt brûlants, tantôt glaciaux. Tranchemontagne se réveillait en sursaut, angoissé, l'esprit confus, puis se rendormait en soupirant. Une idée revenait sans cesse, impérieuse : quitter cet endroit au plus vite, ne plus jamais y revenir.

Vers deux heures du matin, torturé par la faim, il se rhabilla, descendit au restaurant et commanda de la soupe, un steak haché, des frites.

— Mon Dieu ! monsieur, qu'est-ce que vous vous êtes fait à la tête ? s'écria la serveuse en voyant l'enflure de sa tempe gauche et les égratignures qui zébraient son visage.

— Je suis tombé pendant une excursion, répondit-il, stoïque et rougissant.

— Eh ben ! voilà ce qui s'appelle tomber, ma parole ! Si le

bon Dieu est vraiment bon, j'espère qu'il ne me fera jamais tomber comme ça ! Et comment est-ce arrivé, sans indiscrétion ?

— Pour être franc, avec ce coup sur la tête, je ne me souviens plus très bien.

Et pointant l'index vers le menu, il se mit à la questionner sur les desserts.

Il remonta à sa chambre un peu apaisé ; la digestion opérait son habituelle action calmante. En posant la tête sur l'oreiller, il sentit que le bon sommeil allait enfin venir.

Quand il ouvrit l'œil au matin, vers huit heures, une pensée le mit en joie : c'était sa dernière journée à Fermont. Mais il se rembrunit aussitôt : Jacynthe Bilodeau ne l'avait pas rappelé et ne le ferait jamais, sans doute terrorisée par son minable concubin. Il n'avait rien fait pour la mère non plus que pour la fille. Son voyage tournait en queue de poisson.

Il se leva et, debout devant le miroir de la salle de bains, examina sa trogne de bagarreur de taverne.

— Maudit don Quichotte de mes deux fesses ! Regarde ! regarde le résultat de ta belle mission : une bosse et des égratignures ! Ça veut changer le monde et ça se fait rouler par le premier venu comme un enfant de six ans !

Et, sur ces mots, il s'asséna sur la cuisse un formidable coup de poing. Assis sur le rebord de la baignoire, il reprenait son souffle lorsqu'on frappa à la porte.

Il s'avança en boitillant :

— Qui est là ?

Le silence régnait dans le corridor.

— Qui est là ? répéta-t-il d'une voix légèrement gutturale.

Il installa la chaîne de sécurité et tourna la poignée, mais, pris de honte devant sa couardise, enleva la chaîne et ouvrit la porte toute grande.

Noémie se tenait devant lui dans une pose étrange, un peu courbée, les épaules de guingois, comme si elle avait cherché à se faire la plus petite possible. En apercevant l'homme d'affaires, elle porta la main à sa bouche et poussa un cri étouffé.

— Ah ! c'est toi ? fit-il, soulagé. Je suis content de te voir. J'ai l'air esquinté, hein ? Ce n'est rien du tout. Un petit accident que j'ai eu hier pendant une excursion en forêt. Dans deux jours, il n'y paraîtra plus. Allez, viens, entre, ne reste pas comme ça dans le corridor. Eh bien ! entre donc !

Il referma la porte, ajusta les pans de sa robe de chambre et lui désigna un fauteuil.

Elle s'assit, toujours courbée, les mains sur les genoux, regardant le bout de ses pieds avec un sourire crispé. Il attendait debout devant elle, les mains dans les poches. « Mon Dieu ! elle ne paie vraiment pas de mine, se dit-il. J'espère qu'elle est plus dégourdie qu'elle n'en a l'air. » Pour la mettre plus à l'aise, il alla s'asseoir sur le bord du lit. Elle releva alors la tête et le fixa droit dans les yeux, mais sans rompre le silence.

— Est-ce que ta mère sait que tu es venue me voir ? demanda-t-il enfin.

— Je ne le lui ai pas dit, mais elle s'en doute. Je m'excuse de vous déranger. Je crois que je vous ai réveillé.

— Pas du tout ! J'allais me raser. Mais ma barbe pousse très lentement, ajouta-t-il pour essayer d'être drôle, je peux attendre encore un peu. Je suis content, très content de te voir. Je voulais te rencontrer hier, mais un imprévu m'en a empêché.

— Je sais, dit-elle, c'est Marcel. Il a raconté un peu l'histoire à maman hier durant le souper.

Tranchemontagne fronça les sourcils, mais s'efforça de conserver le sourire :

— Et qu'est-ce qu'il a raconté ?

— Que vous vous étiez perdu, mais qu'il avait fini par vous retrouver. Que vous étiez... très nerveux et très fatigué et qu'à la fin vous vous étiez engueulés.

L'homme d'affaires eut un ricanement :

— C'est une façon de rapporter les choses.

— Je sais qu'il vous a joué un mauvais tour. Il ne l'a pas dit, mais je l'ai deviné. Il est toujours comme ça. Je le déteste.

Sa voix jusqu'ici terne et grêle, plutôt déplaisante, prenait de l'assurance et sonnait mieux.

— Tu n'es sûrement pas venue rien que pour me parler de lui, dit-il, impatient de changer de sujet. Mais avant de continuer, je veux te demander une faveur : cesse de me vouvoyer, je t'en prie ; on ne se connaît pas beaucoup, mais je suis ton père, après tout. De nos jours, les enfants ne vouvoient plus leur père !

Elle rougit légèrement et inclina la tête, comme si elle réfléchissait à ce qu'il venait de lui dire, puis :

— Vous... Tu es vraiment mon père ?

— Eh oui ! N'est-ce pas ce que ta mère t'a dit ? demanda-t-il, surpris et avec le secret espoir d'un démenti.

— C'est ce qu'elle m'a dit... Ça me fait tout drôle.

— Et moi donc ! répondit-il en éclatant de rire.

Ils gardèrent un moment le silence, soudain gênés l'un et l'autre. Cette grande fille un peu trop maigre avec un nez en flûte et de beaux yeux bleu-vert était sa propre fille, engendrée à son insu, dix-neuf ans plus tôt. Il se mit à l'observer, saisi de nouveau d'un profond étonnement. C'était comme si on venait de lui annoncer qu'il avait inventé le phonographe ou fait la guerre des Boers.

— Et alors, reprit-il doucement, qu'est-ce que je peux faire pour toi, Noémie ?

Elle se raidit dans son fauteuil et le fixa de nouveau droit dans les yeux ; il aima cette façon qu'elle avait de le regarder.

— Je veux quitter Fermont, dit-elle.

Il comprit aussitôt ce que cette phrase voulait dire. « Puisque tu es mon père, occupe-toi de moi, implorait-elle. Occupe-toi de moi tout de suite. »

Une sorte d'étourdissement s'empara de son esprit, mélange de peur, de joie et de contrariété, rendu enivrant par le sentiment de sa propre importance : cette jeune inconnue s'adressait à lui comme à un sauveur. Jamais personne ne l'avait fait jusqu'ici.

— Ah bon, fit-il en essayant de cacher son trouble derrière un sourire bienveillant. Tu veux poursuivre tes études, sans doute ?

Elle hocha la tête.

— Mais il y a plus que ça... bien plus que ça...

Elle hésita un moment, puis :

— Il faut me promettre de ne jamais raconter à ma mère ce que je vais vous... te... dire.

— Bien sûr.

Ses joues s'empourprèrent et elle prit une grande inspiration :

— C'est à cause de Marcel.

« Je l'aurais parié », répondit-il intérieurement.

— Depuis deux mois, il n'arrête pas de me draguer. Je ne peux plus vivre à la maison. J'ai peur. Tu promets, répéta-t-elle, la bouche crispée par l'angoisse, de ne jamais rapporter ça à ma mère, hein ?

— J'ai bien des défauts, Noémie, mais quand je fais une promesse, habituellement, je la tiens.

165

Elle lui sourit. Alors quelque chose d'obscur se produisit en lui ; il se pencha en avant, saisit sa main et la garda un moment dans la sienne, caressant le creux de sa paume avec le pouce. La tête tournée légèrement de côté, elle s'abandonnait, confuse mais toujours souriante.

Alors il se leva et se mit à se promener de long en large, le front plissé par la réflexion.

— Quand veux-tu partir ?

Elle haussa les épaules.

— Oui, bien sûr, ce n'est pas une affaire facile... Mais, à mon avis, Noémie, si tu es décidée – et je pense que tu as pris une bonne décision –, il faut agir vite, sinon ce salaud pourrait se douter de quelque chose et essayer alors de...

Il se retourna vers elle, de plus en plus excité par son nouveau rôle et tenant sa revanche pour l'affront subi la veille :

— Il faut partir tout de suite, Noémie. Il faut partir avec moi, aujourd'hui même, en laissant toutes tes affaires à la maison. Ta mère trouvera bien le moyen de te les envoyer. Le problème, c'est que le vol d'aujourd'hui est probablement complet. Mais laisse-moi d'abord vérifier.

Il consulta un carnet et téléphona à l'aéroport. La ligne était occupée. Au bout de deux ou trois essais, une voix répondit et le mit aussitôt en attente. Quelques minutes passèrent. Il chantonnait, la bouche fermée, tapant légèrement du pied, le visage traversé par de petites grimaces d'impatience.

— Allons, fit-il en raccrochant avec brusquerie, le temps passe et on tourne en rond. Je... je viens de penser à une solution toute simple.

Il s'éloigna du téléphone et prit place dans un fauteuil :

— Est-ce que tu *veux* partir tout de suite ? Voilà la question. Moi, je m'arrangerai avec le reste.

Elle le regarda un instant, saisie, puis lui fit signe que oui.

Les yeux de Tranchemontagne pétillèrent et il toussota plusieurs fois, signe chez lui de joyeuse excitation. Il lui demanda alors de téléphoner à sa mère pour obtenir son consentement. Mais pour l'obtenir, lui expliqua-t-il, elle devait lui donner les raisons qui la poussaient à partir. Toutes les raisons.

— D'ailleurs, je serais bien surpris qu'elle ne se doute de rien... Dans ce genre d'affaires, les femmes ont du nez... Si elle ne t'a pas empêchée de venir me voir, comprends-tu, c'est qu'elle espérait sans doute qu'une solution... enfin, je ne sais trop comment te dire, mais elle souhaite peut-être ton départ, sans aller évidemment jusqu'à l'organiser... Ces histoires sont souvent très compliquées... Allons, téléphone-lui, et moi, pendant ce temps, je vais prendre ma douche.

Quand il sortit de la salle de bains, elle était toujours assise dans son fauteuil, feuilletant machinalement une revue, les yeux rouges et gonflés, mais assez calme.

— C'est réglé, se contenta-t-elle de répondre à son regard interrogateur.

— Bien, très bien, fit-il en se frottant les mains.

Une autre raison de se réjouir venait de lui apparaître. Ce retour à Montréal en compagnie de sa fille naturelle serait un défi lancé à ses enfants et une spectaculaire affirmation d'autorité.

Il retourna s'habiller dans la salle de bains, puis téléphona à Labrador City pour réserver une chambre dans un motel ; il appela ensuite Augustine Dubuc à Montréal et lui demanda de se présenter à l'aéroport de Dorval à neuf heures précises dans la soirée pour accueillir une jeune fille qui devait rester chez lui quelque temps. Il la lui décrivit, ajoutant (son regard se promena dans la chambre) que celle-ci aurait à la main un sac de voyage en vinyle rouge bordeaux. Lui-même arriverait le lendemain ou le surlendemain au plus tard. Suffoquée de surprise, la gouvernante se contenta d'émettre quelques monosyllabes et raccrocha.

— Maintenant, annonça-t-il en se dirigeant vers la penderie, pour éviter toute complication, il faut partir d'ici au plus vite. Tu as compris, bien sûr, que je te refilais ma place dans l'avion ? Oui, oui, bien sûr, tu es une fille intelligente, cela se voit dans tes yeux...

Il fit ses bagages, aidé par la jeune fille ; ils allaient quitter la chambre lorsque le téléphone sonna.

— Dieu merci, tu n'es pas encore parti, fit la voix mortellement angoissée de Jacynthe Bilodeau. Tout s'est passé si vite, je n'arrive pas à rassembler mes idées ! Je ne peux te parler longtemps, je suis au travail. Promets-moi de bien t'occuper de Noémie ; elle est si renfermée, si fragile...

— Écoute, j'ai l'habitude des jeunes, répondit-il en s'efforçant de prendre un ton léger, après tout, je suis père de trois autres enfants. Ne t'inquiète pas, je t'en prie. Je te donnerai souvent de ses nouvelles.

— Non, pour l'instant, vaut mieux pas. Je te téléphonerai moi-même. J'essaierai... j'essaierai dans quelques mois de me rendre à Montréal pour passer un peu de temps avec elle. Il faut absolument qu'elle reprenne ses études... et fréquente de bonnes personnes... Seigneur ! l'idée de la voir vivre à Montréal me terrifie... Les journaux nous racontent parfois des choses si horribles... Tu vas la surveiller, n'est-ce pas ?

— Je vais m'en occuper comme un père s'occupe de sa fille, répondit-il sur un ton légèrement pompeux.

— Merci, merci pour tout. Je dois te paraître méfiante, mais, sans vouloir te blesser, cette histoire que nous avons eue ensemble n'a rien fait pour me... et puis nous ne nous sommes pas vus depuis tant d'années... De toute façon, je n'avais pas le choix, il fallait qu'elle parte, ça, oui, j'en conviens. Alors, comme tu es son père, j'ai pensé que tu devais... même si tes enfants vont vouloir me couper la tête...

— Mes enfants ?

— Noémie ne t'a rien dit ? Hier, une demi-heure après ta visite, un de tes garçons m'a téléphoné.

— Lequel ?

— Ton fils aîné, je crois.

— Antonin ! Il a osé !

— C'est ça, Antonin. Il m'a quasiment menacée. Savais-tu qu'il te fait passer pour une sorte de détraqué ? Il m'a laissé entendre que si jamais j'abusais de ton état pour te soutirer de l'argent, il n'hésiterait pas à s'adresser aux tribunaux. Ce sont ses propres mots !

Tranchemontagne laissa échapper un grognement furieux.

— Je lui ai répondu, poursuivit-elle, qu'il s'inquiétait inutilement, que je m'étais toujours débrouillée toute seule et que je venais justement de refuser ton aide.

Elle s'arrêta un instant, puis, d'une voix étranglée par l'émotion :

— Mais pour Noémie, c'est différent. Elle a droit à ton aide autant que tes autres enfants.

— C'est ce que je pense.

— Il n'y a plus d'avenir pour elle ici. Elle doit quitter Fermont. Voilà pourquoi j'accepte de la voir partir. Tu dois deviner combien ça m'arrache le cœur...

— Oui, bien sûr, c'est terrible... Ah ! l'insolent ! que j'ai hâte

168

de l'avoir devant moi ! Ne t'inquiète de rien. Je veillerai à tout. Elle sera heureuse.

— Je me disais tout à l'heure que ta visite est pour elle un vrai coup de chance. Pourvu que tout aille bien à présent...

Elle continua ainsi un moment, puis, s'interrompant, le salua avec précipitation et raccrocha.

— Ah ! le grand fafouin ! marmonnait-il en allant et venant dans la chambre sous l'œil étonné de Noémie. Je vais lui astiquer le système nerveux, moi, la peau des fesses va lui en tomber ! Ah ! Ah ! Ne t'inquiète pas, ma belle, s'interrompit-il en se retournant avec un sourire vers Noémie, je suis un homme plutôt facile à vivre et qui se met rarement dans des états pareils... Mais là ! là ! ça dépasse tout ! Enfin... je te raconterai ça un de ces jours...

★

Solange Marcoux allait et venait derrière son comptoir, fraîche et souriante, répondant aux clients, échangeant des plaisanteries avec une femme de ménage qui passait l'aspirateur derrière elle. Une demi-heure plus tôt, elle avait vu Noémie filer dans le hall vers l'ascenseur et deviné immédiatement le but de sa visite. En voyant apparaître Tranchemontagne, sa valise à la main et accompagné de la jeune fille, elle sentit une onde électrique monter de ses talons jusqu'à sa tête et dut faire des efforts surhumains pour ne pas glisser une question à l'homme d'affaires quand il se présenta pour régler sa note. Elle lui souhaita un bon retour et exprima l'espoir qu'il revienne bientôt dans leur petite ville, puis coula un regard interrogateur vers Noémie, tandis que son père se dirigeait vers la sortie, mais la jeune fille s'éloigna en faisant mine de ne pas l'avoir remarquée.

— On n'est pas près de la revoir, celle-là, murmura la réceptionniste sur un ton plein d'envie en la suivant des yeux à travers la baie vitrée.

Et elle se mit à réfléchir pour trouver un moyen de suivre sa captivante aventure.

★

Sur le chemin de Labrador City, Tranchemontagne décida de s'arrêter à l'aéroport de Wabush afin de demander le transfert de son billet au nom de sa fille. Une bonne nouvelle l'attendait : une annulation venait de se produire ; ils pourraient partir ensemble. Cela parut soulager grandement Noémie.

— Est-ce que tu penses que ton beau-père se doute de ton départ ? lui demanda-t-il en s'attablant avec elle à la cafétéria de l'aéroport.

— Ce n'est pas mon beau-père, corrigea sèchement Noémie. Pour moi, il n'est rien du tout. Quand j'ai quitté la maison, il dormait encore ; depuis qu'il est en congé de maladie, il ne se lève jamais avant une heure. Pour l'instant, il ne se doute sûrement de rien.

— Et s'il apprenait que tu es partie, comment réagirait-il, d'après toi ?

— Je ne sais pas.

Son visage s'assombrit et, les lèvres serrées, elle se mit à regarder dans le vague.

Il laissa l'auto à l'aéroport et poursuivit en taxi son chemin vers Labrador City. C'était une ville terne, aux rues trop larges, beaucoup plus populeuse que Fermont, et dont le quartier des affaires s'était transporté tout entier dans un immense centre commercial construit à la périphérie. Comme leur avion ne s'envolait qu'à sept heures, il avait décidé, par prudence, qu'ils resteraient au motel jusqu'au moment du départ et fit servir à dîner dans leur chambre. Noémie mangea peu. Malgré l'inquiétude qui la tenaillait, elle s'efforçait de se montrer agréable et questionna longuement Tranchemontagne sur son travail. Mais elle avait visiblement passé une fort mauvaise nuit et n'arrivait plus à cacher sa fatigue ; elle demanda la permission de se coucher un moment.

— Bien sûr, répondit-il en souriant. Et je vais même en profiter pour t'imiter.

Tourné vers elle, il la regardait dormir. Son visage, détendu et apaisé, avait embelli. Qu'elle se fût abandonnée ainsi au sommeil devant lui le touchait. Elle agissait déjà avec la simplicité familière d'une fille en présence de son père.

C'était très bien. N'empêche qu'il se retrouvait avec une inconnue de dix-huit ans sur les bras. Qu'allait-il en faire ? Qu'elle fût sa fille ne l'aidait en rien, évidemment. Connaître quelqu'un à fond n'était pas chose facile. Il devrait pourtant y parvenir, et rapidement, s'il voulait, en bon père, faciliter son entrée dans le monde. Mais, auparavant, il devrait gagner sa confiance et trouver toutes sortes d'accommodements pour rendre leur vie commune agréable, le temps qu'elle durerait.

Comme le sommeil le fuyait, il se leva et alla machinalement jeter un coup d'œil à la fenêtre. Une camionnette passait lentement dans la rue. Il se rejeta vivement en arrière, ayant cru reconnaître au volant son guide de la veille.

17

Dans l'avion, il songea tout à coup qu'il avait oublié de prévenir sa gouvernante de ne pas se rendre à Dorval. Mais c'est Caroline Duparquet qui les accueillit à l'aéroport.

— Château ! que vous est-il arrivé ? s'écria-t-elle en voyant le visage de l'homme d'affaires. Vous êtes-vous fait piétiner par un troupeau de caribous ?

Il essaya de prendre un air dégagé :

— Oh ! un petit accident pendant une excursion. Rien de grave.

Elle sentit qu'il voulait que la conversation bifurque.

— Et alors ? poursuivit-elle avec un sourire malicieux. On change ses plans sans prévenir ? Je ne m'attendais pas à vous voir. Non, non, ne vous excusez pas, je n'avais pas grand-chose à faire ce soir. Cette pauvre madame Dubuc était terrifiée à l'idée de venir en auto jusqu'ici. Alors elle a proposé de garder mon bébé et c'est moi qui suis venue à sa place. Mais qui est cette belle fille ?

Il bafouilla des présentations, esquivant de son mieux toute explication précise : Noémie était la fille d'une de ses anciennes employées qui avait décidé de poursuivre ses études à Montréal. Il avait proposé de l'aider à s'installer en ville.

« Pourquoi refuse-t-il de dire qu'il est mon père ? se demanda celle-ci en détournant le regard, les mains crispées dans les poches de son manteau. Est-ce qu'il aurait honte de moi ? »

En voyant sa réaction, Tranchemontagne comprit sa gaffe.

— Allons, autant vous le dire tout de suite, Caroline, plutôt que de tourner autour du pot. Noémie est ma fille, que je n'avais pas eu la chance de connaître pour des raisons que je vous expliquerai un de ces jours. J'ai eu la grande joie de la rencontrer avant-hier et j'ai voulu faire durer le plaisir en l'invitant à venir vivre chez nous.

Caroline Duparquet se mit à rire :

— De toute façon, j'avais deviné : elle vous ressemble tellement, il faudrait être aveugle pour ne pas s'en apercevoir. Avez-vous d'autres bagages ? ajouta-t-elle aussitôt pour mettre un terme à leur malaise commun. Non ? Alors suivez-moi au parking.

Elle prit place derrière le volant et se pencha vers l'homme d'affaires :

— Grâce à vous, je me suis trouvé un bel appartement, rue Saint-Denis. J'emménage demain.

— C'est bien, c'est bien, répondit-il en cachant son dépit du mieux qu'il le pouvait.

Recroquevillée dans un coin sur la banquette arrière, Noémie les écoutait bavarder, jetant de temps à autre un regard déconcerté par la fenêtre sur les immeubles massifs qui surgissaient de l'ombre de chaque côté de l'autoroute Métropolitaine pour disparaître aussitôt, remplacés par d'autres, de plus en plus gros et élevés à mesure qu'ils approchaient du centre-ville. Montréal lui apparaissait comme un fouillis incompréhensible et menaçant où elle avait commis l'imprudence d'aller jeter sa vie. Mais le sort bien pire qui l'attendait à Fermont ne lui avait pas laissé le choix. Elle serra les bras contre son ventre et soupira.

— Et alors, tes bagages vont suivre, Noémie ? demanda Caroline en levant le regard pour l'observer dans le rétroviseur.

— Oui, répondit-elle. J'en avais trop pour les emporter aujourd'hui.

Et, consciente de l'ineptie de sa réponse, elle rougit et se rencogna un peu plus sur sa banquette.

— Il faut dire, intervint Tranchemontagne pour venir à sa rescousse, que les choses se sont décidées à la dernière minute. On n'a su qu'en fin de matinée qu'une place venait de se libérer dans l'avion. Il fallait faire vite.

Depuis un moment, il préparait dans sa tête son entretien avec Augustine Dubuc. Il avait décidé d'utiliser, comme pour Caroline, la manière directe. Il adopterait d'ailleurs la même attitude le lendemain avec ses enfants. Sa croisade de bienfaisance lui avait fait le plus grand tort à leurs yeux ; il se devait de raffermir rapidement sa position sous peine de subir les pires désagréments.

— Ma chère madame Dubuc, commença-t-il après que Noémie, tout ébahie par le luxe de la maison, fut montée à sa chambre avec Caroline, est-ce qu'on vous aurait appris, par hasard, la raison de mon petit voyage à Fermont ?

— Je ne sais rien, murmura la gouvernante en se penchant au-dessus de l'évier, qu'elle se mit à récurer avec une ardeur singulière.

Elle avait aussitôt associé dans son esprit l'arrivée de la jeune fille au visage éraflé et contusionné de son patron, les deux faisant partie de la même catastrophe.

— Allez, laissez votre torchon et venez vous asseoir avec moi. Que vous le sachiez ou pas ne me fait ni chaud ni froid : je m'apprête à vous l'apprendre officiellement, au cas où vous ne l'auriez pas deviné, ce dont je doute. Pourquoi Noémie se trouve-t-elle ici, d'après vous ?

— Je n'en ai pas la moindre idée, bougonna la femme en détournant le regard.

— Parce qu'elle est ma fille. Ma fille naturelle, conçue en dehors des liens sacrés du mariage, comme on disait dans les pièces de théâtre. Terrible, n'est-ce pas ? Non. Pas si épouvantable que ça. Nous commettons tous des erreurs. J'ai commis celle-là. Sa mère, qui demeure à Fermont, a de la difficulté depuis quelque temps à subvenir à ses besoins et comme, en plus, l'endroit ne possède pas de cégep et que Noémie désire continuer ses études, j'ai décidé de la prendre avec moi. Qu'en pensez-vous ?

— Je n'ai rien à en penser, monsieur Tranchemontagne, vous le savez bien.

— Allons, allons, ne me faites pas le coup de l'employée sans opinion. Vous avez des tas d'opinions. J'en connais d'ailleurs quelques-unes. Et alors ? Aussi bien me confier votre idée à ce sujet, puisque vous allez devoir vivre avec elle et vous en occuper quand même un peu.

— Je... je préfère ne rien dire, monsieur Tranchemontagne. Depuis quelque temps, il y a tellement de choses qui se sont passées ici qu'on n'en finirait plus de... Vous me payez pour travailler, non pour penser.

— Erreur ! madame Dubuc, erreur ! Si vous n'aviez pas une bonne tête sur les épaules, il y a longtemps que je vous aurais mise à la porte. Je ne peux pas supporter la présence des incapables.

À la fois inquiète et flattée, Augustine Dubuc hésita longuement, tapotant de ses deux mains le rebord de la table, puis :

— Je... bien sûr, tout le monde le voit bien, votre décision part d'un bon sentiment. Aussi, on ne peut, évidemment, vous reprocher quoi que ce soit, ni moi ni personne d'autre. Mais... mais vous êtes-vous demandé, s'enhardit la quinquagénaire, si cette jeune personne aimerait la grande ville ? Elle arrive ici, la pauvre, sans amis, sans occupation et sans parents – à part vous, bien sûr... Que fera-t-elle toute seule durant l'été ? Je vais m'en occuper de mon mieux, bien sûr, et vous aussi, mais nous avons tous les deux notre travail. Ne craignez-vous pas qu'elle finisse par mourir d'ennui dans cette grande maison ?

— J'ai pensé à tout cela, madame Dubuc, et je vais essayer de régler de mon mieux certains de ces petits problèmes. Mais je voulais d'abord m'assurer de votre collaboration. Comment la trouvez-vous, ma Noémie ?

— Je... je ne lui trouve rien, monsieur Tranchemontagne, elle vient à peine d'arriver... Ce doit être quelqu'un de très réservé, on n'a pas pu lui tirer trois mots de la bouche... Enfin... disons qu'elle me semble avoir un bon naturel, voilà tout ce que je peux vous affirmer pour l'instant.

— Je n'en demandais pas plus, fit Tranchemontagne en se levant avec un large sourire.

Et, à la stupéfaction de son employée, il lui serra vigoureusement la main.

Consultant alors sa montre, il se dirigea à grands pas vers son bureau, referma la porte derrière lui et s'empara du téléphone.

— Raoul ? C'est moi. Est-ce que je te réveille ? Tu allais te coucher ? Excuse-moi, mon vieux, je sais qu'il faut être le dernier des malappris pour téléphoner ainsi chez les gens après onze heures, mais j'ai un petit problème à régler, et j'ai pensé qu'un bon ami comme toi...

Il prit un ton grave :

— Oui, je l'ai rencontrée... Ma fille également... Ça s'est très bien passé... Enfin, je veux parler de là-bas... Parce qu'ici, c'est tout autre chose... Je te raconterai... Raoul, c'est au sujet de ma

fille que je voudrais te causer... Comment elle s'appelle ?
Noémie... Ouais, un drôle de nom, mais je m'habitue... De toute
façon, je ne m'attendais pas, dans les circonstances, à être
consulté, tu comprends... Eh bien ! figure-toi que je viens de la
ramener avec moi, rien de moins. Eh oui ! elle ne pouvait plus
vivre là-bas... Une histoire sordide, ça aussi, je te raconterai... Tu
comprendras que, pour elle, c'est un choc de se retrouver à
Montréal, loin de son milieu, sans amis... Alors, voilà, je cherche
un moyen de meubler un peu son temps, au début, du moins...
Et j'ai pensé à toi. N'aurais-tu pas, par hasard, un poste de
caissière à lui offrir, même à temps partiel... Elle travaillait
déjà comme caissière là-bas... Ah oui ? Dans trois jours ? Formidable ! Eh bien ! tu es chic, mon vieux, tu es vraiment chic... Ça
m'enlève un poids, je ne te le cacherai pas, car ici, chez Délicaf,
j'avais beau me creuser la tête, je n'avais aucun travail à lui
proposer... Je lui en parle au déjeuner et je te rappelle.

Il raccrocha, épuisé mais radieux, et se dirigea vers son lit,
impatient de se retrouver au bureau le lendemain pour mater la
fronde qui avait osé montrer le bout du museau en son absence.

18

Marie-Louise, toute pâle, se retira précipitamment de la fenêtre :

— Le voilà ! c'est lui !

— Allez, mettez-vous au travail, faites comme si de rien n'était, ordonna Antonin en se dirigeant vers son bureau, tandis que Julien filait vers le sien avec une hâte bouffonne.

Antonin prit place dans son fauteuil à bascule, saisit un coupe-papier, ouvrit une enveloppe et se plongea dans la lecture d'une lettre. Mais les mots s'évanouissaient de son esprit à mesure qu'il les lisait. Il poussa un soupir excédé. Sa peur l'humiliait. Il s'obstina dans sa lecture puis, remarquant le léger tremblement de la feuille qu'il tenait à la main, la jeta sur son bureau.

Il y eut un claquement de porte et des pas gravirent l'escalier avec une lenteur menaçante.

Serrant la mâchoire et les poings fermés, Antonin se leva et alla à la rencontre de son père.

— Salut, p'pa ! lança-t-il avec une jovialité si factice qu'il en sentit le ridicule T'as fait un bon voyage ?

Debout dans l'embrasure, Guillaume Tranchemontagne le regarda longuement, un peu essoufflé :

— Très mauvais.

On entendait au rez-de-chaussée François, le livreur, qui échangeait des plaisanteries avec un des techniciens ; dans le silence tendu qui régnait à l'étage, leurs éclats de rire avaient quelque chose de malséant.

Le menton en l'air, la paupière à moitié tombante, Guillaume Tranchemontagne se dirigea d'un pas impérial vers son bureau.

— Va chercher Julien et Marie-Louise, fit-il sans se retourner. Je veux tous vous voir immédiatement.

Antonin lui planta un regard haineux dans le dos :

« Vieux cave, marmonna-t-il entre ses dents, à te voir agir on dirait que tu contrôles la rotation de la Terre... Ah ! que j'ai hâte que tu fasses tes valises et libères la place une fois pour toutes ! »

Quelques instants plus tard, les trois enfants pénétraient dans le bureau de leur père ; Marie-Louise, le regard vide, les joues comme creusées par l'appréhension, murmura un vague bonjour et s'essuya les mains sur sa robe ; Julien, lui, gardait l'œil baissé, car il ne pouvait s'assurer de la gravité de son regard : la scène lui rappelait une séance de réprimandes que son père leur avait administrées vingt ans plus tôt après qu'ils eurent scié un arbre du jardin et le sentiment du ridicule de la présente situation avait passablement émoussé son inquiétude.

Guillaume Tranchemontagne les enveloppa d'un regard glacial et tendit la main :

— Asseyez-vous. J'ai à vous parler.

Depuis son lever à sept heures, il avait répété mentalement plusieurs fois le discours qu'il leur tiendrait, sans savoir, d'ailleurs, où ce dernier le mènerait. Mais de les voir tous les trois immobiles devant lui avec leurs visages fermés, Antonin essayant de cacher son arrogance, Julien sa cruelle insouciance et Marie-Louise un effroi qui l'avait rendue comme stupide, de les voir tous ainsi devenus soudain des étrangers hypocrites, remplis de calculs secrets et d'espoirs inavouables, lui fit réaliser tout à coup l'étendue des dégâts qui s'étaient produits en son absence et, pendant un moment, il en eut le souffle coupé.

Marie-Louise bougea lourdement dans son fauteuil en soupirant.

— Antonin vous a sans doute rapporté la conversation que j'ai eue avec lui il y a trois jours, commença-t-il d'une voix hésitante. Je savais que vous désapprouviez certaines décisions que j'ai prises dernièrement, mais je n'avais jamais imaginé que vous iriez jusque-là. Vous conviendrez avec moi qu'après une pareille affaire nos rapports risquent de ne plus jamais être les mêmes.

— Allons, papa, protesta Julien d'une voix vibrante et chaleureuse, qu'est-ce que tu vas chercher là ?

— Tais-toi ! Des trois, c'est toi le plus hypocrite... et le plus écervelé. Alors, tu as intérêt plus que les autres à m'écouter. Et toi, ne prends pas ces airs-là, fit-il en se tournant vers Antonin. Tu as peut-être plus de jugement que ton frère, mais tu ne t'en sers que pour manigancer. Eh oui ! t'imagines-tu que je n'ai pas deviné que c'est toi qui as monté ce petit complot ? Bien sûr, Julien s'est tapé tout le sale travail, mais entraîné par toi, comme d'habitude. Parce que l'ambition te dévore, ça crève les yeux. Si tu pouvais pousser sur les années pour que je m'en aille plus vite en te cédant ma place, il y a longtemps que je dormirais au cimetière.

Antonin, livide, l'interrompit d'un geste :

— Allons, papa, la colère t'aveugle ! Non, je t'en prie, laisse-moi m'expliquer. Depuis quelque temps, je ne te le cacherai pas, nous sommes tous très inquiets à ton sujet. Ma foi ! c'est comme si tu avais perdu la tête ! Tout cet argent que tu dépenses à tort et à travers, et puis cette femme que tu ramasses dans la rue et que tu héberges avec son bébé – oui, je te l'accorde, elle est dégourdie et va probablement faire du bon boulot pour nous, mais quand même, tu viens de lui verser une avance de sept cents dollars, comme ça, pour rien, est-ce que c'est normal ? Et ce voyage que tu viens de faire à Fermont pour rencontrer, Dieu sait pourquoi, une employée qui nous a quittés il y a vingt ans – et il y a peut-être bien d'autres choses encore que tu nous caches... Y as-tu pensé, papa ? Tu es en train de te ruiner, voilà le mot ! Encore quelques mois à ce train-là et que te restera-t-il en poche, dis-moi ? C'est épouvantable ! Alors, Julien, Marie-Louise et moi, nous avons voulu essayer de t'aider... discrètement, voilà tout.

— M'aider discrètement... Ah ! comme c'est bien tourné ! Discrètement ! quel joli mot ! Hypocritement est moins joli, mais serait plus exact, ne trouves-tu pas ?

— Si vous continuez ainsi, s'écria Marie-Louise au bord des larmes, moi, je m'en vais !

— Toi, reste assise, commanda Tranchemontagne, car tu as intérêt à écouter ce qui va se dire ici. Malgré tes soupirs et tes airs bonasses, tu n'es pas meilleure que tes deux frères, espèce de fouineuse ! Cesse de pleurer ! vociféra-t-il en se dressant debout, le visage congestionné, les lèvres blanches et comme épaissies. Allons, excuse-moi, reprit-il d'une voix radoucie, je vais essayer de vous parler plus calmement. De toute façon, je n'en ai que pour quelques minutes.

Julien toussota avec circonspection, puis, avec un sourire navré :

— C'est que... je suis sur le point de rater un rendez-vous avec un client, moi.

— Qu'il attende, ton client ! rétorqua l'autre en se rasseyant. J'ai bien attendu trois jours, moi, avant de vous parler. Alors, dois-je vous apprendre ce que je suis allé faire à Fermont ? Il semble que vous en sachiez déjà pas mal. Assez, en tout cas, ajouta-t-il en se tournant de nouveau vers Antonin, pour vous être permis de faire des appels d'intimidation. Minute, minute, je n'ai pas fini. Je vais vous dire noir sur blanc de quoi il s'agit de façon à mettre fin une fois pour toutes à vos papotages.

Il posa les deux mains à plat sur son bureau, pencha la tête en avant et prit une profonde inspiration. Son visage luisant de sueur trahissait l'épuisement.

— Il y a dix-neuf ans, reprit-il d'une voix lasse et monocorde, j'ai eu une liaison avec une de mes jeunes employées ; elle est tombée enceinte.

Simultanément, les deux frères et la sœur se jetèrent un regard en coin.

— Eh oui. Je ne suis pas le premier à qui une pareille chose arrive... Je lui ai aussitôt offert de se faire avorter ; elle a refusé et a fiché le camp au diable vauvert sans plus jamais me donner de ses nouvelles. J'insiste sur le fait qu'elle était très jeune, et donc naïve et inexpérimentée. En refusant mon aide, elle avait pris une très mauvaise décision, mais c'est moi qui, en grande partie, méritais le blâme pour le pétrin où je l'avais plongée. Après son départ, je n'ai pas cherché à la retrouver, je n'ai rien fait pour l'aider. Pfuit ! c'est comme si elle n'avait jamais existé... Très commode, n'est-ce pas ? Il y a quelques mois, j'ai repensé à cette histoire – et j'ai jugé ma conduite inqualifiable. Alors, je me suis mis à sa recherche. Quand j'ai appris qu'elle demeurait à Fermont, j'y suis allé pour tenter, autant qu'il était possible, de réparer mon gâchis.

Il s'arrêta, passa sa main sur son front, fit une curieuse grimace, puis :

— Elle m'a de nouveau envoyé promener. Enfin, c'est tout comme. Sa situation n'est pourtant pas si avantageuse, bien au contraire, mais enfin, la femme à qui je parlais il y a trois jours est maintenant une adulte capable de prendre, je suppose, des décisions éclairées. Elle m'a envoyé promener, mais, à la dernière minute, pour des raisons que je vous donnerai peut-être un jour, elle m'a demandé de m'occuper de sa fille – qui, bien sûr, est aussi *ma* fille.

Il fit une nouvelle pause, savourant à l'avance l'effet de ses paroles :

— Je l'ai ramenée avec moi. Elle demeure à la maison.

Dans le lourd silence qui suivit, trois regards incrédules se posèrent sur lui. Peu à peu, l'incrédulité fit place à la stupeur et enfin à la consternation.

— Mon Dieu, se contenta de murmurer Antonin.

— Quel âge a-t-elle ? demanda Julien d'une voix doucement persifleuse.

— Il suffit de savoir faire une soustraction, mon garçon. Si j'ai mis sa mère enceinte il y a dix-neuf ans, eh bien, elle a environ un an de moins.

— Mais enfin, papa, balbutia Marie-Louise, qu'est-ce qui prouve que c'est ta fille ? Elle t'a peut-être raconté une histoire.

— Il s'agit de *ma* fille ! martela l'homme d'affaires. Et, comme je ne suis pas un être complètement dégueulasse, je vais m'en occuper, que cela vous plaise ou non. D'ailleurs, cela ne vous regarde pas.

Le silence s'établit de nouveau.

— Est-ce... qu'on peut connaître tes intentions à son sujet ? demanda Antonin sur un ton d'irritation contenue.

— Elle va s'inscrire à un cégep de Montréal et faire toutes les études dont elle a envie. Entre-temps, pour l'occuper un peu, je lui ai trouvé un petit emploi d'été dans un des dépanneurs de mon ami Marleau. D'autres questions ?

Antonin bougea les jambes, comme sur le point de se lever :

— Non. Merci de nous tenir au courant. Ta générosité m'épate.

Et, tournant un peu la tête de côté, il lança un regard par en dessous à son frère et à sa sœur pour leur faire signe de le suivre.

— Un instant, lança Tranchemontagne. Je devine ce qui vous turlupine. C'est l'héritage, hein ? Le gâteau, au lieu d'être divisé en trois, le sera en quatre ? Vous craignez de...

— Ce qui nous turlupine, papa, l'interrompit Julien, c'est qu'on ne sait pas où tu vas.

— Tu donnes vingt mille dollars à un ancien associé à qui tu ne devais rien, renchérit Antonin, puis tu ramasses une femme dans la rue et la voilà qui vit à tes dépens, et maintenant, nous voici avec une demi-sœur sans même être sûrs de... Et demain, qu'est-ce qui nous attend ?

— Ça suffit ! lança l'homme d'affaires. Je ne tolérerai plus qu'on me parle sur ce ton ! Ailleurs, vous êtes mes enfants, mais ici, vous n'êtes que mes employés. Je ferai bien de mon argent ce que je veux. Cette société, c'est moi qui l'ai fondée, c'est moi qui l'ai bâtie. Prends les airs que tu veux, éclata-t-il en voyant son aîné lever un regard excédé au plafond, ça ne changera rien ! Je vous conseille de ne pas me pousser à bout ! Vous savez autant que moi que Touvent n'attend qu'un signe de ma part pour me faire une offre ! Si l'atmosphère continue d'être aussi irrespirable, je vends Délicaf et vous irez vous chercher un emploi ailleurs !

Avec une joie mauvaise, il vit que son coup avait porté. Alors, saisi par un besoin furieux de détruire à tout jamais les germes de cette rébellion dont l'ampleur l'effrayait, il multiplia et précisa les menaces, se vidant de la rancœur accumulée durant des années de petites et grandes frustrations. Il s'apprêtait à terminer sur un grandiose point d'orgue lorsqu'un bruit éclata au rez-de-chaussée.

— Je veux le voir ! je veux le voir ! hurlait une femme en donnant des coups de poing sur une surface dure.

— Qu'est-ce que c'est ? s'interrompit Tranchemontagne en s'adressant à son fils aîné.

Ce dernier lança un coup d'œil à Marie-Louise :

— C'est elle ?

Marie-Louise, navrée, hocha la tête.

— Un instant, je reviens tout de suite, fit Antonin en se levant avec un étrange sourire.

— De quoi s'agit-il ? demanda l'homme d'affaires à sa fille après son départ.

— C'est une femme... une... une espèce de folle... Je ne la connais pas... Elle est venue trois ou quatre fois pour te rencontrer... Elle raconte des choses...

Mais déjà la voix, tout essoufflée, se rapprochait. L'inconnue, gravissant l'escalier à la suite d'Antonin, l'accablait de remerciements.

— Enfin ! enfin ! grâce à vous, je vais pouvoir... Il y a quand même des limites à faire attendre les gens ! D'accord, il était parti en voyage, mais ce n'est pas une raison pour...

182

La porte s'ouvrit brusquement et Antonin apparut avec une grosse femme serrée dans une robe d'un rose criard ; Guillaume Tranchemontagne la reconnut instantanément comme étant la conjointe de son ancien associé Réal Auger.

— Monsieur Tranchemontagne ! s'écria-t-elle en l'apercevant. Enfin ! Il était temps que je vous parle !

— Que se passe-t-il ? demanda ce dernier, suprêmement ennuyé.

Elle le fixa un instant, promena son regard sur les trois enfants, tous debout et l'observant en silence, puis revint à l'homme d'affaires et son visage prit une expression hagarde :

— Monsieur Tranchemontagne, vous avez tué mon mari !

Et, avec la même facilité qu'elle aurait eue à lever un bras ou à tourner la tête, elle fondit en larmes. Tranchemontagne la contemplait, éberlué.

— Vous l'avez tué, reprit-elle, secouée par des hoquets, aussi sûrement que si vous lui aviez planté un couteau dans le dos !

— Qu'est-ce que c'est que ça ? Expliquez-vous, articula-t-il enfin d'une voix sourde.

La femme s'était ressaisie et posa sur lui un regard si farouche et incandescent qu'on avait l'impression qu'elle cherchait à lui faire éclater la tête sous l'effet de sa haine :

— Monsieur Tranchemontagne, vous saviez pourtant que Réal avait un problème de boisson depuis des années ! Pourquoi lui avez-vous donné tout cet argent d'un coup, sans me prévenir, sans me laisser arranger les choses pour que je puisse le contrôler au moins un peu ?

Elle pointa sur lui un doigt accusateur :

— À cause de *vous*, et *rien* qu'à cause de vous, il a bu en deux semaines tout ce qui lui restait de santé et le voilà maintenant dans le coma à l'hôpital et son médecin m'a annoncé hier qu'il n'en reviendrait jamais, que c'était tout comme s'il était mort et enterré, et qu'est-ce que je deviens, moi, à présent, hein ? Je suis veuve, monsieur Tranchemontagne, veuve par votre faute, veuve et sans soutien, incapable de payer mon loyer et obligée d'aller quêter aux bureaux de Moisson Montréal pour ne pas crever de faim comme une vieille chienne au coin de la rue. Vous avez complètement ruiné ma vie ! Tandis que...

— Minute ! minute ! minute ! calmez-vous un peu, madame, et reprenez vos esprits ! Est-ce que Réal Auger n'était pas un adulte responsable ? Est-ce que c'est moi qu'on doit blâmer parce qu'il n'a jamais voulu régler son problème d'alcool ? Pourquoi ne l'avez-vous pas convaincu de vous laisser administrer cet argent à sa place, puisque vous saviez qu'il en était lui-même incapable ? Pourquoi l'avez-vous laissé boire jusqu'à la mort, madame ?

Elle resta interdite une seconde, suffoquée, mais on voyait à son expression qu'un travail intense s'opérait dans sa tête, l'indignation cherchant avec fébrilité d'autres aliments pour éclater de nouveau.

— Vous avez agi par calcul, monsieur, reprit-elle d'une voix furibonde et larmoyante. Si vous lui avez remis tout cet argent, c'était pour causer sa mort, car vous connaissiez son état ! C'était une façon pour vous d'éviter des poursuites *tribunales* en vous débarrassant de lui à tout jamais, car vous saviez fort bien que des poursuites *tribunales* vous pendaient au bout du nez ! N'allez pas vous imaginer que je n'ai pas vu clair dans votre jeu, monsieur Tranchemontagne ! J'ai beau n'avoir pas été à l'école longtemps, mes parents m'ont donné assez d'éducation et le bon Dieu assez de jugement pour que je débrouille vos petites combines puantes ! Et je demande réparation, monsieur Tranchemontagne, je demande réparation pour l'homme de ma vie que je viens de perdre par votre faute, et qui n'est plus aujourd'hui qu'un morceau de viande branché sur des tubes ! Et s'il faut pour obtenir justice que je me rende jusqu'au Premier ministre, je le ferai, monsieur, toute vieille et pauvre que je suis, et on entendra ma voix sur la place publique, monsieur, et votre réputation ne vaudra plus cher quand j'aurai fini de crier, monsieur, ça, je vous en fiche mon billet, oui, monsieur ! Aussi vrai que ma grand-mère est morte en odeur de sainteté, vous allez payer pour vos cochonneries !

Tranchemontagne, ahuri, penchait la tête en avant, accablé par ce déferlement sonore, et la bonne femme, de plus en plus inspirée, aurait pu sans doute continuer ainsi durant des heures lorsqu'un cri sauvage s'éleva dans la pièce.

— Je n'en peux plus ! je n'en peux plus ! sortez d'ici ! hurla Marie-Louise en se précipitant sur elle, les bras levés.

Saisissant la visiteuse par les épaules, elle la poussa violemment contre le mur. On entendit un bruit sourd, puis un gémissement, une paire de lunettes vola dans les airs et la femme recula en titu-

184

bant, tout étourdie. Marie-Louise en profita pour ouvrir la porte et, s'arc-boutant contre sa victime, continua de la pousser vers l'escalier. La réceptionniste, statufiée, vit deux corps en convulsions dégringoler les marches dans un tapage de cris et de craquements qui se poursuivit dans le hall jusqu'à l'entrée principale. La porte fut aussitôt ouverte, puis refermée et verrouillée. Pendant un moment résonnèrent, venant de l'extérieur, des cris sauvages et un martèlement de coups de poing, puis le silence régna, interrompu de temps à autre par les reniflements de Marie-Louise appuyée contre un mur, suante, échevelée, son corsage en lambeaux laissant voir un soutien-gorge aux agrafes arrachées d'où s'échappait un volumineux sein couleur chair de banane.

Un silence profond régnait aussi dans le bureau de Guillaume Tranchemontagne. Julien, ne sachant trop quelle contenance prendre, s'était rassis et s'amusait à faire craquer ses jointures, un sourire dégoûté aux lèvres. L'homme d'affaires, accoudé sur son bureau, les mains sous le menton, avait l'air perdu dans de mornes réflexions ; ses yeux traqués semblaient s'être cachés au fond de leurs orbites. Antonin, toujours debout, cachait avec peine son triomphe ; il considéra son père un moment, puis s'avançant vers lui :

— Quand je te disais, papa, que ta conduite nous inquiète, j'avais mes raisons.

Et il quitta la pièce, suivi de son frère.

19

Noémie travaillait depuis deux semaines au Provisoir de Raoul Marleau à Longueuil. Elle aimait assez son emploi de caissière : Marleau se montrait gentil avec elle, ses compagnons de travail, qui avaient tous à peu près son âge, l'avaient rapidement adoptée, on appréciait sa prestesse et sa débrouillardise et, malgré ses appréhensions, la plupart des clients se comportaient avec elle en gens bien élevés.

La première semaine avait pourtant été éprouvante. Montréal l'effrayait et, particulièrement, le métro, qu'elle devait utiliser chaque jour pour se rendre à son travail. On lui avait raconté tant d'horreurs à son sujet : des maniaques se glissaient perfidement derrière vous sur les quais pour vous pousser dans le vide à l'arrivée d'une rame, des bandes de voyous s'attaquaient à coups de poignard dans les stations ou tournaient alors leur furie contre les innocents voyageurs. La ville ne valait guère mieux : des malfaiteurs prenaient d'assaut les passantes dans la rue, tranchant avec un rasoir les courroies de leur sac à main ; au restaurant, un monsieur vous offrait gentiment un café qui vous rendait aussitôt somnambule et vous vous retrouviez une demi-heure plus tard dans un réseau de traite des Blanches.

Les premiers matins, elle arrivait tremblante au dépanneur et à son retour chez elle le soir, Augustine Dubuc lui trouvait l'air « d'une naufragée ».

Un matin, pourtant, une sorte de miracle se produisit. Elle déambulait dans la station Berri-UQAM, cet endroit si terne et gris dont la simple vue lui donnait le cafard, lorsque des sons attirèrent son attention. Quelqu'un, assez loin d'elle, jouait d'un instrument de musique. Les notes, puissantes et dorées, flottaient dans l'air, répandant une douceur et une paix qui faisaient ralentir les voyageurs ; certains d'entre eux s'arrêtaient même un instant pour écouter, soudain tout songeurs ; Noémie descendit un long escalier, enfila un corridor et constata avec plaisir qu'elle se rapprochait du musicien, Et soudain, elle l'aperçut, debout contre un mur. C'était un homme dans la trentaine, avec des cheveux roux ébouriffés, qui jouait d'un trombone à coulisse. Les joues gonflées, l'œil à demi fermé sous l'effet de la concentration, sa main droite animée d'une souplesse de reptile imprimant à la coulisse de cuivre des mouvements imperceptibles, il jouait l'*Ave Maria* de Schubert avec une retenue et un contrôle étonnants ; la mélodie s'élevait dans l'air, solide, claire et onctueuse, et Noémie eut l'impression de se trouver seule dans une forêt aux arbres gigantesques, perdue dans la rumeur du vent et le gazouillis des oiseaux.

Le soir même, elle écrivit à son petit ami à Fermont. « Montréal est moins mal que je ne l'aurais cru. Au début, je trouvais la ville très laide et très sale, pleine de bruits et de fumées ; les édifices m'écrasaient. Mais c'est aussi un endroit où il peut nous arriver des surprises merveilleuses, inimaginables. Je suis sûre que tu finirais par l'aimer. »

Sa mère lui téléphonait une ou deux fois par semaine ; Noémie s'inquiétait pour elle, mais l'autre la rassurait ; une fois le choc de son départ encaissé, Brisson (son compagnon) avait fini par se comporter d'une façon tout à fait raisonnable et avait même accepté qu'elle lui fasse parvenir une partie de ses effets personnels ; Jacynthe Bilodeau lui posait toutes sortes de questions sur sa vie à Montréal, l'accablant de conseils et de mises en garde. « Te plais-tu avec ton père ? lui avait-elle demandé à plusieurs reprises. Après tout, c'est pour toi un pur étranger. Comment savoir si vous êtes faits pour vivre ensemble ? Promets-moi de m'avertir si quelque chose ne tourne pas rond. »

Noémie se plaisait assez avec Guillaume Tranchemontagne. Deux jours après son arrivée, il l'avait emmenée dans les grands magasins pour l'habiller. La nonchalance avec laquelle il dépensait son argent l'avait stupéfiée. C'est alors qu'elle avait vraiment compris l'importance de sa fortune, mais, curieusement, cela l'avait laissée plutôt indifférente.

À cause de son travail, elle voyait son père principalement dans la soirée. Il ne revenait jamais du bureau avant sept heures, fatigué et parfois un peu impatient, mais sa bonne humeur et son entrain reprenaient le dessus durant le souper, qu'il arrosait généreusement de vin rouge, disant que c'était bon pour le cœur autant que pour le moral et que ça le ferait vivre assez vieux pour voir ses petits-fils devenir des hommes ; il s'amusait alors à la taquiner sur ses lettres d'amour et taquinait parfois aussi Augustine Dubuc, usant avec elle de certaines précautions, toutefois, car celle-ci avait le caractère quelque peu ombrageux et la repartie parfois piquante.

Certains soirs, malgré sa fatigue, il l'invitait au restaurant et ils allaient ensuite au cinéma ; Noémie cessait alors pour un moment de regretter Fermont, se disant que son déménagement à Montréal avait été la plus sage décision de sa vie.

Mais, la plupart du temps, après avoir causé un peu avec elle dans la salle à manger, son père s'enfermait dans son bureau ou se lançait dans d'interminables conversations téléphoniques. Aussi, les soirées passées au 233 de l'avenue Ainslie s'allongeaient-elles parfois d'une façon désespérante, malgré les lettres à André, la télévision et les romans (elle aimait lire depuis sa tendre enfance). Madame Dubuc, avec toute sa gentillesse bourrue (et intermittente), n'était d'aucun secours non plus, car les soirs où elle ne retournait pas à son logement, elle s'enfermait dans sa chambre devant la télé ou allait rejoindre des amies pour une partie de cartes ou de bingo.

Aussi les visites de Caroline – qui semblait s'être prise d'amitié pour elle – lui faisaient-elles l'effet d'une fête. Un soir, celle-ci l'avait amenée à son appartement de la rue Saint-Denis ; Noémie avait donné son bain au petit Fabien et l'avait endormi dans ses bras, puis elles avaient bu de la bière en parlant des hommes ; jamais elle n'avait tant ri. Mais, vers dix heures, Julien était apparu, sans sonner ni frapper, et il avait embrassé Caroline sur la bouche avec une telle passion que Noémie, morte de gêne et blessée dans sa fierté, avait prétexté une soudaine fatigue et s'en était allée aussitôt, refusant qu'on la raccompagne chez elle malgré sa peur des rues obscures.

Guillaume Tranchemontagne l'attendait au salon, un journal à la main, un peu inquiet de sa longue absence, et lui avait fait raconter sa soirée ; en apprenant l'arrivée soudaine de son fils, il lui avait jeté un étrange regard, qui l'avait troublée.

— Julien aime beaucoup les femmes, s'était-il contenté de remarquer. Ça le perdra un jour !

Et il avait eu un rire forcé.

★

Une trêve tacite s'était établie entre l'homme d'affaires et ses enfants. Le lendemain de son arrivée de Fermont, il avait repris les commandes chez Délicaf et Antonin, retenant ses soupirs, avait dû abandonner certaines de ses responsabilités administratives pour consacrer quelques heures par jour à son travail de représentant. Personne ne faisait jamais allusion à la fameuse scène du bureau, qui avait connu une fin si grotesque, mais des signes subtils montraient qu'elle habitait toujours les esprits : une certaine froideur entre le père et ses enfants, une politesse parfois exagérée dans leurs rapports, la prudence qu'on mettait à discuter des choses les plus ordinaires ; l'atmosphère de la boîte en était affectée. On ne faisait plus guère de plaisanteries, on riait encore moins. Le travail allait son petit train-train, Délicaf s'ankylosait ; avec la féroce concurrence qui régnait dans le monde du café, les affaires ne tarderaient pas à s'en ressentir.

— D'après moi, le patron va vendre, avait confié le livreur François à son collègue en chargeant sa camionnette un bon matin. Quand on s'engueule comme ça, les gros mots nous restent collés entre les deux oreilles. Si le patron vend, on risque d'être fichus dehors. Moi, j'ai commencé à regarder ailleurs.

Seule Caroline Duparquet semblait imperméable à la mélancolie ambiante. Elle allait et venait, pleine d'entrain, débordante d'énergie, apprenant son nouveau métier avec une avidité de néophyte, ravie de conduire sa première auto, une Honda jaune citron, fraîche et rutilante comme si elle sortait de la chaîne de montage, qu'après beaucoup d'hésitations et d'innombrables visites elle avait achetée à crédit dans un garage d'occasion. Le succès que son charme et sa vivacité semblaient obtenir auprès des clients redoublait son ardeur ; elle en avait déjà gagné trois nouveaux à Délicaf. Antonin, qui avait toujours désapprouvé son engagement, était forcé de reconnaître que, pour une débutante, elle se débrouillait assez bien. Lui-même devait sa réussite un peu terne à son sérieux, à sa ténacité et à la confiance qu'inspiraient ses façons de gérant de caisse populaire et il n'était pas sans ressentir une petite morsure d'envie devant la réussite précoce de sa nouvelle collègue.

— Les femmes ont des moyens que nous autres, les hommes, on ne possède pas, ricanait-il parfois.

C'est surtout Julien qui avait initié la jeune femme aux mystères de la représentation et elle vantait à tout le monde ses dons de professeur, laissant parfois entendre, avec un certain sourire, qu'il en possédait bien d'autres. Ils affichaient ouvertement leur liaison, mais l'un et l'autre faisaient preuve de beaucoup de retenue en présence de Guillaume Tranchemontagne, comme s'ils sentaient vaguement un danger.

Les rapports de la jeune femme avec son bienfaiteur s'étaient quelque peu compliqués ; elle lui manifestait toujours une affection marquée de respect et ne manquait jamais une occasion de lui exprimer sa gratitude. Mais une sorte de malaise flottait parfois dans l'air quand ils se rencontraient, même si chacun d'eux feignait d'agir comme si de rien n'était. Étaient-ce les suites de la grave dispute qui avait éclaté entre l'homme d'affaires et ses enfants et qui plaçait désormais la jeune femme dans la situation délicate de fréquenter les deux camps ? Était-ce autre chose ? Qui aurait pu le dire ?

Depuis l'arrivée de Noémie, Caroline Duparquet avait pris l'habitude de venir souper avenue Ainslie une fois ou deux par semaine et il était tacitement entendu que Julien ne devait pas l'accompagner. Officiellement, sa présence avait pour but de « désennuyer » la jeune fille, qui se retrouvait loin de son petit ami et n'avait pas encore eu le temps de se faire de nouveaux camarades ; d'ailleurs Noémie l'adorait et s'était prise d'affection pour son bébé, qu'elle dorlotait et bichonnait avec cette ferveur un peu enfantine des jeunes filles en mal de maternité. Les visites de Caroline enchantaient visiblement Tranchemontagne ; il sortait alors une bonne bouteille et les blagues succédaient aux taquineries, certaines adressées à la jeune femme et contenant des allusions qui la laissaient songeuse et parfois embarrassée. « Il est amoureux de moi, et même jaloux, conclut-elle un soir. Ça devait arriver. Je me suis montrée trop gentille avec lui, mais comment faire autrement ? C'était plus fort que moi. J'aurais dû le choisir, lui, plutôt que Julien ; le sort ne l'a pas voulu, et d'ailleurs tant mieux. Mais c'est un homme plaisant, qui ne manque pas d'attraits, il a bon cœur et c'est encore lui qui mène la barque. Comme cette histoire m'embête ! Dieu sait comment je vais m'en sortir... Une petite garce n'hésiterait pas trois secondes. »

Et, soucieuse, elle se disait que ce n'était pas tous les jours qu'un millionnaire s'éprenait de vous. Son aventure avec Julien lui procurait beaucoup de bonheur, mais combien de temps cela durerait-il ? C'était le genre de garçons, elle l'avait aussitôt deviné, qui finissent par se lasser de tout. Malgré ses fougueuses déclarations d'amour, le jour viendrait où il irait voir ailleurs et elle se retrouverait seule avec un enfant sur les bras et rien devant elle, encore une fois.

20

Réal Auger mourut au début de juillet. Tranchemontagne l'apprit un matin au bureau par une lettre de menaces. Il jeta la lettre dans sa corbeille à papier et poursuivit son travail comme si de rien n'était, mais l'histoire lui laissait comme une pierre dans l'estomac. Il semblait qu'il fût plus facile de faire le mal que de faire le bien, constatait-il, navré. Sans ses accès de générosité, Auger vivrait encore et la dispute ne diviserait pas sa propre famille. À son actif, il y avait cette Caroline Duparquet, cueillie dans la rue sans gîte ni emploi et qui venait de repartir du bon pied. Et puis il s'était découvert une seconde fille qui, chaque jour, semblait s'attacher davantage à lui. Mais comment savoir si ces deux histoires, qui avaient bien débuté, ne se termineraient pas dans les embarras les plus inextricables ?

Il ne ressentait pas d'animosité pour son fils Julien. Et pourtant, ce dernier s'était mis en travers de son chemin ; avec insolence, il lui avait enlevé cette jeune femme qui lui appartiendrait déjà s'il n'avait pas tant hésité. Plutôt que de l'animosité, c'est une sorte d'envie honteuse qui le remplissait. Il enviait sa jeunesse, une jeunesse issue pourtant de lui-même et continuant la sienne, mais qui le narguait avec le sourire.

Un matin, assis à son bureau en train d'écouter les messages accumulés dans sa boîte vocale depuis la veille, il constata que son désir du bien faiblissait encore une fois. La lassitude, un besoin de paix et le simple bon sens lui conseillaient de rentrer dans le rang, sans plus faire de bruit, et de suivre docilement le troupeau humain. Même microscopique, sa croisade était au-dessus de ses forces et de ses moyens ; elle était sans doute irréalisable en soi. Il était trop vieux pour vouloir changer le monde et le monde trop vieux pour être changé ; Jésus avait fini sur une croix ; il finirait, lui, dans le ridicule.

— Non ! se répondit-il à voix haute, ce serait de la lâcheté. Il faut trouver un moyen de continuer, mais raisonnablement.

Dans la pièce voisine, Marie-Louise sursauta et jeta un coup d'œil sur les voyants de son téléphone pour vérifier si son père n'était pas en conversation avec quelqu'un. Aucun n'était allumé.

— Allons, soupira-t-elle, qu'est-ce qu'il nous prépare encore ?

Tranchemontagne fit quelques appels, descendit à l'entrepôt pour questionner un des techniciens sur un percolateur qu'un client demandait de réparer pour la troisième fois, puis alla à la cuisinette se préparer un café à partir d'un échantillon de *Moka Rhum épicé* que son torréfacteur venait de lui faire parvenir pour essai.

À la deuxième gorgée, il vida la tasse dans l'évier :

— Il y aurait de quoi perdre tous nos clients, fit-il avec une grimace. Un rat d'égout n'en voudrait pas.

La réceptionniste l'appela alors à l'interphone pour lui annoncer l'arrivée de son agent d'assurances. Il le fit monter à son bureau et discuta âprement avec lui du renouvellement de la police qui couvrait l'édifice et les quatre fourgonnettes de service. L'homme parti, Tranchemontagne se mit à marcher de long en large dans son bureau, l'air contrarié. Il avait réussi à faire annuler l'augmentation de prime qu'on se préparait à lui imposer, mais un profond sentiment d'insatisfaction continuait de l'habiter. Il n'avait pas encore résolu son problème.

C'est alors que la lumière jaillit.

« Il faut faire *de petites choses*, se dit-il. Ainsi, on ne dérange personne et, à la longue, on finit par arriver aux mêmes résultats. »

Engagé dans cette voie, son esprit se montra d'une grande fertilité. Il décida de faire installer à la prochaine occasion des ventilateurs électriques dans les fourgonnettes, car les grandes chaleurs de l'été avaient commencé. Ça ne valait pas l'air climatisé, bien sûr, mais ses employés, surpris, l'apprécieraient ; on lui adresserait des sourires reconnaissants. L'atmosphère de la boîte s'allégerait peut-être un peu.

Puis il se rappela la passion de son ancien professeur Ferlatte pour les cartes professionnelles. Sur le coup, il l'avait trouvée ridicule, la considérant quasiment comme un signe de sénilité. Mais qui était-il pour juger les gens ? Cartes professionnelles, disques, cartons d'allumettes ou tasses de porcelaine, toutes les passions de collectionneur avaient un côté puéril et se valaient plus ou moins. « Il sera ravi, ce bon vieux, et pensera à moi avec plaisir », se dit-il en allant à son bureau et il téléphona sur-le-champ à un de ses compagnons de golf qui dirigeait une imprimerie spécialisée dans ce genre d'impression :

— Oui, un échantillon de chacune de tes cartes, si possible. C'est pour un de mes anciens professeurs à la retraite qui s'est trouvé cette marotte pour meubler ses journées. Il s'ennuie tellement, le pauvre...

Ils se mirent à causer ; l'appel de Tranchemontagne tombait à pic. L'autre venait d'acheter un concurrent et s'occupait à réorganiser l'entreprise. La cuisinette des employés n'avait pas été repeinte depuis dix ans et ressemblait à une morgue. Il voulait la redécorer et installer un coin pause-café. Est-ce qu'on ne pourrait pas discuter de la chose pendant une petite partie de golf ?

« Le bien attire le bien, pensa Tranchemontagne en raccrochant. Si je croyais au bon Dieu, je dirais qu'il vient de me récompenser ! »

Il pensa alors à Noémie. Comment lui montrer son plaisir de l'avoir auprès de lui ? Midi approchait, il avait un peu de temps libre, n'ayant pas de dîner d'affaires ce jour-là. Il alla manger sur le pouce dans un casse-croûte, puis se rendit rue Saint-Hubert chez un marchand de chaînes stéréo et négocia une minichaîne pour un prix fort raisonnable. Comme sa fille n'arrivait jamais à la maison avant six heures, il aurait le temps de l'installer en cachette dans sa chambre pour lui en faire la surprise.

Vers le milieu de l'après-midi, pendant une discussion un peu épineuse avec Marie-Louise au sujet d'une erreur dans un compte à recevoir, il pensa tout à coup à ses petits-fils, Germain et Charles-Élie.

— Dis donc, qu'est-ce que font tes gars durant l'été ?

— Ils vont au terrain de jeu, répondit Marie-Louise, étonnée. Pourquoi me demandes-tu ça ?

— Je vais les emmener à la Ronde au début de la semaine prochaine. Ils seront fous de joie, et moi, ça me changera les idées. Quant à ce fameux compte à recevoir, Marie-Louise, poursuivit-il après un long soupir, écoute, fais pour le mieux, je ne suis pas sûr d'avoir raison. Si on continue à discuter ainsi, je vais attraper un mal de tête.

Et, posant la main sur son téléphone, il lui fit signe en souriant que leur conversation était terminée.

— Bon, comme tu veux, dit-elle en se levant, réjouie mais étonnée devant cette subite et bienveillante souplesse chez un homme habitué à scruter l'origine et l'emploi de chaque sou.

★

Vers le milieu de juillet, il rencontra par hasard son ancienne maîtresse en faisant une course dans la matinée. Ils s'étaient quittés l'un et l'autre d'un commun accord l'année d'avant ; Amélia voulait « reconstruire sa relation » avec son mari, un riche avocat alcoolique qui avait décidé de se mettre à l'abstinence ; Tranchemontagne interrompait sans regret une relation qui avait perdu pour lui tout intérêt.

Les choses se passèrent dans la plus grande simplicité, comme s'il ne s'était agi que d'une formalité. Il se trouvait dans un magasin de sport, rue Sainte-Catherine, en train d'examiner un bâton de golf dernier cri à tige de graphite et tête de titanium qu'il songeait à offrir en cadeau d'anniversaire à Raoul Marleau, lorsqu'on le toucha à l'épaule.

Amélia se trouvait devant lui, souriante, toujours aussi menue et pomponnée, le visage à peine arrondi :

— La passion des petites balles blanches ne t'a pas encore lâché ? C'est donc que tu restes jeune. Bravo ! Je t'ai aperçu par la vitrine. Je me suis dit que c'était une bonne occasion de te dire bonjour.

Ils allèrent prendre une limonade dans un restaurant voisin. À sa grande surprise, il la désirait de nouveau, et fortement. Elle glissa négligemment sa jambe contre la sienne :

— Je dois aller nourrir la chatte d'une amie qui vient de partir en voyage. Elle habite avenue des Pins, pas très loin d'ici. M'accompagnerais-tu ?

Ils firent l'amour dans le salon, près d'une table à café, même si leurs corps vieillissants auraient préféré le banal confort d'un lit. Mais c'était pour eux une façon de célébrer leurs retrouvailles.

Guillaume Tranchemontagne l'emmena ensuite dîner chez

Eaton au fameux restaurant art-déco du neuvième étage ; la cuisine y était plutôt quelconque, mais elle adorait l'endroit, vouant depuis toujours un culte fervent à la bourgeoisie anglaise.

Dans la semaine qui suivit, il la vit deux ou trois fois. Leurs rencontres les jetèrent dans un état de profonde confusion. D'une part, elles ne diminuèrent aucunement l'attrait qu'exerçait sur lui Caroline Duparquet et il comprit que s'il avait ressuscité une ancienne liaison, c'était peut-être faute de mieux et comme dans une puérile expression de dépit. Mais ces rencontres lui firent découvrir, d'autre part, une ancienne maîtresse qui n'était plus tout à fait la même : elle restait charmante, un peu maniérée, plus serviable que sensuelle (l'amour, dans son esprit, semblait faire partie des obligations sociales et ses orgasmes en petits cris d'oiseaux sonnaient toujours un peu le toc), mais l'ennui subtil qui émanait auparavant de sa personne et qui avait fini par le faire suffoquer semblait avoir disparu. Elle lui parut plus vive, plus assurée, plus critique et exigeante aussi et, finalement, plus intéressante. Est-ce parce qu'elle avait envoyé paître une fois pour toutes son irrécupérable alcoolo de mari, voyant qu'il avait enfermé à tout jamais son âme dans une bouteille ? Était-ce l'effet de la maturité ? En tout cas, à la grande surprise de Tranchemontagne, elle lui plaisait davantage. Sans compter que la cinquantaine lui avait laissé une bonne part de ses attraits. Le temps qui, normalement, use tout et lasse de presque tout l'avait comme renouvelée et rafraîchie. C'était à n'y rien comprendre. Que devait-il faire ? Se contenter d'une passade ou renouer son ancienne liaison ?

Les événements allaient choisir à sa place.

★

Quelques jours plus tard, Marie-Louise, bonne samaritaine comme toujours, décida, dans une tentative pour recoller les pots cassés, de réunir toute la famille chez elle pour l'anniversaire de son fils cadet, Charles-Élie ; Josée, l'ex-femme de Guillaume, figurait parmi les invités ; deux ou trois fois par année, les anciens époux se rencontraient dans des circonstances semblables. Afin d'accommoder tout le monde, la fête fut fixée au samedi 2 août, même si l'anniversaire de l'enfant tombait la veille.

Guillaume Tranchemontagne allait rarement chez sa fille et pourtant il aimait bien son gendre, Philippe Fafard, monteur de lignes chez Hydro-Québec ; c'était ce qu'on appelle un brave type, placide, serviable, accommodant, mais un peu lent d'esprit, qui n'avait pas fait une vraie colère depuis vingt ans et considérait son beau-père comme un grand homme ; il était passionné d'horticulture et amateur occasionnel de golf ; trois ou quatre fois par été, les deux hommes allaient faire une partie dans les environs de Montréal.

La petite famille, établie dans le quartier de Rivière-des-Prairies, habitait un *bungalow* cossu, un tantinet vulgaire, derrière lequel s'étendait un magnifique jardin, objet de la sollicitude incessante de Fafard.

La veille de la fête, fort des prévisions catégoriques de la météo qui annonçait un temps splendide, ce dernier installa une grande table sous les arbres, près d'une fontaine tout nouvellement montée qui lui avait coûté la peau des fesses et dont il était particulièrement fier. On mangerait en plein air, Charles-Élie, son frère et ses petits amis pourraient s'ébattre à leur aise dans la cour et la soirée se terminerait par un petit feu d'artifice.

Mais dans la nuit, les nuages, sous l'influence de forces obscures et maléfiques, décidèrent d'ignorer les prévisions de la météo et il se mit tout bêtement à pleuvoir. Le samedi s'ouvrit sur un déluge qui avait transformé Montréal en une masse indistincte, grisâtre et ruisselante.

Quand Guillaume Tranchemontagne se présenta chez sa fille en compagnie de Noémie vers deux heures de l'après-midi, les adultes étaient assis au salon ; un bruit de piétinement mêlé à des hurlements sauvages, parvenu du sous-sol, indiquait que les enfants s'amusaient ferme dans la salle de jeux ; il fut un peu surpris d'apercevoir Caroline Duparquet que Julien, après avoir consulté sa sœur, avait persuadée de venir. Malgré le tapage, le petit Fabien, calé entre deux oreillers, dormait paisiblement sur un lit dans la pièce voisine ; un frémissement courait parfois sur son visage, comme si dans ses rêves il s'était joint aux jeux qui faisaient rage en bas. Une gaieté quelque peu forcée animait la conversation ; le léger malaise qui affectait tout le monde s'expliquait par deux raisons : le conflit qui opposait Tranchemontagne à ses enfants, suspendu mais non résolu, et la présence de Josée Vincelette. C'était une femme petite et mince avec un visage aux traits énergiques et réguliers, un regard pointu et un sourire séduisant dont elle savait bien se servir. Jeune, elle avait dû être mignonne. L'âge, comme il le fait avec ce genre de personnes, la transformerait peu à peu en une sorte de vieille poupée qui inspirerait un amusement attendri. Elle avait fini par s'accommoder de son divorce, mais ne l'avait jamais accepté et, chose plus triste encore, n'avait pas réussi à refaire sa vie. Cela n'empêchait pas les anciens époux, lors de leurs rencontres, de se comporter l'un vis-à-vis de l'autre avec la plus impeccable politesse, mais leurs manières rappelaient un peu celles qu'on se croit obligé d'adopter dans un salon funéraire. La présence de Noémie ajoutait évidemment à la tension générale, mais Josée, dont on avait sollicité l'avis avant d'inviter la jeune fille, avait tout de suite donné son accord, manifestant beaucoup de curiosité envers l'enfant naturelle de son ex-mari.

Tranchemontagne et Noémie, debout dans le vestibule, déposaient leurs parapluies dégoulinants lorsque Marie-Louise vint à eux, salua la jeune fille, puis s'adressant à son père :

— Me rendrais-tu un petit service, papa ? J'ai complètement oublié d'acheter des croustilles pour les enfants. Serais-tu assez gentil pour aller chez le dépanneur ?

L'homme d'affaires ressortit et se dirigea vers son auto sous la pluie battante. Dix minutes plus tard, il était de retour. Mais il crut bon, cette fois, d'aller directement à la cuisine porter ses provisions et, les bras chargés de deux gros sacs de papier, longea un mur et pénétra par l'arrière. La pièce était vide ; il déposa les sacs sur un comptoir, accrocha son imperméable au-dessus d'un paillasson et se rendit à la salle de bains pour se donner un coup de peigne.

Cette salle de bains était contiguë à une chambre à coucher d'où l'on entendait le murmure d'une discussion animée. Il referma la porte derrière lui, saisit une serviette et commença à s'essuyer, mais s'arrêta aussitôt et tendit l'oreille. Il venait de reconnaître les voix de son ex-femme et de son fils Antonin et on parlait de lui.

— Je ne suis pas du tout d'accord avec toi, disait Josée Vincelette. Je pense au contraire qu'il a raison.

— Mais maman ! tu ne comprends pas ! Depuis quatre mois, il jette l'argent par les fenêtres ! Je ne le reconnais plus ! C'est comme s'il avait perdu la tête !

— Perdu la tête ? Qu'est-ce que tu vas chercher là ? Réparer ses erreurs, ce n'est pas un signe de folie mais de sagesse, voyons... et aussi de bonté. Je croyais depuis longtemps qu'il avait le cœur sec. Son cœur se réveille : tant mieux ! Vous allez tous finir par en profiter, non ?

— Au train où vont les choses, ricana Antonin, on va surtout profiter des bons soins du syndic de faillite.

— Faillite ! toujours les grands mots !

— Réalises-tu, maman, que depuis le mois d'avril, il a gaspillé près de trente mille dollars dans ses fameuses bonnes œuvres ? Et ça n'a pas l'air d'être fini !

— Qu'est-ce que ça peut faire ? Il est riche.

— Riche, riche... Pas tant qu'on pense... À force de plonger sa cuiller dans le pot de confitures, on finit par toucher le fond... Sans compter qu'il n'a plus le cœur aux affaires. À présent, je dois m'occuper de presque tout, maman. Ah ! que de soucis ! Chaque jour, on se demande ce qui va nous tomber sur la tête ! C'est très désagréable, je t'assure. Et je ne te parle même pas de cette Noémie qu'il vient de nous lancer dans les pattes. Qu'est-ce qui nous prouve que c'est vraiment sa fille ? Hein ?

— Écoute, s'il s'est donné tout ce mal pour elle, c'est qu'elle est bien la sienne. Voyons, Antonin ! Antonin, c'est toi maintenant qui as le cœur sec ! Honte à toi ! Tu as peur pour ton héritage, hein ? Ton père a changé, c'est vrai. Il lui est arrivé ce qui n'arrive à presque personne : il s'améliore en prenant de l'âge. La plupart du temps, on empire. Mais toi, toi, je trouve vraiment qu'à côté de lui tu ne payes pas de mine, mon garçon, non, vraiment pas !

Bouleversé, Tranchemontagne sortit doucement de la salle de bains et alla prendre l'air sur la galerie couverte qui s'ouvrait à l'arrière de la cuisine. Il lui fallut plusieurs minutes pour se refaire une contenance et à son arrivée dans le salon, des regards étonnés l'accueillirent.

Son fils et son ex-femme avaient déjà rejoint les invités. Antonin, un verre de bière à la main, l'air maussade, jetait de temps à autre des coups d'œil par la fenêtre, comme s'il attendait une occasion pour s'en aller. Fafard lui présenta une assiette d'arachides salées, que l'autre repoussa de l'index, puis se mit à lui expliquer tout le mal qu'il avait eu à installer la fontaine, mais, voyant son peu d'intérêt, il se tourna vers Caroline Duparquet et tenta de sonder son intérêt pour l'horticulture.

— Ça ne va pas, papa ? demanda Marie-Louise en s'approchant de son père quelques minutes plus tard.

— Mais non, au contraire, ça va très bien, se défendit-il brusquement. Qu'avez-vous donc tous à me regarder ainsi ? Je-vais-très-bien, martela-t-il joyeusement.

Noémie vint s'asseoir près de lui et appuya sa tête contre son épaule, ce qui lui attira un regard mauvais d'Antonin. Elle avait eu pour la première fois ce geste d'affectueuse confiance le jour où Tranchemontagne lui avait fait cadeau de sa chaîne stéréo et, depuis, ses marques d'attachement se multipliaient, pour le plus grand plaisir de son père.

Tranchemontagne écoutait le bavardage autour de lui et se sentait de plus en plus las. Ainsi, Antonin, aidé sans doute de son frère et de sa sœur, continuait son travail de sape. C'est probablement lui qui avait pris sa mère à part dans la chambre à coucher, croyant s'en faire une alliée. Elle avait au contraire défendu son ex-mari avec une chaleur étonnante, et voilà son perfide rejeton qui broyait du noir, sa haine exacerbée. Quelle machination était-il en train de monter, à présent ?

Tranchemontagne croisa le regard de Josée et cette dernière lui adressa un sourire un peu crispé. Il eut alors envie d'aller lui dire quelques mots. S'approchant d'elle, la démarche un peu gauche :

— Et alors ? Ça va ?

— Pas si mal. J'essaie de me tenir en forme.

— Toujours fidèle à ta natation ?

— J'en fais chaque jour, autant que possible.

— J'admire ta persévérance.

— Oh ! tu sais, à partir d'un certain moment, ça devient un peu comme une drogue. Les jours où je n'en fais pas, quelque chose me manque.

Depuis son divorce, elle avait pris l'habitude de nager une heure ou deux quotidiennement. Pratiquée d'abord pour des raisons d'hygiène, la natation était devenue peu à peu chez elle une véritable passion. Exutoire sexuel ? Besoin anormal de relaxation ? Nager semblait faire partie de son arsenal pour affronter la vie. Les enfants la taquinaient parfois sur sa marotte.

— Si j'avais une piscine chez moi, poursuivit-elle, j'en ferais trois fois par jour, je crois, et peut-être davantage. On se sent tellement bien après une bonne séance. Tu ne sais pas ce que tu manques !

— Je devine un peu. Des voyages en vue ?

— Je m'en vais bientôt avec une amie à Ogunquit pour trois semaines. Et toi, comment vas-tu ?

— Oh ! les enfants ont dû te mettre au courant. J'ai essayé… comment dire ? de réorganiser ma vie. Ils ne sont pas tellement d'accord. Nous avons eu quelques petites discussions. Ça finira bien par se tasser.

— Je l'espère pour toi. Antonin peut être très vindicatif, parfois, tu le sais. J'ai parlé tout à l'heure avec ta… avec Noémie.

— C'est bien gentil de ta part, répondit-il avec ironie.

— Elle m'est apparue très sympathique et remplie de bon sens, poursuivit l'autre sans sourciller. Un peu timide, peut-être, mais dans les circonstances…

— Oui, je comprends.

Ils causèrent ainsi de choses et d'autres pendant une minute ou deux, puis se quittèrent. Depuis longtemps, ils n'avaient plus rien à se dire, n'ayant désormais en commun que des souvenirs détruits et, lorsqu'ils étaient l'un en face de l'autre, un sentiment de solitude qui ne faisait qu'augmenter la douleur de vivre. Le temps avait fini par éteindre la haine et il ne l'avait remplacée par rien d'autre. Mais, l'espace d'une seconde, il lui avait semblé retrouver une vieille tendresse au fond des yeux de Josée.

Tranchemontagne aurait voulu partir sur-le-champ, mais cela aurait déplu. Il venait de surprendre Andrée, la femme d'Antonin, penchée à l'oreille de Julien et en train de fixer son beau-père avec cet air de ruse méchante qui semblait pâlir ses lèvres et accentuer les lignes aiguës de son visage. À quelques reprises, Marie-Louise était venue le trouver pour lui offrir du vin, des amuse-gueule ou s'informer si tout allait bien, mais il sentait sous sa gentillesse une sorte de condescendance apitoyée, comme devant un malade affligé d'un mal honteux et sans recours. Toute cette animosité rentrée, qui l'enveloppait comme un filet invisible, lui donnait la nausée.

Caroline s'approcha de lui avec un sourire enjoué et se mit à le taquiner sur sa mine morose. Il aurait voulu causer avec elle, lui dire combien sa seule vue le mettait en joie, mais la présence de Julien et, curieusement, celle de son ex-femme le paralysaient. Il consulta discrètement sa montre. Heureusement, l'après-midi filait. Charles-Élie fit irruption dans le salon, le visage rouge, tout en sueur.

— Quand est-ce qu'on soupe, maman ? J'ai faim !

— Dans dix minutes, mon chou. Le temps que le poulet finisse de cuire.

— Ah non ! Du poulet ? Mais je n'aime pas le poulet, tu le sais bien ! Je veux manger seulement des croustilles, du gâteau et des choses comme ça.

— Tu mangeras ce que tu voudras, Charlot, c'est le jour de ta fête.

Son frère Germain apparut derrière lui, le col de sa chemise tout de travers :

— Quand est-ce qu'on mange, maman ?

— Grand-papa, annonça Charles-Élie en se plantant devant Tranchemontagne, avant-hier, j'ai vu des vaches rouillées dans un champ !

— Des vaches rouillées ?

— Oui, je t'assure, des vaches blanches toutes couvertes de grandes taches de rouille. Est-ce que ça se peut, grand-papa ? demanda-t-il, soudain pris d'un doute.

Son frère Germain se mit à ricaner :

— Espèce de con ! Des vaches rouillées ! Des vaches, c'est pas en fer, c'est en viande. Pour qu'elles rouillent, il faudrait qu'elles soient en fer, tête de tomate !

— Elles avaient peut-être mangé quelque chose qui en contenait beaucoup, avança l'homme d'affaires, amusé.

— Je faisais juste une farce, grand-papa, répondit Charles-Élie, battant en retraite.

Puis, se tournant vers son frère :

— Une farce pour te faire parler, gros idiot !

— Les brocolis contiennent beaucoup de fer, fit remarquer le grand-papa avec un air de profonde gravité. Est-ce que par hasard elles étaient en train de manger du brocoli, Charles-Élie ?

— Du brocoli, c'est vert ?

— Oui.

— Ça ressemble à des petits arbres ?

— Justement.

— Des arbres pas plus hauts que des céleris, hein ?

— Tout à fait.

— Alors, oui, je crois qu'elles mangeaient de gros tas de brocolis, grand-papa.

— Eh bien ! voilà pourquoi elles rouillaient, tes fameuses vaches, mon vieux.

Germain quitta la pièce avec un haussement d'épaules méprisant, tandis que Charles-Élie saluait son départ d'un geste très inconvenant.

Tranchemontagne lui passa affectueusement la main dans les cheveux et l'enfant se colla brusquement contre sa cuisse, comme pour le remercier de l'avoir appuyé.

« Comment expliquer, se demandait l'homme d'affaires en lui souriant avec tendresse, que des êtres si merveilleux deviennent pour la plupart des adultes aussi moches ? Pauvres de nous... Ah ! que j'aimerais donc pouvoir m'occuper un peu de ce petit garçon, pour qu'on ne nous l'abîme pas trop. Mais quel prétentieux je fais... Je suis pas mal moche moi-même... »

21

La nuit semblait interminable. Malgré sa fatigue, malgré les exercices respiratoires que Marleau lui avait autrefois suggérés comme un remède infaillible contre l'insomnie et malgré le somnifère qu'il s'était enfin résigné à prendre vers deux heures, Tranchemontagne n'arrivait pas à dormir. Son après-midi ne lui sortait pas de la tête. Il se levait, allait regarder à la fenêtre. Les nuages bougeaient lentement dans le ciel au-dessus des maisons silencieuses et mortes. Ils semblaient appartenir à un monde paisible et invulnérable où n'existaient ni douleur ni angoisse, un monde dont il serait à jamais exclu. Un jeune homme s'avança dans la rue en sifflotant, le pas souple, les mains dans les poches. Malgré l'obscurité et la solitude, il semblait heureux, lui. Il arrivait sans doute d'une fête ou de chez sa maîtresse. La veille, il avait peut-être obtenu une promotion ou un emploi longuement convoité et souhaitait avec ardeur que le jour se lève pour se relancer dans l'action. « Comment fait-il, se demandait Tranchemontagne avec une tristesse pleine d'envie, pour être aussi heureux ? Même à son âge, je n'étais pas ainsi. »

Le bleu insondable du ciel commença peu à peu à s'attendrir ; un camion de livraison fila dans la rue en répandant un tintamarre grossier. Il descendit silencieusement à la cuisine et ouvrit une bouteille de bière. Attablé dans la pénombre de plus en plus légère, il pensait aux années qui l'attendaient. Arriverait bientôt pour lui ce moment où chaque homme paraît venu d'un pays disparu et se voit entouré d'étrangers qui le considèrent d'un œil étonné ou dédaigneux : c'est la vieillesse. Sur quel bilan pourrait-il clore sa vie ? Un bilan assez pitoyable, à la vérité, comme l'était sans doute celui de la plupart des gens. Ses efforts pour le rendre un peu plus reluisant avaient lamentablement tourné à l'aigre, faisant de ses enfants des ennemis, dont la férocité s'aiguisait de plus en plus. Quant au reste, aucune de ses actions n'avait réussi à s'élever au-dessus de l'insignifiance, si on oubliait le fait qu'il était tout de même parvenu à raccourcir le chemin d'un alcoolique vers le cimetière. « Mais il y a Noémie, ne l'oublions pas », se dit-il dans un effort pour résister au désespoir qui cherchait à l'envahir.

Oui, il y avait Noémie. Des liens fragiles mais précieux s'étaient tissés entre elle et lui. Des liens nés de cette folie de bienfaisance qui l'avait mené jusque dans la taïga. C'était son seul coup de chance, car, au fond, il n'avait jusque-là jamais vraiment eu d'enfants. Le premier enfant dont il se sentait le père, avec qui il avait le goût d'établir une relation, c'était cette inconnue, d'apparence si ordinaire, qui était venue tout naïvement lui demander de l'aide et s'était abandonnée à lui avec une confiance étonnante. Mais bientôt elle le quitterait, elle aussi. La vie et son propre bien à elle le voulaient ainsi Là comme ailleurs, il arrivait un peu tard.

La conversation de son ex-femme avec Antonin lui trottait dans la tête. L'ardeur que Josée avait mise à défendre sa conduite des derniers mois l'avait stupéfié et formidablement réconforté, mais elle avait aussi réveillé de vieux remords, qui grouillaient à présent en lui comme dans de la pourriture. Y avait-il un être, dans toute sa vie, qu'il avait davantage lésé ? Tous les divorces sont des histoires navrantes dont personne ne se tire sans mutilations, mais les coups que Josée lui avait portés ne devaient pas lui faire oublier la conduite qu'il avait eue à son égard durant les années qui avaient précédé leur rupture ; elle tenait en deux mots : absence et insouciance. La compensation financière qui avait scellé leur séparation ne changeait rien : il avait brisé la vie de cette femme. Et voilà qu'elle manifestait à son égard une générosité imméritée et de plus en plus insupportable, car il avait l'impression d'en être rapetissé. Comment lui marquer sa reconnaissance ? Comment payer une partie de son énorme dette ? La magnanimité dont elle venait de faire preuve l'alourdissait un peu plus. Il allait succomber sous le poids.

L'affaire n'était pas simple. Il n'osait lui avouer qu'il avait surpris sa conversation avec Antonin. Durant les quelques mots qu'ils avaient échangés au cours de la petite fête, elle n'y avait fait aucune allusion et désirait donc qu'il l'ignore.

Il se leva et alla chercher une deuxième bière. Il n'en avait pas pris trois gorgées qu'une pesanteur invincible s'abattit sur lui. Il eut à peine la force de se rendre jusqu'à sa chambre et de se laisser tomber sur son lit.

★

Quelques jours passèrent. Il s'était remis à travailler avec plus d'ardeur. L'atmosphère semblait s'être allégée chez Délicaf. Vers la fin d'un après-midi, Antonin revint au bureau la mine radieuse : il venait de conclure un contrat avec la direction du cinéma Parisien, évinçant, après un combat féroce, un de leurs plus redoutables concurrents ; cela assurait à leur société une entrée dans le réseau Famous Players. Son père le félicita devant tout le monde. Deux jours plus tard, Julien, piqué sans doute au jeu, allait trouver Tranchemontagne dans son bureau : il venait d'apprendre de bonne source que Pause-Café, une petite entreprise qui opérait surtout dans Verdun et le sud-ouest de Montréal, connaissait de graves difficultés financières. Guillaume Tranchemontagne alla donc dîner avec son propriétaire et lui fit une offre. Une semaine plus tard, celui-ci l'acceptait. Du coup, Délicaf augmentait sa clientèle de vingt pour cent et devenait, en importance, la troisième société de sa catégorie dans la région de Montréal. Mais, pour réussir son coup, l'homme d'affaires avait dû contracter un important emprunt à la banque.

— Mon garçon, dit-il à Julien, tu viens d'ajouter une plume à mon chapeau ! Si nous travaillons très fort, en deux ans nous pourrions augmenter notre chiffre d'affaires de la moitié. Mais il faudra engager un autre livreur. Et peut-être aussi un technicien.

Marie-Louise jubilait intérieurement : sa petite fête de famille semblait avoir arrangé les choses. Mais si elle avait pu lire dans l'âme de son père, elle aurait vite déchanté. Il avait beau aller et venir, prendre toutes sortes de décisions, un vide restait en lui. Il avait l'impression de chercher quelque chose qui n'existait pas. Depuis quelque temps, il évitait le plus possible de parler à Caro-

206

line Duparquet et, s'il la voyait en compagnie de Julien, trouvait aussitôt un prétexte pour quitter la pièce. La dette morale qu'il avait vis-à-vis de son ex-femme continuait de le hanter. Et peut-être aussi cette lueur de tendresse qu'il avait cru deviner dans ses yeux le jour de la fête de Charles-Élie. Un soir, espérant rencontrer cette dernière, il se rendit à pied jusqu'à la rue Pratt, où elle habitait (c'était assez près de chez lui). Puis il se rappela qu'elle était en vacances aux États-Unis. Du reste, qu'aurait-il pu lui dire ? Tout songeur, il passa lentement devant la maison, jolie et spacieuse, mais construite sur un terrain exigu qui ne laissait de place à l'arrière que pour une minuscule terrasse, un peu de pelouse et un massif de lilas. Il jeta un regard distrait sur la propriété voisine, beaucoup mieux pourvue en espace et qu'on avait mise en vente, puis retourna chez lui, où il bâilla jusqu'au coucher.

Pour couronner le tout, Amélia commençait de nouveau à le lasser. Ses manières d'ancienne vendeuse de parfums catapultée dans la bourgeoisie juridique, sa manie de donner un prix à toute chose, ses efforts incessants pour l'intégrer à son groupe d'amateurs de bridge et de concerts lui faisaient oublier sa spontanéité grandissante et le goût tardif mais ardent qu'elle avait fini par développer pour les choses de l'amour. Il pensait à la désinvolture souriante de Caroline Duparquet, à sa fraîcheur simple et directe et devenait tout triste. «Les femmes ne m'ont jamais rendu heureux, constatait-il avec amertume, mais comment vivre sans elles ? »

La distance qu'il avait décidé de prendre avec Caroline Duparquet avait eu un effet bien prévisible : elle avait cessé de venir chez lui le soir. Noémie allait maintenant la voir à son appartement ou la rejoignait en ville. Il remarqua bientôt que sa fille passait presque toutes ses soirées à l'extérieur, ne revenant que tard à la maison ; ses absences ne pouvaient toutes s'expliquer par le travail. Un de ses derniers réconforts disparaissait. Que s'était-il passé ?

C'est Marleau qui le lui apprit un samedi en venant l'aider à transplanter un massif de delphiniums :

— Je te l'annonce si tu ne le savais pas : ta fille s'est trouvé un petit ami et je crois que ça chauffe pas mal fort. Depuis une semaine, un grand jeune homme à casquette, la visière sur la nuque vient la chercher après son travail. Ils s'en vont tellement collés l'un contre l'autre que c'est un vrai miracle qu'ils ne piquent pas du nez sur le trottoir !

Le lendemain matin, au déjeuner, Noémie, après une série de toussotements et de faux départs qui lui donnait des allures de couventine effarouchée, le mettait elle-même au courant.

— Papa, j'aimerais te présenter mon nouvel ami, annonça-t-elle d'une voix éteinte. Seras-tu à la maison ce soir ?

— Si j'avais quelque chose ailleurs, je me décommanderais, tu peux en être sûre, répondit-il, l'air taquin. Est-ce un garçon honnête, au moins ?

— Oh ! si tu savais...

Ces quatre petits mots valaient un éloge de trois heures.

Il s'appelait Thomas Léger et travaillait à la Crémerie du Pôle Nord, rue Sainte-Catherine Est ; le commerce occupait le rez-de-chaussée d'un étrange édifice de trois étages qui s'élevait comme une chandelle entre deux terrains de stationnement. Il habitait lui-même au dernier étage. C'était un garçon mince, robuste et dégourdi, avec des traits vigoureux et agréables, un regard décidé, des lèvres pulpeuses et sensuelles qui devaient faire rêver bien des filles. Il donnait une impression de franchise et de santé qui plut aussitôt à Tranchemontagne, mais il lui déclara aussitôt qu'il détestait le café, n'en ayant bu qu'une seule gorgée dans toute sa vie, à l'âge de quatorze ans ; il l'avait aussitôt crachée dans l'évier.

— Alors, il va falloir que je fasse ton éducation, mon vieux, répondit Tranchemontagne en riant, mais secrètement piqué.

— Impossible, monsieur Tranchemontagne, on ne peut me gâcher davantage.

Il parlait ferme et très fort, comme sous l'effet d'un trop-plein de vitalité. Noémie l'invita dans sa chambre pour lui montrer sa chaîne stéréo. Trois heures plus tard, ils l'admiraient toujours.

Tranchemontagne vaqua dans son jardin, regarda un peu la télé, fit quelques appels, puis alla se coucher. Vers le milieu de la nuit, il se réveilla brusquement ; le sommeil, dans un furtif bruissement d'ailes, venait de le quitter pour aller porter ses bienfaits ailleurs, le laissant cruellement à lui-même, l'esprit clair et vibrant comme s'il avait été au milieu de l'après-midi ; les pensées qui le harcelaient depuis tant de jours revinrent aussitôt tourner dans sa tête. Excédé, il se leva et décida d'aller faire un tour dans le jardin.

En descendant l'escalier, il éprouva l'envie d'aller jeter un coup d'œil à l'étage supérieur, où se trouvait la chambre de Noémie.

La porte était grande ouverte ; il s'approcha et vit la chambre vide. Noémie avait découché et se trouvait sans doute dans les bras de son petit ami au-dessus des délices glacées de la Crémerie du Pôle Nord. Le temps où il pouvait profiter de sa présence à la maison tirait-il déjà à sa fin ?

22

Durant la semaine suivante, deux événements se produisirent qui précipitèrent considérablement le cours des choses.

Dans la soirée du mardi, sur l'insistance de Raoul Marleau, qui avait senti que son ami filait de nouveau un mauvais coton, Tranchemontagne se rendit avec lui dans une salle de quilles, rue Saint-Laurent à Montréal. Les deux hommes avaient déjà pratiqué ce sport plusieurs années auparavant et y avaient même excellé, mais, faute d'être cultivées, leur souplesse et leur agilité avaient depuis subi le même sort que les muscles de leur abdomen ou l'éclat de leur chevelure. La première partie fut morne, la seconde désastreuse, et ils se retrouvèrent bientôt, un peu plus loin, dans une brasserie qui compensait la laideur de sa décoration par une clientèle bruyante, grossière et complètement soûle.

Cette ambiance convenait du reste parfaitement à Tranchemontagne qui avait décidé de s'étourdir et de se confier à son ami. Mais dès qu'ils furent assis, Marleau porta la main à la poche intérieure de son veston et en sortit un petit sac de papier qu'il déposa sur la table :

— J'avais oublié de te montrer ma dernière acquisition.

Il en retira avec précaution une cravate assez large à fond rouge, d'une espèce inusitée, car il s'agissait d'une cravate publicitaire, issue d'une récente campagne électorale. Elle s'ornait de la tête d'un politicien connu, souriant et joufflu sous sa blonde toison frisée qui lui faisait la quarantaine juvénile. Mais quelque chose d'imperceptiblement tordu dans le sourire et une sorte de frétillement glauque dans le regard laissaient voir, au-delà des apparences de la jeunesse, l'antique et sagace roublardise des verbotripoteurs.

— Joli spécimen, reconnut Tranchemontagne, impressionné. Vraiment magnifique.

— Mon vieux, j'ai dû me battre pour l'avoir, me traîner dans la boue, avaler des vers de terre ! On a confectionné cette cravate en dix ou douze exemplaires seulement, pas plus, pour remercier de gros donateurs du parti ou récompenser des services importants.

Tranchemontagne fit apporter de la bière. Après avoir bu coup sur coup deux bocks, il parla d'abord à Marleau de la réaction généreuse de son ex-femme aux propos de son fils Antonin, puis, le visage empourpré, il aborda le sujet de ses tourments amoureux.

— Cesse de te torturer pour Josée, lui répondit Marleau, goguenard, plongeant de temps à autre ses lèvres dans son verre, tu ne lui dois rien. Quand on pense à tout l'argent qu'elle a reçu au moment de votre divorce ! Mais tu dois, par contre, une bonne correction à ton fricoteux d'Antonin, que je n'ai jamais aimé, car il a l'esprit tordu et l'aura toujours, quoi qu'on fasse. Quant à cette Caroline, je t'accorde que l'affaire est un peu délicate puisqu'elle couche avec ton cadet. Mais on ne vit plus sous le règne des curés, bon sang, nos idées se sont élargies, la morale se montre un peu plus hospitalière. La différence d'âge n'est pas un obstacle, non, pas du tout : tu as bien des choses à lui offrir pour la consoler de tes rides et de ton visage un peu empâté. Il y a des tas de vieux qui épousent des jeunettes et l'affaire ne tourne pas plus mal, la plupart du temps, que s'ils avaient choisi des vieilles. Non, c'est plus subtil que ça. Le risque, mon Guillaume, le vrai risque, c'est que tu sombres dans le ridicule, ce dont tu pourrais bien te passer, car la nature, après tout, ne t'a pas gratifié tant que ça – cela dit, bien sûr, sans vouloir te blesser. Écoute, de deux choses l'une : ou tu fais ton deuil de cette petite bonne femme et tu te mets à penser à autre chose – les sujets ne manquent pas –, ou alors tu vas la trouver et tu lui annonces que tu l'aimes – ce qu'elle sait déjà, d'ailleurs. On verra bien sa réaction. Mais n'insiste pas, je t'en prie, ça manquerait d'élégance.

Il prit une longue gorgée, passa lentement la main sur sa bouche, puis :

— Est-ce que je peux me permettre une question ?

211

— Tu peux tout te permettre – comme tu fais toujours, d'ailleurs.

— Dis-moi donc : Amélia, dans cette histoire, quel est son rôle ? Celui de la dinde ?

Tranchemontagne soupira :

— Amélia, Amélia... Qu'est-ce que je pourrais te dire ? Je l'aime bien, au fond, et elle me surprend, parfois. Dinde, j'ai peut-être déjà cru qu'elle l'était, mais mon idée a changé là-dessus, je t'assure... Elle a repris du poil de la bête, cette femme, mon vieux, depuis quelque temps. Son crétin de mari lui tenait la tête enfoncée dans un seau, mais depuis qu'il est allé se faire voir ailleurs, elle a redressé le nez, et toutes sortes de petits trésors, qu'elle gardait cachés au fond d'elle-même, remontent doucement à la surface. Ah ! si ce n'était pas cette Caroline, je ne sais pas ce qui me retiendrait de... Je suis un grand enfant, Raoul, ou plutôt non, un tout petit enfant... Au point de vue moral, si on peut dire, j'ai encore la couche aux fesses.

Ils discutèrent encore longtemps, commandant une bière après l'autre. Dix fois, Tranchemontagne fut sur le point de se rendre chez Caroline Duparquet, mais dès qu'il cherchait à se lever, son courage flanchait. Un homme d'âge indéterminé, sa longue chevelure blonde peignée sur le côté, le visage ravagé par on ne sait quel vice, s'approcha de leur table, la main tendue. Il répandait une telle puanteur que Marleau lui donna toute sa monnaie pour qu'il s'éloigne.

À dix heures pile, une sorte de déclic se produisit chez Tranchemontagne, devenu légèrement ivre ; il se leva :

— Assez lambiné : je vais la trouver. Souhaite-moi bonne chance.

— L'aaaamour ! l'aaamour, se contenta de répondre son compagnon dans une citation plutôt atonale de *Carmen*.

L'homme d'affaires sortit. De l'autre côté de la rue, adossées contre une vitrine, deux prostituées au tour de taille généreux méditaient tristement sur la mesquinerie masculine. Quand elles le virent en train de déverrouiller la portière de sa Mercedes, elles lui firent de grands signes en poussant des cris, qui se transformèrent bientôt en injures, puis en soupirs.

« Qu'est-ce que je vais lui dire ? se demandait-il à présent, un peu inquiet. Elle va me tapoter le dessus de la tête et me renvoyer chez moi. Tant pis. Il faut en finir. »

La rue ondulait doucement dans un chatoiement de lueurs vertes, orange et roses. Les arbres et les lampadaires avaient pris comme une mollesse élastique, les piétons glissaient doucement devant les façades, devenues irréelles et chaleureuses. La vie semblait bonne, facile, exaltante.

« Et si je la trouve avec Julien ? » se demanda-t-il tout à coup.

Son visage se glaça, puis devint brûlant. Il aperçut une cabine téléphonique au coin d'une rue, s'arrêta, mit le pied sur le trottoir. Sous la semelle, le béton lui parut légèrement spongieux.

— Allô ? fit la voix un peu étonnée de Caroline.

En l'entendant, il eut comme un coup dans la poitrine ; son souffle se bloqua ; il ne pouvait plus parler.

— Allô ? répéta la jeune femme, agacée. J'écoute.

— Bonsoir, Caroline, réussit-il enfin à dire, c'est moi, Guillaume. Désolé de te téléphoner si tard. Je te dérange ?

Il y eut une seconde de silence.

— Non, pas du tout, répondit-elle enfin sur un ton circonspect.

« Voilà, le moment est arrivé, se dit-il avec une sorte de rage joyeuse. Je n'ai plus rien à perdre. Advienne que pourra. »

— Écoute, Caroline, j'ai... j'ai quelque chose de très important à te dire. J'en ai pour une minute. Une seule minute. Mais tu es peut-être avec quelqu'un ?

Le silence se fit de nouveau et se prolongea, cette fois.

— Non, je suis seule.

— Et alors ?

— Je vous attends.

Ce « vous » – qu'elle avait pourtant toujours utilisé en lui parlant – se transforma en coup de poing. Mais était-ce bien lui ou l'intonation subtilement impertinente de la phrase qui lui avait fait mal ? Il raccrocha, reprit place dans l'auto, haussa les épaules et – bienheureux effet de l'alcool – la phrase impertinente disparut de sa tête, emportant avec elle la douleur.

Caroline Duparquet habitait un immeuble, rue Saint-Denis, construit dans les années soixante et dont la médiocrité architecturale annonçait la modicité des loyers. Une immense baie vitrée en façade permettait d'admirer les volées de marches de l'escalier métallique qui reliait les étages. La jeune femme logeait au deuxième. Tranchemontagne y parvint sans le moindre signe d'essoufflement, malgré son excitation.

Il allait frapper à sa porte lorsque elle s'ouvrit. La jeune femme se tenait, toute droite, dans l'embrasure ; elle le scruta du regard, puis un léger sourire affleura à ses lèvres :

— Entrez, monsieur Tranchemontagne.

— Merci. Je sais parfaitement, Caroline, que si je n'avais pas un peu bu – car j'ai bu, comme tu vois –, le courage m'aurait manqué pour venir te parler comme je vais le faire. Non non, je ne veux pas aller plus loin. Ici, le dos à la porte, ça me va très bien. Très très bien, je t'assure. De toute façon, comme je te le disais, je n'en ai que pour un moment. J'ai toujours été vite en paroles, vite en action. On m'a fait ainsi. Eh bien voilà. Ce n'est pas très compliqué. Je suis venu te parler parce que je suis forcé de le faire, sinon je vais étouffer. Eh oui ! Étouffer... Je vois à ton air que tu devines tout. Bon. Ça me facilite un peu la tâche. Alors, allons-y. Je trouve, ma petite Caroline, que tu es, comment dire ? une femme... extraordinaire... et que l'homme qui te tient entre ses bras n'a plus rien à demander à la vie, car il n'a qu'à te voir, à te toucher, à te parler pour... Bref, tout va bien pour lui. Ne souris pas, je t'en prie, j'ai tous mes esprits. Ma poésie ne vaut pas cher, je le sais, mais elle vient du plus profond de moi-même ; du reste, c'est la seule que je peux t'offrir, mon pauvre esprit n'en produit pas d'autre. Voilà. Et sais-tu pourquoi je te trouve si extraordinaire ? Parce que tu te fous de tout – y compris de l'argent – et que tu n'en fais qu'à ta tête, ce dont presque personne n'est capable, car les gens sont trop lâches, il faut bien le dire. Mais je te trouve extraordinaire aussi pour une autre raison...

Un sourire rayonnant et douloureux donna pendant un instant une légèreté juvénile à ses traits amollis par l'alcool :

— Parce que tu es belle. Belle... comme le jour ou la nuit ou Dieu sait quoi... j'ai beau essayer, je n'arrive pas à l'exprimer. Ne plisse pas les lèvres comme ça, s'il te plaît ! J'en ai vu, des femmes, dans ma vie, et de toutes sortes ! Mais comme toi, jamais, je le jure ! Évidemment, je ne suis pas complètement idiot et je sais comme tout le monde que c'est mon garçon Julien qui a la chance inouïe de... I-nou-ïe, répéta-t-il, l'index en l'air, détachant chaque syllabe. Voilà ce qui m'a retenu si longtemps de venir te trouver. Comme il est jeune et, en plus, qu'il est mon garçon, ma position, bien sûr, est ridicule.

Il s'avança, lui prit les mains ; elle eut un sursaut et pâlit légèrement.

— Mais ça ne m'empêche pas de t'aimer. Je t'aime à ne plus savoir quoi faire de mes bras ni de mes jambes. Voilà ce que je voulais te dire. Maintenant que je me suis vidé le cœur, je me sens déjà un peu mieux... Peut-être voudras-tu réfléchir à mes paroles ? Sinon...

Il lâcha une de ses mains et fit le geste de jeter quelque chose par-dessus son épaule :

— À présent, il faut que je m'en aille. Bonne nuit. Quand on se verra demain au bureau, fais comme si de rien n'était. Je ferai de même.

Les bras pendants, elle le fixait sans parler, avec une expression ambiguë. Était-elle émue ou mal à l'aise ? Se retenait-elle de rire ?

— Bonne nuit, dit-elle doucement.

Il ouvrit la porte, enfila le corridor et descendit l'escalier avec tant de précipitation que les marches émirent un ronflement étrange qui terrifia les trois chats de l'immeuble.

★

Le deuxième événement se produisit quelques jours plus tard. On était au début de l'après-midi. Tranchemontagne venait de quitter Amélia après un déjeuner au restaurant arrosé d'un excellent Brouilly et marchait d'un pas rapide dans la rue Laurier à Outremont, en direction de son auto, songeant avec dépit que l'alcool venait de pulvériser son après-midi de travail. Mais, avec un peu de chance, quelques espressos bien tassés lui enlèveraient peut-être cette sensation de crème fouettée qu'il avait dans le crâne. Il aperçut alors, de l'autre côté de la rue, la devanture de Chez Lévesque. Quelques instants plus tard, accoudé au comptoir, il tentait de redonner à son esprit un peu de cette brillance que Voltaire, dit-on, attribuait à la consommation du café ; l'infusion ne manquait pas de finesse ; il en but deux tasses coup sur coup et s'informa, un peu jaloux, sur le fournisseur de l'établissement, se promettant d'envoyer Julien ou Caroline pour tenter de lui voler son client.

Le café tint sa promesse, sa torpeur leva lentement, bientôt remplacée par une fébrilité un peu inquiète ; sa pensée n'arrivait plus à se fixer, se posant ici et là, puis repartant de plus belle, ne sachant trop que faire d'elle-même. Mais une scène passait et repassait à tout moment dans sa tête, une scène qu'il n'avait pourtant *qu'entendue* : celle où son ex-femme, d'une voix vibrante et emportée, rabrouait Antonin dans une chambre à coucher. L'action tonique du café s'accompagnait, malheureusement, d'un effet physiologique de caractère beaucoup moins noble qui le força bientôt à passer aux toilettes. Et c'est là, debout en train de soulager sa vessie dans une odeur de désinfectant parfumé à la menthe, qu'il eut une idée dont l'ampleur, l'ingéniosité et la noblesse le bouleversèrent. Elle s'élevait devant lui comme un monument dressé par sa grandeur d'âme.

— Oui, c'est ça, c'est exactement ça, murmura-t-il en quittant le restaurant. Comment n'y avais-je pas pensé ? Évidemment, ils vont japper, mais je saurai leur montrer, moi, qui est le maître !

Il se rendit au bureau, où l'attendait un rendez-vous, mais tout le reste de l'après-midi sa pensée fut ailleurs. De temps à autre, il se frottait les mains de contentement, puis regardait l'heure.

— T'as l'air en forme, papa, remarqua Marie-Louise avec un sourire affectueux. Est-ce qu'on t'aurait fait une déclaration d'amour ?

Il lui jeta un regard circonspect :

— En forme ? Ouais... si on veut... Enfin, je me sens bien, sans plus, comme d'habitude, quoi.

Il quitta bientôt le bureau, prétextant une course à faire, se rendit rue Pratt, où habitait Josée, et observa longuement la propriété de son voisin dont un écriteau annonçait la mise en vente.

— Ouais... ça serait possible, ça serait tout à fait possible, marmonna-t-il avec un sourire satisfait. Mais il faut agir vite. Nous sommes le 4 août. Si mes calculs sont bons, elle revient d'Ogunquit le 24. Cela me donne un peu moins de trois semaines.

Il avait besoin de prendre l'avis de quelqu'un. Amélia était discrète et de bon conseil. Il l'appela chez elle.

— C'est une folie, s'écria-t-elle, mais elle est superbe ! Où trouves-tu ces idées, mon chou ? Ton cœur déborde d'imagination... Il faut dire qu'avec une fortune comme la tienne, tout devient facile. Quand penseras-tu à moi ? Mais, se reprit-elle, soudain méfiante, ne chercherais-tu pas à renouer avec Josée ? C'est ça, hein ? Avoue-le.

Il se mit à rire :

— Jamais de la vie ! Dans ces affaires-là, le train ne passe qu'une fois.

— Tu me le jures ? La main sur la Bible ? Bon. Je veux bien te croire... Mais, tout de même, quel projet bizarre...

Quelques minutes plus tard, Adrien Trahan, courtier en immeubles et fin connaisseur en base-ball, décrochait le téléphone et lançait un vibrant « Allô ! » de sa voix systématiquement joviale et optimiste ; c'était un quadragénaire petit et costaud, dont la lèvre supérieure s'ornait d'une moustache courte et très fournie, reflet éloquent de l'énergie dont surabondait toute sa personne ; malheureusement, le marasme qui sévissait depuis trop longtemps dans le marché immobilier l'avait rendu sujet à des insomnies et à des brûlures d'estomac, malaises amplifiés par une certaine incapacité à régler ses dettes avec célérité, ce qui avait quelque peu fragilisé sa profonde honnêteté naturelle.

— La propriété du 947, rue Pratt ? C'est une aubaine magnifique, mon cher monsieur, qui vient tout juste d'apparaître sur le marché (il mentait). Alors là, je dois reconnaître que vous avez du flair et même que vous êtes un homme de goût, monsieur... monsieur ? Tranchemontagne ? Guillaume Tranchemontagne ? Ravi de faire votre connaissance, monsieur. Oui, je disais que vous êtes un homme de goût, car il s'agit d'une *superbe* maison construite au début du siècle par un gros importateur de chocolat du nom de Harry Belaf... Son propriétaire actuel ? Oh ! il s'agit d'un couple d'un certain âge, monsieur et madame Oswald Sniffunling, des gens charmants. Le mari vient d'obtenir une mutation à Toronto, voyez-vous, et il a hâte de procéder à cette vente, ce qui vous place, évidemment, dans une situation particulièrement avantageuse.

Adrien Trahan allongea la main vers un cendrier où une cigarette répandait ses bienfaits en pure perte et il était en train d'arrondir ses lèvres pour aspirer la précieuse fumée lorsque ses yeux s'arrondirent également, perdant leur joyeux éclat :

— Vous... vous voulez n'acheter qu'une partie du terrain ? Oh ! je doute fort que monsieur Sniffunling... C'est que cela va beaucoup diminuer la valeur de sa propriété, vous comprenez, sans compter qu'il faudrait obtenir de la municipalité un permis de subdivision de lot, ce que la ville d'Outremont... Quinze mètres de largeur... Voilà un bien petit terrain ! Outremont n'acceptera jamais que vous construisiez sur un espace aussi... Ah ! c'est pour l'adjoindre au terrain voisin... Je comprends, je comprends, monsieur Tranchemontagne...

La conversation se poursuivit encore quelques minutes. Tranchemontagne assura à Trahan que ses contacts à l'hôtel de ville lui permettraient d'obtenir sans trop de problèmes le permis de subdivision demandé et qu'il était prêt à offrir jusqu'à cinquante mille dollars pour la portion de terrain en question. La moitié de la différence entre cette somme et le prix qu'il payerait irait à son interlocuteur, promit l'homme d'affaires. Ce serait une façon de lui témoigner sa reconnaissance.

Trois jours plus tard, Oswald et Greta Sniffunling, au terme d'un lessivage de cerveau qui les avait laissés un peu hagards, cédaient la bande de terrain convoitée pour la somme de trente-neuf mille dollars et Adrien Trahan invitait son client à boire tranquillement un verre Chez Lévesque.

Entre-temps, l'homme d'affaires, déployant une énergie incroyable, avait obtenu le certificat d'arpentage, le plan de subdivision et toutes les autorisations municipales requises, puis était passé chez le notaire pour faire enregistrer la transaction en faveur de son ex-femme. La seconde phase de son projet pouvait débuter. Ses nombreuses absences commençaient à faire jaser au bureau. Prétextant un nouvel accès de fatigue, Tranchemontagne annonça qu'il avait décidé de débrayer pour une semaine ou deux.

— Prends-en trois ou quatre, si tu veux, lui proposa Antonin, ravi, tu n'es plus un jeune homme, après tout. On est là pour veiller au grain.

Le lendemain de la vente, un paysagiste venait déplacer la haie qui délimitait les deux propriétés. Il terminait à peine son travail qu'une excavatrice arrivait pour creuser un énorme trou au fond du terrain. Le lendemain, on y coulait une piscine de béton. Une semaine plus tard, on la remplissait, tandis que des ouvriers posaient des bandes de pelouse et plantaient des arbustes et des massifs de fleurs. L'opération, qui venait de coûter soixante-dix mille dollars, avait obligé Tranchemontagne à vendre un important bloc d'actions avec une légère perte. Mais, le jour de la fin des travaux, c'est un homme heureux qui se promenait sur le terrain réaménagé et agrandi, posant un regard orgueilleux sur son œuvre.

« Au début, elle ne comprendra pas. Elle croira à une tentative de réconciliation. Je la laisserai mijoter un peu et ensuite je lui raconterai tout : " Écoute, Josée, le jour de la fête de Charles-Élie, je t'ai surprise, sans le vouloir, en train de discuter avec Antonin. Ta générosité m'a beaucoup touché... à un point que tu ne pourrais imaginer... J'y pensais sans arrêt... Alors voilà, ce petit cadeau, c'est une façon pour moi – un peu maladroite, peut-être – de te remercier de ton appui... et peut-être aussi d'essayer de me faire pardonner tout le mal que je t'ai causé." »

Il imagine son émotion. Elle ne cesse de fixer la piscine, abasourdie, ses yeux se remplissent de larmes, elle balbutie quelque chose, lui prend les mains... et la place qu'il occupe dans son estime grandit, grandit...

23

Ce n'est qu'une fois rentré chez lui et son excitation un peu tombée qu'il réalisa clairement l'ampleur et les conséquences possibles de son geste. Assis au salon, cognac à la main, il se prit à réfléchir. La somme en cause était élevée, dépassant de loin toutes celles qu'il avait consacrées à sa croisade de bienfaisance. Et il était évidemment impossible de tenir la chose secrète : l'apparition soudaine d'une piscine dans la propriété agrandie de son ex-femme avait autant de chances de passer inaperçue que la découverte d'un drakkar dans le métro de Montréal. Ses enfants lui demanderaient comment il avait financé ses largesses de pharaon. Son geste, après leur récente querelle, serait vu comme une nouvelle provocation et paraîtrait d'autant plus odieux. Il imaginait déjà la consternation de Julien et de Marie-Louise, mais c'est d'Antonin que viendraient les pires coups. Il se mit à regretter son cadeau, mais cela ne dura qu'un instant. C'est à un besoin pressant, profond, tyrannique qu'il avait répondu en agissant ainsi, le besoin de régler ses comptes avec les autres pour être en paix avec lui-même. Le sentiment d'avoir bien agi l'emportait sur son appréhension, mais celle-ci continuait de le grignoter. Ah ! qu'il aurait été bon de s'ouvrir à quelqu'un ! Noémie travaillait à son Provisoir et passerait la soirée – et sans doute la nuit – avec son petit ami. Depuis sa déclaration d'amour, Caroline, sans l'éviter, se montrait circonspecte avec lui et il ne se sentait pas le courage de se confier à elle une seconde fois. Amélia était à Cartierville en train d'aider une cousine à déménager et il ne pouvait la joindre. Il téléphona donc à Raoul Marleau, même s'il connaissait d'avance sa réaction.

— Attends-moi, j'arrive, répondit ce dernier, à peine Tranche-montagne lui eut-il glissé trois mots de l'affaire.

Une demi-heure plus tard, il sonnait à la porte, portant la fameuse cravate noire taillée dans une des redingotes de Louis XVI qui lui avait coûté si cher, et demandait à se faire conduire chez Josée. Il examina longuement la piscine, arpenta le jardin, examinant pelouse, arbustes et fleurs, et s'enquit sur les dimensions du terrain acheté.

— Et combien tout cela t'a-t-il coûté, Guillaume ?

En apprenant le montant, il garda d'abord le silence, mais au regard qu'il lui jeta, Tranchemontagne comprit que son ami le croyait atteint de folie et les ménagements qu'il prit en lui parlant firent courir un frisson dans son dos.

— Écoute, mon vieux, voilà déjà un bon petit moment que tu n'es pas... euh... au meilleur de ta forme, si on veut. Ça ne peut pas continuer ainsi. Tu dois aller consulter quelqu'un, Guillaume, sinon ton état va empirer et alors... euh... cela peut devenir très désagréable.

— C'est ça, dis-moi que j'ai perdu la boule, ricana l'autre. Dis-le ! Appelle une ambulance et demande qu'on m'enfile une camisole de force. Rends-moi ce service, je te prie.

— Allons, allons, calme-toi. Qui parle de perdre la boule ? Personne n'en a parlé. Ce n'est sans doute qu'un peu de surme-nage et il suffirait...

— Surmenage ! elle est bien bonne ! Il se trouve que j'ai de l'argent – pas mal, même – et que je veux utiliser un peu de cet argent...

— Un peu !

— ...pour rendre heureux des gens autour de moi, après avoir fait tant de malheureux tout au long de ma vie. Et alors, qu'est-ce qu'on dit de moi ? On dit que je suis devenu fou ! Je sais, je sais, tu n'as pas utilisé le mot, mais il est écrit dans tes yeux ! Alors, selon toi, il n'y a que les crapules et les égoïstes qui sont vraiment normaux ? Qu'en penses-tu ?

— Je pense, mon cher ami, au risque de me répéter, qu'à l'allure où tu vas, ta fortune dans un an ne vaudra pas une pelure de patate et que tes enfants auront perdu leur gagne-pain ! Voilà ce que je pense ! Et si mon opinion n'est pas de ton goût, eh bien, tu n'avais qu'à ne pas me la demander !

Et, poussant un long sifflement par le nez, il tourna les talons.

Tranchemontagne revint chez lui et se remit au cognac. Augustine Dubuc, rentrée de ses courses, s'affairait dans la cuisine. Elle apparut bientôt dans le salon et annonça que le dîner était servi.

Il se rendit à la salle à manger, aperçut son couvert, le seul sur la table, et trouva la pièce sinistre.

— Avez-vous pris les messages au répondeur, madame Dubuc ? lança-t-il en direction de la cuisine. Est-ce que Noémie vient dîner ?

— Elle n'a pas appelé.

Il soupira, s'assit, se coupa une tranche de pain, y étendit un peu de beurre.

— Madame Dubuc, venez ici, je vous prie, j'ai à vous parler. Dites-moi... Vous savez que mon ex-femme aime beaucoup la natation, n'est-ce pas ? Alors, comment réagirait-elle, à votre avis, si quelqu'un lui offrait... euh... lui offrait, par exemple...

Il se troubla et, agitant la main avec un sourire penaud :

— Bah ! oubliez ce que je viens de dire. J'ai l'esprit un peu embrouillé ce soir.

La gouvernante posa sur lui un long regard narquois :

— Monsieur Tranchemontagne, sans vouloir vous offenser... combien avez-vous pris de cognacs ce soir ?

— Un peu trop, je crois.

— C'est ce que je n'aurais pas osé vous faire remarquer.

— Et vous auriez eu diablement raison, bougonna l'homme d'affaires en attaquant d'une main quelque peu incertaine sa salade d'épinards.

Il n'avait pas pris trois bouchées que Noémie apparaissait dans l'embrasure de la porte.

— Tiens ! la petite amoureuse qui revient au bercail ! Tu n'as pas soupé, j'espère ? Eh bien ! tant mieux ! je déteste manger seul. Madame Dubuc ! apportez donc un autre couvert, s'il vous plaît ! Ma petite Noémie a l'air de mourir de faim.

La jeune fille, interdite, s'assit en face de lui avec un sourire forcé. La joie un peu trop bruyante de son père, dont elle avait tout de suite deviné la cause, lui rappelait de pénibles souvenirs familiaux.

— Comment vas-tu ? fit l'homme d'affaires en lui caressant le bout des doigts.

Sa main se crispa et elle dut faire un effort pour ne pas la retirer.

— Bien. Et toi ?

Il vit son trouble, en comprit l'origine et se sentit honteux.

— Excuse-moi, j'ai un peu trop bu ce soir, ce n'est pas dans mes habitudes. Je me sentais un peu tendu. Mais ça va mieux à présent.

Augustine Dubuc apparut avec un plateau et les enveloppa d'un regard scrutateur. Apparemment satisfaite de l'état des choses, elle disposa un couvert devant Noémie et lui présenta le saladier.

— Je suppose, fit-elle avec une redoutable sobriété, que vous ne voudrez pas prendre de vin ce soir, monsieur Tranchemontagne ?

— Non, justement, je n'en ai pas envie. Mais toi, Noémie ?

— Non merci. Tu as des soucis, papa ? demanda-t-elle à voix basse dès que la gouvernante fut partie.

— Qui n'en a pas, ma chouette ? Mais ce n'est rien de grave, se reprit-il aussitôt en voyant son air alarmé. Une histoire idiote, ne t'inquiète pas. Où est Thomas ? Est-ce qu'il s'est noyé dans la crème glacée ?

Elle leva sur lui un regard navré :

— Il remplace un employé qui a foutu le camp hier sans avertir. Et ça risque de durer quelques jours... tant qu'on n'aura pas engagé quelqu'un d'autre.

« Les soirées sont gâchées, mais les nuits restent intactes », faillit répondre l'homme d'affaires ; il se retint, jugeant sa plaisanterie de mauvais goût. Une inspiration subite lui vint :

— Dis donc, puisque tu as un peu de temps, j'aimerais t'amener voir quelque chose tout près d'ici. Ça ne te dérange pas trop ?

Une demi-heure plus tard, ils arrivaient devant la maison de Josée Vincelette. Faisant signe à sa fille de le suivre, il s'avança jusqu'au fond du jardin et s'arrêta devant la piscine :

— Ça te plaît ?

— Où sommes-nous ? demanda Noémie, intriguée.

— Chez mon ex-femme. Elle est absente encore pour quelques jours. Et alors... ça te plaît ? répéta-t-il.

La jeune fille promena son regard autour d'elle, puis, de plus en plus étonnée :

— Oui... c'est bien. Mais pourquoi m'as-tu amenée ici ?

Dans un grand geste, l'homme d'affaires montra la piscine et le jardin :

— Il y a huit jours, rien de tout cela n'existait. En fait, le terrain se terminait ici, ajouta-t-il en traçant de l'index une ligne imaginaire.

— Et alors ?

— Tu ne devines donc pas ? C'est moi qui l'ai agrandi... fait construire la piscine et paysager la nouvelle partie du jardin.

Noémie le fixait en silence avec une expression légèrement crispée.

— Comme elle adore la natation, poursuivit Tranchemontagne d'une voix tout à coup moins assurée, j'ai voulu lui faire une petite surprise.

— Une surprise ? Une surprise pourquoi ?

— Pour la remercier d'un service qu'elle vient de me rendre... et aussi pour lui montrer que, même si nous ne vivons plus ensemble depuis quinze ans, je continue d'avoir pour elle beaucoup d'estime.

Noémie fit quelques pas le long de la piscine, frôla de la main un arbuste, puis revint lentement vers l'homme d'affaires :

— Et... combien tout cela t'a-t-il coûté, papa ?

Il eut un rire nerveux :

— Cher ! Mais enfin, je peux me le permettre. Si l'argent ne sert pas à rendre les gens heureux, à quoi peut-il bien servir ?

Il lui mit la main sur l'épaule :

— Et alors, comment trouves-tu mon idée ?

— Je ne sais pas, papa... Je ne sais pas quel service elle t'a rendu... Il était sûrement important, car je n'ai jamais vu personne recevoir un aussi gros cadeau... Elle sera très surprise !

L'anxiété se lisait maintenant dans ses yeux :

— Mais, dis-moi, papa... combien tout cela t'a-t-il coûté ?

Il eut un geste d'impatience :

— Allons, tu ne vas pas devenir comme Antonin, non ? S'il pouvait récupérer l'air qui lui sort par le nez pour le vendre, il n'hésiterait pas, l'animal... Sa mesquinerie me fait lever le cœur. La mesquinerie... y a-t-il pire défaut ? Je parle en connaissance de cause : je l'ai pratiquée une bonne partie de ma vie !

Ils retournèrent à la maison. De temps à autre, Noémie, la mine soucieuse, levait les yeux vers son père qui sifflotait d'un air faussement détaché ; leurs regards se rencontrèrent, ils échangèrent un sourire. Elle lui saisit la main et, prenant une grande inspiration pour essayer de maîtriser les tremblements de sa voix :

— Papa, tu es trop bon... Ton cœur t'aveugle... Qu'est-ce que tu cherches en agissant ainsi ? Ça va finir par te porter malheur... Est-ce que tu avais parlé... aux autres de ton projet ?

— Tu veux rire ? Ça ne les regarde pas ! Mon argent m'appartient. Ils en feront bien ce qu'ils voudront après ma mort, mais pour l'instant, c'est moi qui joue avec mes billes, personne d'autre.

Il accéléra le pas. Son visage avait pris une expression maussade et il avait cessé de siffloter.

— Antonin va être furieux, murmura Noémie, comme pour elle-même.

Son estomac se serra douloureusement. Elle sentait comme une masse sombre et menaçante dressée au-dessus d'elle-même. Sa vie allait-elle être bouleversée encore une fois ?

★

Sa douche prise, Tranchemontagne redescendait au salon lorsque Augustine Dubuc apparut au pied de l'escalier, un bout de papier à la main :

— Un certain monsieur Ferlatte vient d'appeler. Il veut absolument vous parler.

— Ah oui ? répondit joyeusement l'homme d'affaires.

L'instant d'après, il l'avait au bout du fil.

— Mon cher Guillaume, fit le vieillard de sa voix toute crevassée, comment te remercier ? Ton ami imprimeur – dont j'oublie le nom, hélas ! – m'a fait parvenir tout à l'heure une grosse boîte pleine de cartes professionnelles. Un véritable trésor !

— Ça vous plaît ? fit Tranchemontagne avec un sourire épanoui.

— Si ça me plaît ? Ça va faire ma joie pendant des semaines et des semaines. Tu es un homme bon, Guillaume, meilleur que bien d'autres. Si Dieu existait, il serait content de toi. Tu continues de penser à ton vieux professeur, même s'il ne peut plus te servir à grand-chose. J'étais couché dans mon lit, en train d'essayer de dormir, mais j'ai dû me lever pour te parler, malgré l'heure tardive, sinon j'aurais passé une nuit blanche. Merci ! Merci encore une fois !

225

— Eh bien ! vous me voyez ravi, répondit l'autre, partagé entre l'émotion et une envie de rire. Je vais demander à mon imprimeur de continuer à vous envoyer ses cartes. Il se retrouve souvent avec des surplus. Si jamais...

Un chuintement étrange l'interrompit.

— Bonne nuit, mon garçon, articula péniblement Ferlatte.

Et il raccrocha.

— Ma foi, il pleurait, murmura Tranchemontagne. Pour une boîte de vieilles cartes ! J'aurai bien de la chance si je fais autant de plaisir avec ma piscine...

24

Debout devant son auto, un sac de voyage à la main, Josée Vincelette contemplait le jardin, ahurie. Elle resta un long moment, immobile, sur le trottoir, marmonnant des mots sans suite, puis déposa le sac à ses pieds et se frotta les yeux. Mais l'image persistait. Alors, s'avançant d'un pas de somnambule sur son terrain devenu immense, elle s'approcha de la piscine, l'examina d'un œil incrédule, puis s'accroupit devant, plongeant le regard dans l'eau bleutée.

En femme méthodique et disciplinée, elle décida alors de mettre de côté pour quelques moments cette affaire inouïe qui lui arrivait dessus comme un troupeau de bisons au galop, transporta ses bagages dans la maison et se versa un cognac, car la fatigue du voyage, ajoutée à l'effet de cette gigantesque surprise, lui avait un peu embrumé l'esprit.

Sa tasse à la main, elle se glissa ensuite dans un bain chaud. Qui donc avait pu lui faire ce somptueux cadeau ? Ce ne pouvait être que son ex-mari. Elle ne connaissait personne d'autre avec cette main lourde et autoritaire, qui donnait et enlevait avec la même brusquerie. Mais pourquoi avait-il agi ainsi ? Plus elle réfléchissait à l'affaire, plus elle y entrevoyait de désagréments.

Elle se rhabilla, téléphona chez Délicaf, où Tranchemontagne attendait fébrilement son appel, et lui demanda de venir la trouver.

— Tout de suite, fit-il.

Anxieux de connaître sa réaction, il chercha à pousser plus loin la conversation, mais elle y coupa court et raccrocha. La froideur du ton lui déplut et l'alarma.

— Allons ! grommela-t-il en se dirigeant vers son auto, est-ce que cette histoire va tourner au gâchis ? Marleau aurait donc raison ?

Dix minutes plus tard, il sonnait à sa porte. Elle ouvrit, le salua d'un bref signe de tête et l'amena dans la cuisine. On apercevait la piscine par une porte-fenêtre.

— Pourquoi ? lui demanda-t-elle en la lui montrant de la main. Je ne comprends pas.

— Eh bien... parce que tu aimes la natation, c't'affaire ! Est-ce que ça ne te fait pas plaisir ? Je pensais te faire plaisir.

Elle le regarda un moment sans parler. S'il ne l'avait si bien connue, il n'aurait pu détecter sur son visage en apparence impassible cet imperceptible durcissement des traits qui révélait une sourde contrariété. C'était le visage des mauvais jours et des grandes querelles. Il avait fini par le détester et par en oublier l'autre, celui de la tendresse, de la douce gaieté et de l'humour taquin, que les années et la mésentente avaient fini par dévorer.

— Combien tout cela a-t-il coûté ? demanda-t-elle enfin.

Il eut une moue sarcastique :

— Voilà le genre de questions que ma mère nous recommandait de ne jamais poser quand on recevait un cadeau.

— Écoute, Guillaume, nous ne sommes plus des enfants. Parlons net. Qu'est-ce que tu veux ? Me reconquérir ? Reprendre la vie commune ?

Il éclata de rire et agita les mains comme pour repousser une guêpe :

— Dieu m'en garde ! Nous nous sommes déjà fait assez de mal comme cela, ne trouves-tu pas ?

Elle repoussa nerveusement une mèche de cheveux, tandis qu'une expression de soulagement atténuait un peu la rigueur de ses traits.

— Alors, je comprends de moins en moins. Tu joues au saint ? Tu voudrais qu'on te canonise de ton vivant ? As-tu pensé qu'après tes derniers... exploits, les enfants seront furieux comme jamais ? Ils ont l'impression – fausse ou pas, je n'en sais rien – de voir fondre leur héritage à vue d'œil. Tu leur as tout caché, évidemment, c'est ça ? Je le pensais bien. Mon Dieu ! quelle histoire... Et puis, au risque d'avoir l'air ingrate, est-ce que je peux me permettre d'attirer ton attention sur le fait que ton cadeau vient de faire grimper mon évaluation foncière d'une façon faramineuse ? Eh bien oui ! je m'excuse d'être aussi terre à terre, mais mon prochain compte de taxes municipales ne sera pas beau à voir !

Il bondit sur ses pieds, fit demi-tour comme pour quitter la pièce, puis se rassit, bouillant de colère :

— Je la paierai, ton augmentation de taxes, si tu dois en perdre le sommeil ! Ah ! quel gâchis ! Marleau avait bien raison ! Pour être heureux, il faut rester tout seul dans son coin à s'occuper de ses petites affaires ! Dès qu'on tend la main, il y a quelqu'un pour nous mordre ! Mais tu me parlais des enfants ? Eh bien ! parlons-en ! Qu'est-ce qu'ils viennent faire dans cette histoire ? Est-ce que je leur dois des comptes ? Qui a bâti Délicaf ? Ce sont eux, peut-être ? Je ne veux plus qu'on m'embête avec ces questions. Si jamais ils s'en avisent, je les fous à la porte, et que le bon Dieu les bénisse !

Elle le regardait, interdite, consternée, un peu effrayée. Il lui trouva l'air si malheureux que sa colère tomba d'un coup :

— Écoute, j'aurais voulu éviter de parler de certaines choses, mais tu me forces à le faire... Cette piscine, c'était... – comment dire ? – une façon pour moi de te remercier. Oui, de te remercier. L'autre jour, à la fête de Charles-Élie... sans le vouloir, je vous ai surpris, toi et Antonin, en train de parler de moi. Alors, quand je t'ai entendue prendre ma défense si généreusement malgré... malgré toutes ces dures années que nous avons vécues ensemble, je... je n'en croyais pas mes oreilles... J'aurais voulu te dire... Mais, en fait, qu'est-ce que je pouvais te dire ? Alors j'ai pensé... comme tu aimes beaucoup la natation... Voilà le fond de l'affaire. À présent, tu sais tout. Je voulais me montrer délicat et j'ai sans doute fait le pataud. Que veux-tu ? Chacun est comme il est.

Il se leva, lui tendit la main :

— Bonne natation. Envoie-moi ton compte de taxes, je m'occuperai de la différence. Chaque année. En échange, j'ai un petit service à te demander : laisse-moi annoncer moi-même aux enfants le cadeau que je viens de te faire. Ça me permettra de mieux parer leurs coups.

Elle esquissa un geste pour le retenir, mais son bras retomba. Quelque chose de tendre et de compatissant avait bougé en elle, mais, encore une fois, la peur de se laisser dominer par l'émotion l'avait paralysée. Dans les circonstances, se dit-elle avec tristesse, c'était sans doute une peur bien inspirée. En quoi pouvait-elle aider, en effet, un homme qui lui était devenu à ce point étranger ?

25

Depuis deux jours, Amélia ne lui trouvait pas bonne mine. Elle avait tenté de le convaincre de l'accompagner chez Nautilus pour profiter du jacuzzi : cela procurait une si divine détente ! Il avait refusé, disant qu'il n'aimait pas cette impression d'être un caleçon dans une machine à laver. Alors elle l'avait invité un soir chez elle et l'avait soumis au régime méditerranéen (salade à l'huile d'olive, pâtes fraîches au basilic, fromage, vin rouge, corbeille de fruits) ; chaque fois qu'elle s'y mettait, le régime lui faisait retrouver sa vitalité de petite fille. Il avait mangé avec appétit et, le vin aidant, avait retrouvé pendant un moment sa bonne humeur. Au café, elle lui avait frôlé les jambes sous la table. Il s'était enflammé, mais lui avait ensuite fait l'amour avec une précipitation de collégien. Restée sur son appétit, elle lui avait souligné son indélicatesse par une remarque qui l'avait assombri.

Si au moins il avait accepté de lui expliquer la raison de ses tourments ! Pour toute confidence, elle devait se contenter de deux phrases : « Il n'y a pas pires ingrats que ses propres enfants » et « Cette maudite baraque à café me casse les pieds ; un de ces jours, je vais la fermer ! » Toute inquisition de sa part le mettait en rogne, et particulièrement les allusions à la fameuse piscine, qui jouait sûrement un rôle majeur dans cette histoire. Et pourtant, elle aurait tant voulu l'aider… C'est que, malgré ses côtés parfois un peu rustres, il lui plaisait, cet homme ! « Je ne sais pas ce que tu me trouves, lui répondait-il parfois avec un sourire narquois, je suis quelqu'un d'odieux. » Il se trompait : dans ses bons jours, il avait de ces regards tendres, de ces attentions subites, de ces petites phrases caressantes qu'elle ne lui avait pas connus durant leur première liaison. Elle aimait son rire bruyant, sa façon pragmatique de voir les choses et même ses manières expéditives d'homme d'affaires pressé qui lui procuraient souvent un délicieux sentiment de sécurité. Mais elle ne devait pas donner l'impression de s'accrocher à lui. Ça, non, jamais ! Leurs liens si fragiles ne le supporteraient pas. Au contraire, elle devait simuler l'indépendance, se caparaçonner contre ses mouvements d'impatience (quelque chose en elle lui tapait parfois sur les nerfs, elle ne savait trop quoi) et pousser leur relation le plus loin qu'elle le pouvait. Chaque mois qui passait était gagné sur la solitude.

Un soir, voulant lui faire plaisir, elle l'invita à déjeuner le lendemain à la taverne Saint-Régis, rue Sainte-Catherine. Elle n'aimait guère ces endroits primitifs qui puaient la bière, la cigarette et l'ivrogne mal lavé, mais il adorait y manger, lui, surtout en début de journée. Alors, pourquoi pas ? En s'installant à l'écart près d'une fenêtre, elle arriverait sans doute à mieux supporter l'odeur.

Ils s'y donnèrent rendez-vous pour sept heures (c'était un matinal). Comme ils habitaient loin l'un de l'autre et devaient se quitter aussitôt après, ils avaient convenu de se rendre à la taverne séparément.

À sept heures pile, Guillaume Tranchemontagne se présentait à l'établissement. La salle, étroite et longue comme deux wagons, était presque vide (c'était parfait, il adorait commencer la journée dans le calme). Amélia n'était pas encore arrivée, ce qui ne le surprit pas, car la ponctualité n'était pas son fort. Il prit un exemplaire du *Journal de Montréal* et s'installa au milieu de la salle, vis-à-vis du comptoir.

En face de lui, un sexagénaire affligé d'une monumentale bedaine, les cheveux teints en noir, une cigarette aux lèvres, son paquet devant lui, contemplait, l'œil à demi fermé, ses deux verres remplis de bière rousse, préparant tranquillement en ce beau matin ensoleillé les sueurs de sa future agonie. L'homme jeta à Tranchemontagne un regard sarcastique ; il avait tout de suite deviné à son allure que ce dernier faisait partie de la « haute » et constituait donc un corps étranger dans l'auguste endroit où il se trouvait.

Un serveur s'approcha, l'homme d'affaires commanda un café,

ajoutant qu'il attendait quelqu'un, puis se replongea dans la lecture du journal. Vingt minutes passèrent. Tranchemontagne, la mine maussade, consultait sa montre de plus en plus souvent, l'estomac rempli de gargouillis. À la fin, n'y tenant plus, il commanda des œufs au bacon, des rôties et un plat de fèves au lard et se mit à manger à toute vitesse en buvant beaucoup de café.

Le sexagénaire continuait de le fixer d'un air vaguement sarcastique ; soudain, il se décida à lui parler :

— C'est bon, des œufs au bacon... Moi, c'est un de mes plats favoris. Malheureusement, je peux plus en manger.

— Ah non ? fit Tranchemontagne, un peu étonné par l'intervention du vieil homme.

— Eh non ! Le docteur m'a dit : « Mon ami, si tu veux pas te retrouver bientôt dans une boîte en planches de sapin, coupe le gras, coupe la fumée et coupe la bière. T'es plus à l'âge où on peut jouer avec sa santé. T'es rendu à l'âge où il faut la ménager ! » C'est ce qu'il m'a dit.

— Ah bon.

— Alors, j'ai coupé le gras. Mais mon couteau, à présent, est tout ébréché ! J'arrive plus à couper rien d'autre !

Et, ravi de sa plaisanterie, il éclata de rire, accompagné poliment par l'homme d'affaires.

Quand il eut repris un peu son souffle et que sa toux se fut calmée, il se pencha légèrement vers son compagnon (l'ampleur de son ventre, du reste, ne lui aurait pas permis de se pencher d'une autre façon) :

— Mais vous-même, là, je vous regarde... Je sais bien que ce n'est pas mes affaires, mais... vous m'avez l'air pas mal fatigué... La santé, ça va ?

— Oui, bien sûr, ça va, répondit sèchement Tranchemontagne en détournant légèrement la tête pour indiquer à l'autre qu'il désirait qu'on le laisse tranquillement à sa lecture.

Le vieil homme vida lentement un verre, promena son regard dans la salle, puis, apparemment insensible aux manières distantes de son voisin, toussota deux ou trois fois pour attirer son attention :

— Vous attendez quelqu'un, à ce que je vois ?

— Oui, j'attends quelqu'un qui n'a pas l'air très pressé d'arriver. Et justement, vous m'excuserez, je vais aller lui téléphoner.

— Le téléphone public est au fond.

« C'est vraiment un gars plein aux as, se dit-il en le regardant s'éloigner, le genre de gars avec un gros chalet dans le Nord au bord d'un lac, une BMW et un bar rempli de tout ce qu'il faut. »

— Et alors ? demanda-t-il quand Tranchemontagne revint s'asseoir, la mine déconfite.

— Elle ne répond pas. Je ne sais pas ce qui s'est passé.

— Les femmes sont comme ça. Il faut pas trop s'inquiéter. Elle a dû changer d'idée. Elles ont la tête faite de même : les idées y restent pas.

— Je suis quand même étonné. C'est elle qui avait fixé le rendez-vous ici.

— Ah oui ?

Une lueur lubrique frétilla dans ses yeux :

— Les femmes choisissent rarement ce genre d'endroit pour un rendez-vous. Elle doit être assez jeune...

— Pas plus que ça. Eh bien, bonne journée, monsieur.

Et, lui tournant le dos, il alla régler l'addition au comptoir.

Le vieux buveur avala une énorme gorgée de bière et la laissa glisser par petites vagues dans son œsophage, l'œil fixé sur Tranchemontagne qui s'éloignait vers la sortie. Il essayait d'imaginer la femme qu'avait attendue en vain ce bonhomme décidément un peu crâneur (la bienveillance qu'il avait ressentie à son égard fondait rapidement) et soudain, par une association d'idées inexplicable, il se revit à dix-neuf ans, svelte et beau garçon, attendant le cœur battant sa première blonde dans le parc Molson ; une tristesse si déchirante l'envahit qu'il bougea lourdement sur sa chaise en toussotant et commanda deux autres bières.

Tranchemontagne venait de monter dans sa Mercedes et ressentait lui aussi un pressant besoin d'alcool ; il aurait volontiers échangé ses deux derniers cafés contre un bock de bière glacée, car l'étrange absence d'Amélia lui avait mis les nerfs en boule, le remplissant d'une irritation inquiète, et la perspective d'annoncer à ses enfants sa dernière largesse (car il avait décidé de procéder ce matin même) n'avait rien pour l'égayer.

Il filait sur l'avenue Papineau, se préparant à bifurquer dans une rue latérale pour rejoindre la rue Marie-Anne, lorsqu'il aperçut tout à coup, marchant à grandes enjambées sur le trottoir, l'étrange clochard du Palais du Commerce qui était venu lui remettre son portefeuille égaré. Il ralentit, baissa sa glace et, s'arrêtant à la hauteur de l'individu :

— Monsieur ! Bonjour, monsieur !

L'autre eut un violent sursaut et s'arrêta.

— Bonjour, monsieur, reprit Tranchemontagne. Vous me reconnaissez, n'est-ce pas ?

Le clochard, encore tout saisi, fit lentement signe que oui de la tête.

— Est-ce que je peux vous déposer quelque part ? Ça me ferait vraiment plaisir, vous savez. Il est si rare de nos jours de voir des gens comme vous se comporter d'une façon si... En fait, l'honnêteté est une grande qualité que malheureusement bien peu... Je vous en prie, montez. Je serais enchanté de pouvoir vous conduire où vous voulez.

Le clochard balançait légèrement la tête sans répondre tandis qu'une vague expression de méfiance se dessinait dans son visage comme s'il eût craint un coup fourré ou un désagrément. Mais le large sourire et la voix chaleureuse de l'homme d'affaires finirent apparemment par le rassurer ; il contourna l'auto, ouvrit la portière et s'assit près de Tranchemontagne. Deux choses frappèrent aussitôt ce dernier : l'état lamentable des chaussures de son passager, dont la semelle menaçait à tout moment de se détacher, et une légère odeur aigre-douce de lait suri qui lui fit pincer imperceptiblement les narines.

— Merci, murmura doucement l'homme en regardant droit devant lui.

— Où est-ce que je peux vous conduire ?

— Je m'en vais chez ma mère, au 5292, rue Des Érables.

Tranchemontagne tourna un coin de rue et se dirigea vers l'est.

— Je tenais à vous remercier encore une fois pour votre beau geste.

L'autre se contenta de serrer les lèvres et hocha de nouveau la tête, le regard toujours rivé droit devant lui.

— C'est normal, murmura-t-il enfin.

— Oh ! pas si normal que ça, vous savez... Est-ce que... est-ce que je peux me permettre de vous demander votre nom ?

— Adélard Bonnet.

— Bonnet, Bonnet... c'est un nom assez peu répandu, ça...

— Il y en a quatre-vingt-sept dans le bottin de Montréal, répondit le clochard d'une voix teintée d'un soupçon de résignation.

— Tiens ! je ne savais pas... Il y a tant de choses qu'on ne sait pas... Les gens ont telle opinion alors qu'au contraire... Eh bien ! Bonnet. C'est un joli nom.

— Je ne l'aime pas tellement.

— Ah bon ! Et... votre mère... elle va bien, j'espère ?

— C'est une femme âgée.

— Oui, bien sûr. Mais avec un peu de chance et un bon régime de vie, il arrive souvent que, même à un âge avancé, on jouisse de...

— Oui, cela arrive.

Mais sa voix extraordinairement triste semblait indiquer que le cas ne s'appliquait pas à sa mère.

Tranchemontagne, qui continuait de se creuser la tête pour meubler la conversation et se montrer gentil, crut avoir trouvé un nouveau filon :

— Vous la voyez souvent, votre mère ?

— Non, pas tellement. En fait, il s'agit plutôt de mon père.

— Vous voulez dire que...

Alors, l'autre, pour la première fois, se tourna vers lui, le regard rempli d'une profonde gravité :

— Que ma mère est plutôt mon père. C'est bien ça.

Un long moment de silence succéda à cette affirmation pour le moins étonnante, qui diminua fortement chez l'homme d'affaires l'envie de poursuivre la conversation. Il se mit à chantonner, jetant de temps à autre un regard à la dérobée sur son compagnon qui s'amusait à faire bâiller ses souliers en agitant lentement les orteils.

La rue Des Érables apparut. L'homme d'affaires tourna à droite et se mit à surveiller les numéros du coin de l'œil.

— J'aimerais que vous vous arrêtiez ici, demanda soudain le clochard.

L'auto s'immobilisa devant un canapé à demi éventré qui prenait l'air sur le trottoir.

— Attendez, je vous en prie, fit Tranchemontagne au moment où l'homme ouvrait la portière. Est-ce que je peux me permettre... Faites-moi le plaisir, poursuivit-il en sortant son portefeuille d'une main fébrile, de vous offrir... ceci... Je vous en prie. Je vous en prie.

Et il lui présenta deux billets de vingt dollars.

Une expression d'effroi dilata les yeux du clochard :

— Mon Dieu ! c'est beaucoup trop... Jamais je ne saurai quoi faire de tout cet argent.

— Mais pourtant... à votre place... est-ce que vous ne pensez pas que... par exemple, sans vouloir vous offenser... vos souliers...

— Non. Non. C'est beaucoup trop, répéta l'autre avec fermeté.

Il fixait les billets d'un œil effaré, la main agrippée convulsivement à la poignée de la portière :

— Quatre... quatre dollars me suffiront. C'est un emprunt, précisa-t-il. Je vous les remettrai dans trois jours, au plus tard.

Tranchemontagne eut beau insister, rien n'y fit. Il dut se résigner à voir partir son compagnon avec deux pièces de deux dollars serrées dans le creux de la main.

— Quel drôle de moineau, murmura-t-il en remettant l'auto en marche. Un fou. C'est un fou. Il n'y a pas d'autre mot.

C'est alors qu'un événement étrange se produisit. Adélard Bonnet s'arrêta tout à coup sur le trottoir, revint précipitamment sur ses pas et se pencha vers la portière tandis que Tranchemontagne abaissait la glace.

— Faites bien attention, monsieur, murmura le clochard après l'avoir fixé un instant, faites bien attention de ne pas perdre la tête. Moi, je l'ai perdue. C'est très désagréable !

Et il s'éloigna à grandes enjambées.

Dans son rétroviseur, l'homme d'affaires interloqué le vit grimper un long escalier métallique en courbe, comme il y en avait beaucoup dans le quartier. Mais l'escalier ne menait nullement à l'appartement du 5292.

★

Il était près de huit heures trente quand Tranchemontagne arriva aux bureaux de Délicaf. D'autres émotions l'y attendaient, bien plus violentes encore.

L'endroit était désert, les livreurs et les techniciens ayant commencé leur tournée une bonne demi-heure plus tôt. Une odeur de café fraîchement infusé parvenait de la cuisinette. Malgré l'abus qu'il en avait fait à la taverne et la désagréable fébrilité qu'il sentait dans tout son corps, l'homme d'affaires alla se remplir une tasse, puis monta au premier étage.

Il s'assit dans son fauteuil, étendit les bras sur son bureau et prit une grande inspiration. Par la fenêtre qui s'ouvrait derrière lui, une douce lumière matinale pénétrait dans la pièce, faisant luire les boiseries et les portes vitrées d'une petite armoire où s'alignait une collection de tasses à café en porcelaine. La circulation reprenait peu à peu dans la rue, où on entendait une joyeuse rumeur de voix d'hommes en train de discuter. Il y eut un long sifflement, suivi d'un éclat de rire, puis une porte claqua deux fois. La journée s'annonçait chaude mais sans lourdeur. C'était une superbe journée de fin d'été, claire et limpide, parcourue d'un vent tiède qui donnait une enivrante impression de liberté et d'insouciance, comme si la belle saison ne devait jamais finir.

Tranchemontagne fit pivoter son fauteuil et se mit à contempler la rue. Il voyait la joie rayonner de partout, une joie sereine et affairée, modeste et foisonnante, mais une inquiétude glaciale l'habitait qui le coupait de tout. Il s'empara du téléphone et composa de nouveau le numéro d'Amélia ; encore une fois, personne ne répondit. Alors il se leva et se mit à faire les cent pas dans son bureau, réfléchissant à la façon dont il annoncerait à ses enfants la largesse qu'il venait d'avoir envers son ex-femme. Il fallait les placer brutalement devant le fait accompli et même les défier. De Marie-Louise et de Julien, il ne craignait pas grand-chose. C'est Antonin qu'il redoutait. Cet homme terne et engoncé compensait son manque d'attraits par un travail patient, régulier, incessant, qui finissait par surmonter à peu près tous les obstacles. Antonin travaillait à sa perte comme une colonie de termites dans une poutre maîtresse ; il n'arrêterait pas avant l'effondrement final – à moins de se faire mettre hors d'état d'agir une fois pour toutes. Mais comment connaître ses plans ?

L'homme d'affaires regarda sa montre ; il lui restait encore une vingtaine de minutes avant l'arrivée de ses enfants. Un trousseau de clefs à la main, il sortit de son bureau, se dirigea vers celui de son aîné et déverrouilla la porte. Debout sur le seuil, étrangement intimidé, il scruta un moment la pièce.

Tout était scrupuleusement en ordre. Le plancher, la surface du bureau, les dos des classeurs brillaient de propreté. Un cendrier de marbre, cadeau d'un fournisseur, montrait sa chair immaculée, veinée de rose et de vert, soustraite depuis toujours aux poisons des mégots, remplacés par des trombones de cuivre.

— Allons, je suis ici chez moi, après tout, se rassura-t-il à voix haute en s'avançant.

Il fit le tour de la pièce, ouvrit une armoire, examina des dossiers, aperçut des lettres dans une boîte à courrier, en parcourut deux ou trois, puis regarda de nouveau sa montre ; le temps filait. Il fallait éviter de se faire surprendre. Un bruit sourd retentit au rez-de-chaussée. Il se précipita vers la porte, tendit l'oreille. Non, cela venait de la rue. Retournant dans la pièce, il s'approcha alors du bureau, ouvrit un tiroir et se figea sur place.

Au bout d'un moment, une exclamation furieuse lui échappa. Claquant le tiroir, il quitta précipitamment la pièce, verrouilla la porte, descendit au rez-de-chaussée et sortit dans la rue. Il marchait à grands pas en se parlant tout seul, le visage rougi et gonflé par une immense bouffée de chaleur qui lui donnait un aspect à la fois farouche et poupin. Des passants étonnés le dévisagèrent.

★

Une demi-heure plus tard, il appelait Antonin dans son bureau. Celui-ci apparut aussitôt, une tasse de café à la main et l'air bouleversé.

Un arôme onctueux et profond, légèrement vanillé, se répandit dans la pièce et, l'espace d'un moment, une sorte de langueur s'empara de Tranchemontagne ; il avait envie de prendre un café avec son fils en causant amicalement de choses et d'autres, comme si rien ne s'était passé.

— Ça n'a pas l'air d'aller, ce matin, remarqua-t-il, goguenard, calé dans son fauteuil.

— Oh ! ce n'est rien. J'ai mal dormi.

— Humm... tu travailles trop depuis quelque temps. Il faudrait te ménager. Ne va pas te mettre à plat comme je l'ai fait.

Antonin fit une moue en haussant les épaules pour signifier que la vie nous imposait parfois des obligations incontournables.

— Pourquoi m'as-tu appelé, papa ?

— J'ai une nouvelle importante à vous annoncer. Va chercher ton frère et ta sœur... et puis, tiens, Caroline aussi, pourquoi pas ? J'en ai à peine pour quelques minutes.

Avec un cruel plaisir, Tranchemontagne vit le trouble de son fils augmenter ; ce dernier détourna précipitamment le regard et ouvrit la bouche comme pour aspirer un peu d'air ; un toussotement étranglé en sortit, puis le début d'une syllabe, sans qu'on puisse savoir au juste laquelle. Il tourna sur ses talons et franchit la porte, mais, se ravisant, revint sur ses pas, les traits tirés par l'appréhension :

— Qu'est-ce qui se passe ? Que veux-tu nous annoncer ?

— Va, va. Je veux parler à tout le monde. Tu ne seras pas déçu.

Quelques instants plus tard, Julien, Marie-Louise et Caroline se présentaient dans la pièce avec des mines étonnées, qui devinrent ouvertement inquiètes lorsqu'ils virent l'expression sévère et fermée de l'homme d'affaires. « Ah non ! se lamenta intérieurement Marie-Louise, une autre scène ! Tout va être à recommencer ! Je n'en peux plus, moi, à la fin ! »

— Asseyez-vous, je vous prie, fit Tranchemontagne. Tenez, Caroline, approchez donc cette chaise, là-bas, dans le coin.

Les mains posées sur le bureau, il fixa le bout de ses doigts un instant, releva la tête et constata avec un vif plaisir que tout le monde était suspendu à ses lèvres.

— Je voulais vous faire part d'une décision importante que j'ai prise il y a quelque temps au sujet de votre mère.

Il grimaça légèrement, puis :

— Mais quelque chose me dit qu'on vous a déjà mis au courant.

Il fixa Antonin, qui essayait de sourire mais n'arrivait à esquisser qu'un pitoyable rictus, puis se tourna vers Julien, imperturbable, mais dont les yeux étaient anormalement plissés.

— Je faisais allusion à la piscine. Est-ce que quelqu'un ici ignorerait encore que j'ai fait construire une piscine pour Josée ?

Personne ne répondit.

— Parfait, j'ai ma réponse. Est-ce que Josée vous aurait révélé le secret, malgré ma demande ? Je ne le crois pas. L'un d'entre vous est sans doute allé chez elle et a vu cette piscine. Du reste, cela n'a aucune importance. Mais vous serez peut-être intéressés de savoir comment j'ai pu apprendre que mon secret s'était ébruité.

Il ouvrit un tiroir et exhiba un exemplaire de la *Loi de protection du malade mental*. Un petit dépliant s'en échappa et atterrit sur le bureau.

— Ah bon, c'était toi, murmura Antonin, livide. Tu es venu fouiller dans mon bureau.

— Oui, mon garçon ! je me suis permis cette indiscrétion, et j'ai diablement bien fait ! Car tu étais en train de me préparer un joli coup fourré !

Il montra à tous le dépliant. Le titre, d'une brutale concision, s'étalait en lettres blanches sur fond bleu :

L'EXAMEN PSYCHIATRIQUE FORCÉ :
POURQUOI ET COMMENT LE DEMANDER

— Et alors ? que pensez-vous de ça ? fit-il en se tournant vers Julien et Marie-Louise.

Leur expression stupéfaite montrait qu'Antonin ne les avait pas encore mis au courant de son stratagème.

— Très ingénieux, ne trouvez-vous pas ? On n'est pas content de la façon dont je dépense mon argent ? Alors on s'emploie à me faire passer pour fou ! Pas plus compliqué que ça ! Voilà une manœuvre, mon cher Antonin, qui montre bien ta franchise, ta loyauté, ta gratitude et toute l'estime que tu me portes. C'est très touchant.

— Papa, répondit l'autre d'une voix sourde en se levant brusquement, j'aurais souhaité te l'apprendre d'une façon moins... désagréable, mais il fallait bien te mettre en face de la réalité un jour ou l'autre : depuis quelque temps, tu n'as plus tout à fait ton jugement et tu as besoin de soins médicaux.

— L'entendez-vous ? hurla l'homme d'affaires, écarlate, en se dressant à son tour. Tu oses encore, espèce d'effronté !

Marie-Louise se mit à renifler, puis éclata en sanglots.

— Papa, le cadeau que tu viens de faire à maman a coûté soixante-dix mille dollars. Est-ce que c'est normal ?

— Normal, normal, qu'est-ce que la normalité vient faire là-dedans ?

Il contourna le bureau et s'approcha d'Antonin :

— Est-ce que je te dois des comptes ? Qu'est-ce que tu peux bien comprendre à ce qui se passe en moi ? Si l'envie me prend de faire plaisir à ta mère, dois-je te consulter ? Allons, ça suffit, cette fois tu es allé trop loin, je ne veux plus te voir ici. Va-t'en ! tu es congédié. Marie-Louise te fera ton dernier chèque. Que je n'entende plus jamais ton nom. Et oublie le mien.

Antonin le fixa un instant sans parler, les dents serrées, le visage rempli d'une telle expression de férocité qu'il en était devenu presque hideux.

— Crie tant que tu veux, ricana-t-il, rien ne m'empêchera de demander que tu subisses...

La gifle claqua, si rapide que les assistants eurent à peine le temps de la voir ; Antonin porta la main à sa joue en clignant des yeux à toute vitesse et recula d'un pas.

— Voilà un autre argument à présenter au juge, balbutia Tranchemontagne, horrifié par son geste.

Il chancela. Julien se précipita pour le soutenir, tandis que son frère quittait précipitamment la pièce. Les yeux à demi fermés, la tête rejetée de côté, l'homme d'affaires agita faiblement la main :

— Allez-vous-en ! Laissez-moi seul. J'ai besoin d'être seul.

Repoussant le bras de son fils, il retourna derrière son bureau et s'affala dans le fauteuil.

Caroline avait suivi la scène en silence, debout dans un coin près de la chaise que l'homme d'affaires lui avait désignée. Quand Marie-Louise et Julien furent partis, elle s'approcha lentement de lui, bouleversée, et voulut mettre la main sur son épaule, mais il secoua la tête :

— Je t'en prie, murmura-t-il avec douceur, laisse-moi. Je ne veux parler à personne.

*

Vers onze heures du soir, Julien alla retrouver sa maîtresse :

— J'arrive de chez Antonin. Il est dans un état épouvantable. Je t'en supplie, va voir mon père et essaie de l'amadouer... Convaincs-le de présenter des excuses... Il faut absolument que mon frère revienne. Nous ne pouvons pas nous passer de lui. Pas tout de suite, en tout cas.

Depuis quelques années, en effet, Antonin avait pris sur ses épaules une part croissante de l'administration. Son départ subit aurait placé *Délicaf* dans une situation difficile. Une réconciliation rapide s'imposait entre le père et le fils.

Sur l'insistance de son amant, Caroline se rendit donc chez Tranchemontagne pour tenter de l'amadouer. Elle arriva devant la maison de l'homme d'affaires encore bouleversée par la scène de la matinée. Toutes sortes de sentiments la tiraillaient. Délicaf risquait de se désintégrer, la privant d'un emploi qu'elle aimait et qui la faisait bien vivre, pour une fois. Mais c'est à Tranchemontagne lui-même qu'allaient surtout ses pensées. La grandeur et la détresse de cet homme, à la fois rusé et maladroit, brutal et généreux, possédé par une passion du bien qu'elle n'avait vue chez personne d'autre et qui semblait avoir les mêmes effets dévastateurs que la plus noire malice, la touchaient au plus profond d'elle-même, l'effrayant et l'attirant à la fois. « Que vais-je lui dire ? Comment le convaincre de tendre la main à son garçon ? Il m'a toujours déplu, celui-là. Une espèce d'insecte, toujours en train de mijoter quelque chose. Mais il avait raison de s'inquiéter. Le punir ainsi, ça dépasse toutes les bornes. Mon Dieu ! pourquoi suis-je venue ici ? Que va-t-il arriver, maintenant ? »

En apercevant la Chevrolet grise d'Augustine Dubuc stationnée devant le garage, elle eut une grimace de déplaisir, mais se dirigea néanmoins vers la porte d'entrée. Elle possédait encore la clef de la maison et n'eut pas à réveiller la gouvernante, qui se serait formalisée d'une visite aussi tardive. Il n'y avait personne au rez-de-chaussée. Elle s'approcha du bureau et vit qu'il était vide. Alors elle monta sans bruit jusqu'à la chambre à coucher de l'homme d'affaires. De la lumière y brillait encore. Elle frappa doucement.

— Qui est là ? demanda une voix étonnée.

L'émotion l'empêchait de répondre. Quelques secondes passèrent, puis la porte s'ouvrit.

— Toi ici ? s'écria Tranchemontagne, abasourdi. Que me veux-tu ? Allons, je t'en prie, entre.

Elle ne quitta la maison qu'au milieu de la nuit. Julien était resté chez elle à l'attendre. Elle le trouva en train de dormir, étendu tout habillé en travers du lit. Il se réveilla en sursaut :

— Et alors ?

Elle haussa les épaules en bâillant :

— Il a dit qu'il allait réfléchir.

— Quelle heure est-il ? Quatre heures ! Tu es restée là-bas tout ce temps ? Et pour apprendre en fin de compte...

— J'ai fait ce que j'ai pu, répondit-elle en détournant le regard.

26

La veille, avant de quitter le bureau, l'homme d'affaires avait de nouveau téléphoné chez Amélia pour connaître la cause de son absence ; une voix de femme lui avait alors appris que cette dernière avait eu au début de la journée un grave accident d'automobile. Elle se trouvait présentement à l'Hôtel-Dieu, souffrant d'une fracture du bassin, d'un violent choc nerveux et de contusions multiples.

Il s'était rendu à l'hôpital dans la soirée, mais l'état d'agitation de la blessée l'avait obligé à écourter sa visite. En arrivant au bureau le lendemain matin, il vit qu'Antonin avait déjà fait place nette. Il venait à peine de se mettre au travail lorsque Marie-Louise se présenta pour lui annoncer que les événements de la veille l'avaient tellement mise sens dessus dessous qu'elle devait prendre quelques jours de repos ; peut-être ne reviendrait-elle jamais. Il essaya de la calmer, lui promit d'éviter des scènes de ce genre à l'avenir. Elle se contenta de lui adresser un triste sourire :

— Papa, comment peux-tu promettre une telle chose ?

Et elle partit. Alors une profonde détresse fondit sur lui. Comme un vieux bateau pris dans un ouragan, Délicaf démâtait et allait sombrer. Il téléphona à Juliette Pomerleau, sa vérificatrice-comptable depuis toujours, et lui demanda de venir à son secours.

— Cuisse de puce ! s'écria-t-elle en essuyant ses mains enfarinées sur son tablier, que se passe-t-il, monsieur Tranchemontagne ? On dirait que le feu a pris dans la baraque !

Il lui raconta l'histoire en quelques mots, s'efforçant de se donner le beau rôle, mais ne lui cachant pas que l'émotion et la fatigue avaient parfois eu le dessus sur lui.

— Mon pauvre monsieur, soupira la comptable, je suis bien trop vieille pour vous être utile dans une histoire pareille. Je ne travaille presque plus depuis deux ans. Vous êtes un de mes derniers clients. Je vous ai gardé parce que je connais bien vos affaires, mais surtout, pour ne rien vous cacher, par amitié. Je ne suis plus capable de me taper des semaines de cinquante heures comme autrefois, voyez-vous !

— Mais ce n'est pas ce que je vous demande, Juliette ! Je vous demande tout simplement de venir garder le fort pendant une semaine ou deux, le temps que je trouve un remplaçant. De grâce, supplia-t-il, ne me laissez pas tomber ! Je peux, à la rigueur, me passer d'une personne, mais pas de deux, tout de même ! Soyez bonne pour moi, je vous en prie. Je me sens comme un vieux plat fêlé. Encore un coup, et je tombe en morceaux !

— Allons, soupira la comptable, donnez-moi une heure ou deux pour y penser. Il faut aussi que j'en parle à mon mari. Je ne sais pas du tout comment il va prendre la chose, vous savez.

Tranchemontagne sentit que la partie était gagnée et promit à la comptable de se plier à toutes ses conditions, financières et autres.

« La chance finira bien par se ranger de mon côté, se dit-il en raccrochant. Encore un peu d'efforts, et je vais être tiré d'affaires. Pourvu que Julien ne parte pas à son tour, l'animal ! Je n'ai pas du tout aimé sa mine tout à l'heure. Si jamais il apprenait que la nuit dernière... »

Il tressaillit. Julien venait de passer devant sa porte en lui lançant un long regard en biais. Le téléphone sonna. Un restaurateur mécontent s'étonnait du retard d'Antonin, qui avait promis d'aller le voir en début de matinée. D'autres problèmes surgirent. À deux heures, il n'avait pas encore trouvé le temps de dîner. La téléphoniste, avec un air tragique, lui apporta un sandwich commandé au restaurant du coin et lui fit remarquer qu'il avait un teint à faire peur. « Je dois avoir une mine épouvantable pour qu'elle ose me parler ainsi », se dit-il en ouvrant la boîte.

Son appétit le quitta au bout de trois bouchées. Il se disposait à partir pour aller voir un client lorsque Juliette Pomerleau le rappela.

— Je peux vous donner un mois, lui annonça-t-elle, mais pas une heure de plus. Mes problèmes de jambes risqueraient de revenir. Et puis Alexandre ne me le permettrait pas. Il veille sur ma santé comme une chatte sur ses chatons.

— Vous êtes une petite chouette d'amour, lança Tranchemontagne en oubliant du coup la corpulence monumentale de la comptable. Avec vous dans la boîte, j'aurai l'âme en paix. Vous faites fuir les problèmes.

Un tel sentiment de joie l'envahit qu'il résolut, malgré sa fatigue, d'emmener Caroline au Tournant de la Rivière. La cuisine y était toujours réputée ; l'été, on pouvait manger sur la terrasse, la tombée du jour y serait délicieuse.

Mais quand il l'invita, quelques heures plus tard, elle refusa gentiment, se disant prise ailleurs, sans vouloir donner de précisions. « Julien, bien sûr, grogna-t-il intérieurement. Fallait-il que je sois bête pour avoir cru le déloger, celui-là ! Eh bien... la nuit dernière, ce n'était donc qu'une passade ? Ou un calcul ? Ah ! la petite gueuse ! »

La perspective d'avoir à passer une soirée seul lui donnait la nausée. Impossible de compter sur Noémie, amoureuse par-dessus la tête. Il téléphona à Raoul Marleau. Ce dernier sentit aussitôt son désarroi, poussa un profond soupir et, avant même que son ami ait eu le temps de se lancer dans le récit de ses malheurs, l'invita à une partie de base-ball au stade olympique.

— Voyons, Raoul, tu sais bien que le base-ball m'endort ! Au bout d'un quart d'heure, je vais tomber en bas de mon siège.

— Alors, allons casser la croûte quelque part, dans ce cas. Six heures ? À ton bureau ? Parfait, j'y serai.

« Où est-ce que je pourrais bien l'amener pour lui changer les idées ? se demanda Marleau en raccrochant. Ça n'a pas l'air de tourner rond du tout. Cette histoire s'éternise. Il va finir par en craquer, le pauvre... Tiens ! j'ai trouvé. »

— Mon cher, annonça-t-il en pénétrant à six heures pile dans le bureau de Tranchemontagne, laisse ta paperasse, je t'invite dans un petit restaurant que je connaissais depuis toujours, mais où je n'étais jamais entré, car il me paraissait bien ordinaire.

C'est un livreur de la boulangerie Gailuron qui m'a conseillé d'aller y donner des coups de fourchette. Bon conseil s'il en fut ! Amène-toi.

Dix minutes plus tard, ils stationnaient devant La Binerie, la célèbre institution de la rue Mont-Royal, qui venait de fêter son cinquante-cinquième anniversaire. Ils sortaient de l'auto lorsque la porte du restaurant s'ouvrit et qu'un homme au visage poupin apparut sur le seuil, le cou emprisonné dans une minerve.

En apercevant l'homme d'affaires, il s'immobilisa dans l'embrasure et un immense sourire illumina son visage :

— Monsieur Tranchemontagne ! Vous venez manger à La Binerie ! Comme je suis content de vous voir !

Il s'avança vers lui, serra vigoureusement sa main et, curieusement, l'homme d'affaires sentit dans le bras gauche une vive douleur, qui se dissipa aussitôt.

— Et alors, mon vieux, répondit-il en essayant de simuler le contentement, comment allez-vous ? Permettez-moi de vous présenter... Tiens, j'ai encore oublié votre nom...

— Boris Béland, pâtissier. Autrefois plombier.

— Raoul, fit Tranchemontagne en se tournant vers son compagnon, monsieur Béland est justement celui dont j'ai essayé de dégager la voiture devant mon chalet le printemps dernier. Avec les résultats que l'on sait.

Marleau inclina la tête avec un léger sourire sarcastique.

— Je suis vraiment content de vous voir, monsieur Tranchemontagne, reprit Béland avec une extraordinaire affabilité. Vous êtes-vous complètement remis de votre hernie ?

— Tout à fait.

— Tant mieux ! tant mieux ! Mais – excusez ma franchise – je vous trouve l'air un peu fatigué, ajouta-t-il, inquiet, en scrutant son visage.

Un pli d'agacement rida le front de l'homme d'affaires :

— Ce n'est rien. J'ai travaillé très fort, ces derniers jours. Une bonne nuit de sommeil, et ça ne paraîtra plus.

Il tendit le doigt vers la minerve :

— Mais vous, ça ne va pas, à ce que je vois.

Béland eut un sourire confus :

— Un petit accident il y a deux semaines. J'ai voulu aider mon frère à réparer sa toiture et je suis tombé en bas de la maison. J'ai eu de la chance ! J'aurais pu me tuer trois fois. Eh bien ! à la prochaine !

Il s'apprêta à traverser la rue mais fit un bond en arrière, manquant de se faire percuter par un taxi.

— Entrons, entrons, souffla Tranchemontagne à l'oreille de Marleau. Cet homme traîne le malheur avec lui. J'ai l'impression que chaque minute en sa compagnie nous raccourcit la vie de six mois.

Il poussa la porte et pénétra dans le restaurant. Enveloppés dans les robustes fumets de la tourtière, du ragoût de porc et de la soupe aux pois, ils durent attendre un moment qu'une banquette se libère (il y en avait seulement sept), car c'était l'heure de pointe et, le long du comptoir, une rangée sans faille de dos penchés et de têtes en mouvement indiquait que, malgré les années, la satisfaction de la clientèle se maintenait.

Le patron vint enfin prendre leur commande. C'était un homme dans la quarantaine, au visage rosi par la chaleur, les cheveux déjà grisonnants, dont l'expression affable cachait mal la fatigue :

— Et alors ? je vous sers une bonne soupe aux pois ? On a également de la soupe aux choux, aujourd'hui. Oh ! attendez...

Il se retourna :

— Élise ? est-ce qu'il nous reste de la soupe aux choux ?

— Deux portions, répondit une voix de femme.

— Va pour les choux, fit Marleau.

Et, posant la main sur l'épaule de son ami, avec une amabilité impérieuse :

— Je te conseille fortement l'assiette maison : tourtière, ragoût, fèves au lard. Ça meuble un estomac !

Le patron eut un sourire quelque peu vaniteux :

— Nos clients l'aiment bien, en effet. Vous avez une cravate bien originale, monsieur, ajouta-t-il en se tournant vers Marleau. Est-ce qu'il s'agit de Beethoven ?

— Ouais ! c'est bien lui, répondit l'autre, radieux, en soulevant légèrement la cravate ornée d'un dessin qui représentait, non sans irrévérence, le célèbre compositeur en train de se brosser les dents.

Tranchemontagne, qui avait davantage envie de se confier que de manger, se laissa guider docilement, mais ne toucha guère à son assiette, trop absorbé par le récit qu'il faisait à Marleau des derniers événements.

— Il faut vendre, mon vieux, fit ce dernier, quand il apprit le congédiement d'Antonin et le départ de Marie-Louise. Dépêche-toi de vendre pendant que ta boîte vaut encore quelque chose. Tu le sais comme moi : un commerce ne tient à rien ; une vapeur, un coup de vent, deux ou trois ragots, et tout s'écroule. Si le bruit se met à courir que tes affaires vont mal, tout le monde va te lâcher et dans deux mois, elles vont vraiment aller mal. Vends. D'ailleurs ça vaudrait mieux pour toi. As-tu vu ta mine ? Tu marches vers ton cercueil ! Arrête tout et va te reposer à la campagne. Il sera toujours temps de redémarrer une autre affaire plus tard, quand tu te seras refait une santé, ajouta-t-il sans trop croire à ce qu'il disait. Quant à cette fameuse Caroline, crois-moi, tu devrais remercier le ciel pour la nuit que tu as passée avec elle et oublier tout le reste. Amélia t'aime, tandis que l'autre cherche je ne sais quoi. Pourquoi échanger un *tiens* contre un demi *tu l'auras* ? L'amour d'une femme, c'est un oreiller en duvet d'oie pour la tête fatiguée, une police d'assurance contre les longues soirées vides.

Tranchemontagne eut un sourire narquois :

— Ma foi ! la soupe aux choux t'a rendu poète !

— Non, mon cher, répondit l'autre en prenant un air inspiré, c'est le spectacle de la folie humaine ; tu viens de m'en offrir un.

Ils se rendirent à la caisse où Marleau demanda l'addition à la patronne. C'était une belle femme aux traits doux et agréables, un soupçon rondelette, avec des yeux vifs et sensuels et un air à la fois joyeux et pensif ; contrairement à son mari, la quarantaine semblait l'avoir oubliée.

Tranchemontagne, que son entretien avait un peu soulagé, eut envie de lui parler. Son compagnon avait demandé un reçu ; ne trouvant pas de stylo, elle ouvrit une armoire derrière elle et la photographie encadrée d'un petit garçon apparut, fixée à l'arrière de la porte ; debout sur un perron, l'enfant tenait un chat dans ses bras, le sourire vaguement insolent.

— C'est votre fils ? demanda Tranchemontagne en montrant la photo.

Elle poussa un léger soupir :

— Oui, ce l'était. Nous l'aimions beaucoup.

Pendant quelques secondes, elle se trouva à mille lieues du restaurant, perdue dans ses souvenirs, puis, secouant les épaules, elle sourit à l'homme d'affaires, pour montrer qu'elle ne lui en voulait pas d'avoir réveillé un vieux chagrin qu'elle gardait comme un trésor au fond de son âme, car c'était tout ce qui lui restait de l'être qu'elle avait si tendrement aimé.

— Excusez-moi, bafouilla Tranchemontagne sans trop comprendre ce qui se passait, et il se hâta de sortir dans la rue.

Marleau proposa de poursuivre la soirée au cinéma, mais son ami déclina son invitation en se déclarant trop fatigué. Après l'avoir enveloppé d'un long regard scrutateur en poussant toute une série de petits grognements inquiets, Marleau agita les mains à plusieurs reprises d'un air découragé, puis ramena son compagnon chez Délicaf, où ce dernier avait laissé son auto. Il ne dit presque rien de tout le trajet, absorbé dans de sombres pensées.

— Merci pour le souper, mon vieux, fit Tranchemontagne en ouvrant la portière. Ce fut bien agréable.

Il allongea les jambes pour sortir, mais une main s'abattit sur son épaule, le forçant à se rasseoir.

Il se retourna, étonné :

— Qu'est-ce qu'il y a ?

— Demain, neuf heures.

— Demain neuf heures quoi ?

— Demain, neuf heures, je t'amène chez mon médecin de famille pour un examen complet. Je lui téléphone en arrivant à la maison. C'est un ami, il ne pourra pas refuser. Je ne veux pas d'une mort sur ma conscience.

— Une mort ? s'esclaffa Tranchemontagne. Je suis donc en train, selon toi, de mourir ?

Marleau plissa l'œil, le regard en pointe de bistouri, et lui planta son index dans la poitrine :

— J'avais un oncle, comme toi, qui plaisantait avec la mort et envoyait promener tous les conseils de prudence. Il était gros comme un bidon, fumait ses trois paquets par jour et toussait une demi-heure chaque fois qu'il montait trois marches. On lui disait : « Mon oncle, votre santé s'en va chez le diable. Voyez-y. » Il répondait : « Chez le diable ? Parfait ! On dit que l'enfer est bien chauffé. J'ai toujours été frileux. » Eh bien, un jour, il était assis dans sa cuisine en train de manger de la compote aux pommes lorsque le mal l'a saisi. Ses orteils ont raidi, la langue lui est sortie de la bouche et, pfuit ! il avait vécu. Demain, neuf heures.

— Mais c'est que j'ai du travail, moi ! protesta Tranchemontagne. Et, en plus, je dois aller voir Amélia à l'hôpital !

— Après le médecin. Si tu claques, il n'y aura plus ni travail, ni Amélia, ni rien. Demain, neuf heures, tu as compris ? Ne me fais pas attendre.

Et il tourna la clef de contact pour indiquer que leur entretien venait de se terminer.

Tranchemontagne arriva chez lui de fort mauvaise humeur. En grimpant le perron, il aperçut le coin d'une enveloppe qui dépassait de la boîte aux lettres. Il s'en empara et entendit un tintement métallique.

— Pauvre fou ! murmura-t-il en contemplant les pièces de deux dollars qui venaient de tomber dans le creux de sa main. Comme si j'avais besoin de cette grenaille !

Il ouvrait la porte lorsque le téléphone sonna. C'était Marie-Louise, toujours en émoi, qui se mit à lui expliquer de nouveau les raisons de son départ, qu'elle voyait de plus en plus comme définitif. Il essaya de la convaincre de revenir sur sa décision, mais sans succès. Le ton monta. Elle se mit à pleurer, l'accusant de s'être toujours montré dur et méprisant envers elle. La conversation fut tout à coup interrompue par son mari qui, s'emparant d'un autre appareil, demanda, par pitié, à son beau-père de raccrocher.

— C'est bien foutu, alors, marmonna-t-il en traversant le salon. Je l'ai perdue à tout jamais. Dommage que je n'aie jamais pu trouver les mots pour lui parler. Elle travaillait bien. J'aurai du mal à la remplacer.

La maison vide lui parut lugubre comme une catacombe. Il avait mal à la tête et son repas à La Binerie se transformait lentement en une boule d'acier qui lui dilatait douloureusement l'estomac. En passant devant la salle de télévision, il entendit de la musique. À sa grande surprise, Noémie était en train d'y regarder un film. Thomas devait la rejoindre en fin de soirée. La jeune fille trouva son père pâle et les traits tirés, mais, prudence ou délicatesse, s'abstint de lui en faire la remarque.

— Viens t'asseoir, papa, fit-elle en souriant. Le film ne fait que commencer. Ça a l'air bon.

Il prit place à ses côtés et essaya de se plonger dans l'histoire. Mais une étrange lourdeur l'accablait qui diluait ses forces et son attention. Il finit par s'endormir. Quand il rouvrit les yeux, sa montre indiquait onze heures. Noémie s'était endormie à son tour, la tête appuyée contre son épaule, une main posée sur son genou. Il demeura un long moment immobile, n'osant la réveiller, envahi par un délicieux sentiment de douceur.

★

Il traversait lentement la nuit, émergeant de temps à autre d'un sommeil lourd et difficile, agité de rêves confus qui se volatilisaient dès qu'il ouvrait l'œil, le laissant oppressé, rempli d'une angoisse dont lui échappait la cause, seul dans sa chambre obscure et silencieuse, seul comme il ne l'avait jamais été. Il était sur le point de se rendormir encore une fois lorsqu'un bruit le fit sursauter. Était-ce l'illusion d'un rêve ? Il avait cru entendre des pas dans le corridor. Assis dans son lit, il tendait l'oreille. Un léger cognement se fit entendre à la porte, qui s'entrebâilla, laissant passer une ombre.

— Je n'arrivais pas à dormir, je ne faisais que penser à toi, murmura Caroline en se glissant à ses côtés.

Il l'étreignait sans pouvoir parler, angoisse et malaises envolés, redevenu tout à coup l'homme qu'il ne croyait plus être. La chambre lui paraissait comme remplie d'une douce lueur dorée.

— Mais où est ton enfant ? demanda-t-il soudain.

Elle rit doucement :

— Dans la pièce à côté. Il rêve aux anges.

Guillaume Tranchemontagne n'eut guère le loisir de faire comme lui. À son grand étonnement, il venait de renouer avec les nuits d'amour de sa jeunesse. Son endurance et ses façons expertes lui valurent même des compliments de Caroline.

★

— Tu as un peu meilleure mine, ce matin, conclut Raoul Marleau, debout dans le vestibule, après l'avoir scruté avec un grand air de sévérité.

— Les bonnes fortunes rallongent la vie, répondit Tranche-

251

montagne, que la proximité de madame Dubuc força à se cantonner dans les généralités. Quand **vas**-tu cesser de porter ces cravates idiotes ?

Un œil distrait n'aurait vu ce matin-là sur la cravate de Marleau qu'une pluie de roses sur fond de ciel bleu, d'un très joli effet. Mais, plus attentif, il aurait aperçu çà et là parmi les fleurs de jolis seins pulpeux, dodus et mignons, peints comme par un Chagall gentiment dépravé.

— Mon pauvre ami, tu t'y connais autant en art qu'un phoque en saucisses. Cette cravate a gagné des prix. Et alors ? ajouta-t-il en ouvrant la portière. Tu parlais de bonnes fortunes ? Que s'est-il passé ?

Tranchemontagne eut un sourire un peu fat :

— Elle est venue me trouver cette nuit. Elle n'arrivait pas à dormir.

Marleau sentit comme une légère pointe d'envie, mais décida aussitôt qu'il s'agissait d'un reste de mauvaise humeur matinale, que le train-train de la journée se chargerait bientôt de dissiper.

— Ah bon. Grand bien te fasse. Et à elle aussi.

Et il tourna la clef de contact avec une vigueur qui transmit ses effets dans le moindre recoin de l'automobile.

— Je t'ai obtenu un rendez-vous. Ah ! ça n'a pas été facile ! J'ai dû gueuler. Mais enfin, je l'ai obtenu. Pourvu maintenant qu'il te trouve une vraie bonne maladie !

— Je ne me fais aucun souci pour ça, répondit Tranchemontagne, sarcastique.

— Il serait bien étonnant qu'à ton âge tu sois resté un jeune homme... Il est vrai que si ta Caroline a pris la peine cette nuit...

Il termina sa phrase par un rire qui laissait entendre que c'était peut-être autre chose que son charme vieillissant qui lui avait attiré les faveurs de son employée.

Tranchemontagne garda un silence hautain et se mit à regarder dans la rue. Alors son ami, pour alléger un peu l'atmosphère et se faire pardonner son indélicatesse, lui raconta une aventure qu'il avait eue lui-même deux ans plus tôt avec une jeune caissière, aventure au cours de laquelle il s'était couvert d'un tel ridicule qu'il avait pris la résolution de ne jeter désormais ses regards que sur des femmes mûres et expérimentées, qui ne s'amuseraient pas avec lui comme on fait sauter des champignons dans une poêle. Il avançait dans son récit, ne ménageant ni les détails ni sa fierté, espérant dérider un peu son compagnon, dont le silence obstiné commençait à lui peser, lorsqu'un bruit bizarre lui fit tourner la tête.

Il poussa un cri, donna un coup de volant et, passant à deux doigts de se faire emboutir par un camion de livraison qui le suivait, rangea précipitamment l'auto le long du trottoir.

27

Attablé dans la cuisine, Antonin sirotait son café en promenant un regard attentif et sévère sur un article de la *Loi de protection du malade mental*, qu'il venait de parcourir en entier pour la deuxième fois. Il avait les yeux extraordinairement cernés, car l'affront subi la veille lui avait fait passer une nuit blanche. Andrée vidait le lave-vaisselle le plus discrètement possible, afin de ne pas nuire à sa concentration et, de temps à autre, lui jetait un regard.

— Et alors ? demanda-t-elle lorsque son mari, après avoir refermé la brochure, se mit à grignoter une rôtie tartinée de beurre d'arachide, qui avait eu largement le temps de refroidir.

— Et alors, ce n'est pas aussi simple que je l'aurais cru. On ne met pas quelqu'un en tutelle pour des riens. Cela demande des motifs extrêmement graves. Le juge pourrait refuser de le faire soumettre à un examen psychiatrique.

Il toussota, mordilla de nouveau la rôtie, puis ajouta :

— Il faut prendre conseil d'un avocat. Mais auparavant, il faut en trouver un bon. Ça non plus, ce n'est pas simple.

Andrée vint s'asseoir en face de lui et, joignant les mains sur la table, s'éclaircit légèrement la gorge, attendant que son mari poursuive sa pensée. Comme il continuait de garder le silence, se tripotant les lèvres avec une expression indécise et perplexe, elle pencha la tête en avant et ses yeux brillèrent :

— Il vaudrait peut-être mieux alors essayer autre chose... Si on parvient à convaincre Julien de remettre sa démission, ton père va se retrouver seul et ne pourra pas tenir le coup. Il finira par te supplier à genoux de revenir travailler avec lui.

— Ou alors il mettra Délicaf en vente.

— Quand il le fera, la société ne vaudra plus grand-chose. On pourrait la racheter en sous-main.

— Racheter son héritage ! Belle affaire !

— Est-ce qu'il ne vaut pas mieux l'acheter à rabais que le perdre à tout jamais ?

Antonin repoussa nerveusement son assiette, puis, avec un long soupir, passa sa main sur la joue qui avait reçu la veille ce soufflet insupportablement humiliant. Ses lèvres bougèrent, comme s'il allait parler, mais aucun son n'en sortit et il détourna le regard. Une expression de mécontentement et d'embarras durcit son visage.

Andrée attendit un moment, puis :

— Qu'allais-tu dire ?

— Je me demandais si...

Il s'arrêta, esquissa un sourire, puis la fixa, de plus en plus perplexe et méfiant :

— Bah ! ce n'était qu'une idée comme ça... Rien d'intéressant.

— Vas-y quand même. On ne sait jamais.

— Je me demandais – simple hypothèse, hein ? –, je me demandais s'il ne serait pas plus simple – car il doit regretter énormément son geste, comme je le connais –, s'il ne serait pas plus simple que j'aille le trouver pour tenter de me réconcilier avec lui...

Elle se mit à rire, d'un petit rire sec et méchant qui la vieillissait étrangement et révélait son esprit subtil et tortueux :

— Mon pauvre Antonin... Il t'a surpris en train de comploter contre lui, il t'a foutu à la porte et, en plus, il t'a giflé devant tout le monde. Et tu irais te traîner à ses pieds pour lui demander pardon ? Pouah ! Tu devrais avoir honte ! Téléphone plutôt à Julien.

Elle regarda sa montre :

— Il est peut-être encore chez lui.

— Tu penses que...

Elle hocha la tête :

— Crois-moi, ça vaudrait beaucoup mieux.

Il se leva lentement, s'approcha du téléphone et allait décrocher le récepteur lorsque l'appareil sonna.

— Oui, j'écoute.

Sa bouche béa et une pâleur jaunâtre se répandit dans son visage.

— Qu'est-ce qui se passe ? s'exclama Andrée en se dressant tout d'un coup.

Au bout d'un moment, il agita la main pour lui faire signe de se taire. Les joues creusées, l'œil dilaté, il mordillait ses lèvres amincies en poussant de courts grognements.

— Bon. Je vais y penser, articula-t-il avec difficulté. Est-ce que Marie-Louise est au courant ? Ce n'est pas la peine, je vais l'appeler. Merci infiniment. Nous y allons tout de suite.

Il revint s'asseoir à la table et voulut prendre une gorgée de café, mais le tremblement de ses mains l'en empêcha. Andrée le dévorait du regard :

— Et alors, siffla-t-elle, furieuse, vas-tu parler à la fin ?

— C'était Raoul Marleau, répondit-il d'une voix atone. Papa vient de faire une crise cardiaque dans son auto tandis qu'il le conduisait chez le médecin. On l'a amené à l'hôpital Notre-Dame ; il se trouve aux soins intensifs. Il est inconscient.

Réussissant enfin à porter la tasse à ses lèvres, il ajouta :

— Marleau m'a demandé de retourner chez Délicaf et de convaincre Marie-Louise d'y revenir également. Sinon, comme il dit, en trois jours, la société va couler comme un vieux rafiot pourri.

28

Une semaine s'était écoulée. Depuis quelque temps, des signes discrets annonçaient l'approche de l'automne. Guillaume Tranchemontagne venait de quitter les soins intensifs et occupait à présent une chambre dans le service réservé aux patients en cardiologie. Une immense lassitude l'accablait ; il pouvait passer des heures sans bouger, s'étonnant de trouver encore la force de respirer. Par la fenêtre de sa chambre, il apercevait les frondaisons des arbres du parc Lafontaine. De petites taches jaunes avaient commencé d'y apparaître ; elles préparaient une merveilleuse explosion multicolore qui s'éteindrait bientôt dans des pluies glaciales. « C'est ainsi que va la vie, se disait tristement l'homme d'affaires. C'est ainsi que va la mienne. Est-ce que je verrai de nouveau l'été ? Rien n'est moins sûr. »

Son médecin ne lui avait pas caché qu'il avait failli aller rejoindre les anges. Mais il avait eu de la chance, et la médecine avait fait le reste. Avec beaucoup de repos, un régime alimentaire approprié et ces merveilleux médicaments que la chimie moderne ne cessait de perfectionner, il pourrait vivre encore longtemps – et mener, en plus, une vie intéressante. Mais il fallait désormais éviter autant que possible le stress. « Optimisme de façade », s'était dit Tranchemontagne en l'écoutant. Derrière tous ces beaux mots, il devinait la compassion menteuse que la plupart des gens se sentent obligés de manifester à l'égard des êtres irrémédiablement diminués, condamnés à vivre en sursis.

— Ne vous laissez pas trop aller à la tristesse, avait poursuivi le docteur Ricignuolo. Il est normal de se sentir déprimé après ce que vous venez de subir. Mais si vous vous mettez à vous complaire dans la morosité, vos chances de guérison vont diminuer. Je ne parle pas en l'air, monsieur Tranchemontagne, il y a des statistiques là-dessus.

Et, depuis quelques jours, il flottait entre l'obsession de la mort et le goût de vivre, gagné tantôt par le besoin d'en finir et tantôt par l'horreur de disparaître, habité la plupart du temps par une tristesse gluante dont, malgré tous ses efforts, il n'arrivait pas à se défaire et qui l'effrayait de plus en plus parce qu'il y voyait sa perte.

Un après-midi qu'il somnolait, couché sur le côté, la porte de sa chambre s'ouvrit avec un léger grincement et des pas menus s'approchèrent.

— Charles-Élie, fit-il en voyant apparaître la tête ébouriffée de son petit-fils. C'est gentil d'être venu.

— Bonjour, grand-papa, répondit l'enfant qui s'était arrêté près du lit en le fixant avec de grands yeux. Maman est en train de parler avec un monsieur dans le corridor et elle m'a demandé de venir te trouver.

— Je suis content de te voir, Charles-Élie. Comment vas-tu ?

— Bien.

L'enfant alla s'asseoir dans un fauteuil près de la fenêtre et, les jambes pendantes, posa sur lui un long regard attristé :

— Grand-papa, t'as l'air bien malade.

— Eh oui, soupira-t-il. J'ai failli mourir, je crois.

— Qu'est-ce que tu as eu ?

— Un infarctus.

Charles-Élie eut une légère moue de dégoût. Il n'aimait pas ce mot, qui lui faisait penser à une boule hérissée de pointes empoisonnées. Puis il vit un scorpion, la queue en l'air, se préparant à l'attaque. Mais une énorme roche l'écrasa tout à coup dans un bruit d'œuf écrabouillé et l'animal disparut.

— Est-ce que le médecin va te guérir, grand-papa ?

— J'espère que oui. J'ai donc l'air si égrotant ?

L'enfant hésita une seconde, puis :

— C'est quoi, être égrotant ?

— Mal fichu.

— Ah bon. Oui, grand-papa, t'as l'air très mal fichu. Ton visage est pâle pâle pâle, et tout étiré, un peu comme ça.

Ouvrant sa main droite, il la porta à son visage, le pouce sur une joue, l'index sur l'autre et, pressant fortement dessus, il tira vers le bas.

Tranchemontagne ne put réprimer un faible sourire :

— Je dois être bien laid, alors.

— Pas laid, grand-papa, mais fatigué. Il faudrait que tu dormes beaucoup. Des jours et des jours, je pense.

— Alors je vais t'obéir tout de suite, si tu le permets, mon garçon.

Et il ferma les yeux.

Charles-Élie le contempla un long moment en balançant doucement les jambes d'un air satisfait. Quand sa mère apparut dans la chambre, il mit un doigt sur ses lèvres et désigna le malade endormi.

Marie-Louise prit place dans le fauteuil avec l'enfant sur ses genoux ; ses yeux globuleux et rougis, qui, depuis les derniers événements, se remplissaient de larmes pour un rien, exprimaient une morne et incurable tristesse que, chose curieuse, venaient d'amplifier les pronostics pourtant assez optimistes du cardiologue ; elle plongea le nez dans la chevelure de son fils et y déposa un baiser. L'enfant ne bougea pas. Au grand étonnement de sa mère, il demeura ainsi, immobile, pendant vingt bonnes minutes, les yeux fixés sur son grand-père en train de se reposer selon ses conseils. Le léger sourire qui flottait sur ses lèvres exprimait sa fierté de contribuer ainsi au début de sa guérison.

★

Les premiers mots que Guillaume Tranchemontagne avait réussi à balbutier dans les jours qui avaient suivi son hospitalisation avaient été pour sa fille Marie-Louise et concernaient Délicaf.

— Ne t'en fais pas, papa, avait-elle répondu en réprimant ses sanglots, ça va sur des roulettes. Tout le monde est au poste. Madame Pomerleau me remplace. C'est comme si j'étais là.

Il avait longuement posé sur elle son regard alourdi par les médicaments, puis avait demandé d'une voix presque inaudible :

— Antonin ?

— Antonin est retourné au bureau, papa. Julien travaille aussi. Tout est comme avant. Ne te fais plus de soucis, je t'en prie.

Son père avait alors esquissé un faible sourire.

★

Obéissant aux conseils de Marie-Louise et de Raoul Marleau, Antonin s'était abstenu d'aller visiter son père à l'hôpital pour lui épargner toute émotion. Marie-Louise, elle, s'y rendait presque chaque jour, la larme à l'œil, le dorlotant comme un bébé. Julien ne s'était présenté jusqu'ici que deux fois. Tranche-montagne ne se rappelait pas sa première visite, mais la seconde s'était gravée dans son esprit. C'était la veille de son départ du service des soins intensifs. En le voyant apparaître dans l'embrasure, il avait été pris d'un brusque sentiment de malaise et avait feint le sommeil, tout en l'observant à travers ses cils baissés. Le jeune homme, immobile à la porte, le regardait avec un imperceptible sourire. Était-ce l'attitude ironique et froide qu'adoptent, par bravade, certaines gens pour éviter de se laisser aller à leurs émotions ? Ou exprimait-il plutôt une hostilité rentrée ? Caroline lui avait-elle parlé (elle en était bien capable) des deux nuits qu'ils avaient passées ensemble ? Ou avait-il deviné leur aventure par certains signes de son comportement ? Un jour viendrait peut-être où il devrait aborder ce problème ouvertement. Mais ce jour lui paraissait si éloigné, si incertain, tout environné qu'il était par les ombres de la mort et rendu presque irréel par l'incroyable fatigue qui l'habitait qu'il tourna un peu la tête et se laissa couler dans le sommeil. Quand il rouvrit les yeux, Julien avait disparu.

Caroline ne lui rendit que deux visites au cours de ses dix jours d'hospitalisation, ce qui le confirma dans l'opinion que son fils savait quelque chose. Elles furent courtes, tardives et faites avec une précipitation presque impolie, comme si la jeune femme s'acquittait d'une corvée ou craignait d'être surprise par quelqu'un. Cela le blessa. Durant leur entretien, il se montra froid et plutôt distant, se bornant à lui poser quelques questions sur son petit garçon et la marche des affaires chez Délicaf, et elle-même n'aborda aucun sujet intime, se réjouissant avec une joie convenue de sa bonne mine et exprimant le souhait qu'il revienne vite à la maison. « Voilà bien une histoire sans lendemain, se dit-il en la voyant partir. De toute façon, quels lendemains peut-il y avoir pour un vieux malade comme moi ? »

Amélia, en comparaison, manifestait à son égard la fidélité

d'un saint-bernard. Forcée de garder le lit pour quelques semaines, elle téléphonait chaque jour pour prendre de ses nouvelles, l'inondant de sa compassion. Quelque chose en elle continuait de l'agacer, mais, en même temps, sa profonde bonté le touchait. Cette bonté l'emportait sur son snobisme, sa superficialité, son goût parfois douteux, ses phrases toutes faites. Elle était, tout naturellement, ce qu'il avait cherché à devenir, sans grand succès. Il en était quelque peu outré, mais son dépit fondait dans une sorte de résignation. « On est comme on est, se dit-il un soir. Une poule ne pourra jamais chanter comme un rossignol, même si elle s'égosillait pendant vingt-deux jours et vingt-trois nuits. » Il avait essayé de réparer des erreurs passées. À quoi cela avait-il abouti ? À une série de bouleversements, de conflits, où il s'était montré plus méchant que jamais. Sa seule réussite avait été Noémie. Mais comment savoir si l'établissement de la jeune fille à Montréal lui serait bénéfique à long terme et si leur relation demeurerait harmonieuse ?

Elle venait le voir presque chaque soir après son travail, souvent en compagnie de Raoul Marleau, qui la faisait monter dans son énorme Buick bleu ciel, puis l'amenait invariablement souper au Club Sandwich, rue Sainte-Catherine, quand un rendez-vous avec Thomas n'obligeait pas la jeune fille à écourter sa visite.

Elle restait là, silencieuse et souriante, tandis que Marleau, qui s'était toujours fait de l'amitié une conception quelque peu militaire, tentait à sa façon de remonter le moral de son ami.

— Et tu trouves que tu as mauvaise mine ? Mais tu n'as pas vu la mine que t'avais dans mon auto le jour de ton attaque, mon vieux – et les jours qui ont suivi ! Laisse-moi te dire que, depuis, sans être devenu une beauté, tu en as diablement regagné ! Ah ! la trouille que j'ai eue ce matin-là ! J'étais en train de te parler de je ne sais plus trop quoi quand j'ai entendu un petit bruit bizarre, comme si tu essayais de te moucher sans arriver à te débloquer le nez. Je me suis retourné, et alors...

— Je t'en prie, change de sujet.

— ...tu râlais, mon vieux, poursuivit Marleau emporté par son élan. Les yeux à l'envers, la tête rejetée en arrière, l'écume à la bouche ! Ce n'était pas beau à voir ! Je ne sais pas comment j'y suis arrivé, mais, malgré ma panique totale – *totale*, je te dis –, j'ai fait exactement ce qu'il fallait faire – les ambulanciers me l'ont confirmé : je t'ai couché sur le trottoir, j'ai hurlé à une vieille dame d'appeler l'ambulance, j'ai desserré ta cravate et ta ceinture et je t'ai fait le bouche-à-bouche, mon vieux, pour la seule et unique fois de ma vie, du moins je l'espère ! De sorte que lorsque tu es arrivé à l'hôpital, sans vouloir me vanter, la partie était déjà quasiment gagnée.

— Alors, si je te comprends bien, j'aurais pu tout aussi bien poursuivre avec tes bons soins ma convalescence sur le trottoir.

— Tiens, le voilà qui s'essaie à l'humour. N'est-ce pas un bon signe ? Oui et non, à vrai dire. Plutôt que de rire de moi, occupe-toi donc de regarder tout le chemin que tu as parcouru. Le plus dur est passé, Guillaume. Bientôt, tu retourneras chez toi et ta seule occupation sera de te laisser minoucher par la jolie jeune fille que voici, qui te regarde avec des yeux remplis d'amour, et par cette bonne madame Dubuc, peut-être un peu rugueuse à fréquenter mais diablement efficace, tu le sais mieux que moi. Et, dans quelques semaines, tu seras redevenu ce que tu étais, mais bien plus sage et capable désormais d'éviter toutes les erreurs qui t'ont mis en si piteux état.

— Quelle éloquence... Tu devrais aller faire des discours dans les cimetières... Les morts viendraient te serrer la main.

— Trou de lunette ! Tu as une de ces humeurs ! Et pourtant, je ne sais pas pourquoi, j'aime l'entendre parler ainsi, fit-il à l'adresse de Noémie. La moquerie est un signe de santé. Allons, il faut que je me sauve. J'espère que tu réussiras mieux que moi, ma petite Noémie, à lui faire entrer dans la tête des pensées un peu plus joyeuses.

Quand il fut parti, elle se leva, s'approcha de son père et se mit à lui caresser le front en souriant :

— Tu as l'esprit taquin, ce soir.

— Il m'énerve, cet homme, avec son optimisme automatique. J'ai failli crever et il essaie de me convaincre que ç'a été la plus grande chance de ma vie. Je lui en souhaite, une chance comme celle-là !

— Allons, papa, c'est sa façon à lui de réagir. Il tient beaucoup à toi, tu sais. Si tu l'avais vu, les premiers jours... Il ne mangeait plus, s'accrochait avec tout le monde... Il en faisait pitié.

— Tenir à moi ! La belle affaire ! Et pourquoi tenir à moi ?

— Parce que tu es quelqu'un de bien, papa.

— Laisse-moi rire. Je suis un cœur sec.

Il se mit à ricaner :

— J'ai le cœur tellement sec qu'il a craqué, voilà ce qui est arrivé. J'ai essayé d'apprendre à être bon comme on apprendrait le golf. Pure idiotie. La bonté, ça ne s'apprend pas. On naît avec ou on s'en passe. Comme la plupart des gens, je suis davantage doué pour la méchanceté – ou pour l'art de la gaffe, si on veut.

Couché sur le dos, les mains sous le drap, il fixait le mur d'un regard dégoûté en bougeant machinalement les mâchoires, comme si on l'avait forcé d'avaler quelque substance immonde.

Noémie continuait de lui sourire avec tendresse.

— Ne crois-tu pas, papa, dit-elle doucement, que pour vouloir être bon, il faut déjà posséder un petit peu de bonté au fond de soi ?

29

Appuyé sur Marie-Louise, il quitta l'hôpital, hâve, la démarche hésitante, le regard trouble, tel un vieillard brûlé par sa passion. Un passant qui l'aurait examiné se serait sans doute dit que c'était là un homme qui sortait de l'hôpital pour y rentrer bientôt, à moins que les médecins ne l'eussent envoyé miséricordieusement mourir chez lui. Mais les passants vaquaient à leurs occupations sans le remarquer, occupés par leurs soucis.

— Mon Dieu, balbutia-t-il en apercevant sa maison, je croyais ne jamais la revoir, celle-là.

Et il dut presser de toutes ses forces sa langue contre son palais pour éviter que les larmes ne lui montent aux yeux.

Il parcourut silencieusement les pièces du rez-de-chaussée, caressant de temps à autre un meuble, un bibelot, la boiserie d'une porte, comme s'il s'était agi d'amis retrouvés après une longue absence. Augustine Dubuc, atterrée par sa mine, le suivait pas à pas en émettant diverses remarques inutiles sur un ton faussement joyeux.

— Allez donc me préparer un déca, voulez-vous ? l'interrompit-il soudain, agacé. Voilà une semaine que je dois me contenter de la bibine de l'hôpital.

Il n'acheva pas sa tasse et monta se coucher. Pendant plusieurs jours, il ne quitta pour ainsi dire pas son lit. Entre deux siestes, il déambulait parfois dans la maison avec cet air hagard et accablé des malades assommés par les médicaments. Le soir, il faisait une courte promenade dans le jardin avec Noémie ou Raoul Marleau, puis s'installait devant la télévision, mais la fatigue le renvoyait bientôt dans sa chambre. Madame

Dubuc, qui avait expulsé de la cuisine la moindre molécule de graisse animale et veillait à son régime avec le soin d'un garde du corps pour un dictateur sud-américain, se plaignait qu'il touchait à peine à ses plats scientifiquement préparés. Jacynthe Bilodeau, venue à Montréal pour visiter sa fille, se présenta chez lui ; il en eut à peine conscience. Marie-Louise et Raoul Marleau essayèrent de le convaincre de profiter du splendide automne pour les accompagner dans une petite excursion en automobile à la campagne. Il secoua la tête, dégoûté. Julien venait de temps à autre prendre de ses nouvelles et lui en donner de la société, dont les affaires, après une brève période d'hésitation, avaient repris leur cours normal. Il l'écoutait une minute ou deux, posait quelques questions, puis tombait dans une sorte de somnolence. Amélia, qui recommençait à marcher, se présenta un bon matin dans une robe diaphane qui laissait deviner le joli galbe de ses jambes. Elle avançait à petits pas dans un dandinement plutôt comique. Une somptueuse corbeille de fruits la suivait, portée par un chauffeur de taxi obligeant ; elle persuada Tranchemontagne de l'accompagner pour une courte promenade au parc Joyce, tout près de chez lui. Il en revint un quart d'heure plus tard complètement épuisé, la remercia de sa visite et exprima le désir de la revoir dans une semaine ou deux, quand il se sentirait mieux. Elle repartit la larme à l'œil, convaincue que les jours de son amant étaient comptés.

Il n'y eut que la visite de Caroline, vers la fin d'un après-midi, qui sembla l'animer un peu. Il la taquina sur son tailleur grand chic et son « maquillage d'actrice » (— Métier oblige, répondit-elle, heureuse de le voir gai), prit des nouvelles de son enfant et enfin, l'œil vaguement égrillard, lui demanda comment allaient ses amours (— Avec des hauts et des bas, comme toute chose). Mais, peu à peu, son entrain retomba et deux fois, il mit la main devant la bouche pour cacher un bâillement.

— Allons, je ne veux pas vous fatiguer, dit-elle, poussée au vouvoiement par la présence d'Augustine Dubuc et peut-être heureuse de l'être, je reviendrai bientôt. Continuez à vous rétablir. Vous avez bien meilleure mine, à présent.

Antonin n'était venu le voir que deux fois jusqu'ici, prenant soin de se faire accompagner par son frère et sa sœur. Le père et le fils se montrèrent polis et presque cordiaux, malgré le malaise qu'on sentait sous leurs propos. Tranchemontagne, surmontant une sorte de dégoût, le remercia d'avoir oublié leur différend pour veiller, en son absence, à la gestion de leur entreprise.

— Ce n'est rien du tout, papa, répondit l'autre avec un sourire contraint, je le fais pour nous tous. Je ne suis pas le seul à trimer, d'ailleurs. Tous les trois, je t'assure, nous travaillons très fort pour faire marcher Délicaf.

L'homme d'affaires vit dans cette dernière phrase le reproche indirect d'un oubli de sa part.

— Oui, bien sûr, murmura-t-il, gagné tout à coup par une lourdeur sans nom comme si la vue de son fils aîné le vidait de son sang.

Il se tourna vers Marie-Louise et Julien :

— J'apprécie... également beaucoup ce que vous faites. Merci.

— Je l'ai toujours su, papa, répondit Julien avec un clin d'œil qui s'adressait à on ne sait trop qui.

Marie-Louise se contenta de lui caresser l'épaule en poussant un grand soupir ému.

— Allons, fit Augustine Dubuc en apparaissant dans la pièce et dardant sur son patron un œil de condor, je pense qu'il est temps d'aller vous reposer, monsieur Tranchemontagne, sinon vous allez vous mettre complètement à plat comme l'autre fois.

★

L'automne, si vif et éclatant jusqu'ici, sombra tout à coup dans une grisaille de pluies moroses qu'interrompirent bientôt les premières neiges. L'hiver commençait. Il fut dur. Un froid impitoyable tenait le pays entre ses mâchoires de glace et ne voulait pas lâcher. Habituellement, il aurait dû s'accompagner d'un temps clair et sans nuages, mais le ciel bas et gris ne dispensait la plupart du temps que la chiche lumière d'un soleil invisible qui semblait agoniser quelque part, on ne savait où.

C'est durant ces jours difficiles et ingrats que Guillaume Tranchemontagne commença à se rétablir. Cela se fit d'abord imperceptiblement. Un matin, il redemanda des rôties à sa gouvernante. Elle lui en apporta aussitôt, surprise de ne pas le voir grignoter son déjeuner avec une mine dégoûtée. Le lendemain soir, il resta à veiller un peu plus tard que d'habitude devant la télévision, puis questionna longuement Noémie sur sa mère en lui exprimant ses regrets de n'avoir pu la rencontrer

266

durant son séjour à Montréal. Quelques jours plus tard, il demanda à Thomas Léger, qui se trouvait en congé, de le conduire en ville dans un centre d'horticulture afin qu'il fasse ses achats pour le printemps. Il se montra enjoué tout au long du trajet, ne se plaignit pas du froid, qui était pourtant intense, et invita même le jeune homme à manger un morceau dans un casse-croûte. Le jour même, il annonça à sa gouvernante ébahie qu'il songeait à passer une semaine ou deux en Floride afin de se dorer la couenne au soleil. Il n'en resta qu'aux intentions, mais l'idée même de ce projet fit dire à Augustine Dubuc que son patron avait décidé pour de bon de se remettre à vivre et que s'il l'avait décidé, c'était donc qu'il vivrait.

Pendant ce temps, un curieux phénomène se produisait, qui en faisait jaser quelques-uns. À mesure que Guillaume Tranchemontagne reprenait des forces, le visage de son fils Antonin s'altérait et pâlissait, comme si la santé de l'un se transférait peu à peu dans le corps de l'autre. Pourtant, Délicaf continuait de faire de bonnes affaires. Les gens, transis et déprimés, cherchant énergie et réconfort, buvaient du café comme jamais. Livreurs et représentants ne suffisaient pas à la tâche. Mais une loi mystérieuse et horrible semblait s'être mise à jouer qui empêchait désormais que le père se porte bien sans que le fils se porte mal et vice versa.

Vers la mi-février, Antonin, sans en parler à personne, se rendit un matin au bureau du docteur Claude Ricignuolo, le cardiologue qui soignait son père, où il resta un long moment. Il en ressortit avec une mine rassérénée, s'éloigna dans la rue d'un pas alerte et, chose qui ne lui était pas arrivée depuis au moins vingt ans, se mit à siffloter !

Non content d'exprimer sa joie de vivre de cette charmante et modeste façon, il pénétra dans une boutique de livres d'occasion et, dans un élan de générosité qui l'étonna lui-même, décida d'offrir à sa femme une édition légèrement défraîchie mais fort convenable d'un livre intitulé *The Aline and Jean Chrétien BBQ Cook Book /Les recettes de BBQ d'Aline et Jean Chrétien*, dont une imposante pyramide trônait au milieu de la place.

Le jour même, le docteur Ricignuolo appela Guillaume Tranchemontagne et demanda à le voir. La rencontre eut lieu dans la matinée du surlendemain. Après avoir longuement examiné l'homme d'affaires, fort inquiet de cette consultation imprévue, le médecin l'invita à le suivre dans son bureau. Il lui désigna un fauteuil, toussota dans le creux de sa main, lui fit sans aucune raison un immense sourire, puis :

— Vous ne pouvez pas aller mieux. Enfin... pour un homme dans votre condition.

Il eut un nouveau toussotement et chantonna quelques notes la bouche fermée en le regardant droit dans les yeux :

— Je ne pense pas, dit-il enfin, briser le secret professionnel en vous apprenant que votre fils aîné – Antoine, je crois ?

— Antonin.

— ...en vous disant que votre fils Antonin est venu me voir avant-hier à votre sujet.

— Ah bon. Et pourquoi ?

— Euh... Officiellement, c'était, bien sûr, pour s'informer de votre état de santé. Mais les confidences que j'ai eu l'honneur de recevoir de vous au sujet de vos relations réciproques m'ont permis de comprendre, je pense, le vrai sens de sa visite. Vous le devinez peut-être ? Non ? Comment vous le dire, sans être trop brutal... J'ai senti – ce n'est qu'une impression, bien sûr, une simple impression – que votre fils est très impatient de vous... soulager de vos responsabilités, en quelque sorte... Eh bien ! dans les circonstances, j'ai cru bon de lui laisser entendre... euh... ce qu'il semblait souhaiter que je lui dise – de façon qu'il vous laisse en paix pour quelque temps, vous comprenez. Je ne manque pas d'astuce, hein ? ajouta-t-il en lui adressant un autre immense sourire.

— Vous lui avez déclaré que je n'en avais plus pour long-temps, c'est ça ? murmura Tranchemontagne, devenu blême, avec une grimace sardonique.

— Hum... je n'y suis pas allé aussi directement, mais ça revient un peu à ça, oui. Je tenais à vous avertir de la chose pour que vous ne paniquiez pas si jamais mes propos arrivaient à vos oreilles. Mais non ! ne prenez pas cet air-là, je vous en prie. Je maintiens que vos chances de guérison complète sont excellentes... à condi-tion de suivre mes conseils ! En fait, j'ai essayé avec... hum – comment dire ? – mon petit mensonge, de vous épargner un peu de soucis et de stress... N'est-ce pas dans mes attributions ? Mais regardez-le donc, avec sa mine d'enterrement de première classe ! Puisque je vous affirme que je lui ai menti pour qu'il vous fiche la paix ! Mon cher Tranchemontagne, j'ai plusieurs patients qui ont subi comme vous un infarctus, certains il y a plus de vingt ans. La plupart doivent se coucher un peu plus tôt qu'ils ne le souhaiteraient, bien sûr, mais ils sont debout de bon matin et mènent leur journée comme tout le monde. Si vous usez d'un peu de sagesse et de modération, vous ferez comme eux ! À moins d'une grosse malchance, vous tenez votre sort entre vos mains. Voilà. Mais, cela dit, j'ai un conseil à vous donner et c'est celui-ci : réglez au plus vite ce conflit avec votre fils, car il représente un grave danger pour votre santé, croyez-moi. N'espérez surtout pas l'avoir à l'usure, car l'usure – ne l'oubliez pas – a commencé son travail sur vous il y a un certain temps déjà.

★

Il retourna chez lui dans un état de rage froide qui l'empêcha de dîner. Il arpentait son bureau à pas saccadés en soufflant par le nez comme un taureau sur le point de charger. Debout dans le corridor, les mains sur la poitrine, Augustine Dubuc tendait l'oreille, se demandant ce qui avait bien pu lui arriver, dans l'attente horrifiée de ce bruit sourd sur le plancher qui annoncerait sa mort.

Mais il ne mourut pas. Au contraire, son énergie fut comme décuplée par la révélation que lui avait faite le médecin de la sournoise démarche de son fils. Le calme revint peu à peu en lui. Il alla se promener dans les allées fraîchement déblayées du jardin, secouant énergiquement les bras et poussant de longs jets de vapeur par la bouche, tandis que madame Dubuc l'observait par la fenêtre, convaincue qu'il était devenu fou et que, emporté par une pulsion suicidaire, il essayait de provoquer une nouvelle crise cardiaque. Au bout d'un quart d'heure, il rentra, se fit servir un bol de soupe très chaude, puis se retira de nouveau dans son bureau. Affalé dans le fauteuil, une tasse de café à la main et le regard posé sur la cafetière d'argent niellé qui lui rappelait à chaque instant son succès financier, il réfléchissait.

Le mensonge du docteur Ricignuolo n'apaiserait Antonin que pour un temps. Quand ce dernier verrait que les prédictions du médecin ne se réalisaient pas, ses fourberies recommenceraient de plus belle. Il fallait profiter du répit pour parer ses coups et s'extirper du piège étrange qui l'emprisonnait, car l'avertissement du médecin était clair : une autre bataille avec son fils risquait de lui être fatale.

Il s'empara du téléphone et appela son fils chez Délicaf. Il prit d'abord aimablement de ses nouvelles, s'informa de la marche des affaires ; circonspect et légèrement narquois, Antonin lui répondait au compte-gouttes, attendant qu'il en vienne au fait.

— J'aimerais te rencontrer pour une petite discussion, lui annonça finalement Tranchemontagne.

— Ah oui ? Bon. Veux-tu venir ce soir à la maison ?

L'image d'Andrée, assise seule au salon, ses maigres jambes croisées, l'oreille tendue vers ce qui se disait dans le bureau, apparut dans l'esprit de Tranchemontagne ; il avait toujours éprouvé pour sa belle-fille une vague antipathie mêlée de crainte.

— Non, répondit-il. Je préférerais qu'on cause seul à seul.

— Alors soupons en ville. Que dirais-tu de l'École d'hôtellerie ? C'est toujours tranquille le soir.

« J'aurais parié dix millions, fit l'homme d'affaires en raccrochant. L'École d'hôtellerie ! Je me demande s'il est jamais allé ailleurs ! Le fameux rapport qualité-prix... Bah ! après tout, on n'y mange pas mal. »

30

L'édifice, hideux, se dressait non loin de l'intersection des rues Saint-Denis et Sherbrooke. Il s'agissait d'un cube de tôle ondulée gris-vert, presque sans fenêtres, surmonté vers l'arrière d'une tour carrée, massive et quasi aveugle sur deux de ses faces, dont l'une laissait voir, côté rue, deux immenses bouches de ventilation, carrées elles aussi. L'ensemble constituait une sorte de cimetière vertical de l'imagination et faisait irrésistiblement penser à un four crématoire ; il était singulier qu'on ait fourni un cadre aussi rébarbatif à une institution vouée à l'hospitalité et à la joie de vivre. On ne saurait jamais avec certitude combien d'esprits éclairés avaient travaillé à détruire les beaux édifices qui s'élevaient autrefois sur son site, puis à dessiner les plans de la bâtisse, à les approuver et à débloquer les fonds nécessaires pour sa construction, car presque tout le monde, à présent, se défendait avec véhémence d'avoir participé, même indirectement, à un tel gâchis.

En l'apercevant, Guillaume Tranchemontagne, comme presque tous les passants, pencha machinalement la tête vers le trottoir et, sans trop savoir pourquoi, poussa un léger soupir. Quelque part dans son esprit, l'image de son fils se combina à cet assemblage rebutant de tôles sombres et d'angles droits et il regretta tout à coup d'avoir pris ce rendez-vous.

Enfilant une sorte d'arcade, il pénétra dans l'édifice. La décoration du hall (plantes vertes, meubles anciens, quelques tableaux) s'efforçait, avec un certain succès, de faire oublier la disgrâce extérieure. Il prit l'ascenseur et se rendit au sixième étage. Antonin l'attendait déjà, attablé dans un coin devant une chope de bière.

« Tiens ! il se sent nerveux, se dit Tranchemontagne, étonné (son fils, en général, n'aimait pas l'alcool). Est-ce que par hasard il saurait que je sais ? »

Antonin se leva et lui tendit la main :

— Salut, papa. Comment vas-tu, aujourd'hui ?

— Tout à fait bien. Et toi ? répondit l'homme d'affaires en cachant mal un peu d'agacement.

Depuis son infarctus, cette question, banale entre toutes, lui semblait toujours pleine de sous-entendus compatissants.

— Oh ! je travaille comme un fou. Mais comment s'en plaindre ? Boirais-tu quelque chose ? Ce soir, tu es mon invité.

Un jeune apprenti s'approchait d'une démarche mal assurée, sous le regard scrutateur d'un grand homme sec avec une tache de vin sur la joue, debout au milieu de la salle, sans doute un professeur. Tranchemontagne commanda un verre de beaujolais, puis, sur l'insistance de son fils, décidément prodigue ce soir-là, opta plutôt pour une bouteille.

Ils se mirent à causer de choses et d'autres. Tranchemontagne vida son verre en deux gorgées et le remplit lui-même de nouveau, sans attendre le serveur. Pour réaliser le dessein qu'il avait formé, il avait besoin d'alcool.

— Donc les affaires roulent bien, à ce que je vois ? fit-il en s'efforçant de prendre un ton cordial.

— Mieux que jamais. Si ça continue, il faudra un plus grand local.

La réponse, qui aurait dû le réjouir, le dépita, et, tout en étant conscient de la puérilité de sa réaction, il ne put s'empêcher de ricaner :

— Eh bien ! je suis ravi de voir que ma présence n'est plus essentielle.

Antonin posa sur lui de grands yeux étonnés :

— Pourquoi parles-tu ainsi, papa ? C'est toi qui nous as montré le métier. Et puis, on ne fait que récolter le fruit de tes années de travail.

Il paraissait si sincère que l'homme d'affaires se sentit penaud :

— Oublie ce que je viens de dire, je t'en prie. Ce maudit infarctus m'a tellement mis les nerfs en compote que parfois je dis n'importe quoi. Mais ce que tu m'annonces me confirme dans la décision que je viens de prendre. C'est à ce sujet que je voulais te parler ce soir. Il est temps que je laisse le collier, Antonin.

Il s'arrêta et regarda son fils dans les yeux. Ce dernier n'avait pas bronché et conservait la même expression de surprise attristée ; seule la légère pâleur qui venait de s'étendre sur son visage trahissait ses véritables sentiments.

— Es-tu sérieux ? fit-il à voix basse.

— Je n'ai plus envie de travailler. Et je n'en ai probablement plus la capacité. Combien d'années me reste-t-il à vivre ? Mon médecin me répond que cela ne dépend que de moi, mais j'ai l'impression qu'il me raconte des histoires.

Il s'arrêta de nouveau pour voir l'effet de ses paroles. Antonin secouait la tête en souriant comme pour dire : « Allons ! pauvre papa, te voilà encore en pleine déprime ! »

— Quoi qu'il en soit, reprit l'homme d'affaires, ce qu'il me reste à vivre, je veux le vivre le plus agréablement possible. Alors j'ai pensé à te céder la majorité des parts de la société (disons soixante pour cent), de façon à pouvoir assurer à *Délicaf* une direction solide. Tu le sais autant que moi : quand il y a plus d'un capitaine, c'est comme s'il n'y avait pas de capitaine. Julien et Marie-Louise se partageront le reste. Je trouverai une autre façon de les avantager. En échange, vous me verserez une rente viagère.

— Combien ? demanda Antonin.

— Cent mille dollars par année.

Antonin passa lentement le bout de la langue sur ses lèvres :

— C'est beaucoup.

— Moins que tu ne penses. Délicaf a encaissé près de cinq cent mille dollars de profits l'an passé.

— Tu me donnes quelques jours pour y réfléchir ?

Le serveur s'approcha de nouveau et, d'une voix timide, leur demanda s'ils étaient prêts à commander. Ils jetèrent un rapide coup d'œil au menu. Antonin cachait mal sa nervosité. Manifestement, l'offre de son père le déconcertait. Il ne prit qu'un potage et une salade, disant qu'il mangeait toujours légèrement le soir, mais pria instamment Tranchemontagne de faire honneur à la table qui, d'habitude, était excellente.

L'homme d'affaires soupa avec appétit, nullement incommodé

par la mine soucieuse de son fils ; le vin le rendit même facétieux. Antonin, qui s'attendait à sa mort prochaine, ne pourrait
refuser son offre. Le stratagème qu'il venait d'inventer lui assurait
à la fois la paix, la prolongation de ses jours, de l'argent et la
satisfaction de l'emporter sur son fils. Sans compter que rien
ne l'empêcherait éventuellement, dans un geste de suprême
élégance, de répondre au mal par le bien en libérant gracieuse-
ment Antonin, au moment jugé opportun, de l'obligation de lui
verser cette rente viagère.

Mais une heure plus tard, quand ils se quittèrent dans la rue,
une tristesse mortelle fondit sur lui. Il retourna à la maison les
yeux clignotants de fatigue, ne pensant qu'à oublier dans le
sommeil une rencontre qui lui paraissait tout à coup horrible. Se
pouvait-il que des rapports humains se dégradent à ce point ?
Évidemment, cela se pouvait. Et il y avait encore bien pire. Peut-
être n'avait-il pas encore tout vu ?

Le lendemain, il téléphona à Raoul Marleau et lui raconta la
visite d'Antonin au docteur Ricignuolo, puis lui annonça sa décision de céder la direction de la société à son fils. Marleau entra
dans une telle fureur contre ce dernier qu'il s'étouffa et dut
raccrocher. Pendant quelques minutes, sous l'œil inquiet de ses
employés, il se promena, hors d'haleine, dans le terrain de
stationnement du Provisoir, maudissant la funeste habitude
qu'il avait contractée de fumer des cigares le matin. Son souffle
revenu, il téléphona à son ami :

— Sois gentil et laisse-moi lui dire deux mots de ma façon, à
cette ordure de fricoteur, puisque tu ne sembles pas avoir le
courage de le faire. Du reste, il sait déjà ce que je pense de lui. Je
ne le ferais que pour le plaisir.

— Ferme ton clapet, Raoul. Les choses sont bien ainsi. Je
n'avais pas le choix : il fallait que je quitte les affaires.

— Oui, mais les quitter ainsi, c'est une honte ! Tu démis-
sionnes devant ses manigances ! Au lieu de partir la tête haute et
l'esprit clair, tu te sauves comme un chien qu'on chasse à coups
de pied dans le cul !

— Je ne me sauve pas du tout, répliqua Tranchemontagne,
piqué au vif. Je contrôle tout à fait la situation. Il n'y a que les
imbéciles pour casser de la vaisselle à tout bout de champ. Les
gens habiles agissent d'une autre façon.

Un rire sardonique lui répondit.

— Habiles ou débiles ? Comment savoir ?

— Allons, va vendre ta bière et tes journaux à potins, ça va peut-être te remettre les idées d'aplomb.

★

Deux jours passèrent et Antonin ne réagissait toujours pas. Tranchemontagne commença à s'inquiéter ; les reproches de Marleau faisaient leur chemin en lui et il commençait à douter de la sagesse de sa décision.

Dans l'après-midi du troisième jour, Antonin se présenta chez lui à l'improviste.

— Ta proposition me fait hésiter, papa, lui annonça-t-il quand ils se furent retirés dans le bureau. Pour être franc, j'ai peur que tu la regrettes. Qui dit que dans six mois tu ne te sentiras pas capable de revenir au travail ? Je n'aurais jamais le cœur alors de t'en empêcher. Mais ça risquerait de créer des complications. Pourquoi ne pas laisser les choses comme elles sont pendant un moment ? Ton médecin a peut-être mal jugé ton état. Après tout, il y a beaucoup de gens, après un infarctus, qui, au bout d'un certain temps, reprennent une vie normale. Pourquoi n'irais-tu pas consulter un autre cardiologue pour faire confirmer son diagnostic ?

Tranchemontagne écoutait, horrifié et incrédule. Il avait pourtant bien entendu : son fils demandait un deuxième avis médical pour bien s'assurer qu'il ne payerait pas de rente viagère trop longtemps !

— Qu'est-ce qui se passe, papa ? Tu ne te sens pas bien ?

— Je n'irai pas voir un autre cardiologue, articula enfin l'homme d'affaires avec une voix éteinte. Ma décision de prendre ma retraite est finale et définitive, m'entends-tu ? Maintenant, laisse-moi, nous reparlerons de tout ça une autre fois.

Antonin le quitta, fort troublé, avec le sentiment d'avoir commis un impair, mais sans savoir lequel. Dès qu'il le vit disparaître, Tranchemontagne saisit une plume et se mit à rédiger une lettre où il lui annonçait qu'il le déshéritait. Il glissa la lettre dans une enveloppe qu'il plaça dans un tiroir, puis se rendit à la cuisine et demanda à Augustine Dubuc de lui préparer un café bien tassé.

275

— Qu'avez-vous ? Vos mains tremblent, remarqua-t-elle, alarmée. Vous êtes sûr que c'est un café qu'il vous faut ?

— Oui, j'en suis sûr, répondit-il avec force.

— Il s'est encore disputé avec son fils, grommela-t-elle en prenant soin qu'il l'entende. Ma parole ! il va se chicaner avec lui jusqu'à ce que mort s'ensuive.

Il se planta devant elle :

— Je vous ai demandé un café, pas un sermon.

— C'est pourtant d'un sermon que vous auriez besoin. Il y a longtemps, moi, à votre place, que...

Mais elle s'arrêta, car, au regard qu'il lui jeta, elle crut qu'il allait lui sauter à la tête.

★

Le lendemain, Tranchemontagne, après avoir longuement tripoté sa lettre, la déchira. La punition qu'il voulait infliger à son fils le punissait trop lui-même. Il avait besoin d'Antonin à la tête de Délicaf. Julien, représentant hors pair mais médiocre administrateur, ne pouvait le remplacer et ne l'avait d'ailleurs jamais souhaité. Marie-Louise y aurait peut-être réussi, mais la tâche l'effrayait. Restait alors la solution de la vente. Mais pour obtenir un bon prix, il fallait y mettre du temps, et le temps pressait, justement. Il ne se sentait pas la force de se lancer dans des négociations compliquées. Touvent, qui dominait pour l'instant le marché montréalais, n'achetait que les sociétés en difficulté, et à rabais.

À bien y penser, son stratagème, s'il pouvait fonctionner, restait le meilleur. Il fallait attendre. Une semaine passa.

Un soir qu'il venait de se mettre à table en compagnie de Noémie et de Thomas Léger (maintenant un habitué de la maison), la sonnette retentit et Antonin apparut presque aussitôt dans la salle à manger. Son visage fatigué et inquiet et ses gestes fébriles indiquèrent aussitôt à son père qu'il venait de gagner.

— Je peux te voir une minute ? lui demanda-t-il après s'être excusé de son arrivée à l'improviste.

Ils se retirèrent au salon, fermèrent la porte.

— C'est vrai que tu songes à vendre Délicaf ? demanda Antonin, sans même prendre la peine de s'asseoir.

— Qui t'a dit ça ?

— C'est un bruit qui court.

— Eh bien... laisse-le courir, répondit Tranchemontagne avec un sourire ambigu, enchanté de ce faux ragot.

Antonin posa sur lui un long regard, puis se rendit à la porte-fenêtre et, les mains derrière le dos, crispées l'une dans l'autre, il se mit à contempler le jardin obscur et glacé, éclairé de place en place par de petites lanternes qui le faisaient paraître encore plus solitaire.

— Quand veux-tu que nous passions devant le notaire? demanda-t-il enfin d'une voix sourde et inquiète.

31

Le lendemain matin, vers neuf heures, Tranchemontagne quittait la maison pour se rendre à la pharmacie (son médecin lui avait recommandé, quand le temps n'était pas trop froid, de faire chaque jour de nombreuses et courtes promenades à pied) lorsque l'auto de Julien déboucha brusquement d'un coin de rue et s'arrêta devant lui avec un léger dérapage.

— Papa, j'ai à te parler, fit ce dernier en ouvrant la portière. J'apprends à l'instant que tu viens de donner la société à Antonin ?

Jamais Tranchemontagne ne lui avait vu cette bouche palpitante, ce regard perçant et mauvais.

— Je ne lui ai rien donné du tout, répondit-il, interdit. Entrons à la maison. Je vais tout t'expliquer. De toute façon, je voulais vous voir aujourd'hui, toi et ta sœur.

— Tu ne seras pas obligé de l'appeler, répondit Julien sur un ton de défi. Elle est déjà en route.

— Encore de la bisbille, murmura Augustine Dubuc en apercevant le père et le fils qui retiraient en silence leur manteau dans le vestibule. Combien de temps pourra-t-il durer ainsi, le pauvre ?

Julien pénétra dans le bureau et se jeta sur le canapé :

— Et alors ? Qu'as-tu à m'expliquer, papa ? Avais-tu vraiment l'intention de me parler aujourd'hui ?

Tranchemontagne eut un sourire acide :

— Il ne faut pas voir des conjurations partout, mon garçon. Tu vas en attraper des ulcères à l'estomac. Antonin ne m'a donné son accord qu'hier soir. Je ne pouvais rien faire avant. Tu sais que je n'aime pas les parlotes inutiles. Qu'est-ce qu'il t'a dit ?

— Que vous étiez sur le point de signer une entente et que c'est lui, dorénavant, qui dirigerait la boîte. Je ne l'ai pas laissé finir sa phrase et je suis venu ici.

— Je reconnais bien là ton caractère calme et pondéré. Eh bien ! c'est vrai. Je lui cède soixante pour cent de mes parts contre une rente viagère. Mais je ne vous ai pas oubliés, ta sœur et toi. De toute façon, je devais absolument vous en parler : comme vous détenez le reste des parts, il faudra bien que vous participiez à cette rente vous aussi !

La voix de Marie-Louise, en train de parler à Augustine Dubuc, résonna dans le corridor. Elle avait le ton haut perché et frémissant des mauvais jours. Un pas rapide s'approcha dans le corridor, puis s'arrêta devant la porte.

— Entre, Marie-Louise, soupira Tranchemontagne. Nous t'attendions.

Elle apparut dans l'embrasure, son manteau encore sur le dos. On aurait cru qu'elle venait d'échapper à un attentat.

— Allons, soupira de nouveau l'homme d'affaires, je vois que j'aurais dû procéder autrement... Vous me connaissez. Je n'ai jamais été un grand diplomate. Assieds-toi, je t'en prie.

Et il leur expliqua, le plus posément qu'il put, l'entente qu'il s'apprêtait à conclure avec Antonin et les raisons qui l'avaient poussé à agir comme il l'avait fait. Marie-Louise et Julien se plaignirent âprement de n'avoir pas été consultés, mais durent finalement convenir que leur père avait l'entière liberté de ses actions et qu'aucun des deux n'ambitionnait d'occuper le poste de leur frère aîné.

— Alors, voilà qui règle tout, conclut Tranchemontagne avec un sourire satisfait. Quant au reste, ne vous inquiétez pas. Malgré mes manières un peu rudes, vous savez que j'ai le cœur à la bonne place. D'ici quelques jours, j'aurai refait mon testament. Ce que vous perdez du côté de Délicaf, vous le rattraperez de l'autre. Et peut-être plus vite que vous ne pensez.

— Papa, pourquoi parles-tu ainsi ? s'exclama Marie-Louise. Tu vas vivre encore longtemps. N'est-ce pas ce que tu cherches ? Nous allons tous t'aider.

Elle se leva, les larmes aux yeux, et, sous le regard étonné de Julien, serra son père dans ses bras. Il se laissait faire, étonné lui aussi, mais ravi. Voilà si longtemps qu'un de ses enfants ne lui avait manifesté de l'affection. Il avait oublié comme c'était bon.

Trois jours plus tard, on signait l'entente. En quittant le bureau du notaire, il eut envie tout à coup d'aller se reposer quelque temps à sa maison de campagne. Dans son état, était-ce prudent ?

— Bien sûr que vous pouvez y aller, répondit le docteur Ricignuolo. Cela vous fera du bien. Je vous répète que votre état ne m'inspire aucune inquiétude. Vous prenez vos médicaments avec régularité ? Parfait. Mais n'allez pas vous mettre à fendre du bois ou à pelleter des bancs de neige, tout de même ! Il y a des gens pour cela. Donnez le temps à votre corps de se remettre des mauvais traitements que vous lui avez infligés durant toutes ces années.

Mais la solitude l'effrayait. Noémie, occupée par ses études, ne pouvait l'accompagner. Et, du reste, qu'aurait-elle fait là-bas, dans cette campagne déserte, sans son petit Thomas ? Il décida d'inviter Amélia. Prise dans l'organisation d'un souper-bénéfice, elle ne pouvait, à son grand regret, se libérer avant le surlendemain.

Alors il partit le soir même, sans l'attendre, et, contrairement à ses craintes, trouva ces deux jours à son chalet légers et agréables ; il y puisa un sentiment de paix et de liberté qui l'avait abandonné depuis longtemps. Il lisait, se promenait, s'adonnait à de menus travaux, plongé dans une sorte de bienheureux engourdissement. Dans l'après-midi du deuxième jour, il se rendit à Magog et dénicha un joli buffet chez un antiquaire. Le marchand offrit de le transporter tout de suite chez lui. Et c'est en y rangeant de la vaisselle au cours de la soirée qu'il songea tout à coup à mettre sa maison d'Outremont en vente et à s'établir ici à la campagne pour toujours, quitte à s'acheter un petit pied-à-terre en ville pour les brefs séjours qu'il y ferait. Il voyait là une façon de trouver ce deuxième souffle qu'il avait cherché, sans le savoir, pendant des années. D'autant plus que la transaction lui permettrait, s'il le voulait, de remettre tout de suite à Julien et à Marie-Louise une part de leur héritage. C'était sans doute une des meilleures façons de faire régner pour un temps la bonne entente chez Délicaf.

Mais pour cela, il devrait quitter Noémie. Jamais elle n'accepterait, en effet, de venir s'enterrer avec lui dans ce coin perdu, même avec la possibilité de fréquenter un cégep de la région. Il s'était profondément attaché à cette jeune fille secrète et affectueuse, dont il appréciait l'esprit travailleur et discipliné, et qui s'était installée dans sa vie tout doucement, sans bruit, avec la confiance naïve d'un chat perdu qui s'est trouvé un nouveau foyer. Il avait maintenant l'impression qu'elle vivait avec lui depuis des années. Dans toute cette affaire, une question de devoir s'imposait : il ne l'avait pas ramenée de Fermont pour l'abandonner ensuite à elle-même dans l'agitation de Montréal.

Amélia arriva avec quatre valises et des provisions pour deux semaines, encore tout excitée par le succès de son dîner de bienfaisance, qui renflouait la caisse de leur société musicale.

— Ah! tu aurais dû entendre notre conférencier, Guillaume! C'était Edgar Fruitier. Il nous a parlé de ses premières expériences de mélomane. C'était drôle! drôle! Et très touchant aussi. Et toujours cette prodigieuse érudition, qui demeure si accessible!

Il était heureux de la voir, mais elle s'agitait un peu trop, parlait un peu trop fort et lui faisait parfois regretter la paix envolée. Durant le dîner, il lui parla de son projet d'installation à la campagne ; elle trouva l'idée saugrenue :

— Au bout d'un mois, chéri, tu vas mourir d'ennui! Et nous ne nous verrons plus! C'est ce que tu cherches, peut-être? Et puis, soit dit en passant, tu choisis un très mauvais moment pour vendre ta maison, et particulièrement une maison de cette catégorie. Il est vrai qu'avec ta fortune...

Elle se calma peu à peu et il finit même par trouver de nouveau sa présence agréable. Au fond, c'était une bonne nature, un peu trop expansive à son goût, un peu trop corsetée dans les bonnes manières, rendue inquiète, comme tant d'autres, par les cahots de la vie ; mais elle ne manquait ni de jugement ni de sensibilité. Et, surtout, elle possédait cette qualité qu'il n'acquerrait jamais, malgré tous ses efforts : une bonté naturelle, qui ne demandait qu'à se manifester. Malgré tous ses défauts, elle le valait dix fois – et il était content de l'avoir auprès de lui, du moins pour un temps.

Ils allèrent se promener dans le petit bois qui bordait le lac derrière chez lui. Sa propriété s'étendait sur une cinquantaine d'arpents et bien des gens la convoitaient ; il avait reçu plusieurs offres d'achat. Une petite route partait de la maison et, après avoir fait un long détour pour éviter de gros rochers, aboutissait à une remise à bateau ; la veille de son départ de Montréal, il avait demandé à un entrepreneur du coin de la déneiger. La neige, incendiée par le soleil, se couvrait par endroits de nappes de lueurs bleues et toute cette lumière rendait les ramures des conifères presque noires. Ils avançaient à grands pas, respirant à pleins poumons l'air vif et léger, chargé de subtiles odeurs sauvages, saisis par une fringale d'oxygène. Une impression de force drue et joyeuse les envahit peu à peu ; les années fondaient, comme par enchantement.

Amélia se mit à courir et à sautiller comme une petite fille, parvenant même à faire oublier la raideur que lui avait laissée son accident, mais Tranchemontagne ne put s'empêcher de penser combien Caroline se serait montrée plus gracieuse et naturelle. Mais de Caroline, il n'y aurait plus jamais ; son infarctus l'avait terrifiée, coupant les faibles liens qui s'étaient établis entre eux.

Amélia s'arrêta tout à coup, essoufflée, et le regarda en souriant ; pendant une fraction de seconde, ses yeux exprimèrent une telle inquiétude qu'il sentit comme un coup dans l'estomac. Il s'approcha d'elle vitement, la prit par la taille et l'embrassa.

— Je suis contente d'être avec toi, murmura-t-elle en appuyant la tête contre sa poitrine, mais promets-moi, mon chéri, de ne pas t'établir à la campagne. Tu vas devenir un ours, un ours affreusement ennuyeux, je t'assure. Me le promets-tu ?

Sur ces mots, elle lui fit une caresse des plus suggestives. Il haussa les épaules en penchant la tête de côté, comme pour dire :

— Qui connaît l'avenir ?

Mais son désir s'était allumé. Bravant le froid et leurs craintes de quinquagénaires de tomber malade, ils se dévêtirent à moitié et firent l'amour sur un lit de sapinage fiévreusement rassemblé.

★

Au bout de quelques jours, ils retournèrent à Montréal. Il croyait l'avoir décidé de lui-même, mais c'était en réalité le résultat des subtiles pressions de sa compagne. Durant les deux semaines qui suivirent, elle l'emmena à plusieurs reprises au théâtre et au concert (il y savoura, par moments, les bienfaits d'un sommeil vraiment réparateur) et passa plusieurs nuits chez lui ; la présence d'Augustine Dubuc ne l'incommodait plus. Un matin, trouvant la gouvernante fatiguée, elle l'aida même à desservir la table, puis à ranger la cuisine et gagna ainsi son cœur pour toujours.

L'hiver passait lentement. Tranchemontagne pensait de temps à autre à sa maison de campagne, mais ne se décidait pas à y retourner ; un sentiment de vide se répandait de nouveau peu à peu en lui. Noémie voulut apprendre à conduire une voiture. Il lui donna des leçons, puis l'aida avec Thomas à redécorer sa chambre, qu'elle voulait plus gaie. Poussé par une habitude de trente ans, il alla deux ou trois fois par curiosité chez Délicaf, mais y reçut un accueil si réservé qu'il résolut de ne plus jamais y remettre les pieds.

Vers la mi-mars, Raoul Marleau lui téléphona de Fort Lauderdale en Floride, où il passait des vacances avec sa femme, et l'invita à les rejoindre pour une semaine en compagnie d'Amélia. Tranchemontagne n'aimait guère la Floride, que sa clientèle touristique plutôt âgée faisait ressembler, selon lui, à un salon funéraire orné de palmiers.

— S'il y avait là-bas autant de soleil que de flacons de pilules, ce serait le paradis ! Mais ce sont les pilules qui l'emportent.

— Niaiseries que tout ça ! Laisse les vieux trembloter dans leur coin et profite un peu de la vie, bon sang ! Pourquoi continuer d'endurer ce maudit hiver ? Tu as le temps, tu as l'argent, profites-en donc. Tu me fais penser à un prisonnier qui resterait dans sa prison la clef dans la main. Et puis, pourquoi se le cacher ? Notre carcasse est arrivée à un âge où elle a besoin de se faire dorloter. Ce n'est pas des trente sous zéro et des pelles à neige qu'elle réclame, mais une bonne petite brise tiède et un ciel sans nuages.

N'ayant rien de mieux à faire, il finit par se laisser convaincre et y passa, non pas une, mais trois semaines, conquis par les terrains de golf, la bonne humeur de ses compagnons, les chatteries d'Amélia et le beau temps qui, s'échappant pour une fois des dépliants touristiques, séjourna dans la région avec une fidélité exemplaire.

À son retour, une surprise l'attendait, qui allait changer le cours de sa vie.

Noémie et Thomas lui firent part de leur désir de prendre un appartement. Noémie, qui avait amassé un petit magot durant l'été, continuait de travailler au Provisoir à temps partiel tout en poursuivant ses études ; Thomas venait d'être engagé comme apprenti mécanicien dans un garage à Verdun et suivait des cours du soir en mécanique.

— Le temps est venu pour nous de voler de nos propres ailes, monsieur Tranchemontagne, déclara Thomas avec l'assurance tranquille d'un homme qui aurait acquis par enchantement l'expérience d'au moins trois vies. Mon père, lui, a quitté sa famille à seize ans, et il n'a pas trop mal réussi, je vous assure.

Tranchemontagne, peiné, presque blessé, proposa de leur faire construire un petit appartement au sous-sol, qui était spacieux, bien éclairé et dont une partie avait déjà été aménagée en salle de jeux. Il leur promettait une intimité à toute épreuve. Noémie souriait en secouant doucement la tête, son œil tendre et implorant posé sur lui, sûre d'arriver à ses fins.

Finalement, il se résigna à son départ, mais posa deux conditions : elle devait d'abord obtenir la permission de sa mère ; ensuite, ils souperaient chez lui au moins une fois par semaine. La première condition fut obtenue de haute lutte quelques heures plus tard au bout d'une conversation téléphonique longue et orageuse, à laquelle il dut se joindre un moment, promettant à Jacynthe Bilodeau de veiller sur sa fille avec une vigilance de tous les instants.

La deuxième ne posait aucun problème, loin de là.

— On avait l'intention de venir chez vous de temps à autre, monsieur Tranchemontagne, assura Thomas Léger. J'ai toujours trouvé que, dans votre genre, vous êtes un chic type. Si je ne vous avais pas aimé la binette, vous pouvez être sûr que je ne me serais pas souvent pointé ici !

— Eh bien ! j'ai plaisir à l'apprendre, Thomas. Je te trouve moi-même tout à fait supportable, tu sais.

Et, entraîné par cet échange d'amabilités, il annonça à Noémie que, pour l'aider dans ses études, il lui verserait une allocation mensuelle de huit cents dollars.

— Ah ! papa, fit-elle en se pressant contre lui, tu es le plus généreux des papas de la terre ! Qu'est-ce que j'aurais fait si tu n'étais pas venu me chercher à Fermont ?

Thomas lui tendit la main :

— Voilà un beau geste, monsieur Tranchemontagne. Et, pour être franc, il tombe à pic. On avait repéré avant-hier un joli petit appartement sur le Plateau Mont-Royal, mais le loyer était un peu cher.

Ce n'est qu'au cours de la soirée, une fois les émotions calmées, que Guillaume Tranchemontagne se rendit compte tout à coup que plus rien à présent ne l'empêchait de vendre sa maison d'Outremont et de s'installer à la campagne, où il devinait obscurément qu'une nouvelle vie l'attendait, aussi remplie que celle qu'il avait menée jusqu'ici.

Ce faisant, il se privait, bien sûr, de la présence régulière de Noémie et de Thomas ; mais il les verrait durant ses séjours à Montréal et, en subvenant à leurs frais de transport, il pourrait s'assurer de passer avec eux quelques fins de semaine à son chalet. Le peu d'attirance d'Amélia pour la campagne lui causait nettement plus de soucis. Non seulement il s'était habitué à l'avoir souvent auprès de lui, mais il savait désormais que ses absences prolongées ou trop fréquentes lui deviendraient insupportables. Il se promit donc, par mille petites douceurs et gâteries, de la détacher peu à peu de la ville.

32

Au début de mai, Guillaume Tranchemontagne obtenait pour sa maison une somme inespérée, compte tenu de l'état du marché. Le nouveau propriétaire, un importateur de vins qui exploitait avec un rare brio les difficultés économiques de l'Europe de l'Est, devait prendre possession des lieux au début de juillet. À l'annonce de cette nouvelle, Amélia fit une spectaculaire crise de larmes, voyant dans le geste de son amant les premiers signes d'une rupture, mais, incapable de lui en vouloir long-temps, elle finit par s'adapter tant bien que mal à la nouvelle situation. Elle refusa toutefois de quitter la ville pour s'établir à demeure avec lui dans « sa forêt », préférant n'y venir que les fins de semaine et pour de courtes vacances.

— Ainsi, nous pourrons rester amoureux plus longtemps, se consola-t-elle avec philosophie.

Augustine Dubuc apprit avec stoïcisme la vente de la maison où elle travaillait depuis vingt ans et qu'elle avait toujours consi-dérée, d'une certaine façon, comme sa propriété personnelle. Elle atteignait maintenant soixante-deux ans et interpréta la décision de son patron comme un signe du destin.

— Mes jambes faiblissent depuis un an et mon sommeil s'est gâté. Il est temps de me reposer, de me payer des fantaisies et de m'occuper de mes petits-enfants.

Mais il était également clair, à son expression, que, malgré la généreuse indemnité que Tranchemontagne lui avait versée pour la remercier de ses longs et loyaux services, elle regardait toute l'affaire comme une trahison (sans pouvoir, il est vrai, en préciser la nature). Deux jours plus tard, et bien que son patron lui eût exprimé le désir de la garder auprès de lui pendant quelques semaines encore, elle quittait la maison avec toutes ses affaires et il n'en entendit plus jamais parler.

Raoul Marleau prit d'abord la chose assez mal lui aussi. Il sembla tout d'abord que la vente de la maison l'affectait davantage que le départ de son ami. Tranchemontagne ne lui avait presque rien dit de son projet, car il avait deviné depuis longtemps que Marleau aurait aimé s'en porter acquéreur, mais ses moyens ne le lui permettaient guère. Voulant éviter une complication, il avait choisi de le placer devant le fait accompli. En apprenant le prix de vente, le dépanneur se moqua de lui, le blâmant de ne pas l'avoir consulté, car il aurait pu le mettre en contact avec deux ou trois acheteurs éventuels atteints du syndrome d'Outremont. Manœuvrés les uns contre les autres, ils auraient sûrement fait monter les enchères.

Puis, l'œil mi-fermé, le sourire subtilement persifleur, il ajouta :

— Moi-même, si je l'avais su, j'aurais peut-être aimé te faire une proposition. Mais un petit boutiquier comme moi doit savoir, bien sûr, se tenir à sa place. Tu as bien fait de ne pas l'oublier.

Mais une heure plus tard, il avait complètement changé d'attitude et félicitait son ami pour sa rapidité de décision :

— Eh oui ! quand approche la soixantaine, il n'y a pas trente-six chemins à prendre : il faut tirer tout le jus possible de cette chienne de vie pendant qu'elle nous en offre encore un peu. Les cimetières sont remplis de gens riches qui ont économisé pour rien. Tiens ! tu me donnes quasiment l'envie de t'imiter. Ma femme adore la campagne. Je pourrais peut-être m'acheter une petite maison pas trop mal foutue dans ton coin avec deux ou trois arpents de terre, entretenir un potager, faire du bricolage et chasser le chevreuil l'automne, comme j'en rêve depuis trente ans...

— Ah ! ça, Raoul, c'est une sacrée bonne idée ! répondit l'homme d'affaires, enthousiasmé, en lui donnant une claque sur l'épaule.

Dans la semaine qui suivit, Tranchemontagne fit transporter à la campagne certains meubles auxquels il tenait, en entreposa d'autres pour le pied-à-terre qu'il se proposait de louer en ville un peu plus tard et mit le reste en vente à la mi-mai, n'en offrant quelques-uns qu'à Marie-Louise. Après tout, dans la longue querelle qui l'avait opposé à ses enfants, c'était elle qui s'était comportée le moins mal et il avait apprécié l'aide généreuse qu'elle lui avait apportée durant sa maladie.

C'est avec soulagement qu'il s'éloignait d'Antonin, conscient que ce dernier partageait son sentiment. À l'égard de Julien, il ne ressentait que de l'indifférence teintée d'une vague déception, qui remontait à bien des années ; il aurait aimé, au fond, se sentir plus près de cet homme agréable et plein de ressources, mais la frivolité et les manières fuyantes de son cadet l'avaient toujours empêché d'établir avec lui des rapports solides.

Il regrettait, par contre, de quitter ses petits-fils, particulièrement Charles-Élie, même si, à la vérité, il ne les avait jamais vus très souvent. L'appartement qu'il allait louer en ville lui permettrait, espérait-il, de continuer à jouer son rôle de grand-père ; il se promettait de s'occuper d'eux davantage. Rien ne l'empêcherait, par exemple, de les inviter de temps à autre à la campagne. Amélia, qui adorait les enfants mais n'avait jamais pu en avoir, serait ravie.

Son établissement définitif dans le chemin du Cheval-qui-rue se fit à la fin de juin. Sa maîtresse lui tint compagnie quelques jours, puis retourna à Montréal. Pendant un mois, il ne vit pas le temps passer, occupé à diriger toutes sortes de travaux d'aménagement : rénovation de la cuisine, installation d'un système de chauffage électrique, construction d'un hangar, réparation de la remise à bateau, en fort mauvais état ; il dut se rendre plusieurs fois à Montréal pour des achats de matériel. Il en profita pour voir Noémie et Thomas, emmena Germain et Charles-Élie au cinéma, passa une soirée chez Raoul Marleau. « Depuis que je ne travaille plus, jamais je n'ai été aussi occupé », déclarait-il à tout un chacun, répétant la phrase classique des nouveaux retraités luttant contre le sentiment de vide de leur existence désormais laissée à elle-même.

Mais un autre malaise l'habitait, qu'il essayait d'oublier dans l'agitation et les menus soucis. Un soir, vers sept heures, après avoir passé une journée à faire des courses dans le centre-ville, il venait de monter dans son auto et fouillait dans sa boîte à gants à la recherche de verres fumés avant de reprendre la route vers la campagne, lorsqu'un morceau de papier plié en quatre tomba sur le plancher. Il le ramassa.

Il s'agissait d'un mot de Caroline Duparquet, griffonné plusieurs mois auparavant, et qu'il avait conservé, puis perdu. Le voilà qui réapparaissait tout à coup. La fine écriture cursive, soigneusement formée mais pleine de traits impulsifs en diagonale qui donnaient une impression d'énergie débordante et mal contrôlée, s'étendait sur quatre lignes tracées au crayon :

> *Cher monsieur Tranchemontagne,*
>
> *Je viens de parler à une bonne amie à moi, que je n'avais pas vue depuis une éternité. Comme elle me doit une petite somme d'argent qui me serait fort utile en ce moment, je vais aller faire un tour chez elle. Je vous souhaite une bonne soirée.*
>
> *Caroline D.*

Il relut le mot à plusieurs reprises, étrangement ému, indifférent à la chaleur qui ne cessait de croître dans l'auto aux vitres fermées. L'instant d'après, il se retrouvait dans l'entrée d'un restaurant devant un téléphone public. À son grand soulagement, ce fut Caroline elle-même qui répondit ; elle avait le ton subtilement excédé d'une femme qui vient de recevoir plusieurs appels de suite ou qui se trouve occupée par une affaire absorbante.

— Je vois que je te dérange, dit-il en essayant de cacher son trouble.

— Non, pas du tout.

Elle prit une courte inspiration, puis ajouta :

— Je savais que tôt ou tard tu m'appellerais.

— Ah oui ? C'est curieux, ça. Je me surprends moi-même en le faisant.

— J'ai pensé plusieurs fois à te téléphoner, mais je n'en ai pas eu le courage.

— Le courage ?

— Allons, tu es trop poli : je me suis comportée avec toi comme une sans-cœur. J'en ai honte. Oh ! un instant, s'il te plaît. C'était Fabien, fit-elle en revenant. Il allait se mettre dans la bouche un élastique qui traînait sur le plancher.

— Es-tu seule ?

— Pour l'instant, oui.

— Jusqu'à quelle heure ?

— Julien est allé souper avec un client. Il ne reviendra sûrement pas avant dix heures.

— Je veux te voir. Je ne sais pas trop pourquoi, mais il faut qu'on se voie... dans un café, ou à l'endroit de ton choix, crut-il bon d'ajouter.

— Oui, c'est vrai, il le faut, convint-elle avec gravité. Mais je devrai emmener Fabien avec moi. Je ne peux pas me trouver de gardienne comme ça, au pied levé.

— Je vais passer te prendre. Tiens, comme la soirée s'annonce belle, pourquoi n'irions-nous pas au parc Jeanne-Mance ?

Caroline habitait maintenant dans la partie la plus huppée de l'avenue de l'Esplanade. Bordée à l'est par une longue rangée de maisons contiguës aux belles façades de pierre grise qui regardaient le parc, l'avenue butait au sud contre l'enceinte de l'Hôtel-Dieu ; sa situation en faisait, à la périphérie du centre-ville bourdonnant, une petite anse de calme et de distinction victorienne convoitée par plusieurs et habilement exploitée par quelques-uns.

Tranchemontagne aperçut Caroline debout sur le trottoir, les mains sur une poussette, qui l'attendait devant l'escalier menant à son appartement. Elle lui indiqua aussitôt avec de grands gestes une place libre quelques mètres en avant d'elle. Il sortit de l'auto et s'approcha, nerveux, observant son sourire un peu tendu et son regard vif et décidé. Elle le prit par les épaules et l'embrassa sur les joues. Il nota ce détail, retint une grimace, puis sentit avec soulagement comme une distance intérieure se creuser entre elle et lui. Leur rencontre lui parut tout à coup une sorte de formalité, qu'il se mit à considérer avec indifférence. Il n'avait pas la moindre idée du cours que prendrait leur conversation et ne s'en souciait plus guère, car tout lui apparaissait déjà joué.

Il s'extasia sur la beauté de Fabien, qui le regardait avec de grands yeux étonnés, émit les remarques habituelles sur la rapidité de la croissance des enfants, puis, grimpant un court talus gazonné, ils pénétrèrent dans le parc. Pendant un moment, ils avancèrent en silence sur l'allée de gravier ; l'avenue du Parc ronflait un peu plus loin et on apercevait au-delà parmi les frondaisons, dressé dans la rumeur de la ville, l'énorme et prétentieux monument élevé à Sir George-Étienne Cartier.

— Comment vas-tu ? demanda-t-elle enfin avec une inquiétude voilée qui le fit sursauter.

— Moi ? Très bien. Je m'adapte à ma nouvelle vie.

Antonin avait-il annoncé sa fin prochaine ? Voilà une conséquence qu'il n'avait pas prévue. Elle l'avait donc déjà rangé parmi les morts ? Il en fut indigné, puis reconnut que ce n'était là qu'un des effets normaux du stratagème qu'il avait résolu de suivre.

— Comme on s'est quittés d'une façon un peu... abrupte, poursuivit-il, j'ai senti le besoin d'avoir une conversation avec toi. Ça me paraissait convenable.

Elle l'approuva de la tête, puis, lui désignant un banc à quelques mètres :

— On s'assoit ?

Elle plaça la poussette entre eux et se mit à lui imprimer de légers mouvements de va-et-vient. L'enfant promenait autour de lui un regard grave et attentif, puis aperçut au milieu de l'allée un moineau qui secouait un brin d'herbe séché et se mit à agiter les bras dans sa direction en poussant de petits cris.

— Je suis contente que tu m'aies téléphoné, murmura Caroline avec un sourire pensif, et que nous soyons ici tous les deux ensemble. Cela me prouve encore une fois que tu es quelqu'un de bien.

— Quelqu'un de bien mal en point, plutôt, reprit-il avec un rire sarcastique. Est-ce qu'Antonin t'a parlé de mon état ?

Elle fit signe que oui.

— Qu'est-ce qu'il a dit ?

— Que tu avais failli mourir.

— Et après ?

— C'est tout.

Il la regarda. Cherchait-elle à le ménager ? Un doute horrible traversa son esprit : et si le docteur Ricignuolo lui avait menti *à lui* plutôt qu'à son fils ? La chose lui paraissait peu vraisemblable, mais il décida de consulter un autre médecin pour en avoir le cœur net.

— Je comprends tout à fait ton attitude, poursuivit-il avec une feinte bonhomie. L'ombre de la mort fait reculer tous les humains, même les êtres qui nous sont le plus proches. J'ai connu, il y a plusieurs années, une jeune femme qui aimait tendrement son mari. Un soir, il arrive chez lui, la mine défaite, et lui annonce qu'il souffre de la maladie de Parkinson. Elle l'a consolé de son mieux. Mais, trois semaines plus tard, elle l'avait quitté. Et il est mort dans la solitude au bout de cinq ans.

— Cela a pu jouer, admit Caroline, mais il y a autre chose.

— Oui, je vois : tu te sentais dégoûtée de te donner à un quinquagénaire pour son seul argent ?

Elle releva brusquement la tête :

— Je ne crois pas que nous pourrons tenir longtemps une conversation sur ce ton.

— Excuse-moi. Le dépit me fait dire n'importe quoi.

— La vérité, c'est que je crois que je ne serai jamais vraiment heureuse avec aucun homme. Quelque chose me pousse à gauche, à droite, sans que je puisse m'arrêter. J'ai toujours été ainsi. Je ne sais pas, au fond, ce que je demande aux hommes ; quelque chose, sans doute, qu'ils ne peuvent pas m'offrir. Regarde ton cas. Tu es quelqu'un de bon – oui, je t'assure, bien meilleur que tu ne crois –, bon, séduisant, riche (ce n'est pas négligeable), expérimenté, le rêve de bien des femmes, quoi que tu penses. Eh bien ! c'est Julien que j'aime, comme une idiote – et pourtant il ne te vaut pas. C'est une tête de linotte, incapable de faire le mal, incapable de faire le bien, peu fiable, avec la mémoire courte.

— La jeunesse excuse bien des défauts.

D'un geste impatient de la main, elle envoya promener sa remarque :

— Il s'intéresse à mon fils autant qu'à un cendrier. Et il ne veut surtout pas d'autre enfant !

— Cela prend parfois beaucoup de temps à un homme pour devenir vraiment un père. Moi, j'y ai mis trente ans. Ce qui m'a fait louper mes trois premiers enfants, hélas ! D'autres sont plus doués que moi, je suppose. Quant aux bébés, comment s'y intéresser, dis-moi ? Je ne connais aucun homme normal capable de se passionner pour ces petits animaux qui bavent et qui gargouillent, qui hurlent des nuits entières et qui n'arrêtent pas d'excrémenter. Julien est comme tous les autres. Ne le juge pas là-dessus.

— Il me trompe parfois, j'en suis presque sûre.

— Voilà une chose désagréable, je l'avoue, mais elle n'a généralement pas l'importance que les femmes y attachent.

— Réponse d'homme. Le fameux confort mental masculin. Odeur de cuir et de tabac. Grosses moustaches, gros rires. Haha.

Il haussa les épaules, ne sachant que répondre, réfléchit un moment, puis un sourire étonné apparut sur ses lèvres :

— Je m'aperçois que je suis en train de défendre mon rival.

— Il n'a pas besoin de défenseur, va. Et pourtant, je sais que notre affaire ne durera pas, qu'elle ne peut pas durer. Mais je suis incapable de m'arracher à lui. Jusqu'au jour où tout tombera en poussière – à moins qu'il ne me balance avant.

— Il serait bien fou.

Se glissant vers elle sur le banc, il posa la main sur son bras :

— Il y a une chose que j'aimerais que tu m'expliques, fit-il doucement. Si tu ne voulais pas de moi, pourquoi es-tu venue me trouver cette nuit-là ? Et l'autre après ? Pour punir mon garçon de ses infidélités, c'est ça ?

Elle secoua vivement la tête :

— Non, ça m'aurait dégoûtée. À vrai dire, je ne sais pas trop pourquoi. C'est un mouvement qui m'a saisie... Il me semblait que c'était ce que je devais faire à ce moment-là. J'étais sincère, crois-moi... Quand je t'ai vu te dresser devant les autres, devant Antonin, surtout, que je trouve ignoble – excuse ma franchise –, alors j'ai senti qu'il fallait absolument...

— ...me récompenser...

— Cesse de te moquer, je t'en prie, répondit-elle avec humeur, ou alors...

Elle avait machinalement retourné la poussette vers eux et l'enfant, la tête levée, la bouche entrouverte, les fixait avec attention, comme s'il se pénétrait de leurs paroles et allait en alimenter ses réflexions durant des semaines.

Elle reporta son regard sur Tranchemontagne :

— Je voyais très clairement ce jour-là que j'aurais commis une énorme erreur en ne venant pas te trouver. Et puis après, tout s'est embrouillé. Julien a repris le dessus.

— Après, ce fut l'infarctus.

— Oui. Cela a peut-être joué. J'ai eu très peur. Et je me suis sentie coupable. Même si ça n'avait ni queue ni tête.

Il contemplait son beau visage vif et intelligent, où la jeunesse triomphait encore dans toute sa force, et songea que le piège

293

qu'il avait tendu à son fils Antonin s'était refermé également sur lui ; il passa à deux doigts de lui révéler sa conversation avec le docteur Ricignuolo et le stratagème qu'elle lui avait inspiré, mais la prudence le retint. Qui sait ? Peut-être une autre occasion se présenterait-elle ?

Elle le fixait avec un petit sourire de défi :

— Tu me prends pour une espèce de grue, n'est-ce pas, un peu plus compliquée que les autres, mais une grue quand même. C'est ça ?

Il se mit à rire :

— Si c'était le cas, je ne serais sûrement pas ici en train de te parler.

— Que penses-tu de moi, alors ?

Il haussa les épaules, soupira :

— Comme tous les gens, je suppose, qui ne se sont pas encore encroûtés dans la routine, tu cherches un bonheur à ta mesure, qui ne conviendrait qu'à toi, sans savoir vraiment ce qu'il est. Peut-être finiras-tu par le trouver. Moi, j'essaie toujours. Les résultats laissent à désirer, comme tu vois. J'aurais souhaité que nous fassions un bout de chemin ensemble, car j'avais l'impression que, malgré toutes nos différences, nous appartenions à la même race. Je me suis trompé, ou alors la vie ne l'a tout simplement pas voulu ainsi. Ce sont des choses qui arrivent. Nous serons passés l'un près de l'autre, en nous frôlant une seconde, et puis chacun aura poursuivi son chemin ailleurs. C'est bien dommage, parce qu'il me semble que j'aurais pu t'aimer.

Le bébé, qui commençait sans doute à avoir sommeil, s'était mis à pousser des cris d'impatience et grimaçait en agitant les pieds. Une de ses bottines, à demi délacée, roula sur le sol ; Caroline se pencha pour la ramasser. Il vit à son expression que l'entretien commençait à lui peser et se leva, l'air pincé :

— Allons, il est temps qu'on se quitte. Tu as des choses à faire, moi aussi.

Ils suivirent l'allée pendant un moment, puis obliquèrent à travers le gazon vers l'avenue de l'Esplanade. L'enfant s'agitait de plus en plus. Elle s'arrêta à quelques reprises pour le caresser, puis, se tournant vers son compagnon, se mit à le questionner sur son installation à la campagne. Manifestement, elle cherchait à meubler le silence. L'air contraint, il répondait brièvement, d'un ton presque sec, regrettant à présent de l'avoir relancée.

Quand ils furent arrivés devant son appartement, il lui tendit la main, mais, à son grand étonnement, elle se pressa contre lui et, la tête contre sa poitrine, des larmes dans la voix :

— Tu ne sais pas comme je suis peinée de te décevoir. Jamais je n'oublierai ce que tu as fait pour moi... Me crois-tu ? Merci d'être venu... Ça m'a redonné comme un peu de dignité.

33

Deux mois plus tard, Guillaume Tranchemontagne s'ennuyait ferme à sa maison de campagne. Tous les travaux possibles avaient été menés à terme. Il aurait fallu construire une deuxième maison, entreprise dont la nécessité ne sautait pas aux yeux. L'été s'achevait doucement. Dans quelques semaines, les interminables pluies d'automne recommenceraient. Il avait agrandi son jardin, planté des arbres, fait tracer des sentiers dans une partie de la forêt derrière chez lui, puis y avait installé un réseau de lanternes électriques, du plus bel effet la nuit. Pendant deux semaines, il s'amusa à nettoyer sa forêt avec l'aide d'un jeune voisin, prenant soin de ne pas toucher au lit de branches de sapin où Amélia et lui avaient fait l'amour. Mais il se fatiguait vite et le travail finit par le lasser. Raoul Marleau et sa femme se pointèrent à plusieurs reprises et il sillonna avec eux les environs à la recherche d'un chalet et d'un lopin de terre, mais Marleau trouvait tout trop grand, trop petit ou trop cher, et son ami soupçonna que son projet de retraite n'était qu'une passade.

Amélia le rejoignait chaque fin de semaine, ou presque, et restait parfois jusqu'au mardi matin ; mais il comprit que, malgré son profond attachement pour lui, elle ne pourrait jamais s'adapter à sa nouvelle existence.

— Que veux-tu, mon chéri, j'ai la ville dans le sang... Pour me sentir vraiment à mon aise, il me faut du bruit, de l'agitation, des gens, la sonnerie du téléphone. C'est superbe ici, mais, au bout de quelques jours, j'ai l'impression de peser trois tonnes et de m'enfoncer sous terre.

Et elle le poussa à s'acheter au plus vite un pied-à-terre à Montréal.

Vers la fin d'août, il passa donc quelques jours en ville pour visiter des appartements en copropriété. Amélia avait dû se rendre en toute hâte à Québec, où sa vieille mère venait d'être hospitalisée. Il décida donc de rester chez Noémie et Thomas, qui disposaient d'une chambre d'amis ; il les emmenait se régaler au restaurant, tout attendri de les voir si naïvement épris l'un de l'autre. Un soir qu'ils étaient partis à un concert rock au Spectrum, le laissant seul à l'appartement, il téléphona à Marie-Louise dans l'espoir de se faire inviter.

— As-tu soupé, papa ?

— Non, pas encore.

— Eh bien ! si tu aimes l'osso buco, je t'invite. C'est Philippe qui l'a préparé. Il le fait très maigre. Tu pourras en manger sans aucun problème.

Pendant un instant, Charles-Élie et Germain se bousculèrent en criant pour avoir le privilège de lui ouvrir la porte. Finalement, l'affaire fut tranchée par leur père qui décida de s'occuper lui-même de l'opération.

— Et alors ? Comment ça va ? fit ce dernier en lui tendant la main avec ce regard inquisiteur imperceptiblement inquiet dont l'homme d'affaires devait s'accommoder depuis sa maladie.

— Moi ? Mieux que jamais, répondit-il un peu sèchement.

Il s'accroupit devant ses petits-fils occupés à se donner des coups de coude dans les côtes :

— Salut, les gars.

— Salut, grand-papa ! répondirent-ils à l'unisson.

Charles-Élie posa la main sur son genou :

— C'est vrai, grand-papa, que tu vas nous inviter bientôt à ton chalet pour qu'on se promène dans ta forêt la nuit ?

— Oui, mon vieux... C'est une forêt éclairée, précisa Tranche-montagne. J'y ai fait installer plein de lanternes.

— Est-ce que les loups aiment ça ?

— Les loups ? Vraiment, je ne sais pas.

— Il faudrait t'informer. Ça leur fait peut-être peur. À l'école, on nous a dit que les loups ont beaucoup de problèmes. Il en reste presque plus, tu sais.

— On s'en fout, déclara Germain sur un ton péremptoire.

— Et moi, je me fous de toi. Et je souhaite qu'un loup te dévore la gueule. Mais il va s'empoisonner !

— Les enfants, les enfants, soupira leur père en les séparant.

— Tu t'es lancé dans la cuisine, Philippe ? fit Tranchemontagne en se relevant le plus rapidement qu'il put.

Ses genoux émirent un craquement qui fit sursauter ses petits-fils. Ils échangèrent un regard étonné.

— Ouais... j'ai voulu donner un coup de main à Marie-Louise. Elle est un peu fatiguée, ces temps-ci.

Le ton de son gendre l'intrigua. En apercevant sa fille, penchée au-dessus de la table en train de préparer des hors-d'œuvre, il fut frappé par sa mauvaise mine. « Allons, qu'est-ce qui ne va pas ? se demanda-t-il en la serrant dans ses bras. Problèmes de ménage ? Ou problèmes chez Délicaf ? »

— Papa, fit-elle après l'avoir observé, voilà longtemps que je ne t'ai pas vu avec d'aussi belles couleurs. La campagne te fait du bien.

— Je voudrais pouvoir en dire autant de toi. On dirait que tu viens de passer la nuit sur la corde à linge. T'as des ennuis, Marie-Lou ?

— Oh ! rien de grave, répondit-elle, évasive. Un petit surcroît de travail.

Mais, au moment du dessert, la langue déliée par le vin, elle consentit enfin à lui apprendre que le torchon brûlait entre ses deux frères au sujet d'une question administrative. Malgré tous ses efforts, il ne put en savoir davantage.

★

Finalement, après de longues hésitations et des dizaines de visites un peu partout à travers Montréal, Tranchemontagne décida de se porter acquéreur d'un appartement situé au premier étage d'un ancien entrepôt, rue de la Commune. L'appartement comptait une salle à manger, trois chambres à coucher et un immense salon avec cheminée de pierre à l'ancienne ; trois grandes fenêtres donnaient sur le Vieux-Port. C'est cette vue, les murs en maçonnerie de moellons bruts et l'enthousiasme d'Amélia qui firent pencher la balance.

Son installation l'occupa pendant quelques semaines ; il fit transporter chez lui les meubles entreposés quatre mois plus tôt, en acheta d'autres, puis se promena dans le Vieux-Port et les rues avoisinantes avec un grand air de satisfaction, se félicitant d'avoir choisi un quartier aussi pittoresque, agréable et distingué, malgré l'affluence quelque peu bruyante parfois des touristes et des visiteurs. Mais, encore une fois, quand le dernier tapis fut posé, le dernier plafonnier installé, la robinetterie de la salle de bains changée pour une autre plus conforme à ses goûts et que, sur les conseils d'Amélia, il eut fait agrandir la porte entre le salon et la salle à manger afin d'accroître le sentiment d'espace, l'ennui se pointa de nouveau, calme, fidèle et silencieux, impossible à chasser.

Il se mit alors à faire la navette entre Montréal et sa maison de campagne, de plus en plus fébrile, de plus en plus insatisfait et s'interrogeant de plus en plus sur la sagesse du docteur Ricignuolo, qui l'avait incité avec tant d'éloquence à quitter le monde des affaires. Son humeur s'assombrit. Il devint impatient, irritable. La présence d'Amélia se mettait tout à coup à lui peser et il lui demandait alors de le laisser seul ; mais, une heure plus tard, il lui téléphonait pour s'excuser et la prier de le rejoindre. Pour se faire pardonner, il l'emmenait alors au restaurant ou lui offrait un déshabillé, un disque, une bouteille de vin (c'était une fine connaisseuse).

— Que t'arrive-t-il, mon pauvre chéri ? lui demanda-t-elle un soir où il s'était montré particulièrement abattu. Ton caractère change à vue d'œil... Auparavant, je comprenais tes sautes d'humeur et je les excusais : tu avais cette grosse machine à faire marcher, qui te donnait parfois tant de soucis. Mais maintenant ? C'est le calme, la paix, la liberté ! Que te faut-il de plus ?

— Je n'en sais rien, grogna-t-il. Je ne suis peut-être pas fait pour le bonheur. Ou peut-être que, pour l'apprécier, il me faut des embêtements de temps à autre. J'ai passé ma vie à me débattre. Les bras ballants ne me vont pas, je suppose.

En octobre, à l'instigation de son amie, il se prépara à faire avec elle un long voyage en Italie. Mais, trois jours avant leur départ, il annula tout, prétextant une grande fatigue. En réalité, il ne mentait qu'à demi : la perspective de ces interminables visites de musées, aggravées par ces non moins interminables concerts, avait déjà commencé à l'épuiser.

Amélia le bouda. Il fut plusieurs jours sans la voir et décida de se rendre à la campagne afin de nettoyer son jardin. Mais la pluie le retint à l'intérieur de son chalet.

Et c'est là, dans le vide des journées arrêtées, qu'il ressentit pour la première fois dans toute son acuité un mal étrange et vaguement familier. C'était comme une meurtrissure de l'âme, si profonde et si ancienne que la douleur qui en émanait avait fini par se dissimuler parmi les impressions de la vie quotidienne et qu'il l'avait oubliée. Mais, à présent, elle apparaissait à nu. Qu'est-ce qui l'avait causée ? Il ne le savait pas. Elle semblait née avec lui. Ou peut-être la lui avait-on infligée alors qu'il se trouvait dans un tel état de fragilité aveugle que son esprit à peine formé n'avait pu en garder la trace. Chacun avait-il ainsi une partie de lui-même broyée et tant bien que mal cicatrisée qui envoyait, jour après jour, année après année, sans aucun répit, ces ondes d'une vieille souffrance à demi apaisée, jamais endormie ? Il ne le savait pas non plus. Était-ce cela, vivre ? Alors quel intérêt, au fond, pouvait-on y trouver ? Mieux valait s'étourdir dans l'agitation, même au risque d'y laisser sa peau. Et pourtant, la mort lui inspirait de l'horreur.

— Peut-être, après tout, se dit-il un soir dans un moment de découragement total, devrais-je aller en Italie...

Le lendemain, un événement, en apparence minuscule, changea encore une fois le cours de sa vie.

★

Il s'était rendu de bon matin chez Giroux & Giroux, la quincaillerie de Mansonville, où il se fournissait habituellement, pour acheter un rouleau de clôture pare-neige et attendait au milieu de la place qu'un commis se libère pour le servir. Le patron de l'établissement, grand homme goguenard aux yeux pétillants qui cachait ses sourires sous une grosse moustache, s'approcha par derrière et, pince-sans-rire, lui demanda pourquoi il flânait ainsi dans son magasin.

— Je jetais un coup d'œil sur votre marchandise, car j'ai envie de lancer ma propre quincaillerie pour vous faire un peu de concurrence. Ça profiterait aux acheteurs.

— Vous devriez plutôt ouvrir un café, lui avait répondu l'autre sans sourciller. Le village en aurait besoin. On m'a dit que c'est là-dedans que vous êtes le moins mauvais.

Il tendit la main vers la rue :

— Vous avez remarqué la boutique de tissus, juste en face ? Elle a fermé ses portes la semaine passée. C'est un beau petit local, qui ne devrait pas se louer bien cher. Je pourrais aller y boire des cappuccinos gratis dans mes moments libres.

Tranchemontagne retourna chez lui avec sa clôture et profita d'une éclaircie pour travailler au jardin. Ce n'est que vers midi qu'il s'aperçut que son humeur avait tourné insensiblement au beau, comme le temps, et que l'idée de ce café ne lui déplaisait pas du tout. C'était peut-être une façon de retourner au métier, tout en évitant les grandes fatigues, et d'oublier un peu ce trou béant qu'il sentait en lui et dont il devrait s'accommoder, apparemment, jusqu'à la fin de ses jours.

Mais il ne pouvait évidemment tenir un commerce tout seul. Il lui fallait un gérant ; il avait beau aimer le coin, il ne voulait pas y avoir les pieds vissés à longueur d'année, car il tenait à sa liberté. Impossible de compter sur Amélia. Engager un inconnu ne lui souriait guère. Que faire, alors ?

Il rumina ces choses pendant toute la journée, puis retourna au village le lendemain matin pour s'enquérir du loyer de la boutique. L'édifice où elle se trouvait appartenait à une vieille dame percluse, à demi aveugle, qui habitait tout près avec sa fille célibataire et passait son temps à écouter la radio en buvant du thé au jasmin. L'arôme embaumait toute la maison. Elle le reçut au salon devant une table où fumait une théière et lui offrit aussitôt une tasse. C'était une petite femme frêle, mais au dos bien droit, avec un long nez fin, des yeux globuleux aux paupières tombantes et un visage à la peau soyeuse et pâle ; un sourire d'ironique indulgence semblait flotter continuellement sur ses lèvres minces.

— On m'a déjà parlé de vous, dit-elle d'une voix douce et unie, si faible qu'on devait prêter l'oreille pour saisir ses propos. Vous êtes le marchand de café de Montréal qui habite le chemin du Cheval-qui-rue, n'est-ce pas ? Il paraît que vous êtes riche.

Il eut une légère grimace :

— Les gens exagèrent beaucoup.

— Depuis que ma boutique est vide, mon sommeil en souffre un peu, pour ne rien vous cacher. Je n'aime pas les maisons vides. Cela les fait vieillir terriblement, croyez-moi. Mais que voulez-vous ? Cette pauvre Germaine ne faisait plus de bonnes affaires depuis un an, car ses problèmes de santé l'empêchaient de s'occuper convenablement de son commerce. Ma fille vient de me dire que vous songez à ouvrir un restaurant ?

— Un café, plutôt, quelque chose de modeste. Pour l'instant, ce n'est qu'un vague projet. Je venais simplement tâter le terrain, comme on dit.

— Oui, c'est bien, c'est bien.

Elle approcha la tasse de sa bouche, huma longuement les vapeurs parfumées, prit une petite gorgée et claqua légèrement la langue.

— Vous avez les moyens, mais je ne veux pas abuser de votre situation. Si vous décidez d'ouvrir un restaurant...

— Un café, corrigea-t-il de nouveau, tout simplement un petit café.

— ...je ne vous demanderai pas un gros loyer, mais il faudra signer un bail d'au moins trois ans. J'en ai besoin pour la paix de mon esprit, vous comprenez ?

— Je comprends. Cela ne devrait pas faire problème. Combien demandez-vous ?

Elle sourit devant tant de juvénile précipitation.

— Pensez d'abord à votre affaire et revenez me voir quand vous serez décidé. Je n'aime pas discuter pour rien. Cela m'énerve inutilement et mon sommeil risquerait d'en être gâté, vous comprenez ? À mon âge, vous serez peut-être comme moi.

— Oui, bien sûr, fit-il en se levant.

— Je vous sers encore un peu de thé ?

Il la remercia, disant qu'on l'attendait, mais l'expression de légère contrariété qu'il vit apparaître sur son visage le poussa, par prudence, à se rasseoir et à prendre une deuxième tasse, avec toute la lenteur requise.

34

Guillaume Tranchemontagne joua pendant trois jours avec l'idée d'ouvrir un café et fit même quelques appels à des sociétés de matériel de restauration. Mais, comme chacun sait, beaucoup de projets nés d'une impulsion n'arrivent pas à lui survivre. Des difficultés apparaissent, la situation change, la fatigue ou des soucis font sentir leur poids, l'attention se porte ailleurs.

Au troisième jour, dégoûté de la solitude, il retourna à Montréal et revit Amélia. Elle eut l'intelligence d'éviter toute allusion à leur voyage annulé et se montra charmante et pleine d'entrain. Le lendemain, il se présentait chez elle avec des billets d'avion Montréal-Rome et ils s'envolaient la semaine d'après.

À son retour, il avait pratiquement oublié son projet. L'automne s'annonçait maussade, le froid était arrivé plus tôt que de coutume. Il pensa alors à passer un mois ou deux en Floride avec Amélia ; Marleau se disait prêt à les rejoindre au milieu de novembre. Et puis soudain, tout changea.

Thomas Léger perdit son emploi d'apprenti mécanicien et Noémie, qui ne se plaisait pas à son cégep, se remit à travailler à temps complet au Provisoir de Longueuil.

C'est alors que Tranchemontagne, un soir, eut son idée. Amélia l'applaudit quand il lui en parla. Depuis leur retour d'Italie elle aurait applaudi, du reste, à presque n'importe quoi, car son voyage l'avait enchantée. Son cher Guillaume, en effet, s'y était surpassé à tous points de vue ; il avait appris à vivre sans trop de mal dans le fouillis des huit valises de son amie, ne se formalisant pas trop de retrouver son tube de dentifrice dans une pantoufle et ses pantoufles enfouies dans un amoncellement multicolore de dessous en dentelle ; il avait, pendant presque une heure, manifesté tous les signes d'un véritable émerveillement devant les fresques de Michel-Ange à la chapelle Sixtine, s'étonnant qu'un peintre ait réussi à si bien travailler couché sur le dos au sommet d'un échafaudage de dix-sept mètres ; il avait passé plusieurs minutes à contempler au musée des Offices à Florence la *Naissance de Vénus* et le *Printemps* de Botticelli, allant même jusqu'à se procurer sur place une reproduction des peintures, parce que celles-ci « le mettaient de bonne humeur » ; il avait manifesté une patience exemplaire devant la manière italienne de faire les choses, qui consistait le plus souvent à les faire en retard ou d'une façon embrouillée ; il s'était adapté avec une souplesse étonnante aux règles italiennes de la circulation automobile, qui reposent, comme chacun sait, sur un mépris souriant de la mort et une passion viscérale pour les engueulades et les hurlements de klaxons. Et, couronnant le tout, le célèbre café italien, dont il avait usé abondamment, l'avait maintenu dans un état d'euphorie presque permanent.

Tranchemontagne se rendit donc chez Thomas et Noémie et leur proposa de travailler avec lui dans un café qu'il voulait ouvrir à Mansonville ; ils en assureraient en partie le fonctionnement et la gérance. Il avait auparavant vérifié que le local était encore libre.

L'affaire fut réglée en un tournemain. Il fallut d'abord loger le jeune couple. Un plombier de la place accepta de leur louer une maison dans le village ; toute petite, avec un toit bleu et des murs blancs à clins, elle se dressait sur le bord de la rivière près d'un grand parc à l'abandon ; Noémie la trouva exquise. Sa situation à l'écart plut à Thomas, qui la trouva propice à l'amour et au repos, deux choses qu'il considérait comme essentielles pour bien s'acquitter de ses futures responsabilités.

— Je sens que je vais péter le feu ici, déclara-t-il avec un grand air de satisfaction en parcourant les pièces déjà meublées où flottait la triste odeur de moisi des lieux longtemps inoccupés.

Quelques jours plus tard, les travaux d'aménagement commençaient dans la boutique. On baptisa l'établissement Le Café de la Chouette des neiges, même si personne ne pouvait assurer que l'espèce existât, et l'ouverture eut lieu à la mi-janvier, en pleine saison de ski.

— Donnez-moi une semaine ou deux, monsieur Tranchemontagne, affirma Thomas Léger, et je vais vous diriger ce p'tit café comme une cane mène ses canetons.

Ce fut d'abord la ruée, et il en résulta, malgré l'assurance du jeune homme, une pénible période d'apprentissage, car la nouvelle équipe, bien sûr, manquait totalement d'expérience. Pour ne pas perdre sa clientèle aussi vite qu'il l'avait gagnée, Tranchemontagne dut engager en catastrophe une cuisinière. La femme avait tenu pendant plusieurs années un hôtel réputé dans le village ; elle parlait peu, travaillait vite, et rien ne la troublait ; elle se mit aux chaudrons, dispensa à chacun ses conseils d'une voix brève et ramena peu à peu le sourire sur les visages.

La semaine d'après, Tranchemontagne fit installer dans son café un petit comptoir de produits importés et commença à penser à un menu un peu plus élaboré. Amélia s'était prise d'enthousiasme pour l'établissement, où elle venait travailler parfois pendant des journées entières ; ses séjours à la campagne s'allongèrent peu à peu. Certains clients souriaient parfois devant ses minauderies, mais la plupart appréciaient sa bonne humeur inaltérable et l'efficacité de son service, car elle avait pigé le métier très vite.

Après l'effervescence des débuts, les affaires connurent le creux classique qui survient immanquablement quand s'étiole l'attrait de la nouveauté, mais au bout de quelques semaines d'angoisse, elles se mirent à reprendre lentement. Thomas travaillait comme un forcené, premier arrivé, dernier parti, et trouvait le temps d'aller faire des travaux pour Tranchemontagne à son chalet, refusant toute rétribution.

Vers la fin de l'hiver, La Chouette des neiges commençait enfin à faire des profits et la vie de l'homme d'affaires semblait avoir trouvé un nouvel équilibre.

Il ne quittait plus guère la campagne et regrettait presque d'avoir acheté son appartement du Vieux-Montréal, qui l'avait tant ravi au début. Mais Amélia ne voulait **pas** entendre parler de revente et son opinion prenait insensiblement de plus en plus de poids à mesure qu'elle s'installait dans la vie du nouveau campagnard.

Le café n'ouvrait que du mercredi au dimanche. Le début de la semaine était consacré aux courses et à divers travaux d'aménagement, que Tranchemontagne, depuis quelque temps, confiait le plus souvent à Thomas, préférant rester chez lui à se reposer.

Amélia s'extasiait devant la débrouillardise du jeune homme et sa gentillesse, que ce dernier, par une sorte de pudeur, cherchait à dissimuler sous des airs un peu fanfarons et des manières bourrues.

— Quel bon garçon ! On aurait envie de l'embrasser sur les deux joues et de lui confier son portefeuille ! Il n'y en a pas deux comme lui dans tout Montréal.

Un après-midi qu'elle se prélassait, toute somnolente, devant un feu de cheminée, la tête appuyée sur l'épaule de son vieil ami, elle ouvrit brusquement les yeux, se redressa d'un coup et lui annonça subitement qu'elle voulait inviter Noémie et Thomas à souper.

— Que veux-tu, mon chéri ? c'est plus fort que moi : j'ai besoin de les dorloter, murmura-t-elle de cette voix languissante et un peu affectée qui amenait chaque fois une sourire vaguement moqueur sur les lèvres de l'homme d'affaires.

— Pourquoi pas ? répondit-il en bâillant. Ça meublera la soirée.

Mais, presque aussitôt, il se sentit tout joyeux et attendri à l'idée de voir les deux amoureux, qu'il avait pourtant vus la veille et qu'il reverrait le surlendemain.

Deux minutes plus tard, l'invitation était lancée et acceptée ; Noémie offrit d'apporter le dessert. Amélia s'affaira aussitôt dans la cuisine et envoya Tranchemontagne chercher du vin au village. Il se dirigea lentement vers son auto, l'œil à demi fermé sous la blancheur de la neige exacerbée par le soleil, humant l'air sec et piquant, qui donnait une impression de fraîche propreté et d'espace infini. Il monta dans son auto et se mit à filer sur la route. Les lignes verticales des troncs d'arbres sur les molles rondeurs de la neige faisaient naître un sentiment de facilité, d'ordre et de paix. « Pourquoi la vie n'est-elle pas ainsi ? » se demanda-t-il, envahi tout à coup par une poignante tristesse. Mais cette dernière se dissipa peu à peu, remplacée par une joie étrange, inquiète et un peu sucrée, qu'il n'avait jamais ressentie, dont il ne savait que faire. « Ma vie *est en train* de devenir ainsi, constata-t-il, étonné. Ma vie se simplifie et se calme, elle devient – comment dire ? – profonde. J'ai cessé de courir pour rien. Je passe mes jours avec des gens qui me plaisent. Je prends le temps de regarder autour de moi et de voir que je suis bien là, en train d'exister. C'est peut-être ça, le bonheur... Comment savoir ? »

Ce petit café de Mansonville le protégerait momentanément du vide. Et, si les affaires continuaient de bien aller, peut-être en ouvrirait-il un autre dans la ville voisine, pour s'assurer de tenir l'ennui en échec ?

Il se rendit à l'épicerie, hésita longuement devant l'étalage des vins, causa avec des gens du village venus faire leurs courses et qui l'abordaient gentiment mais avec une subtile retenue, comme pour lui montrer qu'il n'était pas encore tout à fait des leurs ; puis il alla au café et fit un peu de comptabilité. Levant tout à coup la tête, il aperçut par la vitrine la rue déjà tout assombrie ; l'après-midi finissait ; Amélia s'inquiétait peut-être de son absence.

En arrivant au chalet, il aperçut la petite Honda de Thomas rangée le long d'un banc de neige. Des traces de raquettes partaient de la remise, traversaient un champ bosselé en direction du ruisseau, puis s'enfonçaient dans la forêt. Il entra. Noémie, toute joyeuse et animée, vint à sa rencontre et l'embrassa avec une effusion qui l'étonna. Un poulet grésillait au four, répandant une odeur chaude et succulente qui rendait instantanément optimiste. Il s'étendit au salon sur un canapé et se mit à grignoter un beigne*. Dans la cuisine, on entendait les rires de Noémie et d'Amélia et le bruit d'un couteau sur une planche à découper. Il fixait le plafond en souriant : « Ouais, décidément, cette idée d'un deuxième café me sourit de plus en plus. Je vais attendre un mois ou deux, et puis j'en parlerai à Thomas. »

Ce dernier arriva de sa promenade en raquettes, le bout du nez blanchi par le froid, les joues écarlates, mourant de faim :

— Vous avez une superbe érablière au fond de votre terrain, monsieur Tranchemontagne, mais il faudrait la nettoyer. Il y a beaucoup d'arbres tombés. Vous fermez le café quinze jours en novembre ? Je pourrais alors m'en occuper, si vous voulez.

L'homme d'affaires hochait la tête en souriant, charmé par ce visage à la fois naïf et pétillant d'intelligence, où l'appétit de vivre éclatait avec une sorte d'indécence.

— T'as carte blanche, mon gars On vendra le bois et tu garderas l'argent.

— À table, tout le monde ! lança Amélia.

---

* Pâte frite glacée ou saupoudrée de sucre glace (*Robert*).

Le repas dura longtemps et on y but beaucoup, mais Noémie se contenta d'un seul verre. Au dessert, le niveau sonore de la conversation se rapprochait de celui d'une petite foule en liesse et des regards instables se promenaient au-dessus de la nappe. Amélia et Tranchemontagne, épaule contre épaule, étranglés de rire, écoutaient Thomas décrire les affres de ses premières semaines comme cafetier, tandis que Noémie, les mains sur les genoux, observait la scène avec un sourire grave. L'homme d'affaires se tourna tout à coup vers elle :

— Ma fille, tu n'as pas l'air de beaucoup t'amuser, ce soir.

— Au contraire, papa, je me sens très heureuse.

Sa voix exprimait un ravissement si profond que la conversation s'arrêta. Alors, après un long regard sur les convives, elle annonça qu'elle était enceinte. Tranchemontagne en eut l'air si atterré que Thomas sentit le besoin de lancer une plaisanterie :

— Hé oui ! on a fait la houm de la houmpette au milieu de la couchette en s'échangeant des p'tits becs – et ç'a donné un bébé ! C'est merveilleux, non ? Noémie, j'en suis sûr, va être une fameuse maman. Quant à moi, j'ai huit frères et sœurs : je connais ça, la famille.

Amélia s'était précipitée vers elle et l'embrassait en pleurant à chaudes larmes :

— Ah ! ma petite chouette ! Quelle histoire ! Es-tu contente ? Je vois bien que oui... Nous allons nous occuper de toi, ne crains rien... Moi qui aurais tant aimé avoir des enfants ! Mais voilà, le destin ne l'a pas permis...

— Mon Dieu, Noémie, soupira Tranchemontagne, complètement dégrisé, en s'approchant à son tour, je te trouve bien jeune pour te mettre un pareil fardeau sur les épaules. Que va-t-il arriver de tes études ? Tu voulais les reprendre. Vas-tu les abandonner à tout jamais ?

— Allons, mon chéri, pourquoi cette mine d'enterrement ? Ta fille n'est pas une chatte perdue obligée d'avoir ses petits dans le fond d'une poubelle ! Nous sommes là pour l'aider ! Et puisqu'elle le voulait, cet enfant...

— Nous avons tout calculé, monsieur Tranchemontagne, le rassura Thomas d'un ton comiquement paternel. Noémie va accoucher en octobre. Au bout de deux mois, elle va sevrer son bébé et sera donc capable de s'inscrire au cégep de Sherbrooke pour la deuxième session... et peut-être même de travailler un peu au café... Je suis là, moi, après tout. Et puis, on en a vu d'autres, vous savez !

Et il enveloppait Noémie de regards passionnés. On discuta encore un moment, puis la jeune fille, se sentant un peu lasse, exprima le désir de retourner chez elle.

Vers minuit, Tranchemontagne, après avoir tisonné le feu et parcouru les journaux en bâillant, alla rejoindre Amélia au lit. Dans la pénombre bleutée de la veilleuse, il la contempla un moment. Elle ronflait légèrement, les traits détendus et comme rajeunis, un sourire ému encore aux lèvres. Son visage semblait exprimer une vulnérabilité confiante et cette ardente passion de vivre qui n'abandonne la plupart des humains qu'aux frontières de la mort. Il lui caressa le front du bout des doigts. Sa bouche frémit, elle ouvrit les yeux et les referma aussitôt avec un soupir.

Étendu à ses côtés, tout alourdi par le vin, il cherchait un sommeil qui le fuyait. La pensée de Noémie le hantait. La voilà qui venait à son tour de se jeter dans le tourbillon de la vie, et avec quelle inconscience ! Heureusement, elle avait pour elle la force de la jeunesse. C'était déjà la moitié du bonheur. Et puis, il était là pour l'aider, comme l'avait souligné Amélia. Mais, à part sa simple présence et son argent, que pouvait-il lui offrir ? La solitude avait déjà commencé à l'envelopper. Il ne pouvait l'aimer que de loin. Et il avait commencé si tard ! Pourvu que dans quelques années n'apparaisse pas sur son visage cette terrible expression de désabusement qui enlaidit tant d'êtres humains et que portait son propre visage.

Sa lourdeur de tête tournait au serrement. Son front et ses tempes se durcissaient. Est-ce qu'une gueule de bois l'attendait ? Il en avait connu peu, mais, quand elles survenaient, il en était cassé en deux pendant des jours.

— Il me faut de l'air, murmura-t-il en se levant.

Il s'habilla sans bruit, sortit et monta lentement l'allée qui menait à la route, se gorgeant d'air glacé. Ses jambes, puis sa poitrine et ses bras commencèrent peu à peu à s'engourdir et cette sensation lui parut bonne et réconfortante. Il marcha long-temps, sans rien regarder, les paupières à demi fermées, respirant toujours à pleins poumons, tenaillé à présent par un insatiable besoin d'oxygène, son attention comme aspirée par le crissement de ses pieds dans la neige. Une légère hébétude se répandait en lui. Peut-être finirait-elle par vaincre la gueule de bois ?

Plusieurs minutes passèrent ainsi. Malgré l'heure tardive, l'alcool et le repas trop copieux, sa fatigue s'allégeait, elle allait bientôt s'envoler. Il n'était pas dupe de cette énergie soudaine et factice, surgie de mystérieuses réserves, magnifique coup de fouet qui allait le laisser épuisé pendant deux jours, mais il continuait de marcher et de respirer avec une ivresse et une exaltation qui le ramenaient au temps de son adolescence.

Soudain, sans trop savoir pourquoi, il leva la tête. Au-dessus de la masse noire de la forêt qui se dressait de chaque côté de la route, s'ouvrait un ciel immense criblé d'étoiles. Il avait vu ce ciel des centaines de fois, mais dans le silence parfait de cette nuit immobile et glacée, traversée de temps à autre par les effluves raréfiés des résineux, ce ciel semblait lui parler. Il fixait, extasié, sa voûte au bleu délicieusement adouci par la lueur des étoiles lointaines et scintillantes, étonné de ce qui lui arrivait et souhaitant que cela dure indéfiniment. Une paix grandiose descendait silencieusement sur le monde ; il en était submergé et pénétré de toutes parts. La joie d'être en vie, de participer modestement au miracle unique et inimitable de la vie éclatait en lui et brûlait ses entrailles. Toutes les petites saletés qui s'y trouvaient et l'attristaient depuis si longtemps en étaient consumées. Et il comprit que l'entreprise étrange qu'il menait depuis près de deux ans l'avait, malgré ses maladresses parfois saugrenues, porté dans la bonne direction et qu'il accédait enfin à ce plateau que tout homme rêve de parcourir avant de disparaître.

— Mon Dieu, balbutia-t-il d'une voix tremblante, les yeux pleins de larmes, si vous êtes là, quelque part... si quelque chose quelque part a son mot à dire sur nos destins... Alors faites que je vive encore un peu... seulement quelques années encore... J'ai eu tant de mal pour en arriver où je suis...

35

Dans la semaine qui suivit, Raoul Marleau acheta une jolie maison de campagne à Sutton sur le chemin Parmentier, un peu en retrait du village, à une vingtaine de kilomètres de Mansonville. Aussitôt son offre d'achat acceptée, il se rendit à La Chouette des neiges pour annoncer la bonne nouvelle à Tranchemontagne.

Il était près de dix heures. C'était un mardi, jour de congé au café, et il trouva ce dernier plongé dans une fiévreuse discussion avec un grand homme maigre et sec, triste comme un vieux plumeau, qui venait de terminer l'installation d'une pompe à bière, car l'établissement avait obtenu quelques jours plus tôt son permis de vente d'alcool. La discussion portait sur une somme de 71,22 $ couvrant les frais de déplacement du technicien, celui-ci prétendant qu'ils n'étaient pas inclus dans le prix de l'installation, l'homme d'affaires prétendant le contraire, puisqu'il n'en avait jamais été question.

Marleau les écouta un moment, reniflant à petits coups saccadés, signe chez lui d'une impatience grandissante, ajusta deux ou trois fois le nœud de sa cravate de velours semée de faux brillants, d'un mauvais goût somptueux et insolent, puis fouilla dans sa poche et tendit au technicien deux billets de vingt dollars :

— Est-ce que ça ferait votre affaire ? Moi, ça ferait la mienne, car j'ai des choses importantes à dire à monsieur.

— Bon... bon, si vous voulez, grommela l'autre en empochant l'argent sous le regard étonné de Tranchemontagne, qui voulut intervenir mais s'en vit empêché par un geste impérieux de son bouillant ami.

L'homme, après un regard étonné sur la cravate de son bienfaiteur, quitta le café, pas si mécontent, au fond, de la tournure des choses, et monta dans sa fourgonnette en se grattant fébrilement la cuisse, car le moindre énervement réveillait son eczéma.

— Qu'est-ce qui t'a pris ? demanda Tranchemontagne quand ils furent seuls. As-tu perdu la tête ? Quarante dollars ! Je suis capable de payer mes factures moi-même. Et puis, fais-moi plaisir et enlève cette cravate ridicule. Tu ressembles à une vitrine de bijouterie.

— Tut tut tut. Calme tes petits nerfs. Elle provient de la garde-robe du pianiste Liberace, mon cher. Je l'ai reçue avant-hier, grâce aux bons soins d'une amie de Céline Dion. C'est un objet historique !

Tranchemontagne l'enveloppa d'un long regard de commisération, puis voulut lui glisser deux billets de banque dans le creux de la main, mais l'autre serra les doigts :

— Non. C'était ma façon à moi de commencer les festivités.

— Les festivités ?

— Ouais. Pour marquer une des meilleures décisions que j'aie prises de ma vie.

Et il lui annonça la nouvelle. Les deux amis trouvèrent l'occasion fort propice pour vérifier le bon fonctionnement de la pompe à bière tout en s'adonnant à une étude comparée des différents liquides qu'elle dispensait.

Une heure plus tard, et l'étude fort avancée, Raoul Marleau faisait suivre la première nouvelle d'une deuxième, encore plus importante : il avait décidé, pratiquement, de prendre sa retraite, car le jeune assistant qu'il avait engagé six mois plus tôt se montrait si habile, intelligent, fiable et travailleur, qu'il l'avait nommé gérant de ses dépanneurs et lui confiait désormais la plus grande partie de son travail. Les deux hommes étaient en train de discuter la façon la plus appropriée de fêter ce deuxième événement, envisageant même, malgré sa banalité avérée, l'achat d'une bouteille de champagne, lorsque le téléphone sonna.

— Allô ! s'exclama Tranchemontagne avec allégresse, comme si les appels téléphoniques constituaient le fondement même de son bonheur.

Son visage hilare prit une expression étonnée :

— Julien ? Comment vas-tu ?

Il l'écouta un moment, puis :

— Non, je ne vais pas à Montréal avant la semaine prochaine. Hein ? Bon. Comme tu veux. Vers une heure ? Parfait. J'attendrai ici, au café. Ça te donnera l'occasion de le voir. J'en suis assez fier, tu sais... Dis donc, est-ce que je peux me permettre... qu'est-ce qui se passe, au juste ? Bon. Parfait. Je t'attends. À tout à l'heure.

Il raccrocha et se tourna vers son ami avec une expression accablée :

— Remballe tes festivités, mon vieux. Je vais avoir des problèmes plein les bras. Il n'a rien voulu me dire, mais je vois bien que la chicane est dans la cabane.

Marleau avala une longue gorgée de bière et déposa son verre avec fracas sur la table en poussant un rire sardonique :

— Dis-moi, Guillaume, est-ce que ça te surprend ? Tu connais pourtant Antonin mieux que moi. Comment veux-tu que deux frères s'entendent quand leur père n'est plus là pour légiférer ? Antonin a besoin d'occuper toute la place, mon vieux, sinon il étouffe – ou alors, sa femme risque de l'étouffer ! Je le connais à peine – et pourtant j'ai compris ça il y a longtemps.

★

Julien arriva ponctuellement à son rendez-vous – signe supplémentaire de la gravité de la situation. Comme à son habitude, il était joyeux, mais un peu tendu et l'œil cerné ; il trouva le café ravissant, questionna longuement son père sur la marche des affaires et dîna avec lui d'une omelette arrosée d'un carafon de rouge.

Raoul Marleau, qui s'était discrètement éclipsé, avait vu juste. La dispute, qui couvait entre les deux frères depuis plusieurs mois, venait d'éclater ouvertement. Julien était prêt à reconnaître ses torts : il était insouciant, oublieux et parfois même inconséquent, ne travaillait que par à-coups (mais alors avec beaucoup d'efficacité) ; toutefois, son pire tort, aux yeux de son aîné, était de préférer le plaisir à l'ennui, que ce dernier semblait considérer comme une partie essentielle de la vie. Antonin avait toujours été quinteux, tatillon et méfiant ; mais le départ de son père, en lui donnant les commandes de la société, avait, selon Julien, effroyablement aggravé son caractère, le rendant dominateur et susceptible à un point qu'on ne pouvait imaginer. Julien soupçonnait

313

d'ailleurs que ce changement obéissait en partie à un froid calcul qui avait pour but de l'éjecter purement et simplement de l'entreprise, ardemment convoitée par son frère. Finalement, deux semaines plus tôt, Julien, poussé à bout, était allé le trouver pour offrir de lui vendre sa part. À sa grande surprise, Antonin avait paru bouleversé, le priant avec force de repenser à sa décision, l'assurant de son estime, vantant le rôle irremplaçable qu'il jouait dans la société, d'autant plus que son départ entraînerait celui de Caroline, dont il loua l'efficacité. Finalement, comme Julien ne fléchissait pas, la discussion se porta sur la valeur de la part que ce dernier détenait. Il en demandait cent cinquante mille dollars. « C'est beaucoup, à mon avis, avait répondu l'autre avec froideur. Tu le sais pourtant, mon frère, les affaires, depuis quelque temps, ne sont plus ce qu'elles étaient avec l'arrivée de tous ces Second Cup, Starbuck, Café Dépôt et compagnie, qui commencent à nous mener la vie dure. On doit maintenant s'équiper de machines à café beaucoup plus sophistiquées. Laisse-moi y réfléchir. » Huit jours plus tard, il lui avait offert cent vingt mille dollars – somme, dans les circonstances, fort raisonnable – en lui annonçant que deux ex-représentants de Touvent, contactés un peu plus tôt, consentaient à prendre sa relève et celle de Caroline.

Julien avait accepté. Ils passaient devant le notaire le lendemain.

— Il s'est informé de mes projets. Je lui ai répondu que, pour l'instant, je n'en avais pas, que j'allais prendre quelques jours de vacances et penser à ma carrière. Mais c'est tout pensé, papa. Caroline et moi, nous voulons lancer notre propre société de pause-café : de toute façon, qu'est-ce que je sais faire d'autre ?

L'air faussement insouciant, il prit une gorgée de vin, puis, regardant son père avec ce sourire chaleureux et bon enfant qu'il avait su rendre irrésistible :

— Mais j'ai besoin d'argent. Est-ce que tu me prêterais cinquante mille dollars, papa ? Je te les rendrais dans trois ans, jour pour jour.

36

Deux ans passèrent. Noémie avait mis au monde un petit garçon nommé Félix qui commençait à marcher et semblait avoir hérité du tempérament décidé et entreprenant de son père. Quelques mois après sa naissance, elle s'était inscrite, comme prévu, au cégep de Sherbrooke et y avait terminé une session, mais, épuisée par les longs trajets quotidiens et le cumul de ses tâches d'étudiante, d'épouse et de mère de famille, elle avait remis à plus tard la poursuite de ses études. Guillaume Tranchemontagne l'avait engagée à mi-temps au Café de la Chouette des neiges et s'inquiétait pour son avenir. Thomas, toujours aussi follement épris de sa jeune femme, voulait lui faire tout de suite un autre enfant, car « il n'y avait rien comme l'air pur de la campagne pour faire des têtes solides et personne ne pouvait savoir combien de temps ils y resteraient ». Il adorait son travail de cafetier, s'entendait à merveille avec son presque beau-père (car Noémie et lui-même vivaient toujours en union libre) et se préparait, avec ce dernier, à ouvrir un deuxième café à Sutton dans le local d'une pizzeria qui venait de faire faillite.

Tranchemontagne s'était, comme on dit, trouvé un second souffle. Son petit café de Mansonville prospérait, le tenant assez occupé pour que le cours du temps lui paraisse léger, tout en lui permettant de mener belle et bonne vie. Il fréquentait assidûment les terrains de golf avec son ami Marleau, avait repris goût au ski et à la raquette et avait même commencé à exploiter lui-même – selon les strictes règles de l'écologie – la forêt qui se trouvait sur sa propriété, vendant le bois à une scierie voisine ; cela lui avait donné l'idée de construire de ses propres mains un hangar pour loger sa machinerie et ses outils. Amélia disait à tout le monde – même à ceux qui ne s'en souciaient guère – qu'il avait rajeuni de dix ans et que son caractère, parfois si brusque et cassant, s'était considérablement radouci. Ce qu'elle n'osait dire encore, craignant de faire fuir le bonheur en le nommant tout haut, c'était que son Guillaume, sans trop s'en apercevoir, s'attachait à elle de plus en plus, au point de manifester un déplaisir grandissant lorsqu'elle décidait d'aller prendre un « bain de ville » à Montréal « pour se décrasser un peu le cerveau », ce qui lui arrivait assez fréquemment, car les foules, les bruits de la rue, le magasinage et les spectacles lui manquaient toujours autant.

Mais, depuis une semaine, l'humeur de Tranchemontagne s'assombrissait. Debout derrière le comptoir, une assiette à la main, il restait parfois figé un long moment au milieu de l'animation du café, perdu dans ses pensées, tandis que des regards étonnés se portaient vers lui. Alors, avec un sursaut, il esquissait un sourire forcé et se remettait à l'ouvrage. Ou il passait des soirées entières assis chez lui devant le feu à tapoter le bras de son fauteuil en bougeant silencieusement les lèvres, puis se levait et allait faire des promenades solitaires dans la campagne enneigée. Amélia dut essuyer quelques rebuffades avant qu'il consente à lui révéler la cause de ses soucis.

Tout avait commencé par un appel d'Antonin. À sa demande pressante, il était allé le trouver à Montréal. Et c'est là qu'il avait contemplé une catastrophe en marche.

Délicaf se portait mal, Délicaf périclitait. La société qu'il avait fondée, à laquelle il avait donné trente ans de sa vie et qui lui avait apporté fortune et confiance en lui-même, risquait de se disloquer comme un vieux radeau secoué par un courant trop fort. Il avait cru que la cession qu'il en avait faite à son fils aîné l'avait complètement détaché de son œuvre, mais il constatait à présent son erreur : le cœur n'avait pas suivi la tête. Le voilà qui se torturait, comme s'il s'était encore trouvé aux commandes. Pourtant, les problèmes de Délicaf remontaient à loin. Comment ne les avait-il pas prévus ?

Aussitôt que Tranchemontagne lui eut consentit son prêt, Julien avait vendu sa part à son frère et quitté la société pour en fonder une autre avec sa maîtresse. Après de pénibles débuts, La Bonne Tasse avait lentement fait sa place sur le marché. La méthode utilisée par Julien était aussi vieille et efficace que la sape, la trahison et le double langage. Il allait voir ses anciens clients, leur proposait des conditions un peu plus avantageuses que celles de Délicaf et un service vraiment « personnalisé », comme seules pouvaient l'offrir les petites sociétés. Son charme, ses dons de persuasion et l'ardeur extraordinaire qu'il mettait dans son travail commençaient à porter des fruits. Caroline n'était pas en reste et piochait comme une enragée, gagnant un client après l'autre, au prix d'efforts parfois invraisemblables. Elle en avait presque oublié son petit garçon ; il se mit à pâtir, devint irritable, capricieux, pleurnichard, battait ses camarades à la garderie et se réveillait en hurlant la nuit, terrorisé par des cauchemars. Elle soupirait parfois en l'observant, tout oppressée de remords, lui accordait un peu plus d'attentions pendant quelques jours, puis son travail l'aspirait de nouveau.

Au bout de six mois de cette lutte féroce, le chiffre d'affaires de Délicaf avait chuté de vingt pour cent. Antonin, qui avait contracté un important emprunt auprès de la banque pour l'agrandissement de l'entrepôt et l'achat de matériel, dut rééchelonner ses paiements à un intérêt légèrement supérieur ; la rente viagère qu'il payait chaque mois à son père l'écrasait de plus en plus. Les anciens représentants de Touvent l'avaient quitté, flairant le naufrage. Il les avait remplacés par deux autres, sans grande expérience, qu'il ne cessait d'exhorter à se montrer plus productifs ; ils hochaient la tête avec des moues approbatives en époussetant les manches de leur veston, mais, au bout du compte, ne rapportaient pas plus d'argent. Il se fâcha et congédia celui des deux qui lui paraissait le plus balourd ; l'autre sembla se ressaisir, mais, au bout de quelques jours, retomba dans sa torpeur ; les employés commencèrent à se moquer de lui dans son dos et à douter du jugement de celui qui l'avait engagé. Marie-Louise, incapable de supporter l'atmosphère empoisonnée qui régnait désormais dans la boîte, partit à son tour et décida de se consacrer à sa famille pour un an ou deux.

Andrée, la femme d'Antonin, quitta son emploi de secrétaire et vint la remplacer. Elle n'avait aucune expérience en comptabilité, mais, placée pendant deux semaines sous les bons soins de madame Pomerleau, appelée de nouveau à la rescousse, elle assimila vite les rudiments du métier et cela sauva un salaire. Dans l'attente de pouvoir en trouver un autre, Antonin dut prêter main-forte à son unique représentant. Il n'avait jamais possédé l'entregent et le bagout de son frère Julien, compensant toutefois ce manque par une fiabilité et une minutie qui lui avaient valu l'attachement de plusieurs. Mais il faisait partie de ces gens qui ne peuvent donner le meilleur d'eux-mêmes que lorsque tout va bien. Les difficultés le rendaient nerveux, cassant, distrait. Il indisposa quelques clients qui, déjà sollicités par d'autres, décidèrent de le quitter ; cela l'affola, lui enlevant encore un peu plus ses moyens et, malgré des efforts redoublés, il n'arriva pas à les remplacer.

Les nouvelles qu'il recevait sur la santé florissante de son père l'accablaient ; il les obtenait principalement par Marie-Louise et son mari, qui allaient visiter Tranchemontagne de temps à autre à la campagne, surtout durant l'été. Malgré la démission de sa sœur, il était resté en assez bons termes avec le couple.

— Mon cher, si tu le voyais, s'exclama Philippe, un soir d'été qu'Antonin avait invité la famille à se baigner dans sa piscine, tu t'en frotterais les yeux à te faire tomber les cils ! C'est un homme nouveau, que je te dis ! Tiens : samedi passé, on se trouvait à son chalet, car il avait promis aux enfants de leur organiser un grand feu d'artifice durant la soirée. Eh bien ! un peu avant le souper, il s'est mis à galoper dans la cour avec Germain et Charles-Élie, me demandant de me joindre à eux. Au bout d'un moment, j'ai dû m'arrêter, le cœur me battait dans les oreilles, et je me suis mis à le regarder, tandis qu'Amélia poussait des cris de désespoir en disant qu'il allait se donner un coup fatal... Croyez-le ou non, il a continué ainsi pendant quatre ou cinq minutes et quand il s'est arrêté, il n'était pas si essoufflé que ça... Amélia en pleurait presque. Il s'est fâché contre elle : « Veux-tu bien me ficher la paix, à la fin ? Ricignuolo m'a assuré que j'avais complètement récupéré. Ça ne te suffit donc pas ? » Évidemment, il a senti le besoin de s'asseoir un moment et pendant un bout de temps, on ne l'a pas entendu beaucoup parler. Mais je vous dis une chose, moi : il s'est comme trouvé une deuxième jeunesse, ce sacré bonhomme. Est-ce que c'est la campagne qui a fait ce miracle ? Amélia ? Son petit café ? L'élixir de Flin Flon ? Si le diable connaissait le secret, il nous le vendrait cher !

Andrée allongea lentement ses maigres jambes au soleil et eut un petit rire sarcastique :

— Ma grand-mère nous disait : « La veille de tomber malade, un homme est toujours en bonne santé. »

Antonin, assis près d'elle, lui jeta un regard de côté. Elle le saisit au vol, comprit son impair et, pour tenter d'atténuer l'effet de sa remarque, elle se lança dans un grand éloge sur la vitalité de l'homme d'affaires, mais personne n'en fut dupe, pas même Charles-Élie qui, le menton appuyé au rebord de la piscine, sans trop comprendre ses paroles, la fixait d'un œil mécontent, comme si elle disait du mal de son grand-père.

*

Dans un effort désespéré pour remonter la côte, Antonin s'était résolu à l'achat d'un vaste assortiment de matériel publicitaire destiné à être fourni gratuitement à ses clients : tasses, panneaux lumineux, menus en couleurs, etc. ; il leur annonça également que, dans un geste de courtoisie, il absorberait lui-même la hausse du prix du café qu'on annonçait pour septembre. Et, finalement, il réussit à convaincre Albert Rousseau, un vieux routier de la représentation qui travaillait depuis vingt ans pour Cafbec, de se joindre à son équipe.

Petit, presque malingre, avec une chevelure noire et fournie qui triomphait au-dessus d'un visage desséché coupé par une grosse moustache, Albert Rousseau possédait la plus belle voix de basse en ville, une mémoire infaillible, beaucoup de repartie, une connaissance parfaite du métier, un humour et des opinions qui s'adaptaient instantanément à son interlocuteur, une argumentation limpide et un grand pouvoir de persuasion ; c'était, en somme, une extraordinaire machine à vendre. Antonin lui offrit des conditions en or. Rousseau devina l'importance de ses difficultés et demanda un statut d'associé, espérant pouvoir acheter la part de l'autre, le moment venu. L'idée de céder Délicaf, même en partie, faisait horreur à Antonin, qui considérait la société comme la chair de sa chair, l'expression publique de sa valeur personnelle et, avec son épouse, sa seule véritable raison de vivre. Il prétexta, pour gagner du temps, qu'une clause dans l'entente survenue entre lui et son père l'empêchait de consentir la moindre part à quelqu'un d'étranger à la famille, mais que le départ de Julien et de Marie-Louise changeait tout et qu'il espérait convaincre un jour Tranchemontagne de revenir sur sa décision.

Ces différentes mesures avaient coûté beaucoup d'argent et, comme la banque refusait de lui faire davantage crédit, il dut

319

hypothéquer sa maison. Depuis quelque temps, il avait maigri, perdait de plus en plus ses cheveux, se plaignait d'un estomac capricieux et souffrait d'insomnie ; une expression de méchanceté craintive apparaissait souvent dans son visage quand il discutait avec quelqu'un. Sa femme le remarqua et lui conseilla sèchement de se défaire au plus vite de cet air de chien sur le point de mordre qui, plutôt que de lui gagner de nouveaux clients, risquait de lui valoir un jour la visite de l'huissier. Il frémit, s'observa dans le miroir, trouva son visage fatigué, inquiet et totalement dépourvu de charme.

— Un visage d'entrepreneur de pompes funèbres, ricana-t-il tout haut, ou plutôt... d'embaumeur.

Une crampe le saisit à l'estomac ; il grimaça, porta la main à son ventre :

— Mon Dieu... comment vendre du café avec un visage d'embaumeur ? Que vais-je devenir ?

À partir de ce moment, il s'efforça de sourire le plus souvent possible, mais, comme il avait peu de raisons de le faire, cela lui donnait un air suffisant et moqueur ; monsieur Ponarello, un vieux client, propriétaire du Café Bella Vita, lui en fit un jour gentiment la remarque. Antonin en parla à sa femme, qui renchérit.

— Mais laissez-moi ! laissez-moi ! s'écria-t-il, désespéré. Vous allez me rendre fou, à la fin !

Sa démarche avait changé, comme si un poids énorme avait arrondi ses épaules et courbé son dos. Le bruit commença à circuler parmi ses employés qu'une grave maladie le minait. Et pourtant, il continuait de travailler comme un forcené. Andrée se sentait délaissée, mais n'osait se plaindre, craignant de le mettre en furie.

Avec l'arrivée d'Albert Rousseau, la chute de Délicaf s'arrêta et, bientôt, les affaires commencèrent à s'améliorer. Deux mois passèrent. Antonin paraissait toujours aussi surmené, mais avait repris un peu d'appétit et il lui arrivait parfois de pousser une plaisanterie. Son plus ancien représentant avait depuis longtemps pris ses cliques et ses claques et Rousseau, mettant en œuvre sa méthode rigolote et martiale, s'occupait à former un jeune homme, envoyé par le bureau de l'assurance-chômage, qui coûtait deux fois rien et promettait beaucoup.

Vers la fin d'un après-midi, Antonin étudiait des devis d'imprimeurs lorsque Rousseau pénétra dans son bureau, cheveux luisants, cigare à la main, et annonça qu'au terme d'une discussion de trois heures qui lui avait échauffé le cerveau il venait d'arracher un gros client à Julien, rue de la Montagne. Puis, sans plus de préambule, avec un froid sourire, il demanda une participation aux profits.

— Ça ne me semble que juste. Je n'ai pas l'habitude de me vanter, mais tu conviendras avec moi que, si je ne travaillais pas ici, Délicaf serait depuis longtemps allé dans le fossé.

Antonin pâlit et la crampe des mauvais jours vint zigzaguer dans son estomac.

— Une participation aux profits ? répéta-t-il faiblement. De quel ordre ?

— C'est à discuter. Tu me comprends, j'espère ? Ça m'encouragerait dans mes efforts. Je travaille comme un cheval attelé à une grange. Ça bouge, mais je force. De savoir qu'une partie de mes efforts aboutirait dans mon portefeuille, j'en aurais le cœur comme réjoui, vois-tu... Je suis humain, comme tout un chacun.

Antonin saisissait parfaitement la menace voilée contenue dans ces paroles. Mais il saisissait surtout que sa participation aux profits diminuerait d'autant les siens. L'amélioration de son chiffre d'affaires, dont il ne pouvait lui-même que bien peu se targuer, n'avait aucunement consolidé sa situation.

— Cette année, poursuivit Rousseau, on ne pourra pas, bien sûr, se mettre grand-chose dans les poches, car les affaires étaient bien mal parties. Mais l'année prochaine, si on continue de se tuer au travail...

Il joignit les mains, les arrondit en coupe, leva les yeux au plafond et fixa en souriant une pluie d'or imaginaire.

Antonin, immobile et imperturbable, prenait de lentes et profondes respirations, essayant de maîtriser les tremblements de sa voix.

— Tu as fait un travail formidable, Albert, articula-t-il enfin quand il eut retrouvé un peu d'aplomb, et tu sais combien je l'apprécie. Je cherche une façon de te remercier. Donne-moi quelques jours pour penser à ta proposition.

Rousseau se leva d'un mouvement brusque, tira une grosse bouffée de son cigare et une odeur de miel, de rhum et de tabac enveloppa Antonin, éveillant chez lui une vague nausée :

— Quelques jours, ouais... je veux bien.

Et il quitta la pièce.

Ce soir-là, les deux époux eurent une longue et fiévreuse discussion. Comment contrer la mainmise que Rousseau, selon Antonin, espérait faire un jour sur la société ? Son arrivée avait sauvé Délicaf de la faillite, mais le danger écarté se présentait sous une autre forme. Foutaise que tout cela, répondait Andrée. Rousseau ne voulait que devenir associé d'une entreprise pour laquelle il se dépensait corps et âme. Quoi de plus normal ? Qu'il fasse une mise de fonds et participe aux bénéfices en proportion. S'il refusait sa demande, Antonin risquait de le perdre, et alors...

— Et alors quoi ? demanda Antonin, sur la défensive.

— Tu comprends fort bien ce que je veux dire.

— Bien sûr que je le comprends. Tu es en train d'insinuer que je suis incompétent. Une nullité. Utile comme un trou dans un bas.

— Allons, garde ton calme, je t'en prie. Tu me prêtes des idées...

— Ah oui ? Je les démasque, plutôt. Eh bien ! je vais te dire ce qui en est, moi, puisque tu ne sembles pas l'avoir saisi, malgré toutes ces années. Je suis avant tout un administrateur. Les relations publiques ne sont pas mon fort, je te le concède. Voilà des années que je fais marcher cette société. Est-ce qu'Henry Ford vendait lui-même ses autos ? Il s'occupait de les fabriquer, ce qui n'était déjà pas si mal. Par malchance, je suis tombé sur deux représentants qui auraient mieux fait comme laveurs de vaisselle. Ils m'ont fait regretter Julien, ah ça, oui ! Mais Julien, si on l'avait installé à mon bureau, où est-ce qu'il nous aurait menés, hein ? Au désastre, ma chère ! Car il n'a jamais su compter. Il ne sait que vendre. Tu verras que sa société ne fera pas long feu.

— En tout cas, pour l'instant, ricana Andrée, elle te chauffe sérieusement les fesses !

Il s'arrêta, décontenancé :

— Oui, pour l'instant, peut-être... Mais ce que je veux dire, reprit-il en essayant d'engager la discussion sur une autre voie, ce que j'essaie de te faire comprendre, c'est qu'une société, pour bien fonctionner, a besoin de plusieurs types de personnes et qu'un homme d'affaires n'est pas un homme à tout faire, mais *quelqu'un qui sait s'entourer*. Voilà. Si j'étais tombé il y a un an sur des représentants potables – simplement potables – tout aurait continué d'aller sur des roulettes et je n'aurais pas à supporter... certaines insinuations. Eh bien ! j'ai tout de même fait mon travail d'administrateur et fini par en dégoter un bon, ce qui n'est pas si facile à trouver, tu en conviendras. Mais parce que monsieur fait bien son travail – ce qui devrait aller de soi – le voilà tout à coup qui veut s'asseoir à mes côtés et donner ses ordres. Eh bien ! moi, je dis : non.

Elle ne l'avait pas vu dans une telle verve depuis longtemps. Il en paraissait rajeuni, plein d'audace.

— Parle tant que tu voudras, répondit-elle, ébranlée, il faudra quand même que tu lui offres quelque chose, sinon il va partir.

Antonin poussa un soupir et porta la main à sa tête ; depuis quelques jours, il éprouvait par moments une étrange sensation au sommet du crâne, comme si on avait posé dessus une pièce de monnaie glacée. Il se frotta le cuir chevelu et la sensation disparut.

— Je vais y penser, murmura-t-il enfin.

— Pense vite. Il ne patientera pas longtemps. Et ne t'imagine surtout pas qu'une douzaine de bons bordeaux va le contenter. Il lui faut plus, beaucoup plus.

Antonin eut un sourire condescendant, allongea la main et lui pinça légèrement le lobe de l'oreille :

— J'avais compris, imagine-toi.

*

Étendu dans son lit, Antonin traversait encore une fois l'interminable désert d'une nuit blanche. La respiration lente et régulière de sa femme, pelotonnée contre lui, l'accompagnait depuis des heures dans la chambre obscure où flottait une odeur sucrée de démaquillant. Les mêmes soucis les tourmentaient tous deux. Comment se faisait-il qu'elle arrivait à dormir, et lui pas ? Sa montre indiquait presque trois heures. Encore une fois, en arrivant au bureau, il lui faudrait avaler cinq ou six cafés pour que ses pensées se remettent à bouger et que son corps perde peu à peu sa lourdeur de béton. Avec quelle facilité il pourrait alors se laisser glisser dans les délices du sommeil ! Mais pas question de s'abandonner : le travail attendait. Décisions, vérifications, discussions, calculs, appels téléphoniques, bonne humeur sur commande, comme toujours, et tous ces problèmes, qui affluaient sans arrêt et qu'il devait régler au plus vite, sous peine de couler.

Son entrevue de la veille avec Albert Rousseau passait et repassait dans son esprit comme un film « en boucle ». C'était elle, la maudite, qui le tenait éveillé depuis des heures. Ah ! s'il avait pu la réduire en miettes ou la congeler dans un coin de sa tête et dormir, dormir ! Mais le visage avide et faussement cordial de Rousseau revenait sans cesse devant lui, ses lèvres palpitaient mollement et sa voix profonde et moelleuse répétait les mêmes phrases, pour lui rappeler qu'il devait agir, qu'il devait agir très bientôt.

Antonin soupira, se tourna sur le côté gauche, ferma les yeux, et un léger engourdissement se répandit dans sa joue et monta doucement vers le front. Il prit une lente inspiration et sentit sa nuque qui s'amollissait. Mais soudain, comme tirées par des fils, ses paupières s'ouvrirent toutes grandes et son corps se remplit de frémissements électriques. La conscience aiguë de la précarité de sa situation lui serrait la gorge et contractait douloureusement les muscles de ses jambes. Puis, comme si ce n'était pas assez, une main invisible posa encore une fois la pièce de monnaie glacée sur le sommet de son crâne. Il se frotta fiévreusement les cheveux, Andrée soupira et roula vers le bord du lit.

« Allons, se dit-il avec colère, je perds mon temps ici. »

Il se leva, enfila sa robe de chambre, se rendit à pas traînants à son cabinet de travail et fit de la lumière. Assis dans le fauteuil à bascule, il contempla un moment avec un vague dégoût le tableau d'une jeune Hollandaise du XVIIe siècle en bonnet à rubans, penchée au-dessus d'une table, cafetière à la main, en train de remplir une tasse ; on aurait juré que la cafetière d'argent lançait de vrais éclats de lumière et qu'on allait se brûler en mettant le bout des doigts dans le jet de liquide noir qui coulait. C'était un cadeau d'anniversaire d'Andrée, dont elle s'était toujours montrée fière, mais cette nuit la vue de la jeune femme et de son café lui portait sur les nerfs.

Il saisit un journal qui traînait sur son bureau, l'ouvrit, poussa un bâillement et le replia aussitôt. Aucune autre issue ne s'offrait à lui : il fallait offrir à Rousseau un superbe bonus, de l'ordre de dix ou quinze mille dollars, sinon il partirait et tout serait à recommencer. L'idée de partager Délicaf avec quelqu'un le révulsait. La possession tranquille et absolue de la société constituait l'aboutissement de toute sa vie. L'arrivée du représentant à la direction (car il tiendrait nécessairement à avoir son mot à dire dans les décisions importantes et procéderait, au besoin, à une mise de fonds pour assurer son pouvoir) lui paraissait une intrusion insupportable, une sorte de viol. Mais voilà : les dix ou quinze mille dollars, il ne les avait pas et ne voyait aucun moyen de les obtenir. Cette rente viagère qu'il versait depuis deux ans à son père – et qu'il allait vraisemblablement devoir lui verser durant de longues années – l'étranglait ; elle le privait d'un coussin financier, lui enlevait toute marge de manœuvre.

Il pencha la tête, soupira et sombra dans une vague torpeur, le corps parcouru de légers frissons. Soudain, il ouvrit les yeux et sursauta : la jeune Hollandaise le regardait droit dans les yeux et son sourire facétieux le frappa comme un coup de poing. « Tu m'as l'air d'un drôle d'incapable, toi, semblait-elle lui dire. Tellement petit, tellement insignifiant... que je pourrais te noyer dans ma tasse ! Comment vas-tu te tirer d'affaire, dis-moi ? »

Il se leva, lui lança une grimace et se mit à faire les cent pas dans le bureau en jetant de temps à autre un coup d'œil sur le téléphone. Sa nervosité croissait. Il ne cessait de passer la main dans ses cheveux et de les frotter. Impossible d'y échapper : il devait téléphoner à son père et lui demander la faveur de le libérer, pour un temps, du versement de la rente.

— Mon Dieu, murmura-t-il tout à coup, arrêté devant l'appareil et le fixant avec un regard horrifié, je m'étais pourtant juré, après ce qui s'est passé entre nous, de ne plus jamais rien lui demander... Où est-ce que je vais trouver la force de m'humilier ainsi devant lui ?

Ses yeux se remplirent de larmes. Il porta la main à sa bouche et la mordit au sang. Une haine glaciale monta en lui contre cet homme qui l'avait toujours dominé et vaincu et qui continuait de triompher de lui à distance, sans avoir même à lever le petit doigt. Mais le salut, s'il existait, ne pouvait se trouver que de ce côté.

37

À sa demande, Tranchemontagne était arrivé chez Délicaf à dix-neuf heures. Les livreurs, leur tournée faite et les factures classées, venaient de partir. Albert Rousseau, flairant vaguement quelque chose, avait traîné quelque temps dans son bureau, mais un appel téléphonique l'avait obligé à quitter les lieux à son tour.

L'homme d'affaires poussa la porte vitrée ; elle émit son habituel miaulement qui lui tira un sourire, malgré l'appréhension dans laquelle il avait baigné durant tout le trajet.

Il traversa le hall, où la même petite exposition exhibait ses échantillons de grains de café et ses machines à espresso ; l'odeur profonde et parfumée, étrangement sauvage, qui flottait dans l'établissement, emplit ses narines et descendit dans sa gorge jusqu'à ses poumons, éveillant chez lui la nostalgie d'une époque révolue.

Il se mit à monter l'escalier qui menait à son ancien bureau, où Antonin l'attendait, et, rendu à mi-chemin, constata avec satisfaction que l'essoufflement qui aurait dû le saisir à ce moment, lui amenant la sueur au front et parfois même une légère douleur au côté gauche, n'apparaissait pas, comme si le temps avait reculé de cinq ou dix années et qu'il pouvait compter de nouveau sur des forces régénérées.

Il entendit un glissement de pas et leva la tête. Antonin apparut dans l'embrasure de la porte. Tranchemontagne dut faire un effort pour dissimuler le choc qu'il ressentit à l'aspect de son visage fatigué et vieilli.

— Salut, p'pa. Merci d'être venu. C'est gentil de ta part.

Les mots tombaient froidement de sa bouche, comme des

formules prononcées l'esprit ailleurs. Son regard, après l'avoir fixé une seconde, voltigeait autour de lui, maussade et gris.

— Ce n'est rien, mon vieux, répondit Tranchemontagne. J'avoue que ton appel m'a inquiété et que j'ai hâte d'en savoir plus long.

Il pénétra dans le bureau à la suite de son fils et remarqua avec un léger agacement que la plupart des meubles avaient changé de place et qu'un ordre monacal avait remplacé l'abondance de paperasses et d'objets divers qui, *de son temps*, frôlait la pagaille. La pièce lui parut triste et ennuyeuse.

Antonin lui désigna un fauteuil et prit place derrière le bureau. Dans le mouvement qu'il fit pour s'asseoir, il y avait une telle lassitude que l'homme d'affaires en fut remué :

— Ça ne va pas, mon garçon ? Qu'est-ce qui se passe ?

— Oh ! ce n'est quand même pas la catastrophe, répondit l'autre d'un ton faussement léger. Mais ça joue dur, ces temps-ci. J'avais besoin de ton avis.

Et il se mit à lui décrire la situation, racontant sa malchance avec les représentants, la concurrence qui se corsait avec l'arrivée de nouvelles chaînes, la compétition déloyale que lui faisait son frère, les efforts et les investissements qu'il avait dû consentir pour affronter la situation, puis l'engagement de Rousseau et le bien qui en avait résulté. Il termina en lui décrivant l'ultimatum déguisé que venait de lui lancer le représentant. Son père demanda des chiffres, des précisions, des éclaircissements et la conclusion apparut, accablante : si la catastrophe n'était pas encore arrivée, elle attendait de l'autre côté de la porte.

— Pourquoi ne veux-tu pas t'associer à Rousseau ?

— Parce que Délicaf doit rester Tranchemontagne. À cent pour cent. Tu nous l'as répété durant des années.

L'homme d'affaires émit un grognement vaguement approbateur, posa le menton dans sa main, pensif, puis relevant la tête avec un sourire goguenard :

— Belle devise. Mais tu n'as même pas d'enfant.

Antonin arrondit des yeux de perroquet effarouché :

— Ça, c'est une autre histoire. Rien ne nous empêche d'en adopter.

— Dépêche-toi. Le temps passe. On se retrouve vite à quarante ans.

La tête penchée, il aperçut un morceau brunâtre sur le tapis, comme le fragment à demi consumé d'un cigare, et s'amusa à le faire rouler du bout du pied.

— Pourquoi as-tu laissé partir ton frère ? demanda-t-il enfin.

— Il ne voulait plus travailler avec moi.

— Et pourquoi ne le voulait-il plus ?

Antonin eut une moue sardonique :

— Il a dû te l'expliquer lui-même. De toute façon, tu connais son baratin, il nous l'a chanté mille fois : je suis invivable, je tyrannise tout le monde et je possède l'imagination d'un poteau de téléphone. La vérité, c'est qu'il ne voulait en faire qu'à sa tête. Ici, c'était impossible, évidemment. Alors, il a décidé de partir. C'était son droit. Je ne l'ai pas retenu. Et puis, il y avait Caroline qui le poussait. C'est une petite ambitieuse, qui ne m'a jamais aimé.

Il allongea la main, rectifia la position d'une feuille devant lui et poussa un léger soupir. Tranchemontagne l'observait avec ce sentiment douloureux d'agacement et de pitié qui s'emparait si souvent de lui lorsqu'ils se trouvaient ensemble et soudain, reculant d'un quart de siècle, il le revit debout devant lui, petit garçon de cinq ans pleurant à chaudes larmes tandis que de grosses gouttes de sang tombaient de son genou sur le trottoir. « C'est Oscar qui m'a lancé une roche ! » hoquetait-il en se trémoussant avec des grimaces de douleur. Il l'avait ramené à la maison et avait pansé sa plaie, qui était profonde, puis, chose rarissime, l'avait pris dans ses bras pour le consoler et l'enfant, épuisé, s'était assoupi un moment.

— Et alors, mon vieux, murmura-t-il en l'enveloppant d'un regard adouci, qu'est-ce que tu veux que je fasse pour toi ?

Un léger frémissement traversa le corps d'Antonin ; ses mains s'agrippèrent au rebord du bureau et une expression maussade et craintive durcit son visage, comme il arrivait si souvent dans leurs discussions :

— Je ne peux plus te verser ta rente viagère, papa, lança-t-il avec une sorte de hargne. Je n'en ai plus les moyens.

— Ah bon. C'est ce que tu voulais m'annoncer ?

« Non, répondit intérieurement Antonin d'une petite voix pitoyable, c'est la faveur que je voulais te demander. Pour un temps seulement. »

— Je...

Il s'arrêta.

— Finis ta phrase, je t'en prie.

— Je ne peux plus te payer. Donne-moi un répit. De toute façon...

— De toute façon quoi ?

— Je n'ai rien dit.

Le regard oblique, il se mit à fixer un coin de la pièce avec un air de mauvaise grâce qui irrita tout à coup l'homme d'affaires :

— Si je comprends bien, ta décision est déjà prise. Je ne suis venu ici que pour l'entendre.

— Ce n'est pas ce que...

— Ah ! c'est commode, un père ! Ça nous fait vivre durant vingt ans et plus, ça nous fournit un emploi, et le jour où on trouve le bonhomme trop encombrant, eh bien ! on demande sa mise en tutelle.

— Papa, je t'en prie, ne recommence pas à...

— Mais ça ne marche pas toujours. Alors, coup de chance, le vieux fait une attaque et on lui achète son commerce, car il est forcé de vendre. Et puis, un beau matin, on lui annonce, comme ça, qu'en ce qui concerne les paiements, eh bien, le robinet va fermer, car les temps sont devenus trop difficiles pour le laisser ouvert. C'est tout ! Aussi simple que ça.

Antonin se pencha en avant, écarlate, les mains toujours agrippées au bureau, les doigts blanchis par l'effort :

— Je ne peux plus, papa ! je ne peux plus te payer ! Je n'ai plus assez d'argent !

— Et alors, est-ce que c'est mon problème, vraiment ?

Il s'arrêta, stupéfait. Comment une telle parole avait-elle pu lui échapper ? Et il lui revint à l'esprit que cette proposition de rente viagère que son fils, après de longues hésitations, avait fini par accepter, n'était qu'une supercherie et une vengeance, reposant sur un mensonge médical ; qu'il n'avait jamais eu l'intention de la pousser bien loin et que l'occasion se présentait, là, à cette minute même, d'arrêter la mauvaise farce, au moins pour un temps, et de faire preuve de cette bonté qu'il s'était donné comme règle de pratiquer.

Antonin s'était levé et, debout devant la fenêtre, fixait la rue d'un regard mauvais. Un moment passa. Tranchemontagne avait fini d'émietter le morceau de cigare sous sa semelle et une faible odeur de tabac sucré flottait dans la pièce. Il observait son fils et s'aperçut tout à coup que la courbe de son dos et le port de sa

tête avaient légèrement changé, comme si un affaissement intérieur s'était produit. Est-ce que la vie venait d'avoir raison si tôt
de sa jeunesse ? « Il faudrait que je l'aide, se dit-il. Après tout,
c'est mon garçon. Mais comment aider quelqu'un qu'on n'aime
plus, et qui ne m'a jamais aimé ? S'il n'était pas mon fils, je ne
me casserais pas la tête et je l'enverrais promener au bout de la
galaxie. Mais ce n'est pas le cas... Et puis, il y a Délicaf... Il faut
éviter la faillite... Rien qu'à y penser, le cœur me lève... Quel
incapable ! Délicaf doit continuer, absolument. »

Sa bouche devenait acide et sèche et la sécheresse gagnait sa
gorge. Il s'éclaircit la voix, puis :

— Dis donc... pourquoi ne te débarrasses-tu pas de ce
fameux Rousseau ? Il essaie de te faire chanter, c'est évident.

Antonin tourna vers lui un visage épuisé :

— Je voudrais bien. Mais pour l'instant, je ne peux pas. La
situation est trop délicate. Plus tard, oui, à la première occasion...

— L'occasion, il faut parfois la créer.

— Papa, tu viens de dire une belle phrase, mais en quoi peut-
elle m'aider ? Si tu m'avais répondu : « Engage Untel ou Untel...
Il vaut bien ton fameux Rousseau », alors, là, oui, on pourrait
discuter... Mais tu ne me proposes rien... Et pendant ce temps,
l'autre attend ma réponse, bout de brique !

Il revint s'asseoir. Tranchemontagne crut remarquer que ses
jambes flageolaient. Un sentiment de contentement monta en lui
qu'il réprima aussitôt, honteux. Il se racla de nouveau la gorge,
ouvrit la bouche, puis se ravisa. Antonin, les deux mains sous le
menton, le fixait d'un regard ardent et inquiet.

— Écoute, fit-il enfin, pour être franc, cette histoire m'embête
beaucoup. J'ai besoin de cet argent, vois-tu, car je m'apprête à
ouvrir un deuxième café à Sutton, où un local vient de se libérer
à des conditions exceptionnelles. Il faut que je pense un peu à
cette affaire. Fais-le patienter, ton bonhomme, dis-lui que tu n'es
pas seul à prendre cette décision, que Délicaf est une entreprise
familiale où tout le monde a voix au chapitre – ou alors, je ne sais
pas, moi, que tu dois consulter la banque...

À mesure qu'il parlait, il voyait le regard de son fils s'éteindre,
son visage se fermer. Antonin se leva, redevenu correct et froid,
un peu compassé, indéchiffrable :

— Très bien. J'attendrai. Merci d'être venu.

Il le reconduisit à la porte, lui tendit la main :

— Tu m'excuseras, je dois passer un coup de fil. Bon retour.

Tranchemontagne quitta le bureau, troublé, avec la sensation désagréable, comme dans certains rêves, de marcher au-dessus d'un abîme.

Il se dirigeait vers son auto lorsqu'il aperçut, s'avançant d'un pas hésitant, un homme qui portait dans ses bras une immense couronne funéraire dont le centre s'ornait d'un large ruban rose où on avait inscrit en lettres dorées : NOUS NE T'OUBLIERONS JAMAIS.

— Monsieur Tranchemontagne ! s'écria l'homme à la couronne en s'arrêtant. Que je suis content de vous voir !

L'inconnu déposa l'objet à ses pieds et l'homme d'affaires reconnut le visage grassouillet et réjoui de Boris Béland, autrefois pâtissier-plombier, mais dont la carrière semblait avoir pris une nouvelle tournure.

Tranchemontagne eut une grimace d'agacement qu'il essaya de transformer en sourire :

— Tiens ! vous encore ? Je vous rencontre partout, ma foi.

— C'est le destin, sans doute, répondit l'autre en riant. Comment allez-vous ? Je vous trouve une mine superbe. Vous avez perdu un peu de poids. Ça vous avantage beaucoup.

— Merci, merci. Je vis à la campagne. On y est plus actif qu'en ville, comme vous savez. Je vois que vous avez changé de métier encore une fois... du moins, je l'espère, ajouta-t-il aussitôt, craignant d'avoir commis un impair.

— Oui, je suis dans les pompes funèbres, à présent, répondit l'autre, un peu piteux. Les temps sont devenus durs. On vit comme on peut.

— Vous aimez votre travail, au moins ?

— Non, pas tellement, à vrai dire.

Il fit un pas, avança la tête et, sur un ton confidentiel, d'un air vaguement honteux :

— J'ai peur des morts, voyez-vous.

— Bah ! ça vous passera, l'habitude finira par prendre le dessus, répondit l'homme d'affaires en lorgnant son auto, pressé de partir.

Béland eut un large sourire :

— Oui, vous avez raison. Il suffit de patienter un peu. Merci pour vos encouragements. À la prochaine, j'espère !

Il lui tendit la main, mais fit un faux mouvement et un cri de douleur lui échappa ; son poignet venait de s'accrocher à un bout de broche dissimulé parmi les fleurs, et le sang, par une large entaille, se mit à tomber à grosses gouttes sur les roses et les œillets.

— Mon Dieu ! s'affola Béland, secouant la main, je suis en train de faire un gâchis ! Et je n'ai même pas de mouchoir !

— Attendez, je vais aller vous en chercher un, fit Tranche-montagne en se précipitant vers son auto.

Il revint avec une boîte de mouchoirs de papier et lui confectionna un pansement de fortune. La couronne, maculée à plusieurs endroits, gisait dans la poussière sur le trottoir.

— Merci ! merci mille fois ! lança Béland. Je me rends tout de suite à la pharmacie.

— Quel enfoiré ! marmonna Tranchemontagne en démarrant. Si jamais je le rencontre de nouveau, je me mets à courir.

Il venait de s'arrêter à un feu rouge lorsque son regard tomba sur son pantalon. Une tache noirâtre s'étalait au milieu de sa cuisse.

38

La semaine suivante, Albert Rousseau, extraordinairement obligeant ce jour-là, aidait un livreur à ranger des boîtes dans une fourgonnette lorsqu'il laissa échapper un cri si perçant que la réceptionniste dans la pièce voisine en avala du coup la moitié de son café ; les mains au creux du dos, le représentant gémissait en faisant d'horribles grimaces.

— Je me suis donné un tour de reins, sacripette, balbutia-t-il en se dirigeant vers la sortie, plié en deux.

On dut le conduire chez lui. Antonin, fort inquiet, lui téléphonait chaque matin. L'état du malade ne s'améliorait pas.

— Le médecin m'a dit que je me suis déplacé une vertèbre, lui annonça-t-il le surlendemain. « Mais voyons, docteur ! que je lui ai répondu, la boîte que je soulevais pesait à peine dix kilos ! » « Mon cher monsieur, on peut s'infliger une entorse lombaire en soulevant une cuiller à soupe. Si, dans trois jours, vos douleurs n'ont pas diminué, je devrai vous faire immobiliser dans un corset. » « Et alors, j'en aurai pour combien de temps ? » « Le temps qu'il faudra pour vous remettre. » Tu vois où j'en suis ? Et pendant que je reste ainsi coincé à la maison, mon travail ne se fait pas et les clients s'énervent.

Antonin avait dû reprendre la route, tâche qu'il détestait. Il décida, dans un premier temps, d'accompagner Mathieu Dopko, le représentant que Rousseau s'occupait à former, afin de le jauger, et constata avec soulagement que le jeune homme était diablement dégourdi et avait du cœur à l'ouvrage. Mais, malgré toute son ardeur, il restait un débutant et ne pouvait accomplir le travail de deux personnes.

Antonin avait soupçonné dès le début que la maladie de Rousseau n'était qu'un stratagème pour l'acculer au pied du mur. Ah ! s'il avait pu lui donner son bonus ! Le vieux filou se serait remis au boulot et lui-même aurait employé ce répit à lui trouver un successeur. Depuis leur dernière rencontre, il avait téléphoné deux fois à son père, mais ce dernier ne lui avait répondu que par de vagues promesses et lui avait demandé de nouveaux délais avant de prendre une décision finale.

Au quatrième jour, en retournant chez lui après son travail, toujours hanté par cette affaire, Antonin décida, pour en avoir le cœur net, de se rendre à l'improviste chez son représentant.

C'était un début de soirée du mois de septembre ; un ciel gris et pâteux, lourd de pluie, pesait sur la ville, qui avait pris un air hébété. Rousseau habitait dans le nord de Montréal, rue Sauriol. Antonin s'arrêta devant un imposant bungalow de brique qui s'allongeait au bout d'une grande pelouse, méticuleusement entretenue ; assis sur une roche, un petit nègre de plâtre à chapeau de paille, le sourire incandescent, pêchait dans un minuscule bassin au pourtour orné de cailloux alternativement rouges et bleus. Antonin sonna. Une grosse femme aux cheveux frisés et rougeoyants, l'air affairé, lui ouvrit.

— Ah ! monsieur Tranchemontagne ! quel plaisir de vous voir ! s'écria-t-elle, consternée, quand il se présenta. Albert ! monsieur Tranchemontagne est venu prendre lui-même de tes nouvelles !

Il entendit un bruit de pas précipités dans la pièce voisine.

— C'est vraiment très gentil à vous de vous être donné la peine de vous déplacer, occupé comme vous devez l'être ! poursuivit-elle, plantée devant lui. Dieu sait que bien des gens – je pourrais vous donner des noms, mais vous ne les connaissez pas – n'auraient pas eu cette délicatesse, qui nous va droit au cœur, je vous assure, monsieur Tranchemontagne ! Mais entrez, monsieur, je vous en prie, entrez, entrez.

Elle le fit pénétrer dans un salon spacieux meublé dans le style bourgeois et spongieux cher aux dames d'un certain âge. Un énorme téléviseur trônait dans un coin. Assis dans un fauteuil, le dos calé par des coussins, les deux mains sur les genoux, Albert Rousseau fixait l'appareil, bien que celui-ci fût éteint. Il tourna lentement la tête à l'arrivée de son patron. Son visage exprimait autant de souffrance et de chagrin qu'auraient

pu en ressentir simultanément les habitants d'une ville d'importance moyenne.

— Ah ! bonjour ! murmura-t-il d'une voix méconnaissable.
C'est gentil d'être venu. Assieds-toi, je t'en prie.

— Comment vas-tu ? demanda Antonin en prenant place sur
un canapé en face de lui.

— Mal. Très mal. Je souffre tellement que je ne peux même
plus supporter la télévision. Disons que je regarde une émission,
par exemple un jeu-questionnaire. Eh bien ! au bout de deux
minutes, j'ai envie de fermer l'appareil. C'est ce que je viens de
faire.

Il poussa un long soupir :

— Voilà où j'en suis arrivé.

— Je vois, répondit Antonin en hochant la tête.

Un profond embarras lui empâtait les idées et le faisait regarder à gauche et à droite, sans raison. Il n'arrivait pas à déterminer si son compagnon se moquait ouvertement de lui ou si son
arrivée soudaine, le privant de tous ses moyens, l'avait rendu
temporairement idiot. Debout dans l'embrasure, les bras le long
du corps, la grosse femme aux cheveux de flamme observait la
scène avec un air de badaud sur les lieux d'un accident d'automobile.

— Et que dit ton docteur ? demanda-t-il enfin.

— Mon docteur, mon docteur ! s'écria l'autre en levant les
bras en l'air avec une vigueur surprenante. Il dit ce que disent
tous les docteurs quand ils ne savent pas quoi dire : il faut
prendre mon mal en patience, le temps finit par tout arranger et
ce n'est qu'un mauvais moment à passer. Ça me fait une belle
jambe, ça !

— Tu n'as aucune idée du moment où tu pourras revenir au
travail ?

— Aucune.

— Ça m'embête beaucoup.

— Ça m'embête encore plus que toi.

— Mais ne m'as-tu pas dit, Albert, intervint timidement la
femme, que ce matin en te levant tu te sentais un peu mieux ?

— Je me sentais un peu mieux en me levant. Mais, à présent
que je suis levé, je ne me sens plus mieux. Voilà ce que je te
réponds.

Il darda un œil féroce sur Antonin :

— Ma maladie m'a fait réfléchir, tu sais. Je prends de l'âge, la carcasse a de plus en plus de mal à suivre et j'ai parfois l'impression, malgré que je m'étripe au travail, de ne pas être toujours apprécié à ma juste valeur. Depuis quelque temps, pour te dire la vérité, je songe à prendre un métier moins fatigant... ou à prendre ma retraite, tout simplement.

— Ah oui ? fit Antonin, devenu blême.

Il se leva, essayant de cacher la colère qui remplissait son corps de frémissements et de contractions, puis porta la main à sa tête et frotta vivement le sommet de son crâne :

— Je ne veux pas te fatiguer plus longtemps. Soigne-toi bien. Je te téléphonerai sans doute demain.

La femme le reconduisit à la porte avec de petits gestes prévenants et affectés :

— Il ne faut pas prendre tout ce qu'il dit au pied de la lettre, monsieur Tranchemontagne, lui murmura-t-elle à l'oreille. Il a le moral à zéro, aujourd'hui.

— Eh bien, moi aussi, figurez-vous.

Et, la démarche raide et hautaine, il s'éloigna vers son auto en se frottant nerveusement la tête.

39

L'automne, cette année-là, avait décidé de prolonger l'été. Bien qu'on fût au début d'octobre, Montréal restait chaud et humide, dans une sorte d'interminable canicule qui amenait des sourires extasiés à bien des gens, mais en poussait d'autres à murmurer de sombres prédictions climatologiques. Le soir, les terrasses des bars et des cafés ne désemplissaient pas, les tables chargées de bocks et de pichets de bière, de bouteilles de limonade et d'eau minérale donnaient avec éloquence la mesure de la soif inassouvissable qui tenaillait les citadins ; durant les fins de semaine, des foules accouraient encore vers les plages et les piscines (dont, sous la pression populaire, on avait dû prolonger l'ouverture), comme aux plus beaux jours de l'été.

Mais le 12 octobre, une masse d'air froid, partie de la Terre de Baffin, traversa durant la nuit le nord du Québec dans un grand remue-ménage colérique et enveloppa la ville de frimas. À l'aube, le soleil donna pendant un moment l'impression de vouloir rester au lit, mais, peu à peu, le brouillard se fondit dans l'air, une lumière dure et neuve se répandit partout, et, en jetant un coup d'œil par la fenêtre ce matin-là, plusieurs personnes poussèrent des exclamations dépitées : une fine couche de givre, lumineuse et craquante, s'étendait dans les rues, sur les trottoirs, les toits et les pelouses et avait transformé les arbres presque entièrement dépouillés en d'énormes bibelots de cristal affligés d'un étrange air d'inutilité. Le long hiver québécois venait de reprendre.

— Enfin, soupira Antonin sur le seuil de sa porte. Je commençais à désespérer.

Le froid était le plus puissant allié du café. Déjà, ce matin, les ventes avaient dû augmenter. Les gens, dont plusieurs avaient entretenu malgré eux l'absurde espoir que les beaux jours allaient durer indéfiniment, avaient besoin d'un remontant pour contempler leurs rêves morts et congelés. L'hiver déclencherait de nouveau chez eux un incoercible besoin de chaleur ; ils chercheraient à s'en envelopper en recourant à des vêtements ouatinés, ingénieusement conçus, et à des systèmes de chauffage puissants et sophistiqués ; mais ils voudraient également s'en pénétrer en consommant de grandes quantités d'aliments chauds – dont, bien sûr, du café.

Antonin, frissonnant sous le vent sec et piquant, contempla avec satisfaction la mince couche blanche qui s'étendait partout, entra dans la maison, en ressortit avec un foulard autour du cou et se dirigea lentement vers son automobile. Le givre craquait et s'émiettait sous son talon, mais à certains endroits, il avait durci et pouvait se montrer perfide.

Il déverrouilla la portière, se glissa derrière le volant et poussa un soupir. Depuis quelque temps, son visage avait subi de profonds changements ; il était devenu jaunâtre et anguleux ; les joues s'étaient creusées et desséchées ; une mince frange de ridules entourait maintenant sa bouche aux lèvres pâles, plissée dans une perpétuelle moue de sarcasme ; mais c'est le regard qui suscitait le plus d'étonnement ; il avait pris une expression à la fois dure et absente et semblait se perdre parfois, durant de courts moments, dans une contemplation hagarde, que personne n'osait interrompre.

Andrée ne parlait plus à son mari qu'avec certaines précautions, tâchant de lui éviter la moindre contrariété, enveloppant ses conseils et ses remarques de ménagements infinis et pleurant en cachette sur le malheur qui semblait s'accrocher impitoyablement à eux. Des accès de rage terribles s'emparaient à présent de lui pour les raisons les plus futiles : un dossier mal classé, le léger retard d'un employé, une erreur dans une adresse, un bol de soupe trop tiède ; c'était comme si la rancœur qu'il avait accumulée depuis tant d'années s'était mise à grossir et à gonfler en lui et s'apprêtait à l'étouffer. Un soir, à la suite d'une remarque plutôt anodine de sa femme, il saisit une assiette et la lança à toute volée contre le vaisselier, causant une hécatombe de porcelaine brisée. Confus, alarmé par son geste, il alla aussitôt retrouver sa femme pour s'excuser. Assise au salon, raide et livide, elle l'écouta un moment sans dire un mot, puis, levant vers lui un regard désespéré :

— Mon Dieu ! Antonin, murmura-t-elle, où est-ce que nous allons ?

Pourtant, les affaires continuaient de s'améliorer chez Délicaf. Albert Rousseau était finalement revenu au travail, après avoir reçu un bonus de son patron, que ce dernier aurait voulu plus généreux. Pour le lui verser, il avait dû vendre l'automobile de sa femme, dont il n'avait, hélas ! pas obtenu le prix espéré ; certaines allusions du représentant laissaient entendre, d'ailleurs, qu'il ne s'était ménagé là qu'une trêve ; la guerre reprendrait et, cette fois, il devrait hisser le drapeau blanc. François, leur plus ancien livreur, « écœuré de l'atmosphère pourrie qui régnait dans cette maudite boîte », parlait de démissionner.

Ne recevant aucune nouvelle de son père, Antonin lui avait téléphoné à trois reprises mais pour n'obtenir que des réponses évasives et confuses, qu'il avait interprétées comme un refus déguisé.

À la vérité, les choses n'étaient pas si simples. Tranchemontagne avait finalement raconté à Amélia leur entrevue et cette dernière s'était scandalisée de sa dureté, lui disant qu'un fils, malgré tous ses défauts, restait un fils, qu'il fallait apprendre à pardonner et que si Délicaf tombait en faillite, il serait aussi puni qu'Antonin.

Tranchemontagne s'était dit à lui-même toutes ces choses bien des fois, mais continuait de tergiverser, paralysé par sa rancune. Il avait été à deux doigts, lors d'une conversation téléphonique avec son fils, de lui consentir un prêt à faible intérêt, remboursable à partir de trois ans, pour une somme équivalente à celle de la rente viagère qu'il recevait, mais les dépenses importantes qu'exigeait l'installation de son nouveau café à Sutton l'avaient jusqu'ici retenu ; son geste l'aurait forcé à retirer des placements, ce qui le rebutait, naturellement.

Sur ces entrefaites, Amélia s'était rendue à Montréal et avait rencontré par hasard Antonin qui dînait dans un restaurant avec un client. Le changement de son apparence et de ses manières l'avait bouleversée.

— Allons ! s'était-elle exclamée à son retour, tu n'es qu'un sans-cœur, Guillaume, si tu ne fais rien pour lui. Il a vieilli de dix ans, le pauvre, et on dirait qu'il va perdre la raison. Quand il sourit, c'est une grimace et je me demande s'il peut suivre avec attention une conversation de plus de cinq minutes. Sans compter cet affreux tic qu'il a attrapé, Dieu sait où, de se frotter à chaque instant le dessus de la tête. Il en a les cheveux tout ébouriffés. Qu'attends-tu pour l'aider ? Tu te contentes de le regarder courir à sa perte, les bras croisés. C'est insupportable, à la fin ! À quoi rime cette croisade de bienfaisance où tu t'es lancée en bousculant tout le monde ? Pur pipi de chat ! Excuse-moi, mais je le dis comme je le pense.

— L'aider, l'aider, avait soupiré l'homme d'affaires, ébranlé. Plus facile à dire qu'à faire... Voilà longtemps que je réfléchis à cette histoire. Et sais-tu ce que j'en ai conclu ? Que je l'aiderais en pure perte, oui, en pure perte, car, tout compte fait, il n'a pas vraiment la bosse des affaires et, à son âge, elle ne poussera pas. Il était bon lieutenant, mais il ne vaut rien comme général. Je peux bien lui prêter tout l'argent du monde, il ne m'en remettra jamais un sou, car, s'il ne s'associe pas à quelqu'un de plus compétent que lui (et il le refuse), c'est la faillite qui l'attend, rien d'autre. À sa place, j'y penserais à deux fois avant de refuser l'offre de ce Rousseau, que je ne connais pas personnellement, mais qui possède une excellente réputation dans le milieu. S'il ne le fait pas, je serai forcé de lui reprendre la société. Et si je la reprends, ce sera pour la vendre à quelqu'un d'autre évidemment, tant pis pour lui. J'ai longtemps souhaité que Délicaf reste dans la famille, mais tu sais comme moi, ma pauvre Amélia, ce que la vie fait de la plupart de nos rêves...

— Alors, pourquoi ne lui parles-tu pas comme tu viens de me parler, au lieu de le laisser poireauter ? Je te trouve cruel, Guillaume !

— On voit bien que tu ne le connais pas, ma chère. Il suffirait que je lui en glisse un mot pour qu'il imagine je ne sais quel complot, et alors, qu'est-ce que je devrais endurer ! J'espère encore que le temps fera son œuvre et qu'il arrivera tout seul aux mêmes conclusions que moi.

Sur le coup, Amélia ne sut que répondre, mais ne se tint pas pour battue. Elle parla de l'affaire à Noémie et à Thomas et essaya de les gagner à sa cause.

Noémie connaissait comme tout le monde la querelle qui avait opposé Tranchemontagne à son fils, mais elle la croyait depuis longtemps apaisée ; la profondeur de leur inimitié l'atterra.

— Comment papa peut-il en arriver à le détester à ce point ? soupira-t-elle. Il l'a tenu tout petit dans ses bras... il lui a appris à parler... il l'a peut-être calmé, la nuit, quand il faisait des cauchemars... Et à présent il le regarderait couler sans bouger le petit doigt, sans rien ressentir ?

Elle se tourna vers Thomas, les yeux pleins de larmes :

— Se peut-il qu'un jour, toi et Félix...

Thomas eut un sourire matois et son visage lisse et frais sembla s'imprégner de la sagesse des siècles :

— Ou toi-même, alors... Qu'est-ce qu'on en sait ? Allons, ma petite truite, tu es naïve à croquer. Ces histoires-là arrivent mille fois par jour. On les appelle des chicanes de famille. C'est aussi rare qu'un timbre sur une enveloppe.

Elle secoua la tête :

— Pourtant, papa a si bon cœur... Quand je pense à tout ce qu'il a fait pour moi... En connais-tu, toi, qui auraient pris la peine de... Et depuis sa demi-retraite, il a l'air tellement heureux... Non, je ne comprends pas...

— Il ne faut pas essayer de comprendre, déclara Amélia, péremptoire, il faut essayer de le toucher.

Thomas mit la main sur l'épaule de son amie :

— Et il n'y a que toi pour le faire. Il se laisserait couper les oreilles et le nez pour toi. Tu devrais tenter ta chance.

Un soir, à La Chouette des neiges, le dernier client parti, Noémie pénétra dans la cuisine et s'approcha de son père, occupé à nettoyer un comptoir, et, mine de rien, lui demanda des nouvelles de ses fils. Tranchemontagne leva la tête, l'observa un instant et vit son trouble :

— Tu veux me parler d'Antonin, c'est ça ?

— Oui, répondit-elle en rougissant. Il paraît qu'il fait bien pitié depuis quelque temps.

— Ah bon, je comprends, Amélia vous a tout raconté. Ça m'apprendra à tenir ma langue.

Il saisit son manteau et quitta le restaurant, offusqué.

★

Pendant deux jours, il eut la mine soucieuse et la parole rare. Amélia voyait bien qu'il réfléchissait intensément à l'affaire, tiraillé entre son amour de l'argent, ses aspirations vers le bien, les remords que lui inspirait sa dureté envers Antonin et sa rancune envers ce dernier. Et puis, dans la soirée du deuxième jour, il téléphona à son fils :

— J'aimerais te parler. Es-tu libre demain soir ?

Pour raccourcir son trajet, il offrit de le rencontrer à mi-chemin, au McDonald d'une halte routière le long de l'auto-route 10. Vers neuf heures le lendemain soir, les deux hommes s'attablaient au milieu d'une salle presque vide, dans l'odeur un peu écœurante du gras de bœuf refroidi.

— J'ai longuement réfléchi à notre discussion de l'été dernier, Antonin, commença Tranchemontagne.

Son fils eut une moue qui semblait vouloir dire qu'en effet il y avait réfléchi bien longuement.

— Finalement, je suis prêt à te donner une chance.

Il se mit à tapoter son verre de carton ciré en fixant la limo-nade qui tremblotait dans un frémissement de bulles, prit une longue inspiration, comme avant un gros effort, puis, redressant le regard :

— Je te libère pour six mois de ta rente viagère. Tu ne seras pas obligé de me remettre les arrérages. Ce sera comme une sorte de cadeau, quoi.

Et, un peu étourdi par l'ampleur de sa magnanimité, il attendit la réaction d'Antonin.

Ce dernier plissa les lèvres et bougea sur son siège, son regard voltigeant autour de la tête de son père, ne s'y arrêtant que par à-coups, et ce regard déçu et vaguement apeuré ne cessait de répéter : « Seulement six mois ? Comment veux-tu que je redresse Délicaf en six mois ? »

— Merci, papa, laissa-t-il enfin tomber.

Tranchemontagne eut un petit rire sarcastique :

— Hum... Ton air me rappelle une phrase de mon ancien prof de philo. C'était quelque chose comme : « Pour l'homme, l'in-satisfaction est une façon d'être. » Hé hé.

— Ah oui ? Tu trouves ? Non, au contraire, je t'assure que... Je te suis très reconnaissant, crois-moi... Oui, très... Quoique il faut bien avouer... puisque tu m'amènes toi-même sur le sujet... Six mois, pour régler ce genre de problèmes, c'est bien court, tu le sais mieux que moi. Je préférerais peut-être un an ou un an et demi, quitte à te rembourser quand mes affaires se seront défini-tivement consolidées.

Tranchemontagne pouvait faire plusieurs sortes de colères : aveugles, calculées, à retardement, spectaculaires, lentes et progressives – ou froides. Les froides étaient les plus redoutables, parce qu'elles donnaient généralement lieu à des résolutions définitives. Il se dressa lentement et tendit la main à son fils :

— Non, Antonin. Je ne peux faire plus. C'est mon dernier mot. Tu as six mois pour reprendre les choses en main. C'est largement suffisant, mon garçon. Bonne chance.

Et il quitta le restaurant.

40

Pendant quelques mois, on crut qu'Antonin allait se tirer d'affaire. Il sembla reprendre courage, se rasséréna, accorda à Rousseau une substantielle augmentation de salaire qui sembla, pour un temps, consoler le représentant du refus qu'on opposait à sa participation aux bénéfices. La situation financière de Délicaf continua de s'améliorer lentement. Antonin, à force de persistance et de petits cadeaux, réussit à reprendre deux ou trois anciens clients qu'on lui avait chipés. Mais vers Noël, la malchance frappa. Mathieu Dopko, le jeune représentant, qui prenait de plus en plus d'expérience et commençait à se montrer un digne émule de son professeur à l'humeur gaillarde et aux méthodes subtiles, se dégoûta tout à coup du métier et décida de s'inscrire à temps plein à des cours en informatique. On venait à peine de lui trouver un remplaçant que Rousseau tombait malade, atteint d'une véritable pneumonie, cette fois, qui le tint plusieurs semaines alité. L'absence du représentant se fit aussitôt sentir. Les bénéfices de Délicaf recommencèrent à chuter. Les mois de janvier et de février furent affreux. Mais l'humeur et le rendement d'Antonin le furent bien davantage. Il se remit à piquer des colères noires pour les motifs les plus saugrenus, il oubliait des rendez-vous, se trompait dans ses calculs, indisposait, sans le vouloir, clients et fournisseurs. Un après-midi, il eut une querelle mémorable avec sa femme devant des employés.

Quand Albert Rousseau, maigre et affaibli, reparut chez Délicaf, les bras lui en tombèrent de découragement.

— Dis donc, Antonin ! il était temps que je revienne ! s'écria-t-il en utilisant ce tutoiement qui n'est qu'une forme souriante du mépris.

Mais son entrain reprit vite le dessus. Il avait compris qu'avec un peu de patience et d'habileté, Délicaf allait lui tomber dans les mains comme un fruit mûr.

Il se remit vaillamment à la tâche. Son ardeur et son ingéniosité ne pouvaient toutefois suffire à tout. La seule présence d'Antonin semblait faire fuir le succès. À son arrivée, les visages s'assombrissaient, la conversation s'arrêtait, chacun se demandait ce que diable il fichait dans ce navire en perdition. Antonin sentait le malaise qu'il venait de provoquer et devenait encore plus nerveux, plus sec, plus cassant, ses idées s'embrouillaient, il essayait de détendre l'atmosphère par une plaisanterie maladroite qui faisait grimacer son interlocuteur. Alors il s'éloignait, tout confus, et s'enfermait dans son bureau.

Tant bien que mal, on arriva au bout de l'hiver. Rousseau s'occupait de former un autre représentant, mais ce dernier était loin de posséder l'étoffe de Dopko. De temps à autre, Antonin avait des sursauts d'énergie, nés sans doute du désespoir, et abattait quelques bonnes journées de travail ; on avait alors l'impression que les choses allaient revenir à la normale. Mais la fatigue et l'angoisse l'emportaient de nouveau. Les pressions de Rousseau sur son patron se faisaient de plus en plus fortes et insistantes. Vers la fin d'un après-midi, il pénétra dans son bureau et lui déclara froidement que, si on ne lui accordait pas sur-le-champ une participation aux bénéfices, il claquait la porte. Antonin pâlit affreusement et porta la main à son cou ; ses doigts tremblaient, son nez pincé se mit à siffler.

— Mais... pourquoi ? pourquoi ? balbutia-t-il au bout d'un moment. Tu gagnes à présent un meilleur salaire que moi.

La réponse prit l'autre au dépourvu. À son grand étonnement (car sous une jovialité de façade il cachait une grande sécheresse), un mouvement de pitié s'empara de lui. Il sentit qu'il ne pourrait mettre ses menaces à exécution, du moins pour un temps. Il éprouvait habituellement une sorte de plaisir épicé à profiter de la faiblesse de quelqu'un, mais, cette fois, le plaisir ne venait pas, remplacé plutôt par de l'écœurement, comme si on lui avait demandé de vider quelqu'un de son sang.

— Bon bon bon, on en reparlera plus tard, grommela-t-il en tournant le dos, je ne veux pas te rendre malade, tout de même.

Rousseau continua de déployer la même énergie au travail, mais un peu d'aigreur affleurait à présent dans ses propos. À certaines allusions, on comprenait qu'il se sentait floué, car il voyait ses dernières bonnes années se gaspiller dans un travail de subalterne.

L'été arriva, apportant avec lui son habituel ralentissement dans les affaires. Antonin faisait de nouveau chaque mois les versements de sa rente. Plusieurs fois, il fut tenté de téléphoner à son père pour lui demander un second répit, mais le courage lui manqua. En juillet, sur l'insistance de sa femme, il prit deux semaines de vacances et résolut, par souci d'économie, de les passer chez lui. Il faisait peine à voir. Il se bourrait de calmants et le tic qui le poussait à se frotter à tous moments le sommet du crâne avait pris une ampleur inquiétante. Son absence apporta un immense soulagement chez Délicaf. Rousseau devint, dans les faits, le véritable patron de la boîte. Tout marchait mieux. On entendit de nouveau des rires, des plaisanteries. Mais chacun savait, en son for intérieur, que le dénouement approchait et qu'il ne pourrait être que mémorable.

Antonin revint au travail le 1er août. Sa première phrase fut pour le livreur François, qui s'occupait à charger quelques boîtes dans sa fourgonnette.

— Beethoven utilisait soixante grains de café par tasse, lui déclara-t-il avec brusquerie, l'air grave, sans même le saluer. Si chacun l'imitait, tout irait beaucoup mieux...

Et il s'éloigna à grands pas.

— C'est une farce, ça ? murmura François, éberlué. Si jamais j'en viens à en faire des pareilles, j'espère qu'on va s'occuper de moi.

L'incident fit le tour de la boîte. Au dîner, on entendait des chuchotements dans la cuisinette.

En septembre, Antonin dut se résoudre à congédier un de ses deux livreurs, car le volume des affaires ne justifiait plus qu'un poste. La sentence tomba sur François, plus ancien et qui gagnait en conséquence un meilleur salaire. Son départ peina tout le monde. Il emportait avec lui sa légendaire affabilité et seize années d'expérience.

Il y avait à présent des comptes impayés chez le torréfacteur Aroma et Antonin recevait des appels téléphoniques qui le mettaient en nage. Rousseau se frottait les mains :

— Maintenant, il faut avoir l'œil aux aguets, car le moment de la grande passe approche, et il ne reviendra pas de sitôt.

Tranchemontagne, à l'insu de son fils, avait téléphoné à deux reprises au représentant pour s'informer de l'état du commerce et Rousseau ne lui avait pas mâché les mots. Perplexe, de plus en plus inquiet, l'homme d'affaires remettait chaque jour sa décision, espérant, sans trop se faire d'illusions, que les choses finiraient par s'arranger. La perspective d'avoir à déposséder son fils et à reprendre en main la société lui répugnait. Il eut avec Julien une discussion à ce sujet, qui n'aboutit à rien. Quant à Marie-Louise, elle ne voulait tout simplement plus entendre parler de café et elle avait d'ailleurs cessé d'en boire.

Depuis des mois, Andrée essayait de convaincre Antonin d'aller trouver son père afin de prendre de nouveaux arrangements avec lui ; il s'y refusait obstinément, disant connaître d'avance sa réponse et ne trouver aucun plaisir à courir après les humiliations.

Et puis, le matin du 8 novembre, il céda.

« Qu'est-ce que j'ai à perdre ? se dit-il. Tout est presque perdu. »

★

Ce jour-là, le temps s'était radouci. À midi, le ciel se dégagea complètement, permettant au soleil de dispenser tout ce qui lui restait d'ardeur, et le thermomètre marqua bientôt huit degrés. La terre, qui avait commencé à geler, se mit à ramollir en surface. Le vent était tombé et les conifères semblaient plongés dans un sommeil lourd et massif, prêts pour la traversée de l'hiver.

C'était un lundi, jour de fermeture à La Chouette des neiges. Un peu après le dîner, Tranchemontagne sortit de la maison et se dirigea tranquillement vers sa remise à bateau pour mettre son yacht au sec.

Vers une heure, une Ford grise s'avança dans l'allée qui menait à la maison de campagne et s'arrêta devant la véranda. Antonin en sortit lentement. Appuyé au flanc du véhicule, il promena son regard autour de lui en prenant de longues inspirations. Il était vêtu d'un complet gris qui semblait flotter autour de son corps, portait une cravate vert forêt et son visage amaigri et jaunâtre avait une expression maladive et inquiète.

Ne voyant personne autour de la maison, il alla cogner à la porte ; mais Amélia était partie au village vingt minutes plus tôt pour des courses. Après avoir frappé deux ou trois fois, il tourna la poignée et pénétra à l'intérieur :

— Il y a quelqu'un ? lança-t-il d'une voix forte mais mal assurée.

L'aspect familier du salon aux lambris d'érable blond adoucit son regard pendant une seconde. On avait remplacé le revêtement d'un fauteuil, des bibelots inconnus s'alignaient sur la tablette de la cheminée et une lampe torchère se dressait à présent à gauche du canapé, mais, pour le reste, il retrouvait le décor de son adolescence et de sa jeunesse. Une immense fatigue alourdissait ses membres et brouillait son esprit ; pourtant, tout au long du trajet, les idées avaient fusé dans sa tête, brillantes et précises, s'ajustant les unes aux autres comme les pièces d'une mécanique ingénieuse. L'énergie coléreuse qui l'avait soutenu jusqu'ici venait de tomber. Il avait envie d'une soupe aux légumes bien chaude et d'épaisses tranches de pain beurrées ; il avait envie de s'étendre sur le canapé et de dormir, de se retrouver dans un foyer de personnes âgées et de n'avoir plus de décisions à prendre, même les plus infimes. Il s'affala dans un fauteuil, attendit quelques minutes, puis, jugeant sa présence inconvenante, sortit et s'assit sur les marches du perron.

Le soleil, pourtant faiblard, lui faisait mal aux yeux. Les paupières plissées, il se mit à examiner les lieux : à gauche, le chemin qui partait de la route et descendait vers la maison, puis la remise en face de lui, refaite à neuf quelques années plus tôt, et, à droite, une immense pelouse bordée sur trois de ses côtés par la forêt, et dont une partie avait été transformée en jardin, un jardin que l'automne avait rendu terne et mélancolique. En face du jardin, un chemin s'enfonçait dans la forêt et menait au lac.

Et soudain, cela se produisit, pour la deuxième fois. Les choses – même les plus insignifiantes, un fragment de branche traînant sur le sol, une pelle appuyée contre un mur, l'entrebâillement d'une porte – prirent une apparence dure, précise et hostile, et il sentit, flottant dans l'air, l'enveloppant et le pressant de toutes parts, des milliers de volontés obscures et malveillantes qui s'agitaient et tourbillonnaient autour de lui, travaillant toutes à sa perte. Un moment plus tôt, une idée aussi étrange l'aurait fait rire. Mais l'idée venait de se transformer en réalité et s'imposait à sa conscience avec une force irrésistible. Il bondit sur ses pieds, livide, poussa un cri étranglé et fit quelques pas, l'œil égaré.

C'est alors qu'un bruit lointain attira son attention. C'était comme un léger grincement qui semblait provenir de la remise à bateau et il devina que son père s'y trouvait.

Du coup, son angoisse tomba, remplacée par une colère hargneuse, nourrie de soucis quotidiens, et tout redevint banal et familier.

« Eh bien, se dit-il, s'il est là-bas, allons le rejoindre. On ne sera dérangés par personne dans notre discussion. »

Il traversa la pelouse et s'engagea dans le chemin, mettant de l'ordre dans ses idées, cherchant la phrase qui ouvrirait le plus commodément la conversation et s'étonnant du malaise qui l'avait saisi quelques instants plus tôt.

Le chemin fit une grande courbe et il arriva au sommet d'une côte d'où l'on voyait la remise recouverte de planches à clins bleues, avec son pignon à faible pente et le quai de bois qui en partait pour s'avancer dans le lac sur une quinzaine de mètres. Accroupi au bout du quai près d'une pile de madriers, son père était en train de serrer ou de visser quelque chose.

Antonin se mit à descendre la côte, le regard fixé sur lui, le cœur battant.

Son père venait de l'apercevoir. Dressé debout, il le regardait approcher, immobile et silencieux. Finalement, il leva le bras en un geste de salutation.

— Salut, papa, lança l'autre en mettant le pied sur le quai.
— Salut, Antonin.
Puis il ajouta :
— Tu as pris un congé ?
— Ouais.
Les deux hommes se serrèrent la main.
— C'est Amélia qui t'a dit que j'étais ici ?
Antonin secoua la tête :
— Il n'y avait personne à la maison. Je m'étais assis sur le perron lorsque j'ai cru entendre un bruit du côté de la remise. J'ai pensé que tu pouvais y être. Qu'est-ce que tu fais ?

— Oh, je suis en train de serrer des boulons. Les vents soufflent parfois très fort ici à l'automne, comme tu le sais, et les vagues ne ménagent pas le quai. L'automne dernier, il a subi des dommages.

Il s'accroupit de nouveau, saisit la clef anglaise et se remit au travail. Antonin l'observait, incertain, à présent, sur la façon de poursuivre la conversation. Il n'eut pas à le faire.

— Et alors, que se passe-t-il ? fit Tranchemontagne en dardant sur lui un regard comme un coup de pieu. Je suppose que tu n'as pas fait tous ces kilomètres pour me regarder bricoler.

— Je voulais te parler.

— Je t'écoute.

— Papa...

Sa voix trembla un peu et il se détesta pour cette faiblesse.

— ...c'est au sujet de cette rente viagère... J'aimerais, si ça t'était possible, que tu m'accordes... un second répit... sans cadeau, cette fois, bien sûr, se hâta-t-il d'ajouter. Sinon... sinon je vais être obligé de m'associer à Rousseau – ou, alors, d'accepter la faillite.

Tranchemontagne se redressa lentement, sa clef toujours en main :

— Tu devrais t'associer à lui, mon garçon, répondit-il froidement, car, autrement, je n'aurai plus de rente et je serai forcé de reprendre Délicaf.

— Papa, murmura Antonin avec un accent de rage désespérée, tu n'as pas l'air de te rendre compte qu'il est très important pour moi de conserver la société. Tu l'as eue à toi tout seul durant trente ans. Est-ce que mon tour n'est pas venu ? Pourquoi refuses-tu de me donner ma chance ?

Tranchemontagne se tourna légèrement de côté et déposa la clef anglaise sur le tas de madriers :

— Est-ce que je ne te l'ai pas déjà donnée ?

Les deux hommes se regardèrent en silence. Antonin, le visage décomposé, cligna des yeux à plusieurs reprises.

— Ce n'est pas facile pour moi de te parler de ces choses, poursuivit-il, car je suis ton père, après tout. Je repoussais ce moment, espérant que tu finirais par comprendre par toi-même, mais tu ne me laisses plus le choix. J'avais cru, au moment de te céder Délicaf, que tu pourrais me succéder. Mais je ne le crois plus, maintenant. Non, laisse-moi finir, je t'en prie. Il y a quelques raisons pour lesquelles tu ne peux pas me succéder. Un bon chef d'entreprise doit savoir s'entourer et motiver les gens qui travaillent pour lui. Or, tu as fait fuir Julien, dont la moitié de ton succès dépendait, et tu n'as pas su le remplacer. Les affaires demandent un esprit clair et le sens de l'administration. Tu les possèdes. Elles reposent aussi sur les rapports humains – au moins autant que sur l'argent. Tu me concéderas que ce n'est pas là ta force. Mais pour vraiment y exceller, il faut en plus autre chose. Qu'est-ce que c'est ? Je ne saurais dire. De l'intuition ? De l'imagination ? Une sorte d'instinct de prévision ? Un peu de tout cela, je suppose. Et de cela, tu es complètement dépourvu, mon pauvre ami. Tu en as fait toi-même la preuve à partir du moment où je t'ai remis la direction de Délicaf. Je suis surpris que tu ne t'en sois pas aperçu par toi-même. C'est à moi, ton père, que tu imposes la corvée de te le dire. Ça m'est très pénible, crois-moi. Associe-toi à Rousseau, tu n'as pas le choix. Comme tu me le disais tout à l'heure, c'est ça ou la faillite.

Il reprit sa clef anglaise et se remit tranquillement à l'ouvrage. Antonin, anéanti, l'observait en silence. Ses mains ballantes tremblaient le long de son corps. Pendant un moment, on n'entendit que sa respiration saccadée, le clapotis des vagues contre les pilotis du quai et les légers grincements du boulon que serrait Tranchemontagne.

— Papa, murmura l'autre enfin d'une voix qui fit dresser la tête à l'homme d'affaires, te rends-tu compte de ce que tu viens de me dire ?

— Je te devais cette franchise, Antonin.

Le silence s'établit de nouveau. Un gros-bec atterrit sur le toit de la remise dans un froufroutement d'ailes soyeux et se mit à observer placidement les deux hommes.

Soudain Antonin, dans un hurlement de rage effrayant, bondit sur son père et le précipita à l'eau.

Le sexagénaire tomba à la renverse et disparut complètement, puis revint presque aussitôt à la surface, et le froid glacial de l'eau lui tira un cri d'horreur. Sa main s'agrippa au rebord du quai. Mais un second cri lui échappa : son fils, armé d'un bout de madrier, s'apprêtait à l'assommer.

L'homme d'affaires le fixait, éperdu, toussant et crachant, à demi suffoqué, avec une conscience de plus en plus confuse de ce qui lui arrivait. Soudain le visage d'Antonin se tordit violemment. Son corps se figea, il bredouilla quelque chose, puis lança de toutes ses forces le madrier dans le lac. Quelques secondes plus tard, il disparaissait en courant dans le chemin.

Après plusieurs efforts infructueux pour se hisser sur le quai, Tranchemontagne, les mains toujours agrippées au rebord, se glissa dans l'eau jusqu'au rivage, franchit la ceinture de vase qui entourait le lac et réussit à se rendre jusqu'au chemin. Parvenu au milieu de la côte, il se mit tout à coup à chanceler, les bras tendus, cherchant un point d'appui, et s'effondra ; sa tête heurta un caillou pointu et le sang se mit à couler par une large entaille.

Raoul Marleau le retrouva une heure plus tard, inconscient, la joue reposant sur une croûte noirâtre. On le transporta à l'Hôtel-Dieu de Sherbrooke, puis, lorsque son état se fut stabilisé, à l'hôpital Notre-Dame de Montréal.

Tranchemontagne avait subi un nouvel infarctus, bien plus grave que le premier. Il ne retrouva l'usage de la parole que trois jours plus tard et ce n'est qu'au bout d'une semaine qu'il se résolut enfin, sur les instances répétées d'Amélia, à lui raconter par bribes la scène du quai.

Elle l'écouta avec un air d'incrédulité horrifiée, puis s'approcha du lavabo et avala un grand verre d'eau froide.

— Guillaume, te rends-tu compte ? murmura-t-elle en revenant près du lit. Il faut avertir la police. Il a voulu te tuer.

Il la fixa longtemps d'un regard émoussé ; son visage livide, aux narines pincées, avait comme ratatiné et semblait se perdre dans les plis de l'oreiller.

— N'en fais rien, murmura-t-il enfin d'une voix étrange et nasillarde, portée par un souffle fragile. Et ne parle jamais de cette histoire à personne. Tu me le promets ? Bien. J'ai passé la nuit à réfléchir à tout cela... C'est moi qui l'ai poussé à bout... J'en subis les conséquences... Un bon père ne lui aurait pas parlé comme je l'ai fait. Je veux que tu ailles le voir. Il doit souffrir mille morts. Dis-lui que je lui pardonne. Non... Mieux que cela... Dis-lui plutôt de venir me trouver. Fais-le, je t'en prie. Quant à la rente... je n'en ai plus besoin. Qu'elle aille au diable !

Amélia se rendit le soir même chez Antonin. Elle dut s'arrêter non loin de sa maison, étouffée par les larmes. Au bout d'un moment, son calme revint. Abaissant le rétroviseur, elle refit longuement son maquillage, puis alla sonner à la porte, l'air tout à coup recueilli et détaché, comme ces dévots qui assistent par une piété systématique aux funérailles de purs étrangers. Elle ne ressentait plus qu'une vague compassion, qui se portait sur Antonin, sur elle-même, sur le monde entier.

Antonin la reçut en robe de chambre au salon et demanda à sa femme de quitter la pièce. Son visage s'était comme ossifié. Le haut de son crâne, complètement dégarni, luisait d'un rose maladif.

— Excusez ma tenue, madame, murmura-t-il en clignant des yeux à toute vitesse. J'ai attrapé une grippe de cheval la semaine passée. La malchance ne me lâche pas.

Quand Amélia lui apprit que son père le libérait définitivement des versements de sa rente, il resta immobile un moment, le regard dans le vague, un curieux sourire aux lèvres.

— Bien, dit-il enfin. Très bien. La force des choses s'exerce pour une fois dans la bonne direction. Remerciez-le de ma part, je vous en prie. Cela va me permettre d'arranger un peu mes affaires. Elles en ont grandement besoin.

— Il aimerait beaucoup vous voir, ajouta-t-elle à voix basse. Il a des choses à vous dire.

L'autre se troubla, pâlit, toussa à plusieurs reprises dans le creux de sa main puis, après avoir rectifié minutieusement les plis de sa robe de chambre :

— Il n'y a rien qui me ferait plus de plaisir, madame, je vous assure. Mais dans mon état, j'aurais peur de le contaminer. Les gens comme moi ont un grand pouvoir de contamination, vous savez. Dites-lui que j'irai le voir dès que je me sentirai mieux. Cela peut prendre du temps. Dites-le-lui.

Amélia, bouleversée, retourna aussitôt à l'hôpital :

— Mon pauvre Guillaume, lui annonça-t-elle d'une voix brisée, je crois bien que tu ne le verras pas de sitôt. Il est à moitié fou, le pauvre. On a peine à comprendre ce qu'il dit. Et il ne doit pas toujours savoir ce qu'il fait.

Tranchemontagne la regarda en silence, puis soupira et ferma les yeux.

★

Julien et Marie-Louise avaient rendu plusieurs fois visite à leur père ; il ne semblait pas en avoir gardé un souvenir très précis. Antonin, lui, ne s'était toujours pas montré. Son absence commençait à intriguer. Depuis l'incident du quai, il n'avait fait que de brèves apparitions chez Délicaf. Rousseau lui faisait un compte rendu des opérations, il signait quelques lettres, donnait deux ou trois coups de téléphone, passait à l'entrepôt, puis retournait chez lui, pâle, épuisé, l'air un peu égaré. Le matin, quand le représentant arrivait au volant de son automobile, c'est un empereur qui en descendait.

41

Guillaume Tranchemontagne se remettait lentement de sa crise. Un soir, vers neuf heures, les visites terminées, Amélia, assise dans un fauteuil en face de lui, était plongée dans la lecture d'un roman, croyant le malade assoupi, lorsque, levant la tête, elle l'aperçut qui la regardait en souriant.

— Approche-toi, lui demanda-t-il doucement. C'est ça. Penche-toi au-dessus de moi.

Il l'entoura de ses bras amaigris :

— Savais-tu que tu es vraiment une femme très bien ? Tu es *ma* femme. Tu es la seule femme que j'aie jamais eue. Je suis un idiot de l'avoir compris si tard.

— Mais voyons, répondit-elle en retenant ses larmes, pourquoi parles-tu ainsi ? Tout va très bien aller, à présent.

— Oui, bien sûr, on dit ça... Je suppose que je devrais le croire.

Il posa un baiser sur sa joue, puis, soulevant les couvertures, lui demanda de se glisser contre lui. Quelque chose dans le regard du malade l'appelait avec une force irrésistible. Elle obéit aussitôt, malgré son souci extrême des convenances et sa crainte de l'arrivée soudaine d'une infirmière. Il glissa ses jambes entre les siennes. Elles étaient glacées et semblaient lourdes et massives comme des morceaux de bois ayant séjourné longtemps dans l'eau. Un frisson la traversa. Il allongea le bras, elle posa doucement sa tête sur son épaule et ferma les yeux. Son visage, pâle et détendu, exprimait à la fois le bonheur et une profonde tristesse.

— Je ne te fatigue pas, au moins ? lui demanda-t-elle au bout d'un moment.

— Au contraire, tu me reposes. Je me sens bien comme cela ne m'est pas arrivé depuis longtemps.

Quelqu'un passa dans le corridor, frappant légèrement la porte au passage, et elle sursauta. Il se mit à rire.

— Tu crains un scandale ? Pourquoi ? Est-ce qu'une femme n'a pas le droit de coucher avec son mari, même dans un hôpital ?

— Je ne veux pas bouger d'ici, Guillaume, l'assura-t-elle, mentant à demi. Je passerais toute la nuit comme ça.

Un moment s'écoula. Ses jambes glacées continuaient de l'effrayer obscurément. De temps à autre, il soulevait la tête, la regardait en souriant et posait un baiser sur sa joue.

— Écoute, dit-il soudain, il faut absolument que je voie Antonin. Nous avons des choses à nous dire. Veux-tu essayer de le convaincre de venir me voir demain ?

— Si vite ? Pourquoi n'attends-tu pas de te sentir encore un peu mieux ? Le médecin te l'a dit : pour l'instant, il faut éviter les émotions trop fortes.

Il serra les lèvres et une expression de mécontentement crispa son visage.

— Non. C'est demain que je veux le voir.

★

Antonin se présenta le lendemain vers la fin de la matinée. Par précaution, il demanda à une garde d'annoncer son arrivée.

— Eh bien ! murmura Tranchemontagne, elle a donc réussi.

Il jeta des regards hésitants autour de lui et se mit à remuer dans son lit, l'air agacé :

— Quelle drôle d'idée m'a pris... Je ne sais plus quoi lui dire, à présent... Comment arriver à lui faire croire que...

— Voulez-vous qu'il revienne une autre fois ? proposa la garde, étonnée.

— Non. Ce qui est fait est fait. Faites-le entrer.

Antonin s'avança lentement vers le lit. Il était livide et gardait les mains dans ses poches pour cacher ses tremblements. Pendant quelques secondes, les deux hommes s'observèrent en silence.

— Comment vas-tu, papa ? demanda-t-il enfin d'une voix presque inaudible.

— Bien. Bien. Mais toi, tu as l'air complètement ravagé, mon pauvre garçon... Qu'est-ce qui se passe ?

— Une mauvaise grippe.

— Je vois, je vois, répondit Tranchemontagne avec une légère grimace.

Il lui désigna le fauteuil :

— Assieds-toi. Tu tiens à peine sur tes jambes...

Antonin obéit. Il appuya la tête sur le dossier et ferma les yeux. Tranchemontagne, étonné et vaguement ému, contemplait son visage émacié et anguleux. Des fibrillations parcouraient ses paupières fermées. Par moments, les commissures de ses lèvres tressaillaient.

— Et alors, dis-moi, Antonin, serais-tu en train de devenir sourd, par hasard ? Ne m'as-tu pas entendu t'appeler à l'aide l'autre fois quand je suis tombé à l'eau ?

— Qu'est-ce que tu veux dire ? répondit l'autre en sursautant. Tu plaisantes ou quoi ?

Tranchemontagne fronça les sourcils :

— J'ai autant envie de plaisanter que de me casser le cou dans un escalier. Allons, réponds-moi. M'as-tu entendu ou pas ?

— Papa, cesse ce jeu. C'est affreux.

— Mais de quoi parles-tu ? Qu'est-ce qui est affreux ? Je ne comprends pas. Aurais-tu aussi perdu la mémoire, mon garçon ? Dois-je te rappeler ce qui s'est passé ? Oui ? Allons, c'est incroyable ! Nous avons eu une discussion sur le quai. Comme il m'arrive souvent, je me suis un peu emporté. Toi aussi, d'ailleurs. À un moment donné, tu m'as même tourné le dos en plein milieu d'une phrase et tu es parti, ce qui n'est pas très poli, soit dit en passant. Je te revois encore, tu courais presque. Alors, je me suis levé pour te rejoindre et un étourdissement m'a saisi. Oui ! un étourdissement ! c'est bien ce que je dis ! Est-ce moi qui te l'apprends ? Je suis tombé à l'eau. Je me rappelle tout : le froid épouvantable, cette boule de fer dans la gorge, la suffocation, tout, absolument tout. J'ai pourtant réussi à t'appeler. Je t'ai

357

appelé trois fois. Alors, je te répète ma question : m'as-tu entendu ?

Antonin, toujours assis, la tête rejetée en arrière, avait refermé les yeux et semblait agoniser. Soudain, il posa sur son père un regard affolé :

— Je t'en prie, arrête. Je ne sais pas où tu veux en venir, mais arrête, je n'en peux plus.

Alors, comme il arrive parfois dans l'élaboration d'un mensonge compliqué où l'on met beaucoup d'efforts et d'émotions, Tranchemontagne fut saisi d'une véritable colère et se mit à croire tout ce qu'il disait :

— Ah ! dis donc, tu m'énerves, à la fin ! Pourquoi ne veux-tu pas me répondre ? Ma question est pourtant simple. Tu ne m'as pas entendu parce que tu étais trop loin ? Ou alors la distance t'a empêché de réaliser vraiment ce qui m'arrivait ? Réponds, bâton rouge ! De quoi as-tu peur ? Je ne t'accuse de rien, je te questionne, par simple curiosité. Quelle tête tu fais, mon pauvre ami ! Tu as l'air malade, bien plus malade que moi. Il faudrait y voir.

Antonin se redressa lentement dans le fauteuil, le visage décomposé, les yeux pleins de larmes, et fut un moment sans pouvoir parler :

— Papa, balbutia-t-il enfin, je t'ai poussé à l'eau. Ne te rappelles-tu donc pas ?

L'autre le regarda, abasourdi (et, en effet, sur le coup, il se sentait *vraiment* abasourdi). Un moment passa.

— Mon garçon, dit-il enfin à voix basse avec une lenteur pleine de gravité, je pense que tu n'es plus tout à fait dans ton assiette.

Et il hocha plusieurs fois la tête d'un air consterné.

Antonin observait les doigts de sa main droite qui pianotaient follement sur l'appui-bras du fauteuil. Soudain, il se leva d'un bond, s'élança vers la porte, puis, sur le point de l'ouvrir, changea d'idée, revint sur ses pas et se rassit.

— Qu'est-ce qui te prend, papa ? murmura-t-il faiblement, plongé dans un désarroi où la stupéfaction le disputait au doute. Puisque je te dis que je t'ai poussé à l'eau.

Tranchemontagne laissa retomber sa tête sur l'oreiller et poussa un profond soupir :

— Eh bien ! le proverbe a raison encore une fois : un malheur n'arrive jamais seul. Comme si, en plus d'être malade, j'avais besoin... Dis-moi, ajouta-t-il en se retournant, est-ce qu'il t'arrive souvent de... perdre ainsi contact avec la réalité ? Car, sans vouloir t'offenser, mon pauvre garçon, c'est ce qui t'est arrivé. Pas besoin d'être psychiatre pour le savoir.

Antonin voulut répondre, mais son père l'arrêta d'un geste :

— Est-ce qu'il t'arrive de tomber dans des états... comment dire ? étranges ? Par exemple, je ne sais pas, moi, de voir ou d'entendre des choses... inhabituelles, de prendre peur sans raison précise, de faire des rêves – comme qui dirait – éveillés, enfin, toutes ces choses qui font qu'on ne sait pas toujours très bien ce qui se passe et où on est ?

— Non, répondit l'autre après une hésitation.

— Ton « non » sonne comme un « oui », pauvre Antonin. À présent, j'ai tout compris. Va voir un médecin, je t'en prie. Il est plus que temps. Tu n'es pas le premier à connaître ce genre de difficultés. On ne compte plus les gens qui souffrent de problèmes psychologiques. La vie est devenue tellement dure... Mais avec de bons soins, tout rentre généralement dans l'ordre. Va voir un médecin, je t'en supplie.

Antonin, pris de tremblements, scrutait le visage de son père pour tenter d'y débusquer la tromperie, mais le désordre de ses idées lui brouillait la vue. Alors, une lueur d'espoir apparut soudain au fond de lui-même, l'espoir que cette horrible affaire n'avait été qu'un rêve, un rêve né de la haine profonde qu'il ressentait pour son père, mais rêve resté à l'état de rêve, si puissant, toutefois, qu'il avait succombé à l'illusion.

— C'est vrai, dit-il en cherchant ses mots, que depuis quelques mois... je ne me sens pas très bien.

Le visage de Tranchemontagne s'illumina :

— Tu vois ? tu vois ? j'avais bien deviné ! La raison te revient, à présent.

— Et pourtant, murmura l'autre, perdu en lui-même, je me rappelle tout avec tant de précision... Je ne t'ai pas seulement poussé... En plus, j'ai...

— Épargne-moi les détails... Ils ne m'intéressent pas... Pures visions ! Il ne s'agit que de pures visions ! Ou, alors, je ne sais pas ce qui m'arrive quand quelque chose m'arrive ! Non. Non. C'est impossible. Sans vouloir me vanter, j'ai toujours eu la tête solide. Pas très bien meublée peut-être, mais solide. Et toi aussi, bien sûr, se corrigea-t-il aussitôt, sauf que – comme il peut arriver à tout un chacun – tu traverses actuellement une mauvaise passe, tes idées manquent un peu de clarté. La même chose pourrait m'arriver demain, pourquoi pas ? Personne n'est à l'abri de ce genre de désagréments. Je te le répète : va consulter un médecin. Cela te fera le plus grand bien. Je te vois, là, en train de souffrir inutilement, tu fais pitié.

Antonin se leva lentement, l'œil égaré, et se dirigea vers la porte avec des mouvements de somnambule :

— Tu as peut-être raison... je vais y penser... oui, je vais y penser.

— Antonin, fit Tranchemontagne.

L'autre se retourna.

— Excuse-moi pour notre discussion de l'autre jour. Je n'aurais pas dû te parler ainsi. Je le regrette beaucoup. J'ai agi comme un idiot et un sans-cœur. Je voudrais bien défaire le passé. Impossible, hélas... En tout cas, je t'ai au moins débarrassé de cette rente.

Antonin le fixait d'un air absent. Soudain, un rire le secoua comme une petite toux sèche. Ses tremblements augmentèrent. Tranchemontagne détourna le regard.

— C'est pourtant toi qui avais raison, papa, dit-il d'une voix haut perchée, légèrement chevrotante. Je ne vaux rien pour le métier. L'expérience, c'est bien beau, j'en ai plein, mais l'autre chose, *l'affaire qui fait que ça marche*, je ne l'ai pas. Et je ne l'aurai jamais, comme tu as si bien dit.

— Allons, comment savoir si j'avais vraiment raison, dis-moi ? Chacun agit selon son caractère et ses capacités, il n'y a pas qu'une seule bonne façon de faire marcher une baraque. Tu dois oublier cette discussion, comprends-tu ? L'oublier complètement.

L'autre rit une seconde fois et se mit à frotter le sommet de son crâne.

— Écoute-moi, reprit l'homme d'affaires, frémissant, je ne me sentirai pas tranquille tant que tu ne te seras pas rétabli. J'ai beaucoup pensé à nous deux ces derniers temps. Je n'ai pas été un bon père pour toi. Pour aucun d'entre vous, d'ailleurs. J'en ressens de la honte aujourd'hui, et beaucoup de chagrin.

Antonin eut une moue de dénégation.

— N'essaye pas de me raconter d'histoires ! lança Tranchemontagne, courroucé. Je sais ce que je vaux. Allons, soupira-t-il, voilà que je m'emporte encore contre toi. Qu'est-ce qui me pousse ainsi à toujours te... Il est vrai que tu n'as jamais été très facile à aimer...

Il se mit à fixer les renflements que ses pieds faisaient sous les draps. Soudain, ses yeux se remplirent de larmes :

— Me pardonneras-tu, Antonin ? Me pardonneras-tu ma maudite froideur et tout ce que je t'ai fait souffrir ?

Il lui tendit la main. Antonin, toujours près de la porte, s'inclina profondément, dans une sorte de révérence bouffonne :

— Mais bien sûr, papa, c'est déjà fait. Merci pour tout.

Et il s'en alla.

Tranchemontagne haussa les épaules. Puis un léger sourire apparut sur ses lèvres, atténuant l'expression d'épuisement qui étirait son visage et creusait ses joues. Il avait finalement réussi à semer un doute dans l'esprit de son fils, et peut-être plus qu'un doute ; cela lui apporterait un peu de soulagement. Avec de la chance et le temps aidant, qui sait ? la paix finirait sans doute par venir.

★

Debout dans la rue devant son auto, Antonin venait de réaliser qu'il n'était pas en état de conduire. Un taxi passait. Il le héla. Sa voix lui parut bizarre : aiguë, stridente, elle lui rappelait le glougloutement d'un dindon. Affalé sur la banquette, les bras serrés autour du corps afin de réprimer ses tremblements, il pensait à sa rencontre. Se pouvait-il que son père eût raison ? Il avait parlé avec une assurance si absolue... Sa confusion augmenta, il avait chaud, la tête lui tournait légèrement, la nausée s'annonçait et il avait en même temps envie de chanter, car une joie sauvage l'envahissait, comme il n'en avait jamais connue. Il devait déployer d'énormes efforts pour ne pas chanter à tue-tête. Soudain, une incoercible envie de dormir s'empara de lui. En arrivant à la maison, il alla droit à son lit, sans même répondre aux questions d'Andrée, et dormit dix heures d'affilée.

— Suis-je allé voir papa hier à l'hôpital ? demanda-t-il à sa femme en se réveillant le lendemain.

— Mais oui, répondit-elle, étonnée par sa question, hier après-midi.

— C'est bien vrai ? Je n'ai pas rêvé ?

Il la regardait en souriant avec l'expression de soulagement exténué d'un homme sorti miraculeusement indemne d'un incendie ou d'une tornade.

★

Le lendemain matin, vers neuf heures, Guillaume Tranchemontagne fit relever la tête de son lit afin de pouvoir contempler par la fenêtre les arbres du parc Lafontaine. Amélia entra dans la chambre, apportant les journaux qu'il avait demandés la veille, et lui trouva une bien meilleure mine. Elle s'assit en face de lui et commença à faire la lecture. De temps à autre, par un toussotement, il lui indiquait qu'un article l'ennuyait et de passer à un autre. Elle se lança dans un long reportage sur le travail forcé des enfants aux Indes ; des manufactures de tapis les engageaient dès l'âge de cinq ans à cause de leurs petites mains, capables de suivre les motifs les plus délicats ; à quatorze ans, asthmatiques, brûlés par le travail, ils n'étaient plus bons à rien.

Elle releva soudain les yeux. Son compagnon, tourné vers la fenêtre, continuait de fixer les arbres. Mais il ne les voyait plus.

★

Deux mois après sa mort, on dut hospitaliser Antonin et Délicaf fut mis en vente. Le mensonge charitable de son père n'avait apporté qu'un répit à sa maladie. Julien réussit à acquérir la société, au grand regret d'Albert Rousseau, qui accepta toutefois sa défaite avec bonhomie, se disant que le destin avait sans doute meilleur jugement que lui, car il commençait à se faire vieux pour s'établir à son compte. Remballant ses rêves, il

362

accepta même de travailler quelque temps pour son nouveau patron.

Après une longue convalescence, Antonin se remit à travailler à mi-temps chez Délicaf, forcé de gagner sa croûte. La maladie l'avait brisé. Il ne ressentait pas l'humiliation de sa chute, seulement un profond ennui. Un ami lui conseilla de suivre un cours de conseiller en placements. Il rejeta d'abord l'idée, se disant écœuré des affaires, mais finit par se laisser convaincre, las sans doute d'assister impuissant à la réussite de son frère. Contre toute attente, il se passionna pour son nouveau métier et finit par y connaître un certain succès. La combinaison particulière de ses qualités et de ses défauts y était sans doute pour quelque chose. Un an plus tard, sa femme tomba enceinte, mais fit une fausse couche. Il en ressentit beaucoup de chagrin mais aussi un secret soulagement, car la perspective de la paternité l'effrayait désormais.

Délicaf continua de grandir. Marie-Louise y avait repris son poste de comptable, assistée d'un adjoint ; avec les années, sa confiance en elle-même avait augmenté et elle aspirait à une vie nouvelle. Un bon matin, elle décida de quitter la boîte pour ouvrir une petite pâtisserie près de chez elle.

Noémie avait hérité de La Chouette des neiges, qui continuait de prospérer. Elle avait maintenant deux petits garçons et s'était inscrite à des cours en administration à l'Université de Sherbrooke, laissant la gérance du café à Thomas, qui ne demandait pas mieux. Une semaine après la mort de son père, elle avait suspendu au fond de la salle une grande photographie encadrée montrant Guillaume Tranchemontagne debout derrière le comptoir, fourchette à la main, en train de déguster en souriant un morceau de gâteau au chocolat.

Un soir, peu avant la fermeture et le dernier client parti, Thomas la surprit, immobile au milieu de la salle, en train de contempler la photo, le visage ruisselant de larmes. Il s'approcha d'elle doucement et la prit dans ses bras.

— C'était quelqu'un de bien, mon père, n'est-ce pas, Thomas ? murmura-t-elle au bout d'un moment.

— C'était quelqu'un de très bien. Je n'ai jamais connu personne comme lui, je te jure.

Après les funérailles, Amélia avait passé de longs jours chez

363

elle, seule et prostrée, refusant toute visite, ne répondant pas au téléphone et abusant des somnifères. C'est finalement la toujours secourable Marie-Louise qui réussit à la repêcher des eaux verdâtres de la dépression en la convainquant de poser sa candidature à un poste d'agent d'information à Oxfam-Québec. On l'accepta. Elle se lança dans le travail avec frénésie et ne pensa plus qu'à lutter contre la faim qui sévissait dans le tiers-monde. Son amant lui avait légué un plantureux portefeuille d'obligations d'épargne et le chalet de Mansonville. Pendant longtemps, elle ne put s'y rendre, car la vue des lieux la bouleversait. C'est son affection pour Noémie et Thomas qui finit par l'attirer de nouveau à La Chouette des neiges, où elle se remit peu à peu à travailler durant les fins de semaine, puis pendant ses vacances. Sa vivacité et sa gentillesse un peu mielleuse étaient réapparues et, en apparence, on la retrouvait telle qu'elle avait toujours été. Mais l'image de Guillaume Tranchemontagne, farouchement plantée dans son cœur, l'empêcha toujours par la suite de s'attacher vraiment à un autre homme.

Julien avait installé la cafetière d'argent niellé dans le bureau occupé autrefois par son père, et qui était devenu le sien. Parfois, interrompant son travail, il levait la tête et la regardait ; un sourire attendri et légèrement moqueur se dessinait alors sur ses lèvres : « Sacré papa, va... Tu avais le chic pour nous monter de ces feux d'artifice ! Jamais je n'ai vu personne chambarder sa vie et celle des autres comme tu l'as fait. Qui aurait cru que tu avais soixante ans ? Il y a des jours où je me demande – pardonne mon insolence – si tu n'avais pas un début de fissure dans le plafond... Mais peut-être, après tout, qu'il nous en faudrait de temps à autre, des fissurés dans ton genre... Ça nous apporte un peu d'air frais. »

L'ambition et les soucis qu'elle entraîne avaient un peu assagi le cadet des Tranchemontagne, mais il n'avait pas perdu son entrain et surprenait parfois son entourage par d'inexplicables fantaisies. Un jour, il décida de suivre des cours de pilotage et s'acheta un petit avion. Mais, trois mois plus tard, soudain dégoûté, il le revendait. Sa passion se tourna alors vers les motocyclettes. Elle dura cinq mois.

Il vivait toujours avec Caroline. Un peu lasse du métier, elle s'était tournée vers la famille et voulait un autre enfant. Il lui en fit trois, coup sur coup. Il les regarda d'abord grandir d'un œil distrait, guère meilleur père que son propre père ne l'avait été, mais quelque chose en lui continuait d'attirer irrésistiblement les gens, et ses enfants n'y échappaient pas plus que les autres. Le soir, à son arrivée à la maison, des cris de joie sauvage l'accueillaient. Les portes claquaient, l'escalier se mettait à trembler et on le prenait d'assaut avec une telle fougue qu'il devait parfois se laisser glisser sur le plancher, écrasé sous la bousculade et les baisers. Alors, malgré sa fatigue, il partait d'un grand rire, secrètement ému.

Longueuil, le 1er juin 1999

Achevé d'imprimer sur presse Cameron
*dans les ateliers de **Bussière Camedan Imprimeries***
à Saint-Amand-Montrond (Cher)
en juillet 1999

N° d'édition : 354. N° d'impression : 992955/4.
Dépôt légal : juillet 1999.

Imprimé en France